Das Buch

Durch Zufall wird die engagierte Staatsanwältin Kerry McGrath an einen elf Jahre zurückliegenden spektakulären Mordfall erinnert: In der Praxis eines Schönheitschirurgen glaubt sie, das schöne Gesicht einer jungen Frau wiederzuerkennen. Suzanne wurde Opfer eines furchtbaren Mordes. Alte Zweifel werden in Kerry wach, und sie beginnt, den Mordfall, der mit der Verurteilung von Suzannes Ehemann abgeschlossen worden war, neu aufzurollen. Unerwartet stößt sie dabei bei ihrem Chef, dessen Karriere mit diesem Fall begann, und bei ihrem väterlichen Freund und Mentor, Senator Hoover, auf erbitterten Widerstand. Als der renommierte Schönheitschirurg Dr. Smith, der das makellose Gesicht seiner ermordeten Tochter Suzanne an seinen Patientinnen kopiert, ebenfalls ermordet aufgefunden wird, überschlagen sich die Ereignisse, bis Kerry McGrath selbst vor der für sie lebensgefährlichen Wahrheit steht …

Die Autorin

Mary Higgins Clark wurde 1928 geboren. Mit ihren Spannungsromanen hat sie weltweit Millionen von Leserinnen und Lesern gewonnen, und mit jedem neuen Roman erobert sie die Bestsellerlisten. Beinamen wie »Königin der Spannung« und »Meisterin des sanften Schreckens« zeugen von ihrer großen Popularität. Im Wilhelm Heyne Verlag sind zahlreiche ihrer Romane erschienen. Die Autorin lebt in Saddle River, New Jersey.

MARY HIGGINS CLARK

EIN GESICHT SO SCHÖN UND KALT

Roman

Aus dem Amerikanischen
von Regina Hilbertz

WILHELM HEYNE VERLAG
MÜNCHEN

HEYNE ALLGEMEINE REIHE
Nr. 01/12290

Titel der Originalausgabe
LET ME CALL YOU SWEETHEART
erschien bei Simon & Schuster, New York

Umwelthinweis:
Dieses Buch wurde auf
chlor- und säurefreiem Papier gedruckt

Taschenbuchausgabe 06/2001

Printed in Germany 2001
http://www.heyne.de
Umschlaggestaltung: Hauptmann und Kampa
Werbeagentur, CH-Zug
Umschlagillustration: Bildagentur Mauritius/AGE,
Mittenwald
Druck und Bindung: Elsnerdruck, Berlin

ISBN: 3-453-18762-8

Für meine Studienfreunde
an der Villa Maria Academy
in diesem außergewöhnlichen Jahr,
mit einem besonders liebevollen Gruß an
Joan LaMotte Nye
June Langren Crabtree
Marjorie Lashley Quinlan
Joan Molloy Hoffman

und in frohem Gedenken an
Dorothea Bible Davis

Häuf nicht auf dies Grab
Rosen, die sie liebgewann;
Weshalb sie mit Rosen stören,
die sie nicht sehn noch riechen kann?

EDNA ST. VINCENT MILLAY
EPITAPH

So oft wie menschenmöglich versuchte er Suzanne aus seinem Bewußtsein zu verbannen. Manchmal gelang es ihm, für ein paar Stunden Frieden zu finden, oder er schaffte es sogar, eine ganze Nacht durchzuschlafen. Nur so war er in der Lage, zu funktionieren, nur so konnte er das Tagesgeschäft des Lebens bewältigen.

Liebte er sie noch, oder haßte er sie lediglich? Er konnte sich nie sicher sein. Sie war so schön gewesen, mit diesen leuchtenden, spöttischen Augen, dieser Fülle schwarzen Haares, diesen Lippen, die so einladend lächeln oder so leichthin schmollen konnten, wie ein Kind, dem man eine Süßigkeit verwehrt.

In seiner Vorstellung war sie ständig gegenwärtig, wie sie in jenem letzten Augenblick ihres Lebens ausgesehen hatte, dem Moment, als sie ihn verhöhnte und ihm dann den Rücken zukehrte.

Und jetzt, fast elf Jahre später, ließ Kerry McGrath Suzanne einfach nicht ruhen. Fragen und immer mehr Fragen! Das durfte nicht geduldet werden. Man mußte ihr Einhalt gebieten.

Laßt die Toten die Toten begraben. So heißt doch das alte Sprichwort, dachte er, und es trifft noch immer zu. Ihr würde Einhalt geboten werden, unter allen Umständen.

Mittwoch, 11. Oktober

1

Kerry strich den Rock ihres dunkelgrünen Kostüms glatt, arrangierte die schmale Goldkette an ihrem Hals und fuhr sich mit den Fingern durch ihr dunkelblondes halblanges Haar. Der ganze Nachmittag war eine einzige Hetze gewesen: Sie hatte das Gerichtsgebäude um halb drei verlassen und anschließend Robin von der Schule abgeholt, war von Hohokus durch den dichten Verkehr auf den Routen 17 und 4 gesteuert, dann über die George Washington Bridge nach Manhattan, um schließlich den Wagen zu parken und gerade noch rechtzeitig für Robins Termin um vier Uhr in der Arztpraxis einzutreffen.

Jetzt, nach all der Hektik, blieb Kerry nichts anderes übrig, als sich hinzusetzen und abzuwarten, bis sie ins Behandlungszimmer gerufen wurde, während sie doch so gerne dabeigewesen wäre, wenn Robin die Fäden gezogen bekam. Doch die Sprechstundenhilfe war unerbittlich geblieben. »Dr. Smith läßt absolut niemand außer der Schwester mit einem Patienten ins Behandlungszimmer.«

»Aber sie ist doch erst zehn!« hatte Kerry protestiert, um gleich darauf zu verstummen und sich ins Gedächtnis zurückzurufen, daß sie dankbar dafür sein sollte, daß man ausgerechnet Dr. Smith nach dem Unfall zu Rate gezogen hatte. Die Krankenschwestern im St. Luke's-Roosevelt hatten ihr versichert, er sei ein ganz hervorragender Schönheitschirurg. Der Arzt in der Notaufnahme hatte sogar behauptet, er könne wahre Wunder wirken.

Während sie jetzt wieder an jenen Tag vor einer Woche dachte, kam Kerry zu Bewußtsein, daß sie sich noch immer nicht von dem Schock jenes Anrufs erholt hatte. Robins Vater, ihr früherer Mann, Bob Kinellen, hatte Robin überraschend zum Big Apple Circus in New York und einem gemeinsamen Abendessen danach eingeladen, und so hatte Kerry die Chance ausgenützt und war noch spät in ihrem

Amtszimmer beim Gericht in Hackensack an der Arbeit gewesen, der Vorbereitung für einen Mordfall, in dem sie die Anklage vertreten würde.

Um halb sieben hatte das Telefon geläutet. Bob war am Apparat. Es habe einen Unfall gegeben. Ein Lieferwagen habe seinen Jaguar gerammt, während er gerade aus dem Parkhaus herausfuhr. Glassplitter hätten Robin im Gesicht verletzt. Man habe sie schleunigst ins St. Luke's-Roosevelt eingeliefert und einen Gesichtschirurgen geholt. Ansonsten gehe es ihr offenbar gut, nur werde sie noch nach möglichen inneren Verletzungen untersucht.

Bei der Erinnerung an diesen entsetzlichen Abend schüttelte Kerry den Kopf, als versuche sie damit auch den Gedanken an die qualvolle Fahrt nach New York zu vertreiben, bei der sie von trockenem Schluchzen geschüttelt wurde und ihre Lippen ein einziges Wort formten: »Bitte«, während ihr das übrige Gebet durch den Kopf raste: *Bitte, Gott, laß sie nicht sterben, sie ist alles, was ich habe. Bitte, sie ist doch noch so klein. Nimm sie mir nicht weg ...*

Robin war bereits im Operationssaal, als Kerry dann das Krankenhaus erreichte, also setzte sie sich ins Wartezimmer, Bob zu ihrer Seite – mit ihm, und doch nicht gemeinsam mit ihm. Er hatte mittlerweile eine Frau und zwei weitere Kinder. Kerry konnte noch immer das immense Gefühl der Erleichterung nachempfinden, das sie in dem Moment verspürt hatte, als Dr. Smith endlich erschienen war und in einer förmlichen, zugleich seltsam herablassenden Manier erklärt hatte: »Die Schnitte sind glücklicherweise nicht tief in das Derma eingedrungen. Robin wird keine Narben davontragen. Ich möchte sie in einer Woche in meiner Praxis sehen.«

Die Schnittwunden stellten sich als die einzigen Verletzungen heraus, und Robin hatte sich nach dem Unfall rasch wieder gefangen und nur zwei Schultage versäumt. Sie schien sogar irgendwie stolz auf ihre Bandagen zu sein. Erst heute, auf der gemeinsamen Fahrt nach Manhattan zum Arzttermin, war ihr Furcht anzumerken, als sie fragte: »Ich werd' doch wieder ganz okay, oder, Mom? Ich meine, mein Gesicht ist doch dann nicht ganz verhunzt?«

Mit ihren großen blauen Augen, ihrem ovalen Gesicht, der hohen Stirn und den wohlgeformten Gesichtszügen war Robin ein schönes Kind und das Ebenbild ihres Vaters. Kerry hatte ihr von ganzem Herzen und hoffentlich überzeugend Zuversicht eingeflößt. Jetzt aber versuchte Kerry sich abzulenken und blickte sich im Wartezimmer um. Es war geschmackvoll eingerichtet, mit einer Reihe von Sofas und Sesseln, die in einem Muster kleiner gedruckter Blumen bezogen waren. Die Beleuchtung war sanft, der Teppichboden wunderbar flauschig.

Unter den Anwesenden, die darauf warteten, aufgerufen zu werden, war auch eine Frau von augenscheinlich Anfang Vierzig, die einen Verband auf der Nase hatte. Eine andere, die einen etwas verängstigten Eindruck machte, vertraute ihrer attraktiven Begleiterin an: »Jetzt, wo ich da bin, bin ich froh, daß du mich überredet hast, herzukommen. Du siehst einfach phantastisch aus.«

Das stimmt, dachte Kerry, während sie etwas befangen in ihrer Tasche nach dem Make-up suchte. Sie klappte die Puderdose auf, betrachtete sich in dem Spiegel und fand, daß man ihr zu diesem Zeitpunkt ihre sechsunddreißig Jahre wahrlich ansah. Obwohl sie wußte, daß viele Leute sie für attraktiv hielten, hatte sie in dieser Hinsicht nach wie vor ihre Zweifel.

Sie wischte sich mit der Puderquaste über den Nasenrücken, versuchte all die verhaßten Sommersprossen zu überdecken, betrachtete ihre Augen und stellte fest, daß ihr Haselnußfarbton stets von Grün zu einem trüben Braun wechselte, wenn sie so müde war wie heute.

Sie verstaute eine widerspenstige Haarsträhne hinter dem Ohr, schloß dann mit einem Seufzer die Puderdose und schob sich die Ponyfransen, die unbedingt geschnitten werden mußten, aus der Stirn.

Ungeduldig starrte sie auf die Tür, die zu den Behandlungsräumen führte. Weshalb dauerte es nur so lange, Robins Fäden zu ziehen? fragte sie sich. Gab es womöglich Komplikationen?

Kurz darauf ging die Tür auf. Kerry blickte erwartungsvoll hoch. Statt Robin kam jedoch eine junge Frau von vermutlich Mitte Zwanzig zum Vorschein, die ein wunderschönes, mutwilliges und von vollem dunklem Haar eingerahmtes Gesicht hatte.

Ob sie wohl schon immer so aussieht? fragte sich Kerry, während sie die hohen Wangenknochen, die gerade Nase, die ausnehmend wohlgeformten vollen Lippen, die strahlenden Augen und gewölbten Brauen musterte.

Vielleicht spürte sie Kerrys Interesse, denn im Vorbeigehen warf sie ihr jetzt einen herausfordernden Blick zu.

Kerrys Kehle zog sich zusammen. Ich kenne dich, dachte sie. Doch woher? Sie schluckte, und ihr Mund fühlte sich plötzlich trocken an. Dieses Gesicht – ich hab' sie schon mal gesehen.

Nachdem die Frau weg war, ging Kerry zum Empfang und erklärte der Sprechstundenhilfe, sie habe das Gefühl, die junge Dame zu kennen, die soeben aus dem Behandlungszimmer gekommen sei. Wer sie denn sei?

Der Name Barbara Tompkins sagte ihr jedoch nichts. Sie mußte sich getäuscht haben. Und doch überkam sie nun, da sie sich wieder hinsetzte, ein überwältigendes Gefühl von *déjà vu*. Die Wirkung war so beklemmend, daß ihr tatsächlich ein kalter Schauer den Rücken hinunterlief.

2

Kate Carpenter betrachtete die Patienten im Wartezimmer des Arztes mit einer gewissen Voreingenommenheit. Sie arbeitete jetzt seit vier Jahren mit Dr. Smith als Operationsschwester zusammen und ging ihm bei seinen chirurgischen Eingriffen in der Praxis zur Hand. Sie hielt ihn schlicht und einfach für ein Genie.

Sie selbst war nie in Versuchung geraten, sich von ihm operieren zu lassen. So um die Fünfzig, kräftig gebaut und mit einem freundlichen Gesicht und graumelierten Haaren, stellte sie sich ihren Freunden gegenüber als Konterrevolutionärin gegen die Schönheitschirurgie dar. »Was man sieht, das kriegt man auch.«

Obwohl sie volles Verständnis für Patienten mit ernsthaften Problemen hatte, empfand sie doch den Männern und Frauen gegenüber, die auf ihrer hartnäckigen Jagd nach einem perfekten Aussehen wieder und wieder zur Behandlung kamen, eine gewisse Verachtung. »Andererseits«, wie sie zu ihrem Mann sagte, »bezahlen sie schließlich mein Gehalt.«

Gelegentlich fragte sich Kate Carpenter, warum sie eigentlich bei Dr. Smith blieb. Er war allen gegenüber, Patienten wie Angestellten, so kurz angebunden, daß es häufig schon an Grobheit grenzte. Er lobte einen fast nie, versäumte jedoch keine Gelegenheit, einem auch nur den geringsten Fehler sarkastisch anzukreiden. Andererseits wiederum, überlegte sie, waren Gehalt und Zusatzleistungen ganz ausgezeichnet, und es war ein wahrhaft aufregendes Erlebnis, Dr. Smith bei der Arbeit zu beobachten.

Nur war ihr in letzter Zeit aufgefallen, daß seine schlechte Laune immer schlimmer wurde. Potentielle neue Klienten, die man seines herausragenden Rufes wegen an ihn verwiesen hatte, fühlten sich von seinem Auftreten vor den Kopf gestoßen und sagten immer häufiger bereits angesetzte Behandlungstermine ab. Die einzigen, die er mit seiner Fürsorge geradezu überschüttete, waren die Empfängerinnen des »besonderen Aussehens«, des *Looks*, und das war ein weiterer Umstand, der Mrs. Carpenter mit Besorgnis erfüllte.

Außer seiner erhöhten Reizbarkeit war ihr seit einigen Monaten auch noch aufgefallen, daß der Chirurg merkwürdig geistesabwesend, ja völlig in seiner eigenen Welt versunken zu sein schien. Manchmal, wenn sie mit ihm sprach, schaute er sie ausdruckslos an, so als sei er in Gedanken ganz woanders.

Sie warf einen Blick auf ihre Uhr. Wie zu erwarten, war Dr. Smith, nachdem er die Untersuchung von Barbara Tompkins, der neuesten Empfängerin des *Looks*, abgeschlossen hatte, in sein Privatbüro gegangen und hatte die Tür hinter sich geschlossen.

Was trieb er nur da drin? überlegte sie. Er mußte doch wissen, daß er mit seinen Terminen in Verzug war. Dieses kleine Mädchen, Robin, saß schon seit einer halben Stunde allein im Behandlungsraum 3, und im Wartezimmer waren noch weitere Patienten. Doch sie hatte schon bemerkt, daß der Arzt immer, nachdem ihn eine seiner besonderen Patientinnen aufgesucht hatte, eine Weile Zeit für sich allein brauchte.

»Mrs. Carpenter...«

Erschrocken blickte die Krankenschwester von ihrem Schreibtisch auf. Dr. Smith starrte auf sie herunter. »Ich finde, wir haben Robin Kinellen lange genug warten lassen«, sagte er vorwurfsvoll. Sein Blick war frostig hinter der randlosen Brille.

3

»Ich kann Dr. Smith nicht leiden«, sagte Robin trocken, als Kerry den Wagen aus dem Parkhaus an der Ninth Street Ecke Fifth Avenue herausfuhr.

Kerry schaute rasch zu ihr hinüber. »Wieso nicht?«

»Der ist gruselig. Zu Hause, wenn ich zu Dr. Wilson geh, dann erzählt er immer Witze. Aber Dr. Smith hat nicht mal gelächelt. Der hat so getan, als ob er sauer auf mich wär. Er hat so was gesagt, daß manche Leute Schönheit geschenkt kriegen und andre sie erst erlangen, aber in beiden Fällen dürfte man sie ja nie vergeuden.«

Robin hatte das auffallend gute Aussehen ihres Vaters geerbt und war in der Tat eine kleine Schönheit. Es stimmte, daß dies eines Tages zu einer Last werden könnte, doch weshalb sagte der Arzt so etwas Merkwürdiges zu einem Kind? fragte sich Kerry.

»Leider hab' ich ihm erzählt, daß ich den Gurt noch nicht

richtig drin hatte, als der Lieferwagen in Daddys Auto reingekracht ist«, fügte Robin hinzu. »Da hat Dr. Smith nämlich angefangen, mir die Moralpredigt zu halten.«

Kerry spähte zu ihrer Tochter hinüber. Robin machte immer ihren Sicherheitsgurt fest. Daß sie es diesmal nicht getan hatte, bedeutete schlicht, daß Bob den Wagen in Gang gebracht hatte, ohne ihr die Gelegenheit dazu zu geben. Kerry war bemüht, sich keinen Ärger anmerken zu lassen, als sie nun sagte: »Daddy ist wahrscheinlich ziemlich eilig aus dem Parkhaus rausgefahren.«

»Er hat halt nicht gemerkt, daß ich nicht genug Zeit hatte, den Gurt anzuschnallen«, erwiderte Robin abwehrend, da sie die leichte Gereiztheit in der Stimme ihrer Mutter sehr wohl spürte.

Kerry empfand einen tiefen Schmerz um ihre Tochter. Bob Kinellen hatte sie beide im Stich gelassen, als Robin noch ein Baby war. Inzwischen war er mit der Tochter seines Seniorpartners verheiratet und Vater eines fünfjährigen Mädchens und eines dreijährigen Jungen. Robin war völlig vernarrt in ihren Vater, und wenn er mit ihr zusammen war, überschüttete er sie mit Aufmerksamkeit. Aber er enttäuschte sie so oft dadurch, daß er im letzten Moment eine Verabredung wieder abblies. Da seine zweite Frau nicht gerne daran erinnert wurde, daß er noch ein weiteres Kind hatte, wurde Robin nie zu ihm nach Hause eingeladen. Daher kam es, daß sie ihre beiden Halbgeschwister praktisch kaum kannte.

Und kommt es mal zu der seltenen Gelegenheit, daß er sein Versprechen hält und endlich etwas mit ihr unternimmt, dann sieh an, was dabei herauskommt, dachte Kerry. Sie bemühte sich jedoch, ihren Zorn zu unterdrücken, da sie es für besser hielt, das Thema nicht weiter zu verfolgen. Statt dessen erklärte sie: »Warum versuchst du nicht eben ein Nickerchen zu machen, bis wir bei Onkel Jonathan und Tante Grace sind?«

»Okay.« Robin schloß die Augen. »Ich wette, die haben ein Geschenk für mich.«

4

Während sie darauf warteten, daß Kerry und Robin zum Abendessen eintrafen, tranken Jonathan und Grace Hoover wie gewohnt gemeinsam ihren Spätnachmittagsmartini im Wohnzimmer ihres Hauses in Old Tappan, das am Ufer des Lake Tappan lag. Die untergehende Sonne warf lange Schatten über das friedliche Wasser. Die Bäume, die sorgfältig zurechtgestutzt waren, um den Blick auf den See freizuhalten, erglühten in ihrem farbenprächtigen Laub, das sie bald preisgeben würden.

Jonathan hatte das erste Feuer dieses Herbstes im Kamin angefacht, und Grace hatte gerade erwähnt, der Wetterbericht habe den ersten Frost der Saison für die Nacht angekündigt.

Sie waren ein gutaussehendes Paar von Anfang Sechzig, seit fast vierzig Jahren miteinander verheiratet und durch Bande und Bedürfnisse miteinander verknüpft, die über Zuneigung und Gewohnheit hinausgingen. Im Laufe dieser Zeit schienen sie sich fast ähnlich geworden zu sein: Beide hatten edle, von reichem Haar gekrönte Gesichtszüge, wobei seines reinweiß und natürlich gewellt war, ihres dagegen kurzgelockt und noch mit Spuren von Braun gesprenkelt.

Es gab jedoch einen entscheidenden Unterschied hinsichtlich ihrer Körper. Jonathan saß groß und aufgerichtet in einem hohen Ohrensessel, während Grace auf einem Sofa ihm gegenüber ruhte, eine Wolldecke über ihre nutzlosen Beine gebreitet, die gekrümmten Finger regungslos auf dem Schoß, und mit einem Rollstuhl in Reichweite. Seit Jahren schon war sie ein Opfer des schweren Rheumaleidens Arthritis deformans, und ihre Bewegungsfreiheit wurde dadurch zunehmend eingeschränkt.

Jonathan war ihr während der ganzen schweren Zeit zur Seite gestanden. Als Seniorchef einer bedeutenden Kanzlei in New Jersey, die auf hochkarätige Zivilrechtsfälle spezialisiert war, hatte er auch seit etwa zwanzig Jahren einen Sitz im Senat des Staates inne, jedoch wiederholt die Gelegenheit ausgeschlagen, für das Gouverneursamt zu kandidieren. »Ich kann im Senat schon genug an Nutzen oder Schaden stiften«, war sein häufig zitierter Kommentar, »und außerdem glaube ich ohnehin nicht, daß ich gewinnen würde.«

Alle, die ihn gut kannten, nahmen ihm seine Beteuerungen nicht ab. Sie wußten, daß Grace der wahre Grund für seine Entscheidung war, die Anforderungen eines Gouverneurslebens zu vermeiden, und insgeheim fragte sich mancher, ob er nicht doch einen vagen Groll darüber verbarg, daß ihr Leiden ihn an einem weiteren Aufstieg behinderte. Falls es stimmte, ließ er es sich freilich nie anmerken.

Als Grace nun an ihrem Martini nippte, seufzte sie. »Ich glaube, daß dies meine liebste Jahreszeit ist«, sagte sie, »es ist so schön, findest du nicht? An so einem Tag muß ich immer daran denken, wie ich damals mit dem Zug von Bryn Mawr nach Princeton gefahren bin, um mit dir die Footballspiele anzuschauen, und wie wir zum Essen ins Nassau Inn gegangen sind ...«

»Und du bei deiner Tante übernachtet hast und sie extra aufgeblieben ist, um sich zu vergewissern, daß du in Sicherheit bist, bevor sie schlafen ging«, fuhr Jonathan mit einem Schmunzeln fort. »Ich hab' immer gebetet, daß der alte Drache wenigstens einmal früher einschlafen würde, aber sie blieb absolut auf Draht.«

Grace lächelte. »Sobald wir vor dem Haus vorfuhren, fing schon das Licht am Eingang an zu blinken.« Dann blickte sie besorgt auf die Uhr am Kaminsims. »Sind sie nicht spät dran? Ich denke nicht gern daran, daß Kerry und Robin mitten in dem schrecklichen Stoßverkehr unterwegs sind. Besonders nach dem, was letzte Woche passiert ist.«

»Kerry ist eine gute Fahrerin«, beruhigte sie Jonathan. »Mach dir keine Sorgen. Die beiden werden jede Minute hier sein.«

»Ich weiß. Es ist doch bloß ...« Der Satz brauchte nicht beendet zu werden; Jonathan verstand vollkommen. Schon seit die damals einundzwanzigjährige Kerry zu Beginn ihres Jurastudiums auf die Suchanzeige der Hoovers nach jemandem zum Haushüten geantwortet hatte, war sie praktisch zur Ersatztochter für sie geworden. Das war nun fünfzehn Jahre her, und in dieser Zeit hatte Jonathan Kerry häufig mit Rat und Tat für ihre Karriere beigestanden, zuletzt, indem er seinen Einfluß spielen ließ, damit der Gouverneur ihren Namen auf die Liste der Kandidaten für ein Richteramt setzte.

Zehn Minuten später kündete der willkommene Klang der Türklingel Kerrys und Robins Ankunft an. Ganz wie Robin es vorhergesagt hatte, wartete schon ein Geschenk auf sie, ein Buch und ein Quizspiel für ihren Computer. Nach dem Essen ging sie mit ihrem Buch ins Bibliothekszimmer und schmiegte sich in einen Sessel, während die Erwachsenen noch beim Kaffee sitzen blieben.

Als Robin nicht mehr in Hörweite war, fragte Grace ruhig: »Kerry, diese Narben auf Robins Gesicht gehen doch *bestimmt* noch weg, oder?«

»Ich habe Dr. Smith genau dasselbe gefragt, als ich bei ihm war. Er hat nicht nur praktisch dafür garantiert, daß sie verschwinden, er schien geradezu beleidigt darüber zu sein, daß ich überhaupt Bedenken geäußert hatte. Ich muß dir gestehen, ich hab' so ein Gefühl, daß der gute Herr Doktor ein ganz schön ausgeprägtes Ego hat. Immerhin hat mir der Arzt in der Notaufnahme letzte Woche versichert, daß Dr. Smith eine Koryphäe auf dem Gebiet der plastischen Chirurgie ist. Er hat sogar gesagt, er könne wahre Wunder vollbringen.«

Während sie ihren Kaffee austrank, dachte Kerry über die Frau nach, die sie nachmittags in der Praxis von Dr. Smith gesehen hatte. Sie blickte über den Tisch auf Jonathan und Grace. »Etwas Komisches ist passiert, als ich auf Robin gewartet habe. Da war eine Frau bei Dr. Smith zur Behandlung, die mir so vertraut vorkam«, sagte sie. »Ich hab' mich sogar bei der Anmeldung nach ihrem Namen erkundigt. Ich bin mir zwar sicher, daß ich sie nicht kenne, aber ich werd einfach nicht das Gefühl los, daß ich ihr schon mal begegnet bin. Sie war mir irgendwie unheimlich. Ist das nicht komisch?«

»Wie hat sie denn ausgesehen?« fragte Grace.

»Absolut umwerfend auf eine verführerische, sinnlich herausfordernde Art«, sagte Kerry nachdenklich. »Ich glaube, es lag an dem Mund, daß sie so wirkte. Sie hatte solche vollen, schmollenden Lippen. Ich weiß schon: Vielleicht war sie eine von Bobs früheren Freundinnen, und ich hab' sie einfach verdrängt.« Sie zuckte die Achseln. »Ach, was soll's, es wird mir keine Ruhe lassen, bis ich dahinterkomme.«

5

Sie haben mein Leben verändert, Dr. Smith ... Das war es, was Barbara Tompkins zu ihm gesagt hatte, als sie einige Zeit zuvor sein Sprechzimmer verließ. Und er wußte, daß es stimmte. Er hatte sie verändert und damit auch ihr ganzes Leben. Aus einer nichtssagenden grauen Maus von Frau, die älter als ihre sechsundzwanzig Jahre aussah, hatte er sie in eine junge Schönheit verwandelt. Ja, mehr noch als nur eine Schönheit. Jetzt hatte sie Feuer. Sie war nicht mehr jene unsichere Frau, die ein Jahr zuvor zu ihm gekommen war.

Damals hatte sie in einer kleinen Presseagentur in Albany gearbeitet. »Ich hab' gesehen, was Sie für eine unserer Kundinnen getan haben«, hatte sie gesagt, als sie an jenem ersten Tag zu ihm in die Praxis kam. »Ich hab' gerade etwas Geld von meiner Tante geerbt. Können Sie mich hübsch machen?«

Er hatte weit mehr getan – er hatte sie völlig verwandelt. Er hatte sie schön gemacht. Jetzt arbeitete Barbara in Manhattan bei einer großen, angesehenen PR-Firma. Sie war schon immer intelligent gewesen; ihre Intelligenz aber mit dieser besonderen Art von Schönheit zu kombinieren, hatte ihr Leben von Grund auf verändert.

Dr. Smith versorgte um halb sieben die letzte Patientin für den Tag. Dann ging er zu Fuß die drei Häuserblocks auf der Fifth Avenue hinunter zu seinem aus einer ehemaligen Remise umgewandelten Haus in Washington Mews.

Er hatte es sich zur Angewohnheit gemacht, jeden Tag zu Fuß nach Hause zu gehen, sich bei einem Bourbon mit Soda zu den Abendnachrichten zu entspannen und dann zu entscheiden, wohin er essen gehen wollte. Er lebte allein und aß fast nie zu Hause.

Heute abend überkam ihn eine ungewohnte Ruhelosigkeit. Von all den Frauen ähnelte Barbara Tompkins *ihr* am meisten. Sie einfach nur zu sehen war eine aufrührende, ja reinigende Erfahrung, fast eine Katharsis. Er hatte mitbekommen, wie Barbara sich mit Mrs. Carpenter unterhielt und ihr erzählte, sie werde abends einen Kunden in den Oak Room im Plaza Hotel ausführen.

Fast widerwillig erhob er sich. Was als nächstes geschehen würde, war unvermeidlich. Er würde zur Oak Bar gehen, einen Blick in das Restaurant des Oak Room werfen und herausfinden, ob es einen kleinen Tisch gab, von dem aus er beim Abendessen Barbara beobachten konnte. Mit ein bißchen Glück würde sie ihn nicht bemerken. Sollte sie jedoch etwas spüren, ja ihn sogar erkennen, dann würde er ihr einfach zuwinken. Sie hatte keinen Grund zu der Annahme, daß er ihr bewußt folgte.

6

Nach ihrer Rückkehr von dem Abendessen mit Jonathan und Grace saß Kerry noch lange, nachdem Robin eingeschlafen war, an ihrem Schreibtisch. Er stand in dem Arbeitszimmer des Hauses, in das sie gezogen war, nachdem Bob sie und Robin verlassen und sie das Haus verkauft hatte, das sie mit ihm gemeinsam erstanden hatte. Es war ihr gelungen, das neue Haus zu einem günstigen Preis zu bekommen, als der Immobilienmarkt im Keller war, und sie war froh darüber – sie mochte es ausgesprochen gern. Es war ein fünfzig Jahre altes geräumiges Gebäude im Stil von Cape Cod mit Flügelfenstern am Giebel und auf einem Grundstück von zwei Morgen gelegen, das dicht von Bäumen bestanden war. Die einzige Zeit, wo ihr das Haus nicht gefiel, war, wenn die Blätter zu fallen begangen, tonnenweise. Das war bald wieder fällig, dachte sie mit einem Seufzer.

Morgen würde sie den Angeklagten in einem Mordfall, für den sie zuständig war, ins Kreuzverhör nehmen. Er war ein guter Schauspieler. Im Zeugenstand war seine Version der Ereignisse, die zum Tod seiner Vorgesetzten geführt hatten, vollkommen plausibel erschienen. Er behauptete, seine Chefin habe ihn ständig heruntergemacht, und zwar so schlimm, daß er eines Tages durchgedreht sei und sie getötet habe. Sein Anwalt wollte auf Totschlag plädieren.

Kerrys Aufgabe war es, die Geschichte des Angeklagten auseinanderzunehmen und zu beweisen, daß es hier um einen sorgfältig geplanten und durchgeführten Racheakt gegen seine Chefin ging, die ihn aus guten Gründen nicht befördert hatte. Es hatte sie das Leben gekostet. Jetzt muß er dafür bezahlen, dachte Kerry.

Es war ein Uhr, als sie sich endlich mit der Vorbereitung aller Fragen, die sie stellen, aller Punkte, die sie vorbringen wollte, zufriedengab.

Erschöpft stieg sie die Treppe nach oben. Sie warf einen Blick zu der friedlich schlafenden Robin hinein, deckte sie besser zu und ging dann über den Flur in ihr eigenes Zimmer.

Fünf Minuten später, nachdem sie sich das Gesicht gewaschen, die Zähne geputzt und ihr Lieblingsnachthemd übergezogen hatte, kuschelte sie sich in ihr relativ schmales Messingbett, das sie nach der Trennung von Bob bei einem Ausverkauf erstanden hatte. Sie hatte sämtliche Möbel im großen Schlafzimmer ausgetauscht. Es war ihr unmöglich gewesen, mit den alten Sachen weiterzuleben, seine Kommode, seinen Nachttisch sehen zu müssen oder das leere Kissen auf seiner Seite des Bettes.

Der Vorhang war nur teilweise zugezogen, und im schwachen Licht der Laterne draußen an der Einfahrt konnte sie sehen, daß ein stetiger Regen eingesetzt hatte.

Nun, das herrliche Wetter konnte ja nicht ewig anhalten, dachte sie und war dankbar, daß es wenigstens nicht so kalt wie vorhergesagt war und der Regen nicht in Graupelschauer übergehen würde. Sie schloß die Augen und konzentrierte sich darauf, ihre aufgestörten Gedanken zur Ruhe zu bringen, verwundert darüber, warum sie sich so unbehaglich fühlte.

Um fünf wurde sie wach, vermochte bis sechs noch einmal einzudösen. In dieser Stunde wurde sie zum erstenmal von dem Traum heimgesucht.

Sie sah sich selbst im Wartezimmer einer Arztpraxis. Eine Frau lag dort auf dem Boden und starrte mit aufgerissenen leeren Augen ins Nichts. Eine Fülle dunklen Haares umrahmte die herausfordernde Schönheit ihres Gesichts. Eine geknüpfte Kordel war um ihren Hals geschlungen.

Und dann, vor Kerrys Augen, stand die Frau auf, entfernte den Strick von ihrem Hals und ging zur Sprechstundenhilfe hinüber, um einen Termin auszumachen.

7

Im Verlauf des Abends dachte Robert Kinellen kurz daran, anzurufen und sich danach zu erkundigen, wie es Robin beim Arzt ergangen war, aber der Gedanke verschwand wieder, wie er gekommen war, ohne in die Tat umgesetzt zu werden. Anthony Bartlett, Bobs Schwiegervater und Seniorpartner in der Kanzlei, hatte sich zu einem ungewöhnlichen Besuch bei den Kinellens nach dem Abendessen entschlossen, um die Strategie für das bevorstehende Strafverfahren gegen James Forrest Weeks wegen Steuerhinterziehung durchzusprechen, den wichtigsten – und am meisten umstrittenen – Klienten der Sozietät.

Weeks, millionenschwerer Immobilienmakler und Großunternehmer, war in den vergangenen drei Jahrzehnten zu einiger Prominenz in New York und New Jersey gelangt. Er war nicht nur ein wichtiger Sponsor politischer Kampagnen und bedeutender Spender für Wohltätigkeitszwecke, sondern auch ständig Anlaß für Gerüchte über Insider-Deals und Kungeleien, und ihm haftete der Ruf an, Beziehungen zu notorischen Figuren des organisierten Verbrechens zu pflegen.

Die Bundesstaatsanwaltschaft versuchte schon seit Jahren, Weeks etwas nachzuweisen, und Bartlett und Kinellen war die finanziell lukrative Aufgabe zugekommen, ihn bei diesen Ermittlungen zu vertreten. Bis jetzt hatten die Bundesbeamten es nie geschafft, handfeste Beweise aufzutreiben, die zum Anklagebeschluß ausgereicht hätten.

»Diesmal geht es Jimmy womöglich ernsthaft an den Kragen«, rief Anthony Bartlett seinem Schwiegersohn ins Gedächtnis, als sie sich im Arbeitszimmer im Haus der Kinellens in Englewood Cliffs gegenübersaßen. Er trank einen Schluck von seinem Brandy. »Was natürlich bedeutet, daß es auch uns an den Kragen gehen kann.«

In den zehn Jahren, seit Bob zu der Kanzlei gehörte, hatte er miterlebt, wie sie sich beinahe in eine Tochterfirma von Weeks Enterprises verwandelt hatte, so eng waren sie miteinander verknüpft. Genaugenommen würden ihnen ohne Jimmys riesiges Wirtschaftsimperium nur noch eine Handvoll unbedeutender Klienten bleiben und Erträge, die nicht mehr ausreichen würden, ihre Kanzlei über Wasser zu halten. Sie waren sich beide klar darüber, daß Bartlett und Kinellen als lebensfähiges Unternehmen im Falle der Verurteilung von Jimmy erledigt sein würde.

»Barney ist es, um den ich mir Sorgen mache«, sagte Bob ruhig. Barney Haskell war Jimmy Weeks' Chefbuchhalter und Mitangeklagter in dem laufenden Verfahren. Sie wußten beide, daß enormer Druck auf ihn ausgeübt wurde, sich als Kronzeuge im Austausch für eine Strafminderung zur Verfügung zu stellen.

Anthony Bartlett nickte. »Ganz deiner Meinung.«

»Und aus mehr als einem Grund«, fuhr Bob fort. »Ich hab' dir doch von dem Unfall in New York erzählt? Und daß Robin von einem Gesichtschirurgen behandelt wurde?«

»Ja. Wie geht's ihr denn?«

»Sie wird Gott sei Dank wieder ganz okay sein. Aber ich

hab' dir noch nicht gesagt, wie der Arzt heißt. Charles Smith ist sein Name.«

»Charles Smith.« Anthony Bartlett runzelte die Stirn, während er über den Namen nachdachte. Dann gingen seine Augenbrauen in die Höhe, und er setzte sich kerzengerade auf. »Doch nicht etwa der, der ...?«

»Genau«, antwortete Bob. »Und meine Exfrau, die für die Staatsanwaltschaft arbeitet, sucht regelmäßig mit unsrer Tochter seine Praxis auf. So wie ich Kerry kenne, ist es nur eine Frage der Zeit, bis sie den Zusammenhang herstellt.«

»O mein Gott«, sagte Bartlett niedergeschlagen.

Donnerstag, 12. Oktober

8

Die Staatsanwaltschaft von Bergen County hatte ihre Amtsräume im ersten Stock des Westflügels des Gerichtsgebäudes. Sie umfaßte fünfunddreißig Staatsanwälte, siebzig Ermittlungsbeamte und fünfundzwanzig Sachbearbeiter beziehungsweise Sekretärinnen, dazu Franklin Green, den Chef der Behörde.

Trotz der nie nachlassenden Flut an Arbeit und der ernsten, häufig makabren Natur der Materie herrschte ein kumpelhafter Umgangston im Amt. Kerry arbeitete ausgesprochen gerne hier. Sie erhielt immer wieder verheißungsvolle Angebote von Anwaltskanzleien, bei ihnen eine Stelle anzutreten, doch trotz der finanziellen Verlockungen hatte sie es vorgezogen dazubleiben und sich mittlerweile zu der Position einer leitenden Staatsanwältin vor Gericht hochgearbeitet. Dabei hatte sie sich gleichzeitig ein Renommee als gewitzte, hartnäckige und gewissenhafte Anklägerin erworben.

Zwei Richter hatten gerade mit siebzig Jahren das obligatorische Ruhestandsalter erreicht und ihren Richtersitz aufgegeben, und daher gab es jetzt zwei offene Stellen. In seiner Eigenschaft als Senator des Staates hatte Jonathan Hoover Kerrys Namen für eine der Positionen eingereicht. Sie gestand nicht einmal sich selbst ein, wie sehnlich sie sich das Richteramt wünschte. Die großen Kanzleien boten wesentlich mehr Geld, aber ein Richteramt stellte die Art von Errungenschaft dar, mit der Geld niemals konkurrieren konnte.

Kerry dachte gerade an die mögliche Ernennung, als sie am Morgen den Code für das Schloß der Außentür eingab und, sobald es klickte, die Tür aufstieß. Sie winkte der Telefonistin zu und ging rasch in das Büro, das dem Staatsanwalt mit Prozeßbefugnis zugeordnet war.

Gemessen an den fensterlosen Minibüros, die den neuen Anwälten bei der Staatsanwaltschaft zugeteilt wurden, war dieser Büroraum von angenehmer Größe. Die Platte des abgenutzten Holzschreibtischs war so vollständig mit Aktenstapeln bedeckt, daß sein Zustand kaum eine Rolle spielte. Die Stühle mit ihren geraden Lehnen paßten nicht zusammen, doch sie erfüllten ihren Zweck. An der obersten Schublade des Aktenschranks mußte man energisch zerren, um sie überhaupt aufzubekommen, doch das irritierte Kerry nicht sonderlich.

Der Raum hatte eine gute Lüftung, Fenster, die für Zufuhr von Licht und frischer Luft sorgten. Sie hatte dem Zimmer eine persönliche Note verliehen, mit üppigen Pflanzen, welche die Fenstersimse säumten, und mit gerahmten Fotos, die Robin gemacht hatte. Der Gesamteindruck war praktisch und wohnlich, und Kerry war vollauf zufrieden, diesen Raum als Büro zu haben.

Der Morgen hatte den ersten Frost dieses Herbstes mit sich gebracht, weshalb Kerry noch schnell nach ihrem wetterfesten Mantel gegriffen hatte, als sie von zu Hause wegging. Jetzt hängte sie den Mantel sorgfältig auf. Sie hatte den echten Burberry zu einem günstigen Preis erstanden und wollte, daß er noch lange hielt.

Sie befreite sich von den letzten Resten des beunruhigenden Traums der letzten Nacht, als sie sich an ihren Schreibtisch setzte. Jetzt mußte sie sich um das Verfahren kümmern, das in einer Stunde beginnen würde.

Das Mordopfer, die Frau in der leitenden Position, hatte zwei Söhne im Teenager-Alter, die sie allein großgezogen hatte. Wer würde sich jetzt um sie kümmern? Was wäre, wenn mir etwas zustoßen würde? dachte Kerry. Wohin würde Robin dann gehen? Bestimmt nicht zu ihrem Vater; in seinem neuen Haushalt würde sie sich weder wohl fühlen noch willkommen sein. Aber Kerry konnte sich auch nicht vorstellen, wie ihre Mutter und ihr Stiefvater, die beide über siebzig waren und in Colorado lebten, eine Zehnjährige aufziehen sollten. Hoffentlich bin ich wenigstens so lange unter den Lebenden, bis Robin erwachsen ist, dachte sie, während sie ihre Aufmerksamkeit auf die Akte richtete, die vor ihr lag.

Um zehn vor neun klingelte das Telefon. Frank Green, der Oberstaatsanwalt, war am Apparat. »Kerry, ich weiß, daß Sie auf dem Sprung zum Gericht sind, aber kommen Sie doch eine Minute bei mir vorbei.«

»Ja, natürlich.« Und es darf wirklich bloß eine Minute dauern, dachte sie. Frank weiß, daß Richter Kafka einen Anfall bekommt, wenn man ihn warten läßt.

Sie fand Staatsanwalt Frank Green hinter seinem Schreibtisch vor. Mit seinem zerfurchten Gesicht und den pfiffigen Augen hatte er mit zweiundfünfzig Jahren noch immer den gestählten Körper, der ihn auf dem College zu einem Footballstar gemacht hatte. Er lächelte warm, aber irgendwie verändert, dachte sie. Hatte er sich vielleicht seine Zähne machen lassen? Falls ja, so ist er schlau. Sie sehen gut aus, und sie werden sich auch gut auf Fotos machen, wenn er im Juni nominiert wird.

Es bestand kein Zweifel, daß Green sich bereits auf den Wahlkampf um den Gouverneursposten vorbereitete. Das Interesse der Medien für seinen Amtssitz machte sich immer mehr bemerkbar, und welche Sorgfalt er neuerdings seiner Garderobe widmete, blieb niemandem verborgen. In einem Leitartikel hatte es geheißen, da der gegenwärtige Gouverneur seit zwei Amtsperioden so guten Dienst tue und Green persönlich zum Nachfolger auserkoren habe, sei die Wahrscheinlichkeit ausgesprochen groß, daß man ihm die Führung des Staates anvertrauen werde.

Nach Erscheinen des Leitartikels bürgerte es sich ein, daß Green von seinen Mitarbeitern »Unser Anführer« genannt wurde.

Kerry bewunderte sein juristisches Können und seine Effizienz. Er hatte die Zügel fest in der Hand. Ihr Vorbehalt ihm gegenüber beruhte darauf, daß er mehrmals in den vergangenen zehn Jahren einen der jüngeren Anwälte, dem ein Lapsus unterlaufen war, im Regen hatte stehenlassen. In erster Linie war Green sich selbst gegenüber loyal.

Sie wußte, daß ihre Nominierung für ein Richteramt ihren Rang in seinen Augen gesteigert hatte. »Sieht ganz danach aus, daß wir beide noch zu Höherem bestimmt sind«, hatte er in einem seltenen Ausbruch von Enthusiasmus und Leutseligkeit ihr gegenüber erklärt.

Jetzt sagte er: »Kommen Sie herein, Kerry. Ich wollte nur von Ihnen selbst hören, wie es Robin geht. Als ich erfuhr, daß Sie gestern den Richter um eine Vertagung des Verfahrens gebeten haben, machte ich mir Sorgen.«

Sie informierte ihn kurz über das Untersuchungsergebnis und versicherte ihm, alles sei unter Kontrolle.

»Robin war doch mit ihrem Vater zusammen, als der Unfall passierte, stimmt's?«

»Ja, Bob war am Steuer.«

»Ihr Exmann hat womöglich eine Pechsträhne. Ich glaube nicht, daß er Weeks diesmal freibekommt. Es heißt, daß sie ihn festnageln werden, und ich hoffe, das tun sie auch. Er ist ein Gauner, und vielleicht noch was Schlimmeres.« Er machte eine wegwerfende Handbewegung. »Ich bin froh, daß Robin sich wieder erholt, und ich weiß, daß Sie die Dinge im Griff haben. Heute nehmen Sie doch den Angeklagten ins Kreuzverhör, nicht?«

»Ja.«

»Wie ich Sie kenne, tut er mir beinahe leid. Viel Glück.«

Montag, 23. Oktober

9

Fast zwei Wochen waren vergangen, und noch immer sonnte sich Kerry im Glanz ihrer Befriedigung über das mittlerweile abgeschlossene Verfahren. Sie hatte die Verurteilung wegen Mordes durchgesetzt. Wenigstens mußten die Söhne der getöteten Frau nicht in dem Bewußtsein aufwachsen, daß der Mörder ihrer Mutter in fünf oder sechs Jahren wieder frei herumlief. Genau das wäre geschehen, wenn die Geschworenen der Argumentation der Verteidigung auf Totschlag im Affekt Glauben geschenkt hätten. Mord bedeutete eine obligatorische Strafe von dreißig Jahren, ohne Chance auf Strafminderung wegen guter Führung.

Während sie jetzt erneut im Empfangsraum der Praxis von Dr. Smith saß, machte sie ihre Aktentasche auf, die sie überallhin mitnahm, und zog eine Zeitung heraus. Robin war zur zweiten Nachuntersuchung da, die sicher eher eine Routineangelegenheit war, also konnte Kerry sich entspannen. Außerdem brannte sie darauf, das Neueste über Jimmy Weeks' Prozeß zu erfahren.

Wie Frank Green vorhergesagt hatte, war man allgemein der Ansicht, daß es für den Angeklagten nicht gut aussah. Frühere Ermittlungen in Sachen Bestechung, Insider-Geschäften sowie Geldwäsche waren wegen Mangels an ausreichenden Beweisen fallengelassen worden. Dieses Mal jedoch galt es als sicher, daß der Fall hieb- und stichfest war. Das hieß, falls er überhaupt in die Gänge kam. Die Auswahl der Jury dauerte nun schon mehrere Wochen an, und es war kein Ende in Sicht. Das wird Bartlett und Kinellen sicher freuen, dachte sie, daß sich all diese honorarträchtigen Stunden anhäufen.

Bob hatte Jimmy Weeks einmal Kerry vorgestellt, als sie den beiden in einem Restaurant über den Weg lief. Nun betrachtete sie das Foto von ihm, auf dem er neben ihrem ehemaligen Mann auf der Anklagebank saß. Denk dir den maßgeschneiderten Anzug weg und dieses aufgesetzte weltmännische Gehabe, und du hast einen Schurken vor dir, überlegte sie.

Auf der Abbildung war Bobs Arm schützend um die Lehne von Weeks' Stuhl gelegt. Ihre Köpfe steckten nahe beieinander. Kerry mußte daran denken, wie Bob früher diese Geste einstudiert hatte.

Sie überflog den Artikel, ließ dann die Zeitung wieder in ihre Aktentasche plumpsen. Mit einem Kopfschütteln erinnerte sie sich an ihre Entrüstung, als Bob ihr kurz nach Robins Geburt mitgeteilt hatte, er habe eine Stelle bei Bartlett und Partner angenommen.

»All ihre Klienten stecken schon mit einem Fuß im Knast«, hatte sie protestiert. »Und der andere Fuß gehört ebenfalls dahin.«

»Und sie zahlen rechtzeitig ihre Rechnungen«, hatte Bob daraufhin erwidert. »Kerry, bleib du nur bei der Staatsanwaltschaft, wenn dir der Sinn danach steht. Ich hab' andere Pläne.«

Ein Jahr später verkündete er, diese Pläne schlössen auch die Ehe mit Alice Bartlett ein.

Graue Vorzeit, sagte sich Kerry jetzt und sah sich im Wartezimmer um. Heute saßen hier noch ein athletisch aussehender Halbwüchsiger mit einem Verband auf der Nase und eine ältere Frau, deren viele Falten den Grund für ihre Anwesenheit ahnen ließen.

Kerry warf einen Blick auf ihre Uhr. Robin hatte ihr erzählt, daß sie in der Woche zuvor eine halbe Stunde lang im Sprechzimmer hatte warten müssen. »Ich hätte besser ein Buch dabeigehabt«, hatte sie gesagt. Diesmal hatte sie für Lektüre vorgesorgt.

Ich wünschte bei Gott, Dr. Smith würde realistische Termine machen, dachte Kerry gereizt, während sie in Richtung der Sprechzimmer schaute, wo gerade eine Tür aufging.

Sofort erstarrte Kerry und riß die Augen auf. Die junge Frau, die erschien, hatte ein von einer dunklen Haarpracht eingerahmtes Gesicht, eine gerade Nase, schmollend aufgeworfene Lippen, weit auseinanderliegende Augen und schwungvolle Augenbrauen. Kerry spürte, wie sich ihr die

Kehle zusammenschnürte. Es war nicht dieselbe Frau, die sie letztes Mal gesehen hatte – aber sie sah genauso aus. Waren die beiden vielleicht miteinander verwandt? Falls sie Patientinnen waren, würde Dr. Smith doch gewiß nicht auf den Gedanken kommen, ihnen ein so ähnliches Aussehen zu verpassen, dachte sie.

Und weshalb erinnerte sie dieses Gesicht so stark an eine andere Frau, daß es einen Alptraum ausgelöst hatte? Sie schüttelte ratlos den Kopf.

Erneut warf sie einen Blick auf die anderen Anwesenden, die in dem winzigen Wartezimmer saßen. Der Junge hatte offenbar einen Unfall erlitten und sich wahrscheinlich die Nase gebrochen. Aber war die ältere Frau nur wegen eines ganz normalen Faceliftings hier, oder hoffte sie womöglich auf ein völlig neues Erscheinungsbild?

Wie fühlte man sich wohl, wenn man in den Spiegel schaute und feststellte, daß einem eine Fremde entgegenblickte? fragte sich Kerry. Kann man sich einfach sein neues Aussehen nach Belieben aussuchen? War die Sache so einfach?

»Ms. McGrath.«

Kerry wandte sich um und sah Mrs. Carpenter, die Schwester, gestikulieren, sie möge zu den Behandlungszimmern kommen.

Kerry beeilte sich, ihr zu folgen. Bei ihrem letzten Besuch hatte sie die Sprechstundenhilfe am Empfang über die Frau ausgefragt, die sie damals hier gesehen hatte, und zur Antwort erhalten, ihr Name sei Barbara Tompkins. Jetzt konnte sie die Krankenschwester nach dieser anderen Frau fragen. »Diese junge Frau, die soeben wegging, kam mir irgendwie vertraut vor«, fragte Kerry. »Wie heißt sie denn?«

»Pamela Worth«, antwortete Mrs. Carpenter knapp. »So, da wären wir.«

Sie entdeckte Robin, die dem Arzt gegenüber vor seinem Schreibtisch saß; sie saß ungewöhnlich gerade da und hatte die Hände auf dem Schoß gefaltet. Kerry bemerkte den Ausdruck von Erleichterung in der Miene ihrer Tochter, als Robin sich umdrehte und ihre Blicke sich begegneten.

Der Chirurg nickte Kerry zu und bedeutete ihr mit einer Geste, sie möge sich auf den Sessel neben Robin setzen. »Ich habe mit Robin die Nachbehandlung besprochen, die ich für sie haben möchte, um sicherzugehen, daß nichts den Heilprozeß beeinträchtigt. Sie möchte wieder Fußball spielen, aber sie muß mir versprechen, daß sie für den Rest der Saison eine Gesichtsmaske trägt. Wir dürfen nicht das geringste Risiko eingehen, daß diese Schnittwunden wieder aufgerissen werden. Ich gehe davon aus, daß die Narben in einem halben Jahr nicht mehr sichtbar sind.«

Sein Gesicht nahm einen entschiedenen Ausdruck an. »Ich habe Robin bereits erklärt, daß mich viele Menschen mit dem Wunsch nach der Art von Schönheit aufsuchen, wie Robin sie freizügig geschenkt bekommen hat. Es ist ihre Pflicht, sie zu hegen und zu pflegen. Ich entnehme den Unterlagen, daß Sie geschieden sind. Robin hat mir gesagt, daß ihr Vater zum Zeitpunkt des Unfalls am Steuer saß. Ich rate Ihnen dringend, ihm einzuschärfen, sich in Zukunft besser um seine Tochter zu kümmern. Sie ist unersetzlich.«

Auf dem Heimweg kehrten sie auf Robins Wunsch bei Valentino's in Park Ridge zum Abendessen ein. »Ich mag die Krabben hier«, verkündete Robin. Doch als sie sich gerade an einen Tisch gesetzt hatten, blickte Robin sich um und sagte: »Daddy ist einmal mit mir hierhergekommen. Er sagt, es ist das beste Lokal hier.« Ihre Stimme klang träumerisch.

Deshalb also wollte sie unbedingt in dieses Restaurant, dachte Kerry. Seit dem Unfall hatte Bob Robin nur einmal angerufen, und das war während der Schule. Seine Botschaft auf dem Anrufbeantworter lautete, er vermute, sie sei in der Schule, und das bedeute wohl, daß es ihr prima ginge. Es gab keine Bitte um Robins Rückruf. Jetzt sei fair, ermahnte Kerry sich. Immerhin hat er sich bei mir im Büro erkundigt, und er weiß, daß Dr. Smith gesagt hat, Robin werde wieder ganz in Ordnung kommen. Doch das war schon zwei Wochen her. Seither Schweigen.

Der Kellner erschien, um die Bestellung aufzunehmen. Als sie wieder allein waren, sagte Robin: »Mom, ich will nicht mehr zu Dr. Smith gehn. Er ist gruselig.«

Kerry war bestürzt. Das entsprach genau ihren eigenen Gedanken. Und als nächstes kam ihr in den Sinn, daß sie lediglich sein Wort dafür hatte, daß die schlimmen roten Striemen auf Robins Gesicht verschwinden würden. Ich muß sie unbedingt von einem anderen Arzt untersuchen lassen, nahm sie sich vor. Um einen sachlichen Ton bemüht, erklärte sie: »Oh, ich denke, Dr. Smith ist schon in Ordnung, auch wenn er soviel Charakter hat wie eine feuchte Nudel.« Sie wurde von Robins vergnügtem Grinsen belohnt.

»Wie auch immer«, fuhr sie fort, »er will dich erst wieder in einem Monat sehen, und danach vielleicht überhaupt nicht mehr. Also mach dir keine Sorgen. Er kann nichts dafür, daß er ohne Charme auf die Welt kam.«

»Vergiß den Charme. Er ist ein totaler Widerling.«

Als das Essen kam, probierten sie gegenseitig von ihren Gerichten und unterhielten sich angeregt dabei. Robin hatte ihre Leidenschaft fürs Fotografieren entdeckt und nahm an einem Anfangskurs in Fototechnik teil. Zur Zeit hatte sie die Aufgabe gestellt bekommen, Aufnahmen von Herbstblättern in den verschiedenen Stadien der Verfärbung zu machen. »Ich hab' dir doch die tollen Bilder gezeigt, Mom, die ich geknipst hab', als die Blätter grade anfingen, die Farbe zu ändern. Ich weiß, daß die Fotos, die ich diese Woche gemacht hab', mit den Farben am Höhepunkt, bestimmt toll sind.«

»Bevor du sie überhaupt gesehn hast?« murmelte Kerry.

»Mm-hmmm. Jetzt kann ich's gar nicht erwarten, bis die Blätter verwelken und dann ein anständiger Sturm alles durcheinanderfegt. Das wird doch bestimmt phantastisch, nicht?«

»Nichts geht über einen anständigen Sturm, der alles durcheinanderfegt«, stimmte Kerry zu.

Sie beschlossen, auf einen Nachtisch zu verzichten. Der Kellner hatte gerade Kerry ihre Kreditkarte zurückgegeben, als sie Robin nach Luft schnappen hörte. »Was ist denn, Rob?«

»Daddy ist da! Er sieht uns.« Robin sprang auf.

»Warte, Rob, laß ihn zu dir kommen«, sagte Kerry ruhig. Sie drehte sich um. In Begleitung eines weiteren Mannes folge Bob dem Empfangschef. Kerrys Augen weiteten sich erstaunt. Der andere Mann war Jimmy Weeks.

Bob sah wie immer phänomenal aus. Nicht einmal ein langer Tag vor Gericht hinterließ eine Spur von Müdigkeit auf seinem attraktiven Gesicht. Nie eine Falte oder eine Knautschstelle an dir, dachte Kerry und war sich gleichzeitig bewußt, daß sie in Bobs Gegenwart stets den Impuls empfand, ihr Make-up zu überprüfen, die Haare zu ordnen, ihre Jacke zu glätten.

Robin andererseits sah überglücklich aus. Voller Freude erwiderte sie Bobs Umarmung. »Schade, daß ich deinen Anruf verpaßt hab, Daddy.«

Ach, Robin, dachte Kerry. Dann merkte sie, daß Jimmy Weeks auf sie herunterblickte. »Ich habe Sie hier vor einem Jahr kennengelernt«, sagte er. »Sie haben damals mit zwei Richtern zu Abend gegessen. Schön, Sie wiederzusehen, Mrs. Kinellen.«

»Den Namen habe ich schon lange abgelegt. Ich heiße wieder McGrath. Aber Sie haben wirklich ein gutes Gedächtnis, Mr. Weeks.« Kerrys Stimme klang nüchtern. Sie würde bestimmt nicht behaupten, sie freue sich, den Mann wiederzusehen.

»Na klar habe ich ein gutes Gedächtnis.« Weeks' Lächeln ließ seine Bemerkung wie einen Witz erscheinen. »Es macht die Sache einfacher, wenn man sich an eine sehr attraktive Frau erinnert.«

Verschon mich, dachte Kerry mit einem schmalen Lächeln. Sie wandte sich von ihm ab, als Bob Robin losließ. Jetzt streckte er ihr die Hand hin.

»Kerry, was für eine nette Überraschung.«

»Es ist meistens eine Überraschung, wenn wir dich zu sehen kriegen, Bob.«

»Mom«, beschwor Robin sie flehentlich.

Kerry biß sich auf die Lippe. Sie konnte sich selbst nicht ausstehen, wenn sie vor ihrer Tochter Spitzen gegen Bob losließ. Sie zwang sich zu einem Lächeln. »Wir sind gerade dabei zu gehen.«

Als sie an ihrem Tisch Platz genommen hatten und die Drinks bestellt waren, stellte Jimmy Weeks fest: »Deine Exfrau kann dich wirklich nicht besonders gut leiden, Bobby.«

Kinellen zuckte die Achseln. »Kerry sollte mal lockerlassen. Sie nimmt alles viel zu ernst. Wir haben zu jung geheiratet. Wir haben uns getrennt. Passiert doch alle Tage. Ich wünschte, sie würde einen andern kennenlernen.«

»Was ist mit dem Gesicht von deiner Tochter passiert?«

»Glassplitter bei einem Auffahrunfall. Sie wird schon wieder okay.«

»Hast du dich auch drum gekümmert, daß sie einen guten plastischen Chirurgen kriegt?«

»Ja, er wurde bestens empfohlen. Was möchtest du denn essen, Jimmy?«

»Wie heißt der Arzt denn? Vielleicht ist es derselbe, bei dem meine Frau war.«

Bob Kinellen kochte innerlich. Er verfluchte das Pech, daß er Kerry und Robin über den Weg laufen mußte und Jimmy ihn jetzt über den Unfall ausfragte. »Charles Smith«, sagte er schließlich.

»Charles Smith?« Weeks' Stimme klang verblüfft. »Du machst Witze.«

»Leider nicht.«

»Nun ja, es heißt, daß er bald seine Praxis aufgibt. Er hat ernste Probleme mit seiner Gesundheit.«

Jetzt sah Kinellen verblüfft aus. »Woher weißt du das?«

Jimmy W. musterte ihn kalt. »Ich halte mich auf dem laufenden über ihn. Rat mal, warum. Sollte nicht mehr lange dauern.«

10

In der folgenden Nacht kam der Traum wieder. Erneut stand Kerry in der Arztpraxis. Eine junge Frau lag auf dem Boden, eine Kordel um den Hals geknüpft, und ihr dunkles Haar umrahmte ein Gesicht mit großen leeren Augen, der Mund stand offen, als ringe sie nach Luft, ihre rosafarbene Zungenspitze ragte heraus.

In ihrem Traum versuchte Kerry zu schreien, brachte aber nur ein Stöhnen zustande. Einen Augenblick später schüttelte Robin sie wach. »Mom! Mom, wach auf. Was ist denn los?«

Kerry schlug die Augen auf. »Was – ach du lieber Gott, Robin, was für ein grauenhafter Alptraum. Danke dir.«

Doch nachdem Robin in ihr Zimmer zurückgekehrt war, lag Kerry wach da und grübelte über den Traum nach. Was war nur der Auslöser dazu? überlegte sie. Warum war er diesmal anders als letztes Mal?

Dieses Mal waren Blumen über der Leiche der Frau verstreut gewesen. Rosen. *Sweetheart-Rosen.*

Sie setzte sich plötzlich auf. Das war's! *Das* war es, woran sie sich zu erinnern versucht hatte! Die Frau heute in Dr. Smiths Praxis und die andere vor ein paar Wochen, die beiden, die einander so ähnlich gesehen hatten. Sie wußte jetzt, weshalb sie ihr so bekannt vorkamen. Sie wußte, wem sie ähnlich sahen.

Suzanne Reardon, das Opfer in dem Sweetheart-Mordfall. Fast elf Jahre war es inzwischen her, daß sie von ihrem Mann ermordet worden war. Der Fall hatte großes Aufsehen in den Medien erregt, ein Verbrechen aus Leidenschaft, dazu Rosen, die über das schöne Opfer verstreut lagen.

Mein erster Arbeitstag bei der Staatsanwaltschaft war genau der Tag, an dem das Geschworenengericht den Ehemann für schuldig befunden hat, erinnerte sich Kerry. Die Zeitungen konnten sich nicht genugtun mit Bildern von Suzanne. Ich habe ganz bestimmt recht, sagte sie sich. Ich war damals bei der Urteilsverkündung dabei. Sie hat mich so tief beeindruckt. Doch weshalb in Gottes Namen sollten zwei von Dr. Smiths Patientinnen einem Mordopfer zum Verwechseln ähnlich sehen?

11

Pamela Worth war ein Fehler gewesen. Dieser Gedanke hielt Dr. Charles Smith praktisch die ganze Montagnacht hindurch wach. Selbst die Schönheit ihres neugeformten Gesichts konnte ihre plumpe Körperhaltung und ihre grobe, laute Stimme nicht kompensieren.

Ich hätte es von vornherein wissen müssen, dachte er. Und wenn er ehrlich war, hatte er es auch gewußt. Aber er hatte einfach nicht anders gekonnt. Ihr Knochenbau machte sie zu einer lächerlich einfachen Kandidatin für solch eine Verwandlung. Und zu fühlen, wie diese Verwandlung sich unter seinen Händen vollzog, hatte es ihm ermöglicht, wieder etwas von der freudigen Erregung zu empfinden, die er damals beim allererstenmal empfunden hatte.

Was würde er nur tun, wenn es ihm unmöglich wurde, weiterhin zu operieren? fragte er sich. Dieser Zeitpunkt kam rasch näher. Das leichte Zittern seiner rechten Hand, das bisher nur ein Ärgernis war, würde sich verstärken. Das Ärgernis würde völliger Untauglichkeit weichen.

Er knipste das Licht an, nicht das neben seinem Bett, sondern die Leuchte, die auf das Bild gegenüber von ihm an der Wand gerichtet war. Er betrachtete es jede Nacht, bevor er einschlief. Sie war so wunderschön. Jetzt dagegen, ohne seine Brille, kam ihm die Frau auf dem Bild ganz verzerrt und entstellt vor, so wie sie als Tote ausgesehen hatte.

»Suzanne«, murmelte er. Dann, als ihn der Schmerz der Erinnerung überwältigte, warf er sich einen Arm vor die Augen, um den Anblick auszublenden. Er konnte die Vorstellung einfach nicht ertragen, wie sie damals ausgesehen hatte: ihrer Schönheit beraubt, mit hervorquellenden Augen und einer Zungenspitze, die über eine schlaffe Unterlippe und einen hängenden Kiefer herausragte ...

Dienstag, 24. Oktober

12

Das erste, was Kerry am Dienstag morgen nach Ankunft in ihrem Büro tat, war Jonathan Hoover anzurufen.

Wie immer war es tröstlich, seine Stimme zu hören. Sie kam sofort zur Sache. »Jonathan, Robin war gestern zum Nachsehen bei dem Arzt in New York, und es scheint alles in Ordnung zu sein, aber ich würde mich mit einer zweiten Diagnose wesentlich wohler fühlen, wenn noch ein anderer Gesichtschirurg mit Dr. Smith derselben Meinung wäre, daß keine Narben zurückbleiben. Kennst du einen, der gut ist?«

In Jonathans Antwort schwang ein Lächeln mit. »Nicht aus eigener Erfahrung.«

»Das hast du auch gewiß nie nötig gehabt.«

»Danke, Kerry. Ich werde mich mal umhören, wenn du willst. Grace und ich fanden beide, du solltest einen zweiten Arzt konsultieren, aber wir wollten uns nicht einmischen. Ist gestern irgend etwas vorgefallen, weshalb du dich dazu entschlossen hast?«

»Ja und nein. Jetzt kommt gleich jemand zu einer Besprechung. Ich erzähl es dir dann später, wenn wir uns das nächste Mal sehen.«

»Ich ruf dich noch heute nachmittag zurück und gebe dir einen Namen durch.«

»Dank dir, Jonathan.«

»Aber gern, Euer Ehren.«

»Jonathan, sag so was nicht. Du bringst mir noch Unglück.«

Als die Verbindung unterbrochen wurde, hörte sie ihn noch lachen.

Ihre erste Verabredung an diesem Vormittag galt Corinne Banks, der jungen Anwältin, der sie als Prozeßbefugte ein Verfahren wegen eines Verkehrsunfalls mit Todesfolge übertragen hatte. Es war für den kommenden Montag im Gerichtskalender eingetragen, und Corinne wollte einige Aspekte der Anklage durchgehen, die sie vorzubringen beabsichtigte.

Corinne, eine junge Schwarze von siebenundzwanzig Jahren, hatte alle Voraussetzungen zu einer Staranwältin vor Gericht, dachte Kerry. Da klopfte es an die Tür, und Corinne trat mit einem dicken Aktenordner unter dem Arm ein. Sie grinste über das ganze Gesicht. »Raten Sie mal, was Joe ausgegraben hat«, sagte sie glücklich.

Joe Palumbo war einer ihrer besten Ermittlungsbeamten.

Kerry lächelte. »Na, da bin ich aber gespannt.«

»Unser ach-so-unschuldiger Angeklagter, der behauptet hat, er hätte noch nie zuvor einen Unfall gehabt, sitzt ganz schön in der Tinte. Unter einem gefälschten Führerschein geht eine ganze Serie von ernsten Verkehrsdelikten auf sein Konto, darunter eine weitere fahrlässige Tötung vor fünfzehn Jahren. Ich bin wirklich scharf drauf, den Kerl zur Strecke zu bringen, und jetzt bin ich überzeugt, daß wir's auch schaffen.« Sie legte die Akte hin und schlug sie auf. »Sei's drum – jetzt zu dem, worüber ich mit Ihnen reden wollte ...«

Zwanzig Minuten später, nachdem Corinne gegangen war, griff Kerry nach dem Telefon. Corinnes Hinweis auf den Ermittler hatte sie auf eine Idee gebracht.

Als Joe Palumbo mit seinem gewohnten »Japp« antwortete, fragte Kerry: »Joe, hast du über Mittag schon was vor?«

»Rein gar nichts, Kerry. Willst du mich vielleicht zum Lunch im Solari's einladen?«

Kerry lachte. »Würde ich ja liebend gern, aber ich hab'an etwas anderes gedacht. Wie lange arbeitest du jetzt schon hier?«

»Zwanzig Jahre.«

»Hast du irgend etwas mit dem Reardon-Mordfall vor ungefähr zehn Jahren zu tun gehabt, der Sache, die man in den Medien den Sweetheart-Mord nannte?«

»Das war eine Riesensache. Nein, ich war da nicht beteiligt, aber soweit ich mich erinnere, ging die Sache ziemlich rasch über die Bühne. Unser Anführer hat sich damit einen Namen gemacht.«

Kerry wußte, daß Palumbo nicht gerade begeistert von Frank Green war. »Wurde da nicht mehrmals Berufung eingelegt?« fragte sie.

»Sicher doch. Sie kamen ständig mit neuen Theorien daher. Es schien überhaupt nicht mehr aufzuhören«, antwortete Palumbo.

»Ich glaube, die letzte Eingabe für eine Wiederaufnahme des Falls wurde erst vor ein paar Jahren abgelehnt«, sagte Kerry, »aber jetzt ist was aufgetaucht, was mir den Fall interessant erscheinen läßt. Wie auch immer, mir geht's um folgendes: Ich möchte, daß du ins Archiv gehst und alles ausgräbst, was im *Record* über den Fall gedruckt worden ist.«

Sie malte sich aus, wie Joe jetzt gutmütig die Augen verdrehte. »Für dich immer, Kerry. Alles was du willst. Aber wieso? Der Fall ist doch längst gegessen.«

»Frag mich später danach.«

Kerrys Lunch bestand aus einem Sandwich und Kaffee an ihrem Schreibtisch. Um halb zwei kam Joe mit einem prall gefüllten Umschlag herein. »Die gewünschten Unterlagen.«

Kerry schaute ihn voll Zuneigung an. Joe war nicht sehr groß, wurde allmählich grau, hatte an die zehn Kilo Übergewicht und ein spontanes Lächeln und war von einer entwaffnenden Freundlichkeit, hinter der man seine Fähigkeit, sich in scheinbar unwichtige Details zu verbeißen, nicht vermutete. Kerry hatte an einigen ihrer wichtigsten Fälle mit ihm zusammengearbeitet. »Du hast was gut bei mir«, sagte sie.

»Vergiß es, aber ich muß zugeben, daß ich neugierig bin. Was interessiert dich denn so an dem Reardon-Fall, Kerry?«

Sie zögerte. Irgendwie schien es zu diesem Zeitpunkt nicht richtig zu sein, über das zu sprechen, was Dr. Smith trieb.

Palumbo sah, daß sie mit der Antwort zögerte. »Laß nur. Du erzählst es mir schon, wenn's soweit ist. Bis später dann.«

Kerry hatte vor, die Unterlagen mit nach Hause zu nehmen und nach dem Abendessen mit der Lektüre zu beginnen. Aber sie konnte es sich nicht verkneifen, den Ausschnitt, der obenauf lag, herauszuziehen. Ich hatte recht, dachte sie. Es ist erst zwei Jahre her.

Es war eine kleine Notiz von Seite 32 in *The Record*, die festhielt, daß Skip Reardons fünfte Eingabe um Revision des Falls vom Obersten Gericht von New Jersey abgelehnt worden sei und daß sein Anwalt Geoffrey Dorso geschworen habe, er werde schon Beweisgründe für einen weiteren Anlauf auftreiben.

Dorso wurde mit den Worten zitiert: »Ich bleibe am Ball, bis Skip Reardon aus diesem Gefängnis freikommt und vollauf entlastet wird. Er ist unschuldig.«

Natürlich, dachte sie, alle Verteidiger sagen das.

13

Schon zum zweitenmal hintereinander aß Bob Kinellen mit seinem Klienten Jimmy Weeks zusammen zu Abend. Der Tag im Gericht war nicht gut verlaufen. Die Auswahl der Geschworenen zog sich noch immer hin. Sie hatten bereits achtmal ihr Einspruchsrecht geltend gemacht. Aber so sorgfältig sie auch bei der Auswahl dieser Jury waren, es war offensichtlich, daß die Bundesanwaltschaft diesmal die Trümpfe in der Hand hatte. Es war fast sicher, daß Haskell sich auf einen Kuhhandel einlassen würde.

Beide Männer waren beim Essen düster gestimmt.

»Selbst wenn Haskell einknickt, kann ich ihn, glaub ich, auf dem Zeugenstand fertigmachen«, versicherte Kinellen Jimmy.

»Du *glaubst*, daß du ihn fertigmachen kannst. Das genügt nicht.«

»Wir werden sehen, wie's läuft.«

Weeks lächelte erbarmungslos. »Ich mache mir allmählich Sorgen um dich, Bob. Es wird langsam Zeit, daß du mit einem Alternativplan rüberkommst.«

Bob Kinellen ließ die Bemerkung lieber auf sich beruhen. Er schlug die Speisekarte auf. »Ich treff' mich später mit Alice bei Arnott. Wolltest du auch hingehn?«

»Zum Teufel, nein. Das fehlt mir gerade noch, daß er mich wieder irgendwem vorstellt. Du solltest das wissen. Er hat mir schon genug damit geschadet.«

14

Kerry und Robin saßen in gemütlichem Schweigen im Wohnzimmer beisammen. Da der Abend kühl war, hatten sie beschlossen, zum erstenmal in diesem Herbst ein Feuer zu machen, was in ihrem Fall hieß, daß sie das Gas andrehten und dann den Knopf drückten, der die Flammen durch die Pseudoholzscheite schießen ließ.

Wie Kerry es Besuchern zu erklären pflegte: »Ich reagiere allergisch auf Rauch. Dieses Feuer sieht echt aus und gibt Wärme von sich. Es sieht sogar so echt aus, daß meine Putzfrau die Pseudoasche aufgesaugt hat und ich losziehen mußte, um neue zu besorgen.«

Robin breitete ihre Bilder über den Farbenreichtum der Herbstblätter auf dem Couchtisch aus. »Was für ein toller Abend«, erklärte sie zufrieden, »kalt und windig. Ich krieg' bestimmt bald meine letzten Fotos zusammen. Kahle Bäume und einen Haufen Blätter auf der Erde.«

Kerry saß in ihrem geräumigen Lieblingssessel mit den Füßen auf einem Polsterkissen. Sie blickte auf. »Erinner mich bloß nicht an das Laub. Ich bin's leid.«

»Warum besorgst du dir nicht so eine Blätterblasmaschine?«

»Ich schenk' dir eine zu Weihnachten.«

»Sehr komisch. Was liest du da, Mom?«

»Komm her, Rob.« Kerry hielt einen Zeitungsausschnitt mit einer Abbildung von Suzanne Reardon hoch. »Erkennst du diese junge Dame?«

»Sie war gestern bei Dr. Smith in der Praxis.«

»Du hast ein gutes Auge, aber es ist nicht dieselbe Person.« Kerry hatte gerade angefangen, den Bericht über den Mord an Suzanne Reardon zu lesen. Ihre Leiche war um Mitternacht von ihrem Mann, Skip Reardon, entdeckt worden, einem erfolgreichen Bauunternehmer und Selfmade-Millionär. Er hatte sie auf dem Boden im Foyer ihrer gemeinsamen Luxusvilla in Alpine aufgefunden. Sie war erwürgt worden. Sweetheart-Rosen lagen über ihren Körper verstreut.

Das muß ich damals wohl gelesen haben, dachte Kerry. Zweifellos muß es mich beeindruckt haben, wenn es zu diesen Träumen führen konnte.

Zwanzig Minuten später stieß sie auf einen Ausschnitt, der sie regelrecht nach Luft schnappen ließ. Skip Reardon war des Mordes angeklagt worden, nachdem sein Schwiegervater, *Dr. Charles Smith*, der Polizei berichtet hatte, seine Tochter habe in ständiger Angst vor den wahnsinnigen Eifersuchtsanfällen ihres Mannes gelebt.

Dr. Smith war Suzanne Reardons Vater! Mein Gott, dachte Kerry. Ist das der Grund, weshalb er ihr Gesicht anderen Frauen aufpfropft? Wie bizarr. Mit wie vielen hat er das schon gemacht? Hat er deshalb mir und Robin diesen Vortrag gehalten, von wegen der Pflicht, Schönheit zu bewahren?

»Was ist denn los, Mom? Du siehst so komisch aus«, sagte Robin.

»Nichts. Hab' da einfach einen interessanten Fall.« Kerry musterte die Uhr auf dem Kaminsims. »Neun Uhr, Rob. Pack mal deine Sachen zusammen. Ich komm' in einer Minute rauf und sag' dir gute Nacht.«

Während Robin ihre Fotos einsammelte, ließ Kerry die Unterlagen, die sie in der Hand hielt, auf ihren Schoß gleiten. Sie hatte schon von Fällen gehört, bei denen Eltern über den Tod eines Kindes einfach nicht hinwegkamen, etwa das Zimmer ihrer Tochter oder ihres Sohnes völlig unverändert ließen, die Kleider noch im Schrank, ganz so, wie ihr Kind sie zurückgelassen hatte. Aber eine Tochter neu zu »erschaffen« und das wieder und wieder zu tun? Das ging sicher über reine Trauer hinaus.

Sie stand langsam auf und folgte Robin die Treppe hinauf. Nachdem sie ihrer Tochter einen Gutenachtkuß gegeben hatte, ging sie in ihr eigenes Zimmer, zog sich um und kehrte dann in Pyjama und Morgenmantel nach unten zurück, machte sich eine Tasse Kakao und nahm ihre Lektüre wieder auf.

Das Verfahren gegen Skip Reardon schien wirklich rasch über die Bühne gegangen zu sein. Er hatte offenbar zugegeben, sich am Morgen ihres Todestages beim Frühstück mit Suzanne gestritten zu haben. Ja, er räumte sogar ein, daß sie sich in den Tagen davor fast ständig gezankt hatten. Er gab zu, er sei um sechs Uhr abends heimgekommen und habe sie angetroffen, wie sie Rosen in einer Vase arrangierte. Als er sie fragte, woher sie stammten, habe sie erwidert, das ginge ihn überhaupt nichts an, von wem die seien. Er sagte, daraufhin habe er ihr erklärt, wer immer sie geschickt habe, könne Suzanne gern haben, er sei fertig mit ihr. Dann, behauptete er, sei er zurück in sein Büro gegangen, nach ein paar Drinks auf dem Sofa dort eingeschlafen und um Mitternacht nach Hause zurückgekehrt, wo er dann ihre Leiche vorgefunden habe.

Es war jedoch niemand in Erscheinung getreten, um seine Aussage zu erhärten. Die Akte enthielt einen Teil der Gerichtsprotokolle inklusive Skips Zeugenaussage. Der Staatsanwalt hatte mit Fragen auf ihn eingehämmert, bis er ganz konfus wurde und sich in Widersprüche zu verwickeln schien. Er hatte im Zeugenstand nicht gerade überzeugend gewirkt, milde ausgedrückt.

Wie miserabel ihn doch sein Verteidiger auf seine Zeugenaussage vorbereitet hatte, dachte Kerry. Sie bezweifelte nicht, daß es bei den starken, von der Staatsanwaltschaft vorgebrachten Indizien unabdingbar für Reardon war, selbst in den Zeugenstand zu treten und seine Unschuld zu beteuern. Aber es war offensichtlich, daß Frank Greens scharfes Kreuzverhör Reardon völlig aus der Fassung gebracht hatte. Keine Frage, dachte sie, Skip Reardon hat dazu beigetragen, sein eigenes Grab zu schaufeln.

Die Urteilsverkündung hatte sechs Wochen nach Beendigung des Verfahrens stattgefunden. Kerry war selbst hingegangen, um den Vorgang mitzuerleben. Jetzt mußte sie wieder an jenen Tag denken. Sie hatte Reardon als einen kräftigen, gutaussehenden Mann mit roten Haaren in Erinnerung, der sich in seinem Nadelstreifenanzug nicht wohl zu fühlen schien. Als der Richter ihn fragte, ob er vor der Urteilsverkündung noch etwas sagen wolle, hatte er erneut seine Unschuld beteuert.

Geoff Dorso hatte Reardon damals zur Seite gestanden, in seiner Funktion als dem Verteidiger Reardons beigeordneter Anwalt. Kerry kannte ihn oberflächlich. In den zehn seither vergangenen Jahren hatte Geoff sich einen guten Ruf als Strafverteidiger erworben, doch sie kannte ihn nicht aus eigener Erfahrung. Sie war noch nie vor Gericht gegen ihn angetreten.

Sie kam jetzt zu dem Zeitungsausschnitt über die Urteilsverkündung. Er enthielt auch ein direktes Zitat von Skip Reardon: »Ich bin unschuldig am Tod meiner Frau. Ich habe ihr nie etwas angetan. Ich habe sie nie bedroht. Ihr Vater, Dr. Charles Smith, ist ein Lügner. Vor Gott und diesem Gericht *schwöre* ich, daß er lügt.«

Trotz der Wärme vom Feuer her fröstelte sie.

15

Alle wußten, oder glaubten zumindest zu wissen, daß Jason Arnott von Haus aus reich war. Er lebte seit fünfzehn Jahren in Alpine, schon seit er damals das alte Halliday-Haus gekauft hatte, einen Herrensitz mit zwanzig Zimmern, auf einem Bergkamm gelegen, der einen großartigen Blick auf den Palisades Interstate Park bot.

Jason war Anfang Fünfzig, von durchschnittlicher Größe, und hatte dünnes braunes Haar, lebenserfahrene Augen und eine guterhaltene Figur. Er reiste ausgiebig, machte vage Andeutungen von Investitionen im Orient und liebte schöne Dinge. Sein Heim mit seinen exquisiten Perserteppichen, antiken Möbeln, glänzenden Gemälden und Kunstobjekten aller Art war eine Augenweide. Als ausgezeichneter Gastgeber veranstaltete er üppige Partys, und im Gegenzug konnte er sich vor Einladungen von den ganz Großen, den beinahe Großen und den einfach nur Reichen kaum retten.

Umfassend gebildet und voller Witz, berief sich Jason auf eine entfernte Verwandtschaft zu den Astors aus England, obwohl man allgemein annahm, daß diese Verbindungslinie nur seiner Einbildung entsprang. Man wußte, daß er interessant war, ein bißchen geheimnisvoll und von absolut gewinnendem Wesen.

Was man nicht wußte, war, daß Jason ein Dieb war. Worauf niemand kam, war die Tatsache, daß praktisch alle Häuser, in denen er zu Besuch war, nach Verstreichen eines angemessenen Zeitraums einem Räuber zum Opfer fielen, der eine anscheinend unfehlbare Methode hatte, Alarmsysteme zu überlisten. Jasons einzige Vorbedingung bestand darin, daß er in der Lage sein mußte, die Beute seiner jeweiligen Eskapaden forttragen zu können. Kunstgegenstände, Skulpturen, Schmuck und Wandteppiche hatten es ihm am meisten angetan. Lediglich bei ein paar Gelegenheiten in seiner langen Karriere hatte er den gesamten Inhalt eines Anwesens mitgehen lassen. Jene Episoden hatten ein ausgeklügeltes System von Verkleidungen und den Einsatz von Umzugsleuten von außerhalb zum Beladen des Möbelwagens vorausgesetzt, der jetzt in der Garage seines geheimen Wohnsitzes in einer abgelegenen Berggegend der Catskills stand.

Dort hatte er wiederum eine andere Identität und galt bei seinen weit verstreuten Nachbarn als eine Art Einsiedler ohne Interesse an Bekanntschaften und Besuchen. Niemand außer der Putzfrau und dann und wann einem Handwerker erhielt je Zutritt zum Inneren seines Landrefugiums, und weder Putzfrau noch Handwerker hatten die geringste Ahnung vom Wert seines Inhalts.

War sein Haus in Alpine auserlesen, so war das in den Catskills atemberaubend, denn dort hatte Jason die Stücke aus seiner Beute untergebracht, von denen er sich nicht trennen konnte. Jeder einzelne Gegenstand war eine wahre Kostbarkeit. Ein Bild von Frederic Remington nahm die Wand im Speisesaal ein, direkt über einer Sheraton-Anrichte, auf der eine chinesische Vase mit ihrer purpurrosa Glasur schimmerte.

Alles, was in Alpine stand oder hing, hatte Jason von dem Erlös seines Diebesguts gekauft. Dort war nichts vorhanden, was je die Aufmerksamkeit von jemandem auf sich ziehen könnte, der ein fotografisches Gedächtnis für gestohlene Objekte hatte. Jason konnte gelassen und selbstsicher verkünden: »Das ist doch ein schönes Stück, nicht? Ich habe es letztes Jahr bei Sotheby's ersteigert.« Oder: »Ich bin nach Bucks County gefahren, als das Anwesen der Parkers unter den Hammer kam.«

Der einzige Fehler, den Jason je gemacht hatte, war zehn Jahre her, als seine Putzfrau in Alpine, die immer freitags kam, versehentlich den Inhalt ihrer Handtasche ausgekippt hatte. Als sie alles wieder einsammelte, übersah sie den Zettel mit den Zugangscodenummern für vier Häuser in Alpine. Jason hatte sie sich daraufhin notiert, den Zettel an seinen rechten Platz zurückgesteckt, bevor die Frau es bemerken konnte, und war dann, da er der Versuchung einfach nicht widerstehen konnte, in die vier Häuser eingebrochen: bei den Ellots, den Ashtons, den Donnatellis. Und bei den Reardons. Jason lief es noch immer kalt den Rücken herunter, wenn er an seine knappe Flucht in jener grauenhaften Nacht zurückdachte.

Doch Jahre waren seither vergangen, und Skip Reardon saß sicher hinter Gittern, seine Revisionsmöglichkeiten waren erschöpft. Heute abend war das Fest in vollem Gange.

Jason nahm mit einem Lächeln die Komplimente von Alice Bartlett Kinellen entgegen.

»Ich hoffe, Bob schafft es noch zu kommen«, sagte Jason zu ihr.

»Oh, der taucht schon noch auf. Er weiß, daß er mich lieber nicht enttäuschen sollte.«

Alice war eine schöne blonde Frau vom Typ Grace Kelly. Bedauerlicherweise hatte sie nichts von der Ausstrahlung und Wärme der verstorbenen Prinzessin. Alice Kinellen war eiskalt. Obendrein langweilig und besitzergreifend, dachte Jason. Wie hält Kinellen es nur mit ihr aus?

»Er ißt mit Jimmy Weeks zu Abend«, vertraute ihm Alice an, während sie an ihrem Champagner nippte. »Der Fall steht ihm schon bis hier.« Sie fuhr sich wie mit einem Messer über die Kehle.

»Nun, ich hoffe, Jimmy kommt auch mit«, sagte Jason aufrichtig. »Ich mag ihn.« Aber er wußte, daß Jimmy nicht erscheinen würde. Weeks blieb schon seit Jahren Jasons Einladungen fern. Ja, er hatte seit Suzanne Reardons Ermordung stets einen weiten Bogen um Alpine gemacht. Elf Jahre war es her, daß Jimmy Weeks Suzanne bei einer Party in Jason Arnotts Villa kennengelernt hatte.

Mittwoch, 25. Oktober

16

Es war unübersehbar, daß Frank Green verärgert war. Das Lächeln, das er sonst so gerne aufleuchten ließ, um seine in frischem Weiß strahlenden Zähne herzuzeigen, glänzte durch Abwesenheit, als er Kerry über seinen Schreibtisch hinweg musterte.

Auf diese Reaktion war ich ja wohl gefaßt, dachte sie. Mir mußte doch klar sein, daß ausgerechnet Frank nichts davon würde hören wollen, daß jemand den Fall in Zweifel zieht, der ihn prominent gemacht hat, und schon gar nicht jetzt, da man allgemein von seiner bevorstehenden Kandidatur für den Gouverneursposten redet.

Nachdem sie die Presseakte über den Sweetheart-Mordfall gelesen hatte, war Kerry mit der Überlegung zu Bett gegangen, was sie denn in puncto Dr. Smith am besten unternehmen sollte. War es ratsam, ihn direkt zur Rede zu stellen, ihn klipp und klar nach seiner Tochter zu fragen, danach, weshalb er sie in den Gesichtern anderer Frauen quasi wieder zum Leben erweckte?

Die Wahrscheinlichkeit war groß, daß er Kerry aus seiner Praxis werfen und alles abstreiten würde. Skip Reardon hatte den Arzt beschuldigt, bei seiner Zeugenaussage über seine Tochter gelogen zu haben. Sollte das stimmen, würde er die Sache jetzt nach so vielen Jahren Kerry gegenüber erst recht nicht zugeben. Und selbst wenn er gelogen hatte, dann blieb immer noch die allerwichtigste Frage: Warum?

Bevor Kerry endlich eingeschlafen war, war sie zu dem Schluß gelangt, daß der beste Adressat für ihre Fragen Frank Green war, da er damals die Anklage vertreten hatte. Nachdem sie ihn nun unterrichtet hatte, weshalb sie zu dem Reardon-Fall Erkundigungen einzog, war es offensichtlich, daß ihre Frage: »Glauben Sie, daß die Möglichkeit besteht, daß Dr. Smith gelogen hat, als er gegen Skip Reardon aussagte?« keine hilfreiche oder auch nur freundliche Resonanz finden würde.

»Kerry«, sagte Green, »Skip Reardon hat seine Frau ermordet. Er wußte, daß sie mit anderen Männern rummachte. Am selben Tag, als er sie tötete, hatte er seinen Finanzberater herbeizitiert, um herauszufinden, wieviel ihn eine Scheidung kosten würde, und er ist völlig ausgeflippt, als er erfuhr, daß es um eine Menge Geld ging. Er war ein reicher Mann, und Suzanne hatte eine lukrative Karriere als Model aufgegeben, um sich ausschließlich ihrer Ehe zu widmen. Er hätte sich dumm und dämlich zahlen müssen. Jetzt Dr. Smiths Glaubwürdigkeit anzuzweifeln erscheint mir eine Vergeudung von Zeit und Steuergeldern.«

»Aber mit Dr. Smith stimmt etwas nicht«, sagte Kerry langsam. »Frank, ich möchte keinen Ärger machen, und niemand will einen Mörder so sehr hinter Gittern wissen wie ich, aber ich schwöre Ihnen, daß Smith nicht bloß ein von Trauer überwältigter Vater ist. Er kommt mir fast geistesgestört vor. Sie hätten seinen Gesichtsausdruck sehen sollen, als er Robin und mir die Leviten gelesen hat, wie notwendig es doch sei, Schönheit zu erhalten, und wie manche Leute sie gratis bekommen und andere sie erst erwerben müssen.«

Green blickte auf seine Uhr. »Kerry, Sie haben gerade einen großen Prozeß hinter sich. Sie sind dabei, einen neuen Fall aufzugreifen. Sie haben Chancen auf einen Richterstuhl. Es ist wirklich dumm, daß Robin von Suzanne Reardons Vater behandelt wurde. Ich kann nur sagen, daß er nicht gerade ein idealer Kandidat auf dem Zeugenstand war. Er zeigte keinerlei Emotionen, als er über seine Tochter sprach. Er war in der Tat so kalt, so spröde und abweisend, daß ich dankbar dafür war, daß die Geschworenen ihm überhaupt seine Aussage abgenommen haben. Tun Sie sich einen Gefallen und vergessen Sie das Ganze.«

Zweifellos war die Besprechung beendet. Als Kerry sich erhob, sagte sie: »Nun, jedenfalls werde ich Dr. Smiths Werk an Robin von einem anderen plastischen Chirurgen überprüfen lassen, einem Arzt, den Jonathan mir empfohlen hat.«

Als sie wieder in ihrem Büro war, bat Kerry ihre Sekretärin, keine Anrufe durchzustellen, und saß dann lange Zeit da und starrte vor sich hin. Sie konnte Frank Greens Beunruhigung bei dem Gedanken verstehen, daß sie anfing, Zweifel an seinem Hauptbelastungszeugen in dem Sweetheart-Mordfall zu äußern. Die leiseste Vermutung, es habe womöglich ein Fehlurteil gegeben, würde eine negative Medienresonanz nach sich ziehen und zweifellos Franks Image als potentieller Gouverneur beeinträchtigen.

Dr. Smith ist wahrscheinlich ein im Übermaß trauernder Vater, der sein großartiges Geschick dazu verwenden kann, seine Tochter wieder ins Leben zurückzurufen, sagte sie sich, und Skip Reardon ist vermutlich einer der zahllosen Mörder, die behaupten: »Ich war's nicht.«

Und trotzdem – sie wußte, daß sie die Sache nicht auf sich beruhen lassen konnte. Am Samstag, wenn sie mit Robin zu dem von Jonathan empfohlenen plastischen Chirurgen ging, würde sie ihn fragen, wie viele seiner Fachkollegen es wohl überhaupt in Erwägung ziehen würden, mehreren Frauen zu dem gleichen Gesicht zu verhelfen.

17

Um halb sieben am Abend desselben Tages warf Geoff Dorso einen widerwilligen Blick auf den Stapel Mitteilungen, der sich angesammelt hatte, während er im Gericht war. Dann wandte er sich davon ab. Von seinen Bürofenstern in Newark aus hatte er einen herrlichen Blick auf die Skyline von New York City, einen Anblick, den er noch immer nach einem langen Prozeßtag als wohltuend empfand.

Geoff war ein Stadtkind. Er war in Manhattan geboren und aufgewachsen, bis seine Familie nach New Jersey zog, als er elf war, und hatte das Gefühl, auf beiden Ufern des Hudson zu wurzeln, und das gefiel ihm.

Geoff war achtunddreißig Jahre alt, groß und schlank und hatte eine Figur, die seine Schwäche für süße Dinge nicht vermuten ließ. Sein pechschwarzes Haar und seine olivfarbene Haut verrieten seine italienischen Vorfahren. Seine leuchtend blauen Augen dagegen stammten von seiner irisch-englischen Großmutter.

Geoff war noch immer Junggeselle und sah auch so aus. Die Auswahl seiner Krawatten schien dem Zufall überlassen, und seine Kleidung wirkte gewöhnlich leicht verknautscht. Die vielen Mitteilungen waren jedoch ein Hinweis auf sein erstklassiges Renommee als Strafverteidiger und den Respekt, den er unter seinen Kollegen genoß.

Während er jetzt die Notizen durchging, zog er die wichtigen heraus und warf die übrigen weg. Mit einemmal hob er die Augenbrauen. Da war eine Bitte um Rückruf von Kerry McGrath. Sie hatte zwei Telefonnummern angegeben, die Büro- und die Privatnummer. Worum's da wohl geht? fragte er sich. In Bergen County, ihrem Zuständigkeitsbereich, hatte er zur Zeit keine schwebenden Verfahren.

Im Lauf der Jahre war er Kerry bei Empfängen des Anwaltsverbands begegnet, und er wußte, daß sie für einen Richterposten im Gespräch war, aber er kannte sie nicht näher. Der Anruf weckte seine Neugier. Es war zu spät, als daß er sie noch im Büro hätte erreichen können. Er beschloß, sie jetzt gleich zu Hause anzurufen.

»Ich geh' dran«, rief Robin, als das Telefon klingelte.

Ist wahrscheinlich ohnehin für dich, dachte Kerry, während sie die Spaghetti probierte. Ich war der Meinung, daß die Telefonitis erst in den Teenager-Jahren um sich greift, überlegte sie. Dann hörte sie Robin schreien, sie solle den Hörer abnehmen.

Sie eilte durch die Küche zu dem Apparat an der Wand. Eine unbekannte Stimme sagte: »Kerry.«

»Ja.«

»Hier ist Geoff Dorso.«

Es war eine spontane Eingebung gewesen, die Nachricht für ihn zu hinterlassen. Danach hatte Kerry ein ungutes Gefühl, daß sie sich dazu hatte hinreißen lassen. Falls es Frank Green zu Ohren kam, daß sie mit Skip Reardons Anwalt Kontakt aufgenommen hatte, dann würde seine Reaktion gewiß nicht mehr so glimpflich ausfallen wie zuvor. Aber die Würfel waren gefallen.

»Geoff, es ist zwar vermutlich nicht relevant, aber ...« Ihre Stimme verstummte. Spuck's aus, ermahnte sie sich. »Geoff, meine Tochter hatte neulich einen Unfall und wurde von Dr. Charles Smith behandelt –«

»Charles Smith«, fiel Dorso ihr ins Wort, »Suzanne Reardons Vater!«

»Ja. Darum geht es. Irgend etwas Bizarres ist mit ihm los.« Jetzt war es schon einfacher, offen mit der Sprache herauszurücken. Sie berichtete ihm von den beiden Frauen, die so aussahen wie Suzanne.

»Sie meinen, Smith gibt ihnen tatsächlich das Gesicht seiner Tochter?« rief Dorso aus. »Was zum Teufel soll das bedeuten?«

»Genau das beschäftigt mich ja. Ich gehe am Samstag mit Robin zu einem anderen plastischen Chirurgen. Ich habe vor, ihn nach den chirurgischen Implikationen der Reproduktion eines Gesichts zu fragen. Ich will auch versuchen, mit Dr. Smith zu reden, aber mir kam der Gedanke, daß ich besser an ihn ran käme, wenn ich das gesamte Protokoll des Verfahrens vorher lesen könnte. Ich weiß, daß ich auch eine Kopie durch mein Büro auftreiben kann – sie steckt irgendwo im Archiv –, aber das würde eine Weile dauern, und ich will nicht, daß es sich herumspricht, daß ich daran interessiert bin.«

»Ich sorge dafür, daß Sie morgen ein Exemplar in der Hand haben«, versprach Dorso. »Ich lasse es an Ihr Büro gehen.«

»Nein, schicken Sie es mir lieber hierher. Ich gebe Ihnen die Adresse.«

»Ich würd's Ihnen gerne selbst vorbeibringen und mit Ihnen reden. Wäre es Ihnen morgen abend gegen sechs oder halb sieben recht? Ich bleib bestimmt nur eine halbe Stunde, versprochen.«

»Ich glaub', das läßt sich machen.«

»Bis dann also. Und danke, Kerry.« Es klickte in der Leitung.

Kerry betrachtete den Telefonhörer. In was bin ich da nur reingeraten? dachte sie. Die freudige Erregung in Dorsos Stimme war ihr nicht entgangen. Ich hätte nicht den Ausdruck »bizarr« verwenden sollen, überlegte sie. Ich hab' mich da auf etwas eingelassen, was ich vielleicht gar nicht durchziehen kann.

Ein Geräusch vom Herd her ließ sie herumwirbeln. Kochendes Wasser war aus dem Spaghettitopf übergelaufen und zischte jetzt in die Gasflamme. Ohne nachzusehen, wußte sie, daß die Pasta al dente sich in eine klebrige Masse verwandelt hatte.

18

Mittwoch nachmittags hatte Dr. Charles Smith keine Sprechstunde. Dieser Zeitraum blieb gewöhnlich anstehenden Operationen oder aber der Visite im Krankenhaus vorbehalten. Heute jedoch hatte Dr. Smith seinen Terminkalender völlig freigehalten. Als er die East Sixty-eighth Street entlang auf das Gebäude aus braunem Sandstein zufuhr, in dem die Presseagentur lag, bei der Barbara Tompkins arbeitete, machte er erstaunte Augen über sein Glück. Gegenüber von dem Gebäude war ein freier Parkplatz; so konnte er hier im Wagen sitzen bleiben und darauf warten, bis sie herauskam.

Als sie dann endlich im Eingang erschien, lächelte er unwillkürlich. Sie sah entzückend aus, fand er. Wie er ihr vorgeschlagen hatte, trug sie ihre Haare offen; so bildeten sie den besten Rahmen für ihr neues Gesicht. Sie hatte eine gutsitzende rote Jacke an, einen schwarzen Rock, der bis zu den Knöcheln reichte, und zierliche Schnürstiefel. Aus der Ferne wirkte sie smart und erfolgreich. Wie sie von nahem aussah, wußte er bis ins kleinste Detail.

Als sie ein Taxi heranwinkte, ließ er den Motor seines zwölf Jahre alten schwarzen Mercedes an und fuhr los. Obwohl sich auf der Park Avenue wie stets während des Berufsverkehrs Stoßstange an Stoßstange reihte, war es kein Problem, dem Taxi zu folgen.

Sie fuhren südwärts, und schließlich blieb das Taxi vor der Bar The Four Seasons an der East Fifty-second stehen. Barbara trifft sich offenbar dort mit irgendwem auf einen Drink. Das Lokal war zu dieser Stunde bestimmt voller Leute. Es würde nicht schwierig für ihn sein, sich hineinzuschmuggeln, ohne bemerkt zu werden.

Dann schüttelte er den Kopf und beschloß, lieber nach Hause zu fahren. Der kurze Blick auf sie reichte vollauf. War sogar eigentlich schon zuviel, wenn er es sich recht überlegte. Einen Moment lang hatte er wirklich geglaubt, Suzanne vor Augen zu haben. Jetzt wollte er einfach nur allein sein. Ein Schluchzen stieg in seiner Kehle hoch. Während der Verkehr zentimeterweise vorrückte, sagte er wieder und wieder vor sich hin: »Es tut mir leid, Suzanne. Es tut mir leid, Suzanne.«

Donnerstag, 26. Oktober

19

Wenn Jonathan Hoover zufällig in Hackensack war, versuchte er normalerweise, Kerry zu einem raschen gemeinsamen Lunch zu überreden. »Wie viele Teller Kantinensuppe kann ein Mensch denn essen?« zog er sie dann auf.

Heute saßen sie bei einem Hamburger im Restaurant Solari's um die Ecke vom Gerichtshof, und Kerry erzählte ihm alles über die Doppelgängerinnen von Suzanne Reardon und über ihre Unterredung mit Geoff Dorso. Sie berichtete ihm auch von der nicht gerade wohlwollenden Reaktion ihres Chefs auf ihren Vorschlag, daß sie sich den alten Mordfall genauer anschauen wollte.

Jonathan war zutiefst besorgt. »Kerry, ich kann mich kaum im einzelnen an den Fall erinnern, außer daß an der Schuld des Ehemanns meiner Meinung nach gar kein Zweifel bestand. Wie auch immer, ich finde, du solltest dich da raushalten, besonders wenn man an Frank Greens Beteiligung am Zustandekommen der Verurteilung denkt. Halte dir mal die konkrete Sachlage vor Augen. Gouverneur Marshall ist noch ziemlich jung. Er ist schon in seiner zweiten Amtszeit und kann sich nicht zum drittenmal hintereinander bewerben, aber er liebt seinen Posten. Er will, daß Frank Green ihn ablöst. Unter uns gesagt, sie haben eine Abmachung getroffen. Green soll vier Jahre lang Gouverneur sein und dann mit Marshalls Unterstützung für den Senat kandidieren.«

»Und Marshall zieht wieder ins Drumthwacket zurück.«

»Genau. Er wohnt wirklich gern im Gouverneurshaus. So wie die Dinge stehen, kann man davon ausgehen, daß Green für den Posten nominiert wird. Er sieht gut aus, er hört sich gut an. Er hat eine erfolgreiche Laufbahn vorzuweisen, und der Reardon-Fall hat einen großen Anteil daran. Und durch einen bemerkenswerten Zufall ist er sogar wirklich gescheit. Er hat die Absicht, den Staat in Marshalls Stil weiterzuregieren. Wenn aber irgend etwas dazwischenkommt, dann kann er in der Vorwahl geschlagen werden. Es gibt eine Reihe weiterer Möchtegern-Kandidaten, die auf die Nominierung scharf sind.«

»Jonathan, ich hab'doch nur davon geredet, daß ich mir ein genaueres Bild von der Sache machen will, um rauszufinden, ob der Hauptbelastungszeuge in einem Mordfall ein schwerwiegendes Problem hatte, das vielleicht seine Aussage negativ beeinflußt hat. Ich meine, natürlich trauern Väter, wenn ihre Töchter sterben, aber bei Dr. Smith kann man schon nicht mehr von Trauer reden.«

»Kerry, Frank Green ist als Staatsanwalt in diesem Verfahren zu Prominenz gekommen. Gerade dieser Fall hat ihm die Aufmerksamkeit der Medien eingebracht, die er brauchte. Als Dukakis sich um das Präsidentenamt bewarb, spielte dieser Werbespot, in dem es hieß, er hätte einen Killer freigelassen, der daraufhin die Gegend unsicher machte, eine entscheidende Rolle bei seiner Niederlage. Kannst du dir vorstellen, was die Medien tun würden, wenn jemand ausstreut, Green hätte einen Unschuldigen für den Rest seines Lebens ins Gefängnis geschickt?«

»Jonathan, du ziehst voreilige Schlüsse. So weit bin ich noch gar nicht. Ich habe schlicht das Gefühl, daß Dr. Smith ein großes Problem hat und daß es womöglich seine Zeugenaussage beeinflußt hat. Er war der Hauptbelastungszeuge der Anklage, und wenn er gelogen hat, muß ich wirklich daran zweifeln, ob Reardon tatsächlich schuldig ist.«

Der Kellner ragte über ihnen mit einer Kaffeekanne empor. »Noch etwas Kaffee, Herr Senator?« fragte er.

Jonathan nickte. Kerry winkte mit ihrer Hand über der Tasse ab. »Danke, ich hab'genug.«

Jonathan lächelte plötzlich. »Kerry, weißt du noch, wie du damals das Haus für uns gehütet hast und den Eindruck hattest, der Gartenarchitekt hätte nicht so viele Sträucher und Büsche eingesetzt, wie er in seinem Kostenvoranschlag angegeben hatte?«

Kerry sah verlegen aus. »Ja, weiß ich noch.«

»Wie du am letzten Tag herumgegangen bist, alle gezählt hast und der Meinung warst, damit hättest du's bewiesen, und ihn vor seiner Mannschaft abgekanzelt hast. Stimmt's?«

Kerry blickte auf ihre Kaffeetasse hinunter. »Hmm-ja.«

»Sag du mir, was dann passiert ist.«

»Er war nicht zufrieden damit, wie einige der Büsche aussahen, hat dich und Grace in Florida angerufen und sie dann wieder ausgegraben, um sie später zu ersetzen.«

»Was noch?«

»Er war der Mann von Grace' Kusine.«

»Verstehst du, was ich meine?« In seinen Augen funkelte es. Dann wurde seine Miene wieder ernst. »Kerry, wenn du Frank Green in Verlegenheit bringst und seine Nominierung gefährdest, sieht es ganz danach aus, daß du dein Richteramt in den Wind schreiben kannst. Dein Name wird in einem dicken Stapel auf Gouverneur Marshalls Schreibtisch verschwinden, und ich werde die unauffällige Aufforderung erhalten, einen anderen Kandidaten für den freien Posten einzureichen.« Er schwieg eine Weile, griff dann nach Kerrys Hand. »Laß dir die Sache gründlich durch den Kopf gehen, bevor du irgend etwas unternimmst. Ich bin mir sicher, daß du die richtige Entscheidung fällst.«

20

Pünktlich um halb sieben abends klingelte es an der Haustür, und Robin rannte sofort hin, Geoff Dorso zu begrüßen. Kerry hatte sie auf seine Ankunft vorbereitet und ihr gesagt, daß sie beide vorhätten, etwa eine halbe Stunde lang über einen Rechtsfall zu sprechen. Robin hatte beschlossen, früher als sonst zu essen, und versprach, in ihrem Zimmer ihre Hausaufgaben zu machen, solange Kerry beschäftigt war. Als Gegenleistung durfte sie dann eine Stunde lang fernsehen, obwohl es ein Werktag war.

Sie musterte Dorso wohlwollend und führte ihn ins Wohnzimmer. »Meine Mutter kommt gleich runter«, ließ sie ihn wissen. »Ich heiße Robin.«

»Und ich bin Geoff Dorso. Wie sieht denn der andere Typ aus?« fragte Geoff. Er wies dabei mit einem Lächeln auf die noch deutlich sichtbaren Narben auf ihrem Gesicht.

Robin grinste. »Ich hab' ihn k. o. geschlagen. Nein, eigentlich war's ein Auffahrunfall, bei dem Glassplitter rumgeflogen sind.«

»Sieht so aus, als ob es gut heilt.«

»Dr. Smith, der Schönheitschirurg, behauptet das jedenfalls. Mom hat gesagt, daß Sie ihn kennen. Ich finde ihn gruselig.«

»Robin!« Kerry war gerade nach unten gekommen.

»Wahrheit aus Kindermund«, sagte Dorso und lächelte. »Kerry, es ist schön, Sie zu sehen.«

»Ganz meinerseits.« Hoffentlich meine ich das auch ehrlich, dachte Kerry, während ihr Blick auf die prall gefüllte Aktentasche unter Geoffs Arm fiel. »Robin ...«

»Ich weiß schon. Hausaufgaben«, fiel Robin ihr fröhlich ins Wort. »Ich bin nicht grade superordentlich«, erklärte sie Dorso. »Auf meinem letzten Zeugnis war bei ›Hausaufgaben‹ die Bemerkung ›muß besser werden‹ angekreuzt.«

»Aber ›nützt Zeit gut aus‹ war auch angekreuzt«, rief ihr Kerry in Erinnerung.

»Das kommt daher, daß ich in der Schule manchmal aus Versehen mit meinen Freundinnen zu reden anfange, wenn ich mit einer Aufgabe fertig bin. Also gut.« Robin winkte ihm zu und marschierte zur Treppe.

Geoff Dorso schaute ihr lächelnd nach. »Nettes Mädchen, Kerry, und sie sieht toll aus. In fünf oder sechs Jahren müssen Sie bestimmt Ihre Haustür verrammeln.«

»Grauenhafte Aussichten. Geoff, Kaffee, einen Drink, ein Glas Wein?«

»Nein, danke. Ich hab' doch versprochen, Sie nicht lange aufzuhalten.« Er legte seine Aktentasche auf den niedrigen Tisch. »Wollen Sie es sich hier anschauen?«

»Ja, klar.« Sie setzte sich neben ihn auf das Sofa, während er zwei schwere Bände gebundener Unterlagen herausholte. »Das Prozeßprotokoll«, erklärte er, »tausend Seiten alles in allem. Wenn Sie wirklich verstehen wollen, was da vor sich ging, schlage ich vor, daß Sie die Sache gründlich lesen. Ehrlich gesagt, schäme ich mich von Anfang bis Ende wegen der Verteidigung, die wir vorgebracht haben. Mir ist klar, daß Skip in den Zeugenstand mußte, aber er war nicht angemessen vorbereitet. Die Zeugen der Staatsanwaltschaft sind nicht hart ins Kreuzverhör genommen worden. Und wir haben bloß zwei Leumundszeugen für Skip aufgeboten, obwohl wir zwanzig hätten aufrufen sollen.«

»Weshalb wurde es so gehandhabt?« fragte Kerry.

»Ich war noch völlig unerfahren als Anwalt, weil ich damals gerade erst bei Farrell und Strauss angefangen hatte. Farrell war früher einmal ein guter Verteidiger gewesen, da kann es keinen Zweifel geben. Aber als Skip Reardon ihn anheuerte, hatte er seine beste Zeit längst hinter sich und war ziemlich ausgebrannt. Er war einfach nicht mehr an einem weiteren Mordfall interessiert. Ich glaube wirklich, daß es Skip mit einem wesentlich weniger erfahrenen Anwalt, der aber noch echten Pep gehabt hätte, besser ergangen wäre.«

»Hätten Sie diese Lücke nicht ausfüllen können?«

»Nein, eigentlich nicht. Ich kam frisch vom Studium und hatte generell kaum was zu sagen. Ich hatte mit dem ganzen

Verfahren praktisch so gut wie nichts zu tun. Ich war im Grunde genommen nur ein Laufbursche für Farrell. Bei allem Mangel an Erfahrung habe ich aber sehr wohl mitbekommen, daß der Prozeß schlecht geführt wurde.«

»Und Frank Green hat Reardon im Kreuzverhör völlig auseinandergenommen.«

»Wie Sie lesen können, hat er Skip dazu gebracht, zuzugeben, daß er sich an jenem Morgen mit Suzanne gestritten hatte, daß er sich dann mit seinem Buchhalter traf, um herauszufinden, wieviel ihn eine Scheidung kosten würde, und daß er schließlich um sechs Uhr heimkam und wiederum mit Suzanne in Streit geriet. Der Leichenbeschauer ging davon aus, daß der Tod zwischen sechs und acht Uhr eingetreten war, also konnte Skip auf Grund seiner eigenen Aussage zum möglichen Zeitpunkt des Mordes am Tatort gewesen sein.«

»Nach dem, was ich bisher gelesen hab, machte Skip Reardon geltend, er sei ins Büro zurückgegangen, hätte ein paar Drinks zu sich genommen und sei dann eingedöst. Das ist ziemlich mager«, bemerkte Kerry.

»Das klingt zwar mager, stimmt aber. Skip hatte ein sehr erfolgreiches Unternehmen aufgebaut, hauptsächlich mit dem Bau von erstklassigen Einfamilienhäusern, später aber auch mit dem von Einkaufszentren. Den größten Teil seiner Zeit hat er im Büro verbracht und sich um die kaufmännische Seite des Geschäfts gekümmert, aber er hat sich liebend gern eine Arbeitsmontur übergezogen und mit seinen Arbeitern zusammen den Tag verbracht. Das hatte er auch an dem Tag damals getan, bevor er ins Büro zurückkehrte. Der Mann war müde.«

Er schlug den ersten Band auf. »Ich habe die Aussage von Smith ebenso wie die von Skip markiert. Der entscheidende Punkt ist: Wir sind uns ganz sicher, daß noch jemand anders im Spiel war, und wir haben gute Gründe zu der Annahme, daß es ein anderer Mann war. Skip war in der Tat überzeugt davon, daß Suzanne eine Affäre mit einem anderen Mann hatte, vielleicht sogar mit mehreren. Der Auslöser für den zweiten Streit – den, der sich abspielte, als er um sechs Uhr nach Hause kam – war die Tatsache, daß er sie dabei vorfand, wie sie einen Strauß roter Rosen arrangierte – Sweetheart-Rosen hat man sie, glaub ich, in der Presse genannt –, Rosen, die nicht von ihm selbst stammten. Die Anklage hat behauptet, er sei in Rage geraten, habe sie erdrosselt und dann die Rosen auf sie geworfen. Er schwört natürlich, daß er's nicht getan hat, sondern daß Suzanne noch fröhlich an ihren Blumen rumgepusselt hat, als er das Haus verließ.«

»Hat denn jemand die Blumengeschäfte in der Gegend überprüft, um zu sehen, ob die Rosen in einem davon in Auftrag gegeben wurden? Wenn Skip sie nicht nach Hause gebracht hat, dann muß sie jemand abgegeben haben.«

»Das wenigstens hat Farrell gemacht. Da war kein Blumenladen in Bergen County, der nicht überprüft worden wäre. Es kam nichts dabei heraus.«

»Ah ja.«

Geoff erhob sich. »Kerry, ich weiß, das ist ziemlich viel verlangt, aber ich möchte gern, daß Sie dieses Protokoll gründlich lesen. Schenken Sie dabei der Aussage von Dr. Smith besondere Aufmerksamkeit. Und dann wär's mir lieb, wenn Sie in Erwägung ziehen, ob ich nicht dabeisein kann, wenn Sie mit Dr. Smith darüber reden, warum er anderen Frauen das Gesicht seiner Tochter gibt.«

Sie begleitete Geoff zur Tür. »Ich rufe Sie innerhalb der nächsten Tage an«, versprach sie.

An der Tür blieb er stehen und drehte sich nach Kerry um. »Noch eins würde ich mir von Ihnen wünschen. Kommen Sie doch mit mir ins Staatsgefängnis Trenton. Reden Sie selber mit Skip. Beim Grab meiner Großmutter schwöre ich Ihnen, wenn der arme Kerl Ihnen seine Geschichte erzählt, werden Sie merken, daß er die Wahrheit sagt.«

21

Im Trenton State Prison lag Skip Reardon auf dem Schlaflager in seiner Zelle und schaute sich die Nachrichten um halb sieben an. Die Abendbrotzeit mit ihrem trostlosen Essen war bereits gekommen und wieder vergangen. Schon seit einer geraumen Weile war er immer häufiger ruhelos und gereizt. Nach zehn Jahren an diesem Ort war es ihm zumeist gelungen, an einem mittleren Kurs festzuhalten. Zu Anfang hatte seine Stimmung noch zwischen verrückter Hoffnung, wenn eine Revision anstand, und vernichtender Verzweiflung, wenn sie dann abgelehnt wurde, hin und her gependelt.

Mittlerweile befand er sich gewöhnlich in einem Zustand von Erschöpfung und Resignation. Er wußte, daß Geoff nie davon ablassen würde, neue Argumente für ein Wiederaufnahmeverfahren zu finden, aber die Atmosphäre im Land war im Begriff, sich zu ändern. In den Nachrichten häuften sich neuerdings die kritischen Berichte darüber, daß verurteilte Verbrecher mit ständig neuen Revisionsanträgen die Gerichte in Beschlag nähmen – Berichte, die unweigerlich zu dem Schluß führten, dem müsse ein Riegel vorgeschoben werden. Falls Geoff nicht mit handfesten Gründen für eine Revision rüberkam, die Skip dann tatsächlich zur Freiheit verhalf, dann bedeutete das noch weitere zwanzig Jahre in diesem Loch.

In seinen schlimmsten Momenten der Niedergeschlagenheit erlaubte sich Skip, an die Jahre vor dem Mord zurückzudenken und die Erkenntnis zuzulassen, wie verrückt er doch gewesen war. Er und Beth waren damals schon so gut wie verlobt. Doch dann hatte er Beths Drängen nachgegeben und war allein zu einer Party gegangen, die Beths Schwester mit ihrem Mann, einem Chirurgen, zusammen veranstaltete. Beth war im letzten Moment an einem Infekt erkrankt, wollte aber nicht, daß er um das Vergnügen gebracht wurde.

O ja, *Vergnügen*, dachte Skip voller Ironie bei der Erinnerung an jenen Abend. Suzanne und ihr Vater waren auch gekommen. Selbst jetzt noch stand ihm vor Augen, wie sie damals aussah, als er ihr zum erstenmal begegnete. Ihm war sofort klargeworden, daß sie Unheil bedeutete, aber wie ein Narr verknallte er sich trotzdem in sie.

Ungeduldig stand Skip jetzt von seinem Lager auf, stellte den Fernsehapparat aus und blickte auf das Prozeßprotokoll auf dem Bord über der Toilette. Er hatte das Gefühl, den ganzen Text auswendig zu können. Genau da gehört das Ding auch hin, dachte er mit Bitterkeit: übers Klo. Bei all dem Nutzen, den es mir je bringen wird, sollte ich's zerfetzen und runterspülen.

Er streckte sich. Früher war er es gewohnt gewesen, mittels einer Kombination von harter Anstrengung auf den Baustellen und regelmäßigem Training in der Sporthalle fit zu bleiben. Jetzt aber vollführte er rigoros jeden Abend eine Serie von Liegestützen und Sit-ups. Der kleine Plastikspiegel an der Wand offenbarte graue Strähnen in seinem roten Haar und eine teigige Gefängnisblässe in seinem Gesicht, das einst von der Arbeit im Freien gut durchblutet gewesen war.

Der Tagtraum, den er sich zubilligte, handelte davon, daß er eines Tages durch irgendein Wunder wieder die Freiheit haben würde, Häuser zu bauen. Die bedrückende Beengtheit und der nicht ablassende Lärm hier hatten ihm Visionen von behaglichen Einfamilienhäusern eingegeben, die mittels guter Isolierung eine Privatsphäre garantierten und durch eine Menge Fenster den Blick in die Umgebung freigaben. Er hatte ganze Ringbücher voller Entwürfe.

Wann immer Beth ihn besuchen kam – wovon er sie neuerdings abzubringen suchte –, zeigte er ihr gewöhnlich seine neuesten Zeichnungen, und dann sprachen sie darüber, als werde er tatsächlich eines Tages wieder zu seinem geliebten Beruf, dem Bau von Häusern, zurückkehren können.

Jetzt allerdings mußte er sich den Kopf darüber zerbrechen, wie die Welt überhaupt aussehen und worin die Menschen dann wohnen würden, wenn er endlich diesen schrecklichen Ort verlassen konnte.

22

Kerry war sich bewußt, daß es wieder einmal spät werden würde. Sie hatte sofort, nachdem Geoff gegangen war, das Protokoll zu lesen begonnen und, sobald Robin im Bett war, die Lektüre wieder aufgenommen.

Um halb zehn rief Grace Hoover an. »Jonathan ist weg zu irgendeiner Verabredung. Ich sitze bequem im Bett und bekam Lust, ein bißchen zu plaudern. Paßt es dir denn gerade?«

»Es paßt mir immer, wenn du's bist, Grace.« Kerry meinte es ehrlich. In den fünfzehn Jahren, seit sie Grace und Jonathan kannte, hatte sie die Verschlechterung von Grace' körperlichem Zustand miterlebt. Von einem Spazierstock war sie zu Krücken übergegangen, schließlich zu einem Rollstuhl, und von einer gesellschaftlich äußerst aktiven zu einer fast völlig ans Haus gebundenen Frau geworden. Sie hielt zwar den Kontakt mit Freunden aufrecht und hatte häufig Gäste zum Abendessen, das sie sich fertig liefern ließ, aber, wie sie es Kerry gegenüber formulierte: »Es ist einfach zu anstrengend geworden, aus dem Haus zu kommen.«

Kerry hatte Grace noch nie klagen gehört. »Man tut halt seine Pflicht«, hatte sie mit einem schiefen Lächeln erklärt, als Kerry ihr geradeheraus gesagt hatte, wie sehr sie ihre Tapferkeit bewundere. Jetzt aber stellte sich nach einigen Minuten vertraulicher Plauderei heraus, daß Grace diesmal etwas auf dem Herzen hatte. »Kerry, du hast doch heute mit Jonathan zusammen zu Mittag gegessen, und ich will ganz offen sein. Er macht sich Sorgen.«

Kerry hörte zu, während Grace Jonathans Bedenken wiedergab und zu dem Schluß kam: »Kerry, nach zwanzig Jahren im Senat des Staates hat Jonathan eine Menge Einfluß, aber doch nicht so viel, daß er den Gouverneur dazu bringen könnte, dich zur Richterin zu ernennen, wenn du seinen von ihm gewünschten Nachfolger in Verlegenheit bringst. Übrigens«, fügte sie noch hinzu, »Jonathan hat keine Ahnung, daß ich dich anrufe.«

Er muß sich ja wirklich Grace gegenüber Luft gemacht

haben, dachte Kerry. Was sie wohl denken würde, wenn sie sehen könnte, was ich jetzt gerade mache? Mit dem Gefühl, daß sie die ganze Zeit auswich, versicherte Kerry Grace so gut sie konnte, daß sie weder die Absicht noch den Wunsch habe, Staub aufzuwirbeln. »Aber, Grace, sollte es sich herausstellen, daß die Zeugenaussage von Dr. Smith nicht der Wahrheit entsprach, dann würde Frank Green doch nur Bewunderung und Achtung ernten, wenn er dem Gericht nahelegen würde, Reardon ein neues Verfahren zu gewähren. Ich bin überzeugt, die Öffentlichkeit würde es ihm nicht negativ auslegen, daß er sich damals in gutem Glauben auf die Aussage des Chirurgen verlassen hat. Er hatte keinen Grund, ihm zu mißtrauen.«

»Und vergiß nicht«, sagte sie dann noch, »ich bin weit davon entfernt, tatsächlich zu glauben, in dem Fall Reardon sei der Gerechtigkeit nicht Genüge getan worden. Ich bin einfach nur durch puren Zufall auf diese eine Sache gestoßen, und ich kann nicht damit leben, wenn ich ihr nicht auf den Grund gehe.«

Nach Beendigung des Gesprächs kehrte Kerry zu dem Protokoll zurück. Als sie den Band endlich niederlegte, hatte sie sich seitenweise Bemerkungen und Fragen notiert.

Die Sweetheart-Rosen: Hatte Skip Reardon gelogen, als er sagte, er habe sie nicht mitgebracht oder schicken lassen? Falls er die Wahrheit sprach und sie nicht geschickt hatte, wer hatte es *dann* getan?

Dolly Bowles, die Frau, die damals am Mordabend in dem Haus gegenüber von dem der Reardons die Kinder gehütet hatte: Sie sagte aus, sie habe um neun Uhr abends vor dem Haus der Reardons einen Wagen stehen sehen. Doch um diese Zeit hatten Nachbarn ein Fest, und einige ihrer Gäste hatten ihre Wagen dort in der Straße geparkt. Dolly machte damals einen besonders kümmerlichen Eindruck als Zeugin vor Gericht. Frank Green brachte die Tatsache ins Spiel, daß sie bei sechs verschiedenen Gelegenheiten innerhalb desselben Jahres »verdächtig aussehende« Leute in der Nachbarschaft der Polizei gemeldet hatte. In jedem einzelnen Fall stellte es sich heraus, daß der »Verdächtige« ein völlig legitimer Bote irgendeiner Firma war. Das führte dazu, daß Dolly nun als Zeugin völlig unglaubwürdig wirkte. Kerry war sich sicher, daß die Geschworenen Dollys Aussage außer acht gelassen hatten.

Skip Reardon war nie zuvor mit dem Gesetz in Konflikt geraten und galt als durch und durch solider Bürger, und doch hatte die Verteidigung nur zwei Leumundszeugen aufgerufen: Warum?

Zur Zeit von Suzannes Tod war es zu einer Serie von Einbrüchen in Alpine gekommen. Skip Reardon behauptete, daß ein Teil des Schmucks, den Suzanne getragen hatte, fehlte und daß jemand ihr gemeinsames Schlafzimmer durchstöbert habe. Aber auf dem Toilettentisch fand sich ein Tablett voller wertvoller Juwelen, und die Anklagevertretung rief eine Teilzeithausangestellte der Reardons in den Zeugenstand, die kategorisch erklärte, Suzanne Reardon habe das Schlafzimmer stets in einem Chaos zurückgelassen. »Sie hat immer drei oder vier verschiedene Sachen anprobiert und dann auf den Boden fallen lassen, wenn sie sich dagegen entschied. Der Toilettentisch voller Puder, feuchte Handtücher auf dem Fußboden. Ich hatte oft Lust zu kündigen.«

Während sie sich nun fürs Bett zurechtmachte, ging Kerry in Gedanken nochmals durch, was sie gelesen hatte, und stellte fest, daß es zwei Dinge gab, die sie tun mußte: einen Termin für die Unterredung mit Dr. Smith vereinbaren und Skip Reardon im Staatsgefängnis von Trenton besuchen.

Freitag, 27. Oktober

23

In den neun Jahren seit ihrer Scheidung war Kerry von Zeit zu Zeit mit einem Mann ausgegangen, aber es hatte nie jemanden besonderen gegeben. Ihre engste Freundin war

Margaret Mann, mit der sie als Studentin im Boston College zusammengewohnt hatte. Marg war blond und zierlich, und im College hatte man die beiden das lange und das kurze Ende genannt. Inzwischen war Margaret eine Bankexpertin für Geldanlagen mit einem Apartment an der West Eighty-sixth Street, und sie war Kerrys Vertraute, ihr spezieller Kumpel und Kamerad. Freitag abends besorgte sich Kerry des öfteren jemanden, der bei Robin blieb, und fuhr nach Manhattan hinein. Dann aß sie mit Margaret zusammen, und die beiden schauten sich eine Show am Broadway oder einen Film an oder blieben einfach stundenlang beim Nachtisch sitzen und unterhielten sich.

An dem Freitag abend, nachdem Geoff Dorso ihr das Prozeßprotokoll gebracht hatte, traf Kerry in Margarets Wohnung ein und ließ sich erleichtert auf das Sofa fallen, bei dem schon eine Platte mit Käse und Trauben bereitstand.

Margaret reichte ihr ein Glas Wein. »Trink erst mal einen ordentlichen Schluck. Du siehst phantastisch aus.«

Kerry trug ein neues jägergrünes Kostüm mit einer langen Jacke und einem halblangen Rock. Sie schaute an sich herunter und zuckte die Achseln. »Danke. Ich bin endlich dazu gekommen, mir ein paar neue Sachen zu kaufen, und gebe schon die ganze Woche damit an.«

Margaret lachte. »Weißt du noch, wie deine Mutter sich immer die Lippen schminkte und sagte: ›Man kann nie wissen, wo die große Liebe auf einen wartet‹? Sie hatte recht, findest du nicht?«

»Vermutlich. Sie und Sam sind jetzt seit fünfzehn Jahren verheiratet, und immer wenn sie zu Ostern kommen oder Robin und ich sie in Colorado besuchen, halten sie Händchen.«

Margaret grinste vergnügt. »Wir sollten auch mal so ein Glück haben.« Dann wurde ihr Gesichtsausdruck ernst. »Wie geht's Robin? Ich hoffe doch, daß ihr Gesicht gut heilt.«

»Scheint gute Fortschritte zu machen. Ich geh' morgen mit ihr zu einem anderen plastischen Chirurgen. Nur zur Beratung.«

Margaret zögerte, bevor sie sagte: »Ich hatte schon überlegt, wie ich dir das vorschlagen kann. Im Büro hatte ich von dem Unfall erzählt und Dr. Smiths Namen erwähnt. Einer der Wertpapierhändler, Stuart Grant, schaltete sich gleich ins Gespräch ein. Er sagte, seine Frau hätte Smith aufgesucht. Sie wollte was gegen die Tränensäcke unter ihren Augen unternehmen, aber sie ist nach dem ersten Besuch nie wieder hin. Sie fand, daß irgend etwas nicht stimmt mit ihm.«

Kerry richtete sich auf. »Was meinte sie damit?«

»Sie heißt Susan, aber der Arzt hat sich ständig vertan und sie Suzanne genannt. Dann erzählte er ihr, er könnte ihre Augenpartie in Ordnung bringen, aber viel lieber würde er ihr ganzes Gesicht überholen, sie hätte das Zeug zu einer großen Schönheit und würde ihr Leben vergeuden, wenn sie das nicht ausnützt.«

»Wie lange ist das her?«

»Drei oder vier Jahre, nehm ich an. Ach ja, da war noch was. Smith hat Susan offenbar auch so was vorgelabert, daß Schönheit Verantwortung mit sich bringt und daß manche Menschen sie mißbrauchen und zu Eifersucht und Gewalttätigkeit Anlaß geben.« Sie brach ab und fragte dann: »Kerry, was ist denn los? Du machst so ein komisches Gesicht.«

»Marg, das ist wichtig. Bist du dir sicher, daß Smith davon geredet hat, daß Frauen zu Eifersucht und Gewalttätigkeit Anlaß geben?«

»Ich weiß sicher, daß es das ist, was Stuart mir erzählt hat.«

»Hast du die Telefonnummer von Stuart? Ich möchte mit seiner Frau reden.«

»Im Büro. Sie wohnen in Greenwich, aber ich weiß zufällig, daß sie eine Geheimnummer haben, also muß es bis Montag warten. Worum geht's denn dabei überhaupt?«

»Das erzähl' ich dir dann beim Abendessen«, antwortete sie geistesabwesend. Es kam Kerry so vor, als habe sie das Prozeßprotokoll auf Knopfdruck in ihrem Gedächtnis parat. Dr. Smith beschwor, seine Tochter habe aus Angst vor

Skip Reardons *unbegründeter* Eifersucht um ihr Leben gebangt. Hatte er gelogen? Hatte Suzanne Skip sehr wohl Anlaß zu Eifersucht gegeben? Und falls ja, dann auf wen?

Samstag, 28. Oktober

24

Um acht Uhr am Samstag morgen erhielt Kerry einen Anruf von Geoff Dorso. »Ich hab' meinen Anrufbeantworter im Büro abgehört und Ihre Botschaft erhalten«, sagte er. »Ich fahre heute nachmittag nach Trenton, um Skip zu besuchen. Können Sie es einrichten, mitzukommen?« Er erklärte, sie müßten bis um Viertel vor zwei im Gefängnis sein, um sich für die Besuchszeit um drei Uhr einzutragen.

Bevor sie sich versah, hörte Kerry sich sagen: »Das kann ich mir bestimmt einrichten. Ich muß noch was für Robin arrangieren, aber ich werde Sie dann dort treffen.«

Zwei Stunden später waren Kerry und eine ungeduldige Robin in Livingston, New Jersey, in der Praxis von Dr. Ben Roth, einem bekannten Facharzt für plastische Chirurgie, angelangt.

»Ich verpasse noch das Fußballspiel«, jammerte Robin.

»Du kommst nur ein bißchen später hin, das ist alles«, beruhigte sie Kerry. »Mach dir keine Sorgen.«

»Sehr viel später«, protestierte Robin. »Warum kann er mich denn nicht heut nachmittag nach dem Spiel untersuchen?«

»Vielleicht hätte der Arzt sich danach richten können, wenn du ihm deinen Terminkalender geschickt hättest«, frotzelte Kerry.

»Ach, Mom.«

»Sie können Robin jetzt reinbringen, Ms. McGrath«, verkündete die Sprechstundenhilfe.

Dr. Roth, ein warmherziger, umgänglicher Mann von

Mitte Dreißig, war eine angenehme Abwechslung gegenüber Dr. Smith. Er untersuchte Robins Gesicht sorgfältig. »Die Schnittwunden sahen wahrscheinlich direkt nach dem Unfall ziemlich schlimm aus, aber sie waren nur oberflächlich. Die Risse sind nicht tief in die Hautschichten eingedrungen. Sie haben mit keinerlei Schwierigkeiten zu rechnen.«

Robin sah erleichtert aus. »Toll. Danke, Herr Doktor. Komm, gehn wir, Mom.«

»Warte vorne beim Empfang, Robin. Ich komme gleich raus. Ich möchte eben mit Dr. Roth reden.« In Kerrys Stimme schwang das, was Robin »den Ton« nannte, mit, was soviel bedeutete wie: »und ich will kein Widerwort hören«.

»Na gut«, erwiderte Robin mit einem übertriebenen Seufzer, während sie abschob.

»Ich weiß, daß Patienten auf Sie warten, also fasse ich mich kurz, Dr. Roth, aber ich habe eine Frage auf dem Herzen«, erklärte Kerry.

»Ich habe Zeit. Worum geht's, Ms. McGrath?«

Kerry faßte eine Beschreibung dessen, was sie in Dr. Smiths Praxis gesehen hatte, in ein paar kurzen Sätzen zusammen. »Also, ich habe wohl zwei Fragen dazu«, sagte sie abschließend. »Kann man einfach jedes beliebige Gesicht so verändern, daß es wie jemand anders aussieht, oder muß irgendeine grundsätzliche Vorbedingung erfüllt sein, etwa ein ähnlicher Knochenbau? Und angenommen, es ist möglich, einige Gesichter so zu verändern, daß sie sich ähneln, ist das etwas, was plastische Chirurgen tun, ich meine, absichtlich das Aussehen einer Person so zu ändern, daß sie einer anderen gleicht?«

Zwanzig Minuten später saß Kerry mit Robin im Wagen und fuhr rasch mit ihr zum Fußballfeld. Im Gegensatz zu Kerry war Robin nicht sportlich veranlagt, und Kerry hatte viele Stunden damit verbracht, mit ihr zu trainieren, weil Robin unbedingt eine gute Spielerin werden wollte. Während sie nun zuschaute, wie Robin voller Selbstvertrauen den Torwart austrickste, mußte Kerry noch über Dr. Roths eindeutige Feststellung nachdenken: »Es stimmt, daß manche Chirurgen allen die gleiche Art Nase, Augen oder das gleiche Kinn geben, aber ich halte es für extrem ungewöhnlich, wenn irgendein Chirurg die Gesichter seiner Patienten praktisch klonen würde.«

Um halb zwölf winkte sie Robin, die gerade zu ihr hinschaute, zum Abschied zu. Robin würde nach dem Spiel mit ihrer besten Freundin Cassie nach Hause gehen und bei ihr den Nachmittag verbringen.

Wenige Minuten später war Kerry auf der Straße nach Trenton unterwegs.

Sie hatte dem Staatsgefängnis schon mehrmals einen Besuch abgestattet und empfand den düsteren Anblick von Stacheldraht und Wachtürmen jedesmal als ziemlich ernüchternd. Diese Anlage war kein Ort, den sie gerne wiedersah.

25

Als Kerry kam, wartete Geoff schon in dem Anmelderaum für Besucher auf sie. »Ich freue mich wirklich, daß Sie es geschafft haben, zu kommen«, sagte er. Sie sprachen nur wenig, während sie auf ihr vereinbartes Treffen warteten. Geoff schien zu verstehen, daß sie zu diesem Zeitpunkt lieber unbeeinflußt blieb.

Pünktlich um drei Uhr näherte sich ihnen ein Aufseher und forderte sie auf, ihm zu folgen.

Kerry wußte nicht, wie sie sich Skip Reardon jetzt vorstellen sollte. Zehn Jahre waren seit der Urteilsverkündung vergangen. Der Eindruck, den sie von damals hatte, war der eines großen, gutaussehenden, breitschultrigen jungen Mannes mit feuerrotem Haar. Doch mehr noch als seine Erscheinung hatten sich seine Worte ihrem Gedächtnis eingegraben: *Dr. Charles Smith ist ein Lügner. Vor Gott und diesem Gericht* schwöre *ich, daß er lügt!*

»Was haben Sie Skip Reardon über mich erzählt?« fragte

sie Geoff, während sie darauf warteten, daß man den Häftling in den Besuchsraum führte.

»Nur, daß Sie sich inoffiziell für den Fall interessieren und sich mit ihm treffen möchten. Ich versichere Ihnen, Kerry, ich habe ›inoffiziell‹ gesagt.«

»Das ist in Ordnung. Ich vertraue Ihnen.«

»Da ist er.«

Skip Reardon erschien in Häftlingshosen aus grobem Drillich und einem Gefängnishemd mit offenem Kragen. Graue Strähnen waren in seinem roten Haar zu sehen, doch ansonsten sah er bis auf die Falten um seine Augen herum noch ganz genauso aus, wie sie ihn in Erinnerung hatte. Ein Lächeln erhellte seine Miene, als Geoff ihn vorstellte.

Ein hoffnungsvolles Lächeln, wurde Kerry bewußt, und bedrückt fragte sie sich, ob sie nicht hätte vorsichtiger sein, vielleicht darauf warten sollen, bis sie besser über den Fall informiert war, anstatt diesem Besuch so bereitwillig zuzustimmen.

Geoff kam sofort zur Sache. »Skip, wie ich Ihnen schon sagte, möchte Ms. McGrath Ihnen ein paar Fragen stellen.«

»Ich verstehe. Und hören Sie, ich beantworte alles, egal, was es ist.« Er sprach mit Überzeugung, wenn auch mit einem Anflug von Resignation. »Sie kennen ja den alten Spruch: ›Ich hab'nichts zu verbergen.‹«

Kerry lächelte und stellte ihm dann die Frage, die für sie entscheidend war. »Dr. Smith hat unter Eid ausgesagt, seine Tochter, Ihre Frau, hätte Angst vor Ihnen gehabt und Sie hätten sie bedroht. Sie haben dagegen behauptet, er hätte gelogen – doch welchen Grund sollte er haben, in dieser Sache zu lügen?«

Reardons Hände lagen gefaltet auf dem Tisch vor ihm. »Ms. McGrath, wenn ich irgendeine Erklärung für Dr. Smiths Verhalten hätte, dann wäre ich jetzt vielleicht nicht hier. Suzanne und ich waren vier Jahre miteinander verheiratet, und während dieser Zeit habe ich nicht viel von Smith gesehen. Sie fuhr gelegentlich nach New York rein und traf sich mit ihm zum Essen, oder er kam auch in unser Haus, doch normalerweise nur, wenn ich geschäftlich unterwegs war. Damals florierte mein Bauunternehmen. Ich hab'überall im Staat gebaut und in Pennsylvania in Bauland für zukünftige Objekte investiert. Ich war ziemlich regelmäßig für mehrere Tage hintereinander weg. Und wenn ich mal mit Dr. Smith zusammen war, schien er nicht viel zu sagen zu haben, aber er hat sich nie so verhalten, als könnte er mich nicht leiden. Und schon gar nicht hat er sich so verhalten, als dächte er, seine Tochter sei in Lebensgefahr.«

»Wenn Sie mit ihm und Suzanne zusammen waren, was ist Ihnen dann an seinem Verhalten ihr gegenüber aufgefallen?«

Reardon schaute Dorso an. »Sie sind doch der Mann mit den ausgefallenen Wörtern. Wie kann man das am besten ausdrücken? Warten Sie, ich kann's Ihnen sagen. Als ich in der Gemeindeschule war, waren die Nonnen sauer über uns, weil wir in der Kirche gequatscht hatten, und hielten uns vor, wir sollten Ehrfurcht vor einem heiligen Ort und heiligen Gegenständen empfinden. Also genauso hat er sie behandelt. Smith hat ›Ehrfurcht‹ gegenüber Suzanne gezeigt.«

Welch ein seltsamer Ausdruck, um damit die Haltung eines Vaters seiner Tochter gegenüber zu bezeichnen, dachte Kerry.

»Und er hatte auch diese Beschützerhaltung ihr gegenüber«, fuhr Reardon fort. »Wir sind einmal abends zu dritt irgendwohin zum Abendessen gefahren, und er merkte, daß Suzanne den Sicherheitsgurt nicht angelegt hatte. Da fing er an, ihr eine Moralpredigt zu halten, daß es ihre Pflicht wäre, auf sich aufzupassen. Er wurde ganz schön aufgeregt dabei, vielleicht sogar etwas zornig.«

Das klingt ganz so, wie er Robin und mich belehrt hat, dachte Kerry. Fast widerwillig gestand sie sich ein, daß Skip Reardon zweifellos einen ehrlichen, aufrichtigen Eindruck machte.

»Wie hat sie sich denn ihm gegenüber verhalten?«

»Meistens respektvoll. Obwohl gegen Ende – bevor sie umgebracht wurde – schien sie die paar letzten Male, als ich mit beiden zusammen war, irgendwie verärgert über ihn zu sein.«

Kerry verfolgte dann andere Aspekte des Falls und befragte ihn zu seiner Aussage unter Eid, daß ihm kurz vor dem Mord teure Schmuckstücke an Suzanne aufgefallen seien, die er ihr nicht geschenkt hatte.

»Ms. McGrath, ich wünschte, Sie würden mit meiner Mutter reden. Sie könnte es Ihnen sagen. Sie hat ein Foto von Suzanne, das in einem der Lokalblätter abgedruckt wurde und sie auf einer Wohltätigkeitsveranstaltung zeigt. Darauf ist sie mit einer altmodischen Anstecknadel am Revers ihres Kostüms zu sehen. Das Bild entstand erst ein paar Wochen, bevor sie ermordet wurde. Ich schwöre Ihnen, daß diese Brosche und ein paar andere teure Schmuckstücke, von denen ich ihr keins gekauft habe, an dem Morgen damals in ihrem Schmuckkästchen waren. Ich weiß das noch so genau, weil es eins der Dinge war, über die wir gestritten haben. Diese Stücke waren an dem Morgen da, und sie fehlten am nächsten Tag.«

»Sie meinen, daß sie jemand gestohlen hat?«

Reardon wirkte verlegen. »Ich weiß nicht, ob jemand sie gestohlen hat oder ob sie den Schmuck irgendwem zurückgegeben hat, aber ich versichere Ihnen, daß am nächsten Morgen Schmuckstücke gefehlt haben. Ich hab' versucht, der Polizei das alles zu sagen, die Männer zu überzeugen, daß sie die Sache untersuchen, aber es war von Anfang an klar, daß sie mir nicht geglaubt haben. Sie haben gedacht, ich wollte es so hinstellen, als wäre sie von einem Eindringling beraubt und ermordet worden.«

»Noch etwas«, fuhr er fort. »Mein Dad war im Zweiten Weltkrieg und hielt sich zwei Jahre lang nach dem Krieg in Deutschland auf. Er brachte von dort so einen Miniaturbilderrahmen mit und schenkte ihn meiner Mutter zur Verlobung. Meine Mutter hat diesen Rahmen Suzanne und mir dann zur Hochzeit geschenkt. Suzanne hat mein Lieblingsbild von ihr hineingesteckt und es dann auf dem Nachttisch in unserem Zimmer aufgestellt. Als meine Mutter Suzannes

Sachen mit mir aussortiert hat, bevor ich verhaftet wurde, fiel ihr auf, daß der kleine Rahmen fehlte. Aber ich weiß, daß er an dem letzten Morgen noch da war.«

»Wollen Sie damit sagen, daß an dem Abend von Suzannes Tod jemand reinkam und verschiedene Schmuckstücke und einen Bilderrahmen gestohlen hat?« fragte Kerry.

»Ich erzähle Ihnen nur, was meines Wissens gefehlt hat. Ich weiß nicht, wohin die Sachen geraten sind, und natürlich bin ich mir nicht sicher, ob es irgend etwas mit Suzannes Ermordung zu tun hatte. Ich weiß bloß, daß die Sachen auf einmal nicht mehr da waren und daß die Polizei die Angelegenheit einfach nicht aufgreifen wollte.«

Kerry blickte von ihren Notizen auf und schaute dem Mann ihr gegenüber direkt in die Augen.

»Skip, wie war Ihre Beziehung zu Ihrer Frau?«

Reardon seufzte. »Als ich ihr begegnet bin, hab' ich mich Hals über Kopf verknallt. Sie sah umwerfend aus. Sie war gescheit. Sie war lustig. Sie war die Art von Frau, die einem Kerl das Gefühl gibt, er würde alle überragen. Als wir dann verheiratet waren ...« Er verstummte eine Weile. »Es war lauter Hitze und keine Wärme, Ms. McGrath. Ich wurde in dem Glauben erzogen, daß man voll hinter einer Ehe steht, daß eine Scheidung nur der allerletzte Ausweg ist. Und natürlich gab es auch gute Zeiten. Aber war ich je glücklich oder zufrieden? Nein, wirklich nicht. Doch andererseits war ich so damit beschäftigt, meine Firma aufzubauen, daß ich einfach immer mehr Zeit bei der Arbeit verbrachte und auf diese Weise drum herum kam, mich damit auseinanderzusetzen.«

»Was Suzanne angeht«, fuhr er fort, »so schien sie alles zu haben, was sie sich wünschte. Das Geld kam haufenweise rein. Ich hab'ihr das Haus gebaut, wie sie es sich nach ihren Worten erträumt hatte. Sie war jeden Tag im Klub drüben, wo sie Golf und Tennis spielte. Zwei Jahre hat sie mit einem Innenarchitekten darauf verwendet, das Haus so einzurichten, wie sie es haben wollte. Da gibt es so einen Burschen, Jason Arnott, der in Alpine wohnt und sich wirklich mit Antiquitäten auskennt. Er nahm Suzanne auf Versteigerungen mit und sagte ihr, was sie kaufen sollte. Sie fand Geschmack an Modellkleidern. Sie war wie ein Kind, das es am liebsten gehabt hätte, wenn jeden Tag Weihnachten wär. So wie ich gearbeitet hab, blieb ihr jede Menge freie Zeit, nach Belieben zu kommen und zu gehen. Sie ging schrecklich gern zu Veranstaltungen, bei denen die Presse da war, damit ihr Bild in die Zeitung kam. Lange Zeit dachte ich, sie wäre glücklich, aber wenn ich jetzt daran zurückdenke, bin ich überzeugt, daß sie nur bei mir blieb, weil sie noch kein besseres Arrangement gefunden hatte.«

»Bis ...«, warf Geoff ihm als Stichwort zu.

»Bis sie jemand kennengelernt hat, der wichtig für sie wurde«, berichtete Reardon weiter. »Das war der Zeitpunkt, als mir auffiel, daß sie Schmuck trug, den ich nicht kannte. Einige Stücke waren alte Kostbarkeiten, andere ganz modern. Sie hat behauptet, ihr Vater hätte sie ihr geschenkt, aber ich hab'gemerkt, daß sie log. Ihr Vater hat jetzt ihren ganzen Schmuck, auch alles, was ich ihr geschenkt hatte.«

Als der Wachposten sie darauf hinwies, daß die Besuchszeit vorüber sei, stand Reardon auf und blickte Kerry direkt ins Gesicht. »Ms. McGrath, ich gehöre nicht hierher. Irgendwo da draußen läuft der Kerl rum, der Suzanne umgebracht hat. Und irgendwo muß es einfach etwas geben, das es beweisen wird.«

Geoff und Kerry gingen zusammen zum Parkplatz. »Sie hatten doch bestimmt keine Zeit zum Mittagessen«, sagte er. »Warum essen wir nicht schnell einen Bissen?«

»Ich kann nicht, ich muß wieder zurück. Geoff, ich muß Ihnen sagen, daß ich nach dem, was ich heute gehört habe, keinen einzigen Grund sehen kann, weshalb Dr. Smith gelogen haben soll. Reardon sagt doch, daß sie einen einigermaßen freundlichen Umgang miteinander hatten. Sie haben gehört, wie er sagte, er hätte Suzanne nicht geglaubt, als sie ihm erzählte, ihr Vater hätte ihr ein paar Schmuckstücke geschenkt. Falls er anfing, wegen dieser Stücke eifersüchtig zu werden, nun, dann ...« Sie sprach den Satz nicht zu Ende.

26

Am Sonntag morgen diente Robin bei der Zehn-Uhr-Messe als Ministrantin. Wenn Kerrys Blicke der Prozession von der Sakristei durchs Kirchenschiff folgten, mußte sie immer daran denken, wie gerne sie als Kind ministriert hätte und wie sie dann darüber aufgeklärt wurde, das sei nicht möglich, nur Jungen seien zugelassen.

Die Zeiten ändern sich, überlegte sie nachdenklich. Ich hätte nie für möglich gehalten, meine Tochter am Altar zu sehen, ich dachte nie, ich würde eines Tages geschieden sein, ich glaubte nie, eines Tages Richterin zu werden. *Vielleicht* Richterin zu werden, verbesserte sie sich. Sie wußte, daß Jonathan recht hatte. Frank Green jetzt in Verlegenheit zu bringen hieß nichts anderes, als den Gouverneur in Verlegenheit zu bringen. Es konnte ihre Ernennung zunichte machen. Der gestrige Besuch bei Skip Reardon war womöglich ein entscheidender Fehler gewesen. Weshalb wieder ihr Leben verpatzen? Sie hatte es schon einmal getan.

Ihr war klar, daß sie sich durch die ganze Skala der Gefühle Bob Kinellen gegenüber durchgearbeitet hatte: Erst liebte sie ihn, dann war sie am Boden zerstört, als er sie verließ, schließlich wurde sie zornig auf ihn und nahm es sich selbst übel, daß sie ihn nicht als den Opportunisten erkannt hatte, der er war. Jetzt reagierte sie hauptsächlich mit Gleichgültigkeit auf ihn, außer wenn es um Robin ging. Nichtsdestotrotz versetzte es ihr jedesmal einen Stich, wenn sie Paare in der Kirche sah, ob sie in ihrem eigenen Alter waren, ob jünger oder älter – es tat einfach weh. Wenn Bob nur der Mensch gewesen wäre, den ich in ihm gesehen habe, dachte sie. Wenn er nur der Mensch wäre, für den er sich *selbst* hält. Mittlerweile wären sie elf Jahre verheiratet. Mittlerweile hätte sie auch sicher noch mehr Kinder. Sie wollte immer drei haben.

Während sie Robin dabei beobachtete, wie sie den Wasserkrug und das Becken zur Handwaschung in Vorbereitung für die Segnung durch den Priester zum Altar trug, blickte ihre Tochter hoch und wechselte einen Blick mit Kerry. Ihr kurzes Lächeln rührte Kerry. Worüber beklage ich mich eigentlich? hielt sie sich vor. Was immer geschieht, ich habe doch sie. Und wie es Liebesverbindungen nun einmal an sich haben, war unsere alles andere als perfekt, aber wenigstens ist etwas Gutes daraus hervorgegangen. Kein anderes Paar außer Bob Kinellen und mir hätte genau dieses wundervolle Kind bekommen können, überlegte sie.

Während sie weiterhin zuschaute, fiel ihr plötzlich ein anderes Eltern-Kind-Verhältnis ein: Dr. Smith und Suzanne. Sie war das einzigartige Ergebnis der Gene von ihm und seiner früheren Frau gewesen. Im Zeugenstand hatte Dr. Smith ausgesagt, nach seiner Scheidung sei seine Frau nach Kalifornien gezogen und habe wieder geheiratet und er habe der Adoption von Suzanne durch den Stiefvater zugestimmt, weil er der Meinung war, das sei am besten so für sie.

»Doch nach dem Tod ihrer Mutter kam sie zu mir«, hatte er berichtet. »Sie brauchte mich.«

Skip Reardon hatte erzählt, Dr. Smiths Haltung gegenüber seiner Tochter habe an Ehrfurcht gegrenzt. In dem Moment, als sie das vernahm, stürmte Kerry eine Frage durch den Kopf, die sie völlig aus der Fassung brachte. Dr. Smith hatte andere Frauen so verwandelt, daß sie seiner Tochter glichen. Aber niemand hatte bisher die Frage aufgeworfen, ob er womöglich Suzanne selbst operiert hatte.

Kerry und Robin waren gerade mit dem Mittagessen fertig, als Bob anrief und vorschlug, Robin am Abend zum Essen auszuführen. Er erklärte, Alice sei mit den Kindern eine Woche nach Florida gereist und er selbst wolle in die Catskills fahren, um sich eine Skihütte anzuschauen, die sie möglicherweise kaufen wollten. Ob Robin nicht mitkommen wolle? fragte er. »Ich schulde ihr noch ein Abendessen, und ich bring sie ganz bestimmt bis neun wieder zurück.«

Robins begeisterte Zusage führte dazu, daß Bob sie eine Stunde später abholte.

Der unerwartete freie Nachmittag gab Kerry die Gelegenheit, sich wieder eine Weile mit dem Prozeßprotokoll zum Fall Reardon zu befassen. Die Lektüre als solche vermittelte ihr zwar ein gewisses Maß an Erkenntnissen, aber ihr war klar, daß ein großer Unterschied zwischen dem Lesen einer nüchternen Aufzeichnung und dem Beobachten der Zeugen bei ihrer Aussage bestand. Sie hatte weder ihre Gesichter gesehen, noch die Stimmen gehört oder die Körpersprache ihrer Reaktionen auf die Fragen mitbekommen. Sie wußte, daß die Bewertung des Verhaltens der Zeugen durch die Geschworenen zweifellos einen großen Anteil am Ausgang ihrer Entscheidungsfindung hatte. Diese Jury hatte Dr. Smith beobachtet und eingeschätzt. Es lag auf der Hand, daß sie ihm geglaubt hatten.

27

Geoff Dorso liebte Football und war ein glühender Verehrer der Giants. Das war zwar nicht der Grund, weshalb er sich eine Eigentumswohnung in den Meadowlands gekauft hatte, aber er gab zu, daß es gewiß praktisch war. Und doch beschäftigte ihn, während er an diesem Sonntag nachmittag im Stadion der Giants saß, weniger das laufende und sehr ausgeglichene Spiel gegen die Dallas Cowboys als das Treffen mit Skip Reardon am Tag zuvor und Kerry McGraths Reaktion auf Skip selbst und auf die Prozeßakte.

Er hatte ihr die Unterlagen am Donnerstag gebracht. Ob sie das Protokoll wohl schon gelesen hatte? fragte er sich. Er hatte gehofft, sie werde darüber reden, als sie auf den Termin mit Skip warteten, aber sie hatte es nicht erwähnt. Er versuchte sich vor Augen zu halten, daß sie schließlich darauf trainiert war, skeptisch zu sein, und daß ihre anscheinend negative Resonanz auf die Unterredung mit Skip noch nicht bedeutete, daß sie mit dem Fall nichts weiter zu tun haben wollte.

Als die Giants am Ende des letzten Spielviertels in letzter Sekunde ein *field goal* erzielten, nahm Geoff an dem vehementen Siegesjubel teil, lehnte aber dankend ab, als Freunde ihn dazu einluden, mit ihnen ein paar Bier trinken zu gehen. Er fuhr statt dessen nach Hause und rief Kerry an.

Er war überglücklich, als sie einräumte, das Protokoll gelesen zu haben und daß sie noch einige Fragen dazu habe. »Ich würde mich gern wieder mit Ihnen treffen«, sagte er. Dann hatte er einen Einfall. Sie kann ja bloß ablehnen, überlegte er, während er fragte: »Hätten Sie vielleicht heute abend Zeit, mit mir essen zu gehen?«

28

Dolly Bowles war sechzig Jahre alt zu dem Zeitpunkt, als sie zu ihrer Tochter nach Alpine zog. Das war nun zwölf Jahre her und direkt, nachdem sie ihren Mann verloren hatte. Sie wollte sich damals ja nicht aufdrängen, aber wenn sie ehrlich war, hatte sie immer Angst davor gehabt, alleine zu sein, und glaubte wirklich nicht, daß sie es aushalten würde, in dem großen Haus weiterzuleben, das sie gemeinsam mit ihrem Mann bewohnt hatte.

Und es gab in der Tat auch einen Grund, zumindest einen psychologischen, für ihre Verunsicherung. Lange Jahre zuvor, als sie noch ein Kind war, hatte sie eines Tages einem Lieferanten die Tür aufgemacht, der sich jedoch als Verbrecher herausstellte. Sie hatte noch immer Alpträume davon, wie er damals sie und ihre Mutter gefesselt und das ganze Haus auf den Kopf gestellt hatte. Aus diesem Grund war sie jetzt mißtrauisch gegenüber Fremden aller Art, und sie hatte ihren Schwiegersohn mehrfach dadurch verärgert, daß sie den Notknopf des Alarmsystems drückte, als sie allein zu Hause war und seltsame Geräusche hörte oder einen ihr unbekannten Mann auf der Straße bemerkte.

Ihre Tochter Dorothy und ihr Schwiegersohn Lou verreisten häufig. Ihre Kinder hatten damals, als Dolly zu ihnen zog, noch bei den Eltern gewohnt, und sie hatte dabei geholfen, sie zu versorgen. Seit einer Reihe von Jahren jedoch waren sie ausgezogen, und Dolly hatte fast nichts mehr zu tun. Sie hatte versucht, im Haus mitzuarbeiten, aber die Haushälterin wollte nichts von ihrer Hilfe wissen.

Da ihr nun soviel freie Zeit blieb, hatte sich Dolly mittlerweile als Babysitterin in der Nachbarschaft etabliert, und dieses Arrangement bewährte sich bestens. Sie hatte wirklich Freude an kleinen Kindern und las ihnen gerne vor oder spielte jederzeit irgendein Spiel mit ihnen. Praktisch alle hatten sie ins Herz geschlossen. Anlaß zur Verärgerung gab es einzig und allein, wenn sie wieder einmal bei der Polizei anrief, um verdächtig aussehende Gestalten zu melden. Doch das hatte sie nun schon seit zehn Jahren nicht mehr getan – nicht mehr, seit sie als Zeugin im Reardon-Mordprozeß geladen wurde. Ihr lief jedesmal ein Schauder über den Rücken, wenn sie daran denken mußte. Der Staatsanwalt hatte sie so schrecklich bloßgestellt. Dorothy und Lou hatten sich furchtbar gedemütigt gefühlt. »Mutter, ich hab'dich doch angefleht, nicht mit der Polizei zu reden«, hatte Dorothy sie damals angefahren.

Aber Dolly hatte es einfach tun *müssen*. Sie kannte doch Skip Reardon und mochte ihn und kam von dem Gefühl nicht los, sie müsse versuchen, ihm zu helfen. Außerdem hatte sie den Wagen tatsächlich gesehen, genau wie Michael, der fünfjährige Junge mit all den Lernschwächen, um den sie sich an jenem Abend gekümmert hatte. Er hatte den Wagen auch gesehen, aber Skips Anwalt hatte sie aufgefordert, dies nicht zu erwähnen.

»Das würde unserm Fall nur schaden«, hatte Mr. Farrell gesagt. »Alles, was wir von Ihnen wollen, ist, daß Sie berichten, was Sie gesehen haben: daß um neun Uhr eine dunkle Limousine vor dem Haus der Reardons geparkt war und einige Minuten später wieder wegfuhr.«

Sie war sich sicher, daß sie eine der Ziffern und einen der Buchstaben erkannt hatte, eine 3 und ein L. Aber dann hielt der Staatsanwalt hinten im Gerichtssaal ein Nummernschild hoch, und sie konnte es nicht ablesen. Und er brachte sie zu dem Eingeständnis, daß sie Skip Reardon ausgesprochen gern hatte, weil er eines Abends geholfen hatte, ihr Auto freizuschaufeln, als es in einer Schneewehe steckengeblieben war.

Dolly wußte, daß Skips Hilfsbereitschaft noch lange nicht bedeutete, daß er kein Mörder sein konnte, aber sie fühlte tief in ihrem Herzen, daß er unschuldig war, und sie betete jeden Abend für ihn. Selbst jetzt noch, wenn sie gegenüber vom Reardonschen Haus Kinder hütete, schaute sie manchmal zum Fenster hinaus und dachte an den Abend, als Suzanne ermordet wurde. Und sie dachte an den kleinen Michael – seine Familie war vor einigen Jahren weggezogen –, der nun fünfzehn Jahre alt sein mußte, und daran, wie er auf das komische fremde Auto gedeutet und gesagt hatte: »Papas Auto.«

Dolly konnte nicht wissen, daß zur selben Zeit an diesem Sonntag abend, während sie vom Fenster auf das frühere Haus der Reardons blickte, etwa fünfzehn Kilometer weiter weg Geoff Dorso und Kerry McGrath im Restaurant Villa Cesare in Hillsdale gerade über sie sprachen.

29

In stillschweigender Übereinkunft enthielten sich Kerry und Geoff irgendeiner Erwähnung des Reardon-Falles, bis der Kaffee serviert wurde. Zuvor erzählte Geoff beim Essen von seinen frühen Jahren in New York. »Ich dachte damals von meinen Verwandten in New Jersey, daß sie hinterm Mond leben«, erklärte er. »Und dann, als wir selbst dorthin umzogen und ich dort aufwuchs, hab' ich beschlossen, zu bleiben.«

Er erzählte Kerry, er habe vier jüngere Schwestern.

»Ich beneide Sie«, erwiderte sie. »Ich bin Einzelkind, und ich bin immer schrecklich gern zu meinen Freunden nach

Hause gegangen, wo es eine große Familie gab. Ich habe es mir immer schön vorgestellt, wenn da ein paar Geschwister um einen rum wären. Mein Vater starb, als ich neunzehn war, und meine Mutter hat wieder geheiratet, als ich einundzwanzig war, und ist nach Colorado gezogen. Ich seh sie zweimal im Jahr.«

Geoffs Augen nahmen einen sanften Ausdruck an. »Da haben Sie nicht gerade viel Familienzusammenhalt«, sagte er.

»Nein, wahrscheinlich nicht, aber Jonathan und Grace Hoover haben geholfen, die Lücke auszufüllen. Sie sind wunderbar zu mir, fast wie Eltern.«

Sie unterhielten sich über das Jurastudium und stimmten darin überein, daß das erste Jahr so grauenhaft war, daß sie es schlimm fänden, das nochmals durchstehen zu müssen.

»Was brachte Sie zu dem Entschluß, Verteidiger zu werden?« fragte Kerry.

»Ich glaube, das geht auf ein Erlebnis aus meiner Kindheit zurück. Eine Frau in dem Haus, wo wir wohnten, Anna Owens, war einer der nettesten Menschen, die mir je begegnet sind. Ich weiß noch, wie ich einmal, als ich etwa acht war, durch die Eingangshalle rannte, um den Lift noch zu erwischen, und mit ihr zusammenstieß und sie umwarf. Jeder andere Mensch hätte einen Tobsuchtsanfall gekriegt, aber sie hat sich wieder aufgerappelt und gesagt: ›Geoff, der Lift kommt doch wieder.‹ Dann lachte sie. Sie hat gemerkt, wie verstört ich war.«

»Aber deshalb sind Sie doch nicht Verteidiger geworden.« Kerry lächelte.

»Nein. Aber drei Monate später, als ihr Mann sie im Stich ließ, folgte sie ihm zur Wohnung seiner neuen Freundin und erschoß ihn. Ich bin ehrlich davon überzeugt, daß sie vorübergehend unzurechnungsfähig war, was ihr Anwalt auch geltend machte, aber sie mußte trotzdem für zwanzig Jahre ins Gefängnis. ›Mildernde Umstände‹ ist dabei das Schlüsselwort, finde ich. Wenn ich glaube, daß sie gegeben sind, oder wenn ich den Angeklagten für unschuldig halte, wie bei Skip Reardon, dann übernehme ich den Fall.« Er machte eine Pause. »Und was hat Sie dazu gebracht, Staatsanwältin zu werden?«

»Das Opfer und die Familie des Opfers«, stellte sie schlicht fest. »Nach Ihrer These hätte ich Bob Kinellen erschießen und dann mildernde Umstände beanspruchen können.«

Ein Blitzen in Dorsos Augen verriet eine leichte Verstimmung, doch dann spiegelten sie eher Belustigung. »Irgendwie kann ich mir nicht vorstellen, wie Sie jemanden erschießen, Kerry.«

»Ich auch nicht, außer ...« Kerry zögerte und fuhr dann fort: »Außer Robin käme in Gefahr. Dann würde ich alles und jedes tun, um sie zu retten. Da bin ich mir sicher.«

Im Verlauf des Abendessens fing Kerry unwillkürlich an, vom Tod ihres Vaters zu erzählen. »Ich war in meinem zweiten Jahr am Boston College. Er war Pilot bei PanAm gewesen und wechselte später in die Verwaltung der Gesellschaft und wurde zum amtierenden Vizepräsidenten befördert. Schon seit ich drei Jahre alt war, nahm er meine Mutter und mich überall mit hin. Für mich war er der großartigste Mensch auf der ganzen Welt.« Sie schluckte schwer. »Und dann, als ich einmal zum Wochenende zu Hause war, sagte er, er fühle sich irgendwie nicht wohl. Aber er machte sich nicht die Mühe, zum Arzt zu gehen, weil er gerade seine jährliche Vorsorgeuntersuchung gehabt hatte. Er hat behauptet, am nächsten Tag sei er bestimmt wieder in Ordnung. Aber am nächsten Morgen ist er nicht mehr aufgewacht.«

»Und Ihre Mutter hat zwei Jahre später wieder geheiratet?« fragte Geoff leise.

»Ja, direkt bevor ich mit dem College fertig war. Sam war ein Witwer und ein Freund von Dad. Er wollte sich gerade in Vail zur Ruhe setzen, als Dad starb. Er hat ein wunderhübsches Haus dort. Es hat ihnen beiden gutgetan.«

»Was hätte Ihr Vater von Bob Kinellen gehalten?«

Kerry lachte. »Sie haben ein feines Gespür, Geoff Dorso. Ich glaube, er wäre alles andere als begeistert gewesen.«

Beim Kaffee besprachen sie schließlich den Reardon-Fall.

Kerry machte den Auftakt mit dem freimütigen Bekenntnis: »Ich war damals bei der Urteilsverkündung dabei, und sein Gesichtsausdruck und das, was er sagte, haben sich mir unauslöschlich eingeprägt. Ich hab'schon eine Menge schuldiger Leute schwören hören, daß sie unschuldig sind – was hätten sie schließlich auch zu verlieren? –, aber seine Worte hatten etwas an sich, was mich berührt hat.«

»Weil er die Wahrheit gesagt hat.«

Kerry blickte ihm direkt ins Gesicht. »Ich warne Sie, Geoff, ich habe die Absicht, den Advocatus Diaboli zu spielen, und wenn mir auch beim Lesen der Prozeßakte eine Menge Fragen kommen, so überzeugt mich das noch lange nicht, daß Reardon unschuldig ist. Genausowenig hat es der Besuch gestern getan. Entweder Skip Reardon lügt, oder aber Dr. Smith lügt. Reardon hat einen ausgesprochen triftigen Grund zu lügen. Smith dagegen nicht. Ich finde es nach wie vor äußerst dekuvrierend, daß Reardon ausgerechnet am Tag von Suzannes Tod über eine Scheidung geredet hat und offenbar ausgeflippt ist, als er erfuhr, was sie ihn kosten könnte.«

»Kerry, Skip Reardon war ein Selfmademan. Er hat sich aus eigener Kraft emporgearbeitet und ist sehr erfolgreich geworden. Suzanne hatte ihn bereits ein Vermögen gekostet. Sie haben doch gehört, was er sagte. Sie war einem Kaufrausch verfallen und kaufte alles, was ihr in den Sinn kam.« Er hielt inne. »Nein, zornig zu sein und das in Worten auszudrücken ist eine Sache. Aber es besteht ein himmelweiter Unterschied zwischen einem Wutausbruch und Mord. Auch wenn ihn eine Scheidung teuer zu stehen gekommen wäre, so war er doch im Grunde genommen erleichtert über die Perspektive, daß seine verlogene Ehe vorbei sein würde und er wieder ein normales Leben führen konnte.«

Sie sprachen über die Sweetheart-Rosen. »Ich bin felsenfest davon überzeugt, daß Skip sie weder gebracht noch geschickt hat«, stellte Geoff fest, während er an seinem Espresso nippte. »Wenn wir das als gegeben annehmen, dann ist eine andere Person im Spiel.«

Während Geoff die Rechnung bezahlte, stimmten sie

beide darin überein, daß Dr. Smiths Aussage den Ausschlag für Reardons Verurteilung gegeben hatte. »Halten Sie sich doch folgendes vor Augen«, sagte Geoff eindringlich. »Dr. Smith behauptete, Suzanne hätte Angst vor Skip und seinen Eifersuchtsanfällen gehabt. Aber wenn sie wirklich solche Angst vor ihm hatte, wie brachte sie es dann fertig, ruhig dazustehen und Blumen zu ordnen, die ihr ein anderer Mann geschickt hatte, und sie nicht nur zu ordnen, sondern stolz zur Schau zu stellen, jedenfalls laut Skip? Ergibt das etwa einen Sinn?«

»*Falls* Skip die Wahrheit gesagt hat – aber wir können das nicht als Tatsache voraussetzen, oder?« erwiderte Kerry.

»Also, ich für meinen Teil *glaube* ihm nun mal«, sagte Geoff mit Nachdruck. »Außerdem hat niemand im Zeugenstand Dr. Smiths Aussage erhärtet. Die Reardons waren ein beliebtes Ehepaar. Hätte er sie mißhandelt, so hätte sich gewiß jemand gemeldet, um das zu bestätigen.«

»Mag sein«, räumte Kerry ein, »aber warum gab es dann keine Zeugen der Verteidigung dafür, daß er eben nicht wahnsinnig eifersüchtig war? Warum hat man nur zwei Leumundszeugen aufgerufen, um damit Dr. Smiths Aussage zu konterkarieren? Nein, Geoff, die Geschworenen hatten leider auf Grund der Information, die ihnen vorlag, keinen Anlaß, Dr. Smith nicht zu vertrauen und zu glauben. Im übrigen, sind wir nicht generell darauf gedrillt, einem Arzt zu trauen?«

Auf der Heimfahrt waren sie schweigsam. Als Geoff Kerry an die Tür brachte, griff er nach ihrem Schlüssel. »Meine Mutter hat gesagt, man sollte einer Dame immer die Tür aufmachen. Ich hoffe, das ist nicht zu sexistisch.«

»Nein, gar nicht. Jedenfalls nicht für mich. Aber vielleicht bin ich einfach altmodisch.« Der Himmel über ihnen war nachtblau und von Sternen übersät. Ein schneidender Wind blies, und Kerry zitterte in der Kühle.

Geoff bemerkte es, schloß daher rasch die Tür auf. »Sie sind für die kühle Abendluft nicht warm genug angezogen. Gehn Sie lieber rein.«

Als sie eintrat, blieb er auf der überdachten Veranda stehen, ohne irgendwie anzudeuten, daß er erwarte, hereingebeten zu werden. Statt dessen sagte er: »Bevor ich gehe, muß ich Sie noch fragen, wie wir weiter vorgehen.«

»Ich habe vor, Dr. Smith aufzusuchen, sobald er mir einen Termin gibt. Aber es ist besser, wenn ich allein hingehe.«

»Dann hören wir in ein paar Tagen wieder voneinander«, sagte Geoff. Er lächelte flüchtig und begann die Verandastufen hinunterzugehen. Kerry schloß die Haustür und ging ins Wohnzimmer, machte jedoch nicht sofort das Licht an. Sie begriff, daß sie noch das Gefühl des Augenblicks genoß, als Geoff ihr die Schlüssel aus der Hand genommen und die Tür für sie geöffnet hatte. Dann trat sie ans Fenster und beobachtete, wie er seinen Wagen rückwärts aus der Auffahrt heraussteuerte und die Straße hinunter verschwand.

Mit Daddy macht es immer soviel Spaß, dachte Robin, als sie zufrieden neben ihm im Jaguar saß. Sie hatten die Skihütte besichtigt, deren Kauf Bob Kinellen in Erwägung zog. Robin fand sie cool, aber er war enttäuscht davon. »Ich möchte eine, wo wir mit den Skiern bis zur Tür fahren können«, hatte er gesagt und dann gelacht. »Wir suchen halt einfach weiter.«

Robin hatte ihre Kamera mitgenommen, und ihr Vater wartete ab, während sie zwei Filme verknipste. Obwohl es nur wenig Schnee auf den Gipfeln gab, fand sie das Licht auf den Bergen phantastisch. Sie fing noch die letzten Strahlen der untergehenden Sonne ein, und dann machten sie sich auf den Heimweg. Ihr Vater erzählte von einem tollen Lokal, wo es wunderbare Shrimps gab.

Robin war klar, daß Mom sauer auf Dad war, weil er nach dem Unfall nicht mit ihr geredet hatte, aber er *hatte* schließlich eine Nachricht hinterlassen. Und es stimmte schon, daß sie ihn nicht oft zu sehen bekam, aber wenn sie zusammen waren, war er großartig.

Um halb sieben hielten sie bei einem Restaurant an. Während sie Shrimps und Muscheln aßen, unterhielten sie sich. Er versprach ihr, daß sie dieses Jahr ganz bestimmt zusammen skifahren würden, nur sie beide. »Irgendwann, wenn Mom verabredet ist.« Er zwinkerte ihr zu.

»Ach, Mom geht nicht oft mit jemand aus«, erzählte sie ihm. »Einer hat mir eigentlich ganz gut gefallen, der im Sommer ein paarmal was mit ihr unternommen hat, aber sie fand ihn langweilig.«

»Was hat der gemacht?«

»Er war, glaub ich, ein Ingenieur.«

»Nun, wenn Mommy dann Richterin ist, dann geht sie vermutlich am Ende mit einem anderen Richter aus. Sie wird sich nicht vor denen retten können.«

»Neulich ist ein Anwalt bei uns vorbeigekommen«, sagte Robin. »Er war nett. Aber soweit ich weiß, ging's nur um Geschäftliches.«

Bob Kinellen hatte bei der Unterhaltung nur halb hingehört. Jetzt erwachte seine Aufmerksamkeit. »Wie hieß er denn?«

»Geoff Dorso. Er hat Mommy einen dicken Aktenordner zum Lesen vorbeigebracht.«

Als ihr Vater auf einmal sehr schweigsam wurde, beschlich Robin das ungute Gefühl, daß sie vielleicht zuviel erzählt hatte und er womöglich sauer auf sie war.

Nachdem sie wieder im Auto saßen, schlief sie für den Rest der Fahrt, und als ihr Vater sie um halb zehn absetzte, war sie froh, wieder zu Hause zu sein.

Montag, 30. Oktober

30

Senat und Repräsentantenhaus des Staates New Jersey hatten einen geschäftigen Herbst. Die Anwesenheitsrate bei den zweimal in der Woche stattfindenden Sitzungen lag bei fast hundert Prozent, und das aus gutem Grund: Die bevorstehende Gouverneurswahl erzeugte, obwohl sie erst in einem Jahr stattfinden würde, bereits jetzt eine latent geladene Atmosphäre, die sich auch in beiden Kammern des Parlaments breitmachte.

Die Tatsache, daß Gouverneur Marshall offensichtlich entschlossen war, als seinen Nachfolger Frank Green zu unterstützen, kam einer Reihe anderer Möchtegern-Kandidaten seiner Partei gar nicht zupaß. Jonathan Hoover war sich völlig klar darüber, daß jede nur mögliche Einbuße bei Greens Wahlchancen anderen Bewerbern in der politischen Arena nur lieb sein konnte. Sie würden sich darauf stürzen und möglichst viel Wirbel machen. Falls genügend Lärm dabei entstand, konnte Greens Nominierung leicht gefährdet werden. Zu diesem Zeitpunkt war sie längst noch nicht abgesichert.

Als Senatspräsident hatte Hoover enormen Einfluß auf die Parteipolitik. Einer der Gründe für seine fünffache Wahl zu je vier Jahren Amtszeit war seine Fähigkeit, bei anstehenden Entscheidungen oder Stimmabgaben weit vorauszuschauen. Seine Wähler wußten das zu würdigen.

An den Tagen der Plenarsitzungen blieb er manchmal in Trenton und traf sich mit Freunden zum Abendessen. Heute abend war er mit dem Gouverneur verabredet.

Anschließend an die Nachmittagssitzung kehrte Jonathan in sein eigenes Büro zurück, forderte die Sekretärin auf, Anrufe abzufangen, und schloß die Tür. Eine Stunde lang saß er mit unter dem Kinn gefalteten Händen an seinem Schreibtisch. Es war die Pose, die Grace »Jonathan im Gebet« nannte.

Als er endlich aufstand, ging er zum Fenster hinüber und starrte in die Dämmerung. Er hatte eine wichtige Entscheidung getroffen. Kerry McGraths Nachbohren im Reardon-Mordfall hatte ein echtes Problem geschaffen. Es war genau die Art von Anlaß, wie ihn die Medien nur zu gern aufgreifen und möglichst zu einer sensationellen Geschichte aufblasen würden. Selbst wenn letzten Endes nichts dabei herauskam – und davon war Jonathan überzeugt –, so würde es doch Frank Green in ein schiefes Licht rücken und seine Kandidatur effektiv zum Scheitern bringen.

Freilich gab Kerry die ganze Sache vielleicht auf, bevor es dazu kam – was er um aller Beteiligten willen absolut hoffte. Dennoch sah Jonathan es als seine Pflicht an, den Gouverneur von den bisherigen Ermittlungen in Kenntnis zu setzen und ihm zu raten, ihren Namen bis auf weiteres nicht dem Senat zur Bestätigung ihrer Ernennung zum Richteramt vorzulegen. In Jonathans Augen war es eine Zumutung für den Gouverneur, wenn eine Kandidatin seiner Wahl praktisch gegen ihn arbeiten würde.

31

Am Montag morgen fand Kerry ein Päckchen in ihrem Büro, das eine Porzellanfigur der Manufaktur Royal Doulton enthielt; es war die Figurine, die man »Herbstbrise« nannte. Ein Schreiben lag beigefügt:

> Liebe Ms. McGrath,
> Moms Haus ist jetzt verkauft, und wir haben unsere ganzen Sachen rausgeräumt. Wir ziehen zu unserer Tante und unserem Onkel nach Pennsylvania.
> Mom hatte dies immer auf ihrem Frisiertisch stehen. Es stammte von ihrer Mutter. Sie sagte, daß es sie froh machte, es zu sehen.
> Sie haben uns so glücklich gemacht, weil Sie dafür gesorgt haben, daß der Kerl, der Mom umgebracht hat, für sein Verbrechen büßen muß, und deshalb möchten wir gerne, daß Sie es bekommen. Es ist unsere Art, danke zu sagen.

Der Brief trug die Unterschrift von Chris und Ken, den beiden Söhnen der Frau, die von ihrem Assistenten getötet worden war.

Kerry blinzelte die Tränen weg, während sie das wundervolle Stück in der Hand hielt. Sie rief ihre Sekretärin herbei und diktierte einen kurzen Brief:

Es ist gesetzlich nicht erlaubt, daß ich irgendwelche Geschenke annehme, aber ich versichere Ihnen, Chris und Ken, wäre es anders, würde ich dies zu schätzen wissen. Bitte behalten Sie es für mich und für Ihre Mom.

Während sie den Brief unterschrieb, dachte sie über die offensichtliche Verbundenheit zwischen diesen Brüdern und zwischen ihnen und ihrer Mutter nach. Was würde nur aus Robin werden, wenn mir etwas zustoßen würde? fragte sie sich erneut. Dann schüttelte sie den Kopf. Es bringt doch nichts, trüben Gedanken nachzuhängen, überlegte sie. Außerdem stand eine andere, dringendere Sache an, bei der es ebenfalls um das Verhältnis zwischen Eltern und Kind ging, um die sie sich kümmern mußte.

Es war an der Zeit, Dr. Charles Smith einen Besuch abzustatten. Als sie in seiner Praxis anrief, meldete sich der Telefondienst. »Sie machen heute erst um elf die Praxis auf. Kann ich etwas ausrichten?«

Kurz vor zwölf Uhr mittags rief Mrs. Carpenter Kerry zurück.

»Ich hätte gern so bald wie möglich einen Termin, um mit Dr. Smith zu sprechen«, erklärte Kerry. »Es ist wichtig.«

»Worum geht es denn, Ms. McGrath?«

Kerry entschied sich, ein Risiko einzugehen. »Sagen Sie Dr. Smith, es geht um Suzanne.«

Sie mußte fast fünf Minuten warten, bis sie die kalte, präzise Stimme des Arztes vernahm. »Was wünschen Sie, Ms. McGrath?« fragte er.

»Ich möchte mit Ihnen über Ihre Zeugenaussage bei dem Prozeß gegen Skip Reardon reden, Dr. Smith, und ich wäre Ihnen dankbar, wenn es so bald wie möglich ginge.«

Als sie den Hörer auflegte, hatte er einem Treffen mit ihr in seiner Praxis am nächsten Morgen um halb acht zugestimmt. Das hieß, überlegte sie, daß sie spätestens um halb sieben von zu Hause wegfahren mußte. Und das bedeutete wiederum, daß sie eine Nachbarin bitten mußte, Robin sicherheitshalber anzurufen, damit sie nicht wieder einschlief, nachdem Kerry gegangen war.

Ansonsten brauchte sie sich um Robin nicht zu sorgen. Sie ging immer mit zwei ihrer Freundinnen zu Fuß zur Schule, und Kerry war überzeugt, daß sie alt genug war, sich selbst ihr Frückstück zu machen.

Als nächstes rief sie ihre Freundin Margaret im Büro an und bat sie um Stuart Grants private Telefonnummer. »Ich hab'mit Stuart über dich und deine Fragen zu diesem Schönheitschirurgen geredet, und er hat mir gesagt, daß seine Frau den ganzen Vormittag über zu Hause ist«, informierte Margaret sie.

Susan Grant nahm schon beim ersten Klingelzeichen den Hörer ab. Sie wiederholte genau das, war Margaret berichtet hatte. »Ich schwöre Ihnen, Kerry, es war zum Fürchten. Ich wollte doch bloß ein bißchen Lifting um die Augen herum. Aber Dr. Smith war so penetrant. Er hat mich ständig Suzanne genannt, und wenn ich mich von ihm hätte rumkriegen lassen, dann hätte ich ganz bestimmt nicht mehr wie ich selber ausgesehen.«

Direkt vor der Mittagspause bat Kerry Joe Palumbo, doch eben in ihrem Büro vorbeizuschauen. »Ich hab' da so eine Kleinigkeit nebenbei laufen, bei der ich deine Hilfe brauche«, erklärte sie ihm, während er sich in einen Sessel gegenüber von ihrem Schreibtisch fallen ließ. »Den Fall Reardon.«

Joes fragender Gesichtsausdruck verlangte eine Antwort. Sie berichtete ihm von den Doppelgängerinnen Suzanne Reardons und über Dr. Charles Smith. Zögernd gestand sie auch, daß sie Reardon im Gefängnis besucht hatte und allmählich ihre Zweifel über die Art der Prozeßführung von damals habe, wobei allerdings alles, was sie unternehme, durchaus inoffiziell sei.

Palumbo stieß einen Pfiff aus.

»Und, Joe, es wäre mir lieb, wenn das unter uns bleiben könnte. Frank Green ist nicht gerade glücklich über mein Interesse an dem Fall.«

»Na, warum wohl«, murmelte Palumbo.

»Dabei hat Green mir neulich selbst gesagt, daß Dr. Smith ein völlig emotionsloser Zeuge war. Ist doch seltsam bei dem Vater eines Mordopfers, findest du nicht? Er sagte unter Eid aus, daß er und seine Frau sich getrennt hatten, als Suzanne noch ein Baby war, und er einige Jahre später ihrer Adoption durch ihren Stiefvater, einen Mann namens Wayne Stevens, zugestimmt hat, und daß sie in Oakland, Kalifornien, aufgewachsen ist. Ich möchte, daß du Stevens ausfindig machst. Ich würde allzugern von ihm erfahren, was für ein Kind eigentlich Suzanne früher war, und insbesondere möchte ich ein Foto von ihr als Teenager sehen.«

Sie hatte eine Reihe von Seiten aus dem Reardon-Prozeßprotokoll herausgenommen. Jetzt schob sie die Blätter Palumbo über den Schreibtisch zu. »Da ist die Aussage der Frau, die am Mordabend bei Nachbarn auf der anderen Straßenseite auf die Kinder aufgepaßt hat und die behauptet, sie hätte damals gegen neun Uhr abends einen fremden Wagen vor dem Haus der Reardons gesehen. Sie lebt – oder lebte – mit ihrer Tochter und ihrem Schwiegersohn zusammen in Alpine. Überprüf sie für mich, okay?«

Palumbos Augen spiegelten ein starkes Interesse wider. »Ist mir ein Vergnügen, Kerry. Du tust mir einen Gefallen damit. Würde mir höllische Freude machen, wenn zur Abwechslung mal unser Anführer ins Visier gerät.«

»Hör mal, Joe, Frank Green ist ein anständiger Kerl«, hielt Kerry ihm entgegen. »Ich bin nicht drauf aus, ihm Sand ins Getriebe zu streuen. Ich hab' einfach das Gefühl, daß bei dem Fall noch Fragen offen sind, und, ehrlich gesagt, ich fand Dr. Smith und die Begegnung mit seinen Doppelgänger-Patientinnen ziemlich gespenstisch. Wenn die Möglichkeit besteht, daß der falsche Mann im Gefängnis sitzt, dann fühle ich mich verpflichtet, der Sache nachzugehen. Aber ich tu's nur, wenn ich davon überzeugt bin.«

»Ist mir vollkommen klar«, erwiderte Palumbo. »Und versteh' mich nicht falsch. Ich bin weitgehend deiner Meinung, daß Green schon in Ordnung ist. Mir ist einfach jemand lieber, der nicht jedesmal in Deckung geht, sobald irgendwer in seiner Abteilung unter Beschuß gerät.«

32

Als Dr. Charles Smith nach dem Gespräch mit Kerry McGrath den Hörer auflegte, merkte er, daß das kaum merkliche Zittern, das von Zeit zu Zeit in seiner rechten Hand auftrat, soeben wieder einsetzte. Er schloß seine linke Hand darüber, konnte aber trotzdem noch fühlen, wie es in seinen Fingerspitzen vibrierte.

Er hatte mitbekommen, daß Mrs. Carpenter ihn seltsam angesehen hatte, als sie ihn von dem Anruf dieser McGrath in Kenntnis setzte. Die Erwähnung von Suzanne hatte für die Carpenter keinen Sinn ergeben, weshalb sie sicher neugierig war, worum es bei diesem geheimnisvollen Anruf eigentlich ging.

Nun schlug er Robin Kinellens Ordner auf und sah sich ihre Unterlagen an. Er wußte noch, daß ihre Eltern geschieden waren, aber er hatte sich noch nicht die persönlichen Daten angeschaut, die Kerry McGrath zusammen mit Robins medizinischen Fakten eingereicht hatte. Da stand, daß sie Beamtin bei der Staatsanwaltschaft von Bergen County war. Er dachte einen Moment nach. Er konnte sich nicht erinnern, sie je bei dem Prozeß gesehen zu haben ...

Es klopfte an die Tür. Mrs. Carpenter steckte den Kopf herein, um ihm ins Gedächtnis zu rufen, im Behandlungszimmer 1 warte eine Patientin.

»Das weiß ich«, erklärte er brüsk und winkte sie hinaus. Er wandte sich erneut Robins Akte zu. Sie war am elften und am dreiundzwanzigsten zur Nachuntersuchung erschienen. Barbara Tompkins war am elften zur Untersuchung dagewesen, und Pamela Worth am dreiundzwanzigsten. Unglückliches Timing, überlegte er. Kerry McGrath hatte sie vermutlich beide gesehen, und das hatte irgendeine Erinnerung an Suzanne in ihr ausgelöst.

Minutenlang saß er an seinem Schreibtisch. Was eigentlich bedeutete ihr Anruf genau? Welcher Art war ihr Interesse an dem Fall? Es konnte sich doch nichts geändert haben. Die Fakten waren noch immer dieselben. Skip Reardon war noch immer im Gefängnis, und dort würde er auch bleiben. Smith wußte, daß seine Aussage dazu beigetragen hatte, ihn dorthin zu bringen. Und kein Wort werde ich daran ändern, dachte er bitter. Kein einziges Wort.

33

Eingepfercht zwischen seinen beiden Anwälten Robert Kinellen und Anthony Bartlett saß Jimmy Weeks im Bezirksgericht des Bundesgerichtshofs, während sich die Zusammenstellung der Jury für seinen Prozeß wegen Steuerhinterziehung endlos hinzuziehen schien.

Nach drei Wochen gab es erst sechs Geschworene, die sowohl von der Anklagevertretung wie von der Verteidigung akzeptiert wurden. Die Frau, die man gegenwärtig befragte, war von der Art, wie er sie am meisten verabscheute. Prüde und selbstgefällig, so ein Typ »wahre Säule der Gemeinde«. Als Vorsitzende des Frauenklubs von Westdale hatte sie sich vorgestellt; ihr Mann war Geschäftsführer einer Ingenieurfirma; zwei Söhne an der Yale-Universität.

Jimmy beobachtete sie, während die Befragung weiterging und sie sich immer herablassender gab. Natürlich war die Staatsanwaltschaft mit ihr zufrieden, da gab es gar keinen Zweifel. Aber er wußte von dem geringschätzigen Blick, den sie in seine Richtung warf, daß sie ihn für Abschaum hielt.

Als der Richter die Vernehmung der Frau beendet hatte,

beugte sich Jimmy Weeks zu Kinellen hinüber und sagte: »Nimm sie.«

»Bist du übergeschnappt?« protestierte Bob ungläubig.

»Vertrau mir, Bobby.« Jimmy senkte die Stimme. »Die kriegen wir umsonst.« Dann warf Jimmy einen zornigen Blick zum anderen Ende der Anklagebank, wo ein teilnahmsloser Barney Haskell mit seinem Anwalt dem Verfahren beiwohnte. Sollte Haskell sich auf einen Handel mit der Staatsanwaltschaft einlassen und als Zeuge für sie aussagen, dann könne er Barney im Kreuzverhör fertigmachen, behauptete Kinellen.

Mag sein. Oder auch nicht. Jimmy Weeks war sich nicht so sicher, und er war ein Mann, der eine sichere Sache immer bevorzugte. Mindestens eine Person unter den Geschworenen hatte er bereits in der Tasche. Jetzt waren es vermutlich zwei.

Bisher gab es nur den Hinweis darauf, daß Bob Kinellens Exfrau sich mit dem Reardon-Mordfall befaßte, überlegte Weeks, falls aber tatsächlich etwas in Gang kommen sollte, dann konnte es noch unangenehm für ihn werden. Besonders, falls Haskell Wind davon bekam. Er verfiel dann vielleicht auf die Idee, daß es noch eine andere Möglichkeit gab, die Abmachung zu versüßen, die er mit der Staatsanwaltschaft treffen wollte.

34

Spät am Nachmittag meldete sich Geoff Dorsos Sekretärin über die Sprechanlage. »Miss Taylor ist da«, sagte sie. »Ich hab' ihr schon gesagt, sie könnte Sie bestimmt nicht ohne vorherigen Termin sprechen. Aber angeblich dauert es nur ein paar Minuten und ist wichtig.«

Wenn Beth Taylor schon ohne Vorankündigung hereinschneite, dann mußte es wirklich wichtig sein. »Ist schon gut«, erwiderte Geoff. »Schicken Sie sie rein.«

Sein Puls beschleunigte sich, während er wartete. Er hoffte zu Gott, daß sie nicht gekommen war, um ihm mitzuteilen, daß Skips Mutter etwas zugestoßen sei. Mrs. Reardon hatte kurz nach Skips Verurteilung einen Herzinfarkt erlitten, und dann vor fünf Jahren einen weiteren. Beide Male war es ihr gelungen, wieder zu Kräften zu kommen, weil sie, wie sie erklärte, um nichts auf der Welt sterben würde, solange ihr Sohn noch wegen eines Verbrechens in Haft saß, das er nicht begangen hatte.

Sie schrieb Skip jeden Tag – heitere, fröhliche Briefe voller Pläne für seine Zukunft. Vor kurzem hatte Skip Geoff bei einem Besuch im Gefängnis aus einem Schreiben vorgelesen, das er am selben Tag erhalten hatte. »Heute früh in der Kirche habe ich Gott daran erinnert, daß zwar gut Ding Weile haben will, wir jetzt aber lange genug gewartet haben. Und weißt du, Skip, da überkam mich ein ganz herrliches Gefühl. Es war fast so, als hörte ich im Innern eine Stimme sagen: ›Nicht mehr lang.‹«

Skip hatte wehmütig gelächelt. »Wissen Sie, Geoff, als ich das las, hab' ich es fast geglaubt.«

Als seine Sekretärin Beth ins Büro führte, kam Geoff um den Schreibtisch herum nach vorne und gab ihr einen freundschaftlichen Kuß. Immer wenn er sie sah, fiel ihm sofort der gleiche Gedanke ein: Wie anders doch Skips Leben verlaufen wäre, wenn er Beth Taylor geheiratet hätte und Suzanne nie begegnet wäre.

Beth war so alt wie Skip, beinahe vierzig inzwischen, etwa einen Meter fünfundsechzig groß, mit einer eher fülligen Figur; sie hatte kurze, leicht gewellte braune Haare, lebhafte braune Augen und ein Gesicht, das Intelligenz und Wärme ausstrahlte.

Früher, vor fünfzehn Jahren, als sie noch mit Skip ausging, war sie Lehrerin gewesen. Inzwischen hatte sie die Magisterprüfung abgelegt und arbeitete als Therapeutin in einer benachbarten Schule.

Ihre Miene bei ihrem heutigen Besuch verriet, daß sie von großer Sorge erfüllt war. Geoff wies auf eine bequeme Sitzecke hinten im Raum und erklärte: »Ich weiß, daß vor einer halben Stunde frischer Kaffee gemacht worden ist. Wie wär's damit?«

Ein flüchtiges Lächeln zeigte sich in ihrem Gesicht. »Das wäre mir lieb.«

Er beobachtete ihren Gesichtsausdruck, während sie über dies und das sprachen und er für sie beide Kaffee einschenkte. Sie sah eher beunruhigt als niedergeschlagen aus. Er war nun überzeugt, daß Mrs. Reardon nichts zugestoßen war. Dann fiel ihm eine andere Möglichkeit ein. Herr im Himmel, hat Beth womöglich jemanden kennengelernt, der ihr gefällt, und sie weiß nicht, wie sie das Skip beibringen soll? Natürlich konnte so etwas passieren – *sollte* vielleicht sogar passieren –, aber für Skip wäre das ein harter Schlag, darüber war sich Geoff im klaren.

Sobald sie es sich bequem gemacht hatten, kam Beth sofort zur Sache. »Geoff, ich hab' gestern abend mit Skip telefoniert. Ich mache mir wirklich Sorgen. Sie wissen doch, wieviel darüber geredet wird, daß man verurteilten Mördern verwehren sollte, ständig neue Revisionsanträge zu stellen. Skip hat sich praktisch mit der Hoffnung am Leben erhalten, daß eines Tages ein Wiederaufnahmeverfahren in Gang kommt. Sollte er die Hoffnung je völlig aufgeben – ich kenne ihn –, dann wird er sterben wollen. Er hat mir von dieser Staatsanwältin erzählt, die bei ihm war. Er ist überzeugt, daß sie ihm nicht glaubt.«

»Glauben Sie denn, er könnte an Selbstmord denken?« fragte Geoff schnell. »Falls ja, dann müssen wir etwas unternehmen. Als vorbildlicher Häftling hat er etwas mehr Privilegien. Ich sollte den Gefängnisdirektor warnen.«

»Nein, nein! Melden Sie das nur ja nicht weiter!« rief Beth aus. »Ich meine doch nicht, daß er sich jetzt etwas antun könnte. Er weiß, daß er damit auch seine Mutter töten würde. Ich denke nur ...« Sie warf in einer hilflosen Geste die Hände hoch. »Geoff«, brach es aus ihr heraus, »gibt es irgendeine Hoffnung, die ich ihm vermitteln kann? Oder was ich vielleicht fragen will: Sehen Sie eine realistische

Chance, daß Sie Gründe für einen neuen Revisionsantrag finden?«

Noch vor einer Woche, dachte Geoff, hätte ich ihr sagen müssen, daß ich diesen Fall bis ins letzte Detail überprüft habe und nicht mal den leisesten Hinweis auf eine neue Begründung finden kann. Kerry McGraths Anruf allerdings hat die Lage entscheidend geändert.

Er bemühte sich, nicht zu ermutigend zu wirken, während er nun Beth von den beiden Frauen berichtete, die Kerry McGrath in der Praxis von Dr. Smith gesehen hatte, und von Kerrys wachsendem Interesse an dem Fall. Als er sah, wie Beths Gesicht immer zuversichtlicher aufleuchtete, hoffte er inständig, er werde sie und Skip nicht auf einen Weg führen, der sich letzten Endes doch nur als eine neue Sackgasse entpuppte.

Beths Augen füllten sich mit Tränen. »Dann befaßt sich Kerry McGrath also noch mit dem Fall?«

»Absolut. Sie ist wirklich was Besonderes, Beth.« Als Geoff sich selbst diese Worte sagen hörte, stellte er sich Kerry vor: die Art, wie sie sich eine blonde Locke hinter das Ohr steckte, während sie sich konzentrierte, der sehnsüchtige Ausdruck in ihren Augen, als sie ihm von ihrem Vater erzählte, ihr trainierter, schlanker Körper, ihr bedauerndes, selbstkritisches Lächeln, wenn Bob Kinellens Name ins Spiel kam, der freudige Stolz, der sie erfüllte, wenn sie von ihrer Tochter sprach.

»Geoff, wenn es eine Basis für eine Revision gibt, haben wir dann letztesmal einen Fehler gemacht, als wir nichts von mir erwähnt haben?«

Die Frage riß ihn in die Gegenwart zurück. Beth bezog sich auf einen Aspekt des Falls, der nie vor Gericht angesprochen worden war. Kurz vor Suzannes Tod hatten Skip und Beth wieder begonnen, sich zu treffen. Sie waren einander einige Wochen zuvor zufällig über den Weg gelaufen, und Skip hatte darauf bestanden, sie zum Lunch einzuladen. Daraus war ein stundenlanges Gespräch entstanden, und er hatte ihr gestanden, wie unglücklich er sei und wie sehr er die Trennung von Beth bereue. »Ich habe einen idiotischen Fehler gemacht«, hatte er gesagt, »aber was auch immer das bringt, lange geht es nicht mehr so weiter. Ich bin jetzt vier Jahre mit Suzanne verheiratet, und mindestens drei davon habe ich mich gefragt, wie ich dich nur je ziehen lassen konnte.«

Am Abend von Suzannes Tod waren Beth und Skip eigentlich zum Abendessen miteinander verabredet. Sie hatte dann jedoch in letzter Minute absagen müssen, und so war es dazu gekommen, daß Skip damals nach Hause ging und Suzanne dabei antraf, wie sie die Rosen arrangierte.

Zur Zeit des Prozesses war sich Geoff mit Skips Hauptverteidiger Tim Farrell darin einig gewesen, Beth als Zeugin auftreten zu lassen könnte sich als zweischneidiges Schwert erweisen. Die Staatsanwaltschaft hätte dann zweifelsohne den Anschein zu erwecken versucht, Skip Reardon habe neben der Absicht, die hohen Kosten einer Scheidung zu vermeiden, noch einen weiteren triftigen Grund für den Mord an seiner Frau gehabt.

Andererseits aber hätte Beths Zeugenaussage womöglich Dr. Smiths Behauptung, Skip sei krankhaft eifersüchtig gewesen, wirkungsvoll entkräftet.

Bis zu dem Zeitpunkt, als Kerry ihm von Dr. Smith und den Doppelgängerinnen erzählt hatte, war Geoff davon überzeugt, daß die Entscheidung damals richtig war. Inzwischen war er sich nicht mehr so sicher. Er schaute Beth direkt ins Gesicht. »Ich hab' Kerry noch nichts von Ihnen erzählt. Aber jetzt möchte ich, daß sie Sie kennenlernt und Ihre Geschichte erfährt. Wenn wir überhaupt eine Chance für einen neuen und erfolgreichen Revisionsantrag haben, dann müssen alle Karten auf den Tisch.«

35

Als Kerry soweit war, sich für ihren frühen Termin mit Dr. Smith auf den Weg zu machen, rüttelte sie eine protestierende Robin wach. »Komm schon, Rob«, drängte sie. »Du sagst doch immer, daß ich dich wie ein Baby behandle.«

»Stimmt ja auch«, nuschelte Robin.

»Also schön. Dann geb ich dir eine Chance, deine Unabhängigkeit zu beweisen. Ich möchte, daß du jetzt aufstehst und dich anziehst. Sonst schläfst du nur wieder ein. Mrs. Weiser ruft um sieben an, um sich zu vergewissern, daß du nicht doch wieder eindöst. Ich hab' die Cornflakes und den Saft auf dem Tisch stehenlassen.«

Robin gähnte und schloß wieder die Augen.

»Rob, bitte.«

»Okay.« Mit einem Seufzer schwang sie ihre Beine über die Bettkante. Die Haare fielen ihr ins Gesicht, als sie sich die Augen rieb.

Kerry strich sie ihr wieder nach hinten. »Kann ich mich auf dich verlassen?«

Robin schaute mit einem trägen, verschlafenen Lächeln hoch. »Mm-hmmm.«

»Na gut.« Kerry küßte sie auf den Kopf. »Also, denk dran, dieselben Regeln wie sonst auch immer. Mach niemandem die Tür auf. Ich stell' die Alarmanlage an. Du stellst sie erst ab, wenn du fertig zum Weggehen bist, dann mach sie wieder an. Laß dich von keinem im Auto mitnehmen, außer wenn du mit Cassie und Courtney zusammen bist und es einer von ihren Eltern ist.«

»Ich weiß, ich weiß.« Robin stieß einen dramatischen Seufzer aus.

Kerry grinste. »Ich weiß, ich hab' dir diese Litanei schon tausendmal vorgesungen. Also bis heute abend. Alison kommt dann um drei.«

Alison war die Oberschülerin, die nach der Schule bei

Robin blieb, bis Kerry nach Hause kam. Kerry hatte erwogen, ob sie nicht diesmal auch morgens hätte kommen können, damit Robin gut wegkam, dann jedoch dem vehementen Protest ihrer Tochter nachgegeben, sie sei schließlich kein Baby mehr und könne selbst dafür sorgen, daß sie rechtzeitig zur Schule kam.

»Bis dann, Mom.«

Robin lauschte Kerrys Schritten die Treppe hinunter und trat dann ans Fenster, um zuzuschauen, wie der Wagen aus der Einfahrt herausfuhr.

Es war kalt im Zimmer. Um sieben Uhr, wenn sie normalerweise aufstand, war das Haus schon bullig warm. Nur noch eine Minute, dachte Robin, als sie ins Bett zurückschlüpfte. Ich leg' mich nur noch ein kleines Weilchen hin.

Um sieben Uhr setzte sie sich auf, nachdem das Telefon schon zum sechstenmal geklingelt hatte, und nahm den Hörer ab. »Oh, danke, Mrs. Weiser. Ja, ich bin ganz bestimmt auf.«

Bin ich jetzt auch, dachte sie, während sie aus dem Bett sprang.

36

Trotz der frühen Stunde herrschte schon starker Verkehr nach Manhattan hinein. Aber es ging wenigstens in einem erträglichen Tempo voran, dachte Kerry. Nichtsdestoweniger benötigte sie eine ganze Stunde, um von New Jersey über das, was vom West Side Highway noch übrig war, und durch die Innenstadt bis zu Dr. Smiths Praxis an der Fifth Avenue zu fahren. Sie war drei Minuten zu spät dran.

Der Arzt öffnete ihr selbst die Tür. Sogar das Minimum an Höflichkeit, das er bei Robins zwei Terminen an den Tag gelegt hatte, fehlte heute. Er begrüßte sie nicht, sondern erklärte nur: »Ich kann Ihnen zwanzig Minuten einräumen, Ms. McGrath, und keine Sekunde länger.« Er führte sie in sein Privatbüro.

Wenn das Spiel so laufen soll, dachte Kerry, bitte sehr. Als sie ihm an seinem Schreibtisch gegenübersaß, sagte sie: »Dr. Smith, nachdem ich zwei Frauen aus diesem Sprechzimmer herauskommen sah, die auf verblüffende Weise Ihrer ermordeten Tochter Suzanne glichen, haben mich die Umstände ihres Todes so zu interessieren begonnen, daß ich mir letzte Woche die Zeit genommen habe, das Protokoll von Skip Reardons Prozeß zu lesen.«

Ihr entging der haßerfüllte Ausdruck nicht, der aus Dr. Smiths Gesicht sprach, als sie Reardons Namen erwähnte. Seine Augen wurden schmal, sein Mund bildete eine strenge Linie, tiefe Furchen erschienen auf seiner Stirn und in Form von senkrechten Strichen auf seinen Wangen.

Sie schaute ihm direkt in die Augen. »Dr. Smith, ich möchte, daß Sie wissen, wie schrecklich leid es mir tut, daß Sie Ihre Tochter verloren haben. Sie waren ein geschiedener Vater. Ich bin eine geschiedene Mutter. Wie Sie habe ich ein Einzelkind, eine Tochter. Wenn ich an die Panik denke, in die ich geraten bin, als der Anruf mit der Nachricht kam, daß Robin in einen Unfall verwickelt wurde, dann kann ich nur erahnen, wie Ihnen zumute war, als Sie das mit Suzanne erfahren haben.«

Smith blickte sie mit ineinander verschränkten Händen unablässig an. Kerry hatte das Gefühl einer unüberwindlichen Barriere, die zwischen ihnen bestand. Wem dem so war, dann war der Rest der Unterredung schon jetzt vorhersehbar. Er würde ihr zuhören, irgendeine Art von Bemerkung über Liebe und Verlust machen und sie dann wieder zur Tür bringen. Wie konnte sie nur die Barriere durchbrechen?«

Sie beugte sich vor. »Dr. Smith, Ihre Zeugenaussage ist der Grund, weshalb Skip Reardon im Gefängnis ist. Sie sagten aus, er sei krankhaft eifersüchtig gewesen und Ihre Tochter hätte Angst vor ihm gehabt. Er schwört, er habe Suzanne nie bedroht.«

»Er lügt.« Seine Stimme klang monoton und ausdruckslos. »Er war wirklich wahnsinnig eifersüchtig wegen ihr. Wie

Sie ja sagten, war sie mein einziges Kind. Ich hatte sie unglaublich gern. Ich war inzwischen so erfolgreich, daß ich ihr all die Dinge geben konnte, die ich ihr nicht ermöglichen konnte, als sie noch klein war. Es war mir eine Freude, ihr von Zeit zu Zeit ein schönes Schmuckstück zu kaufen. Aber selbst nachdem ich mit Reardon geredet hatte, weigerte er sich zu glauben, daß es sich dabei um Geschenke von mir handelte. Er hat ihr ständig vorgeworfen, sie hätte was mit anderen Männern.«

Kann das sein? fragte sich Kerry. »Aber wenn Suzanne Angst um ihr Leben hatte, warum ist sie dann bei Skip Reardon geblieben?« fragte sie laut.

Die Morgensonne strömte jetzt so ins Zimmer, daß sie auf Smiths randlose Brille fiel und Kerry infolgedessen seine Augen nicht mehr sehen konnte. Waren sie womöglich genauso ausdruckslos wie seine Stimme? überlegte sie. »Weil Suzanne im Gegensatz zu ihrer Mutter, meiner ehemaligen Frau, sich ihrer Ehe zutiefst verpflichtet fühlte«, gab er nach einer Pause zurück. »Der schwere Fehler in ihrem Leben war es, sich in Reardon zu verlieben. Ein noch schwerer wiegender Fehler war, daß sie seine Drohungen nicht ernst genommen hat.«

Kerry begriff, daß sie in einer Sackgasse steckte. Es war an der Zeit, die Frage zu stellen, die ihr schon früher eingefallen war, die aber möglicherweise Folgen mit sich brachte, auf die sie nicht unbedingt vorbereitet war. »Dr. Smith, haben Sie je chirurgische Eingriffe irgendwelcher Art an Ihrer Tochter vorgenommen?«

Es war sofort klar, daß ihre Frage ihn in Rage versetzte. »Ms. McGrath, ich gehöre zufällig zu der Kategorie von Ärzten, die niemals außer in einem äußersten Notfall ein Familienmitglied behandeln würden. Darüber hinaus ist die Frage eine Beleidigung. Suzanne war von Natur aus eine Schönheit.«

»Sie haben mindestens zwei Frauen so verwandelt, daß sie ihr in verblüffendem Maße ähneln. Weshalb?«

Dr. Smith blickte auf seine Uhr. »Ich beantworte noch

diese letzte Frage, und dann müssen Sie mich entschuldigen, Ms. McGrath. Ich weiß nicht, wieviel Sie über plastische Chirurgie wissen. Vor fünfzig Jahren war sie gemessen an heutigen Maßstäben noch ziemlich primitiv. Nach einer Nasenbehandlung mußten die Leute mit geblähten Nasenlöchern leben. Rekonstruktive Chirurgie an Opfern, die mit Mißbildungen wie etwa einer Hasenscharte zur Welt kamen, war oft ein grobes Verfahren. Jetzt dagegen ist sie sehr verfeinert, und die Ergebnisse sind höchst befriedigend. Wir haben eine Menge dazugelernt. Plastische Chirurgie bleibt nicht länger den Reichen und Berühmten vorbehalten. Sie ist für jeden da, ob man sie nun braucht oder der eine oder die andere sie einfach haben will.«

Er nahm seine Brille ab und rieb sich die Stirn, so als habe er Kopfschmerzen. »Eltern bringen Teenager her, Jungen genauso wie Mädchen, die so unter der Vorstellung eines Defekts leiden, daß sie schlicht nicht mit dem Leben zurechtkommen. Gestern habe ich einen Fünfzehnjährigen operiert, der so weit abstehende Ohren hatte, daß sie das einzige waren, was man sah, wenn man ihn anschaute. Wenn der Verband runterkommt, werden die Leute, die ihn anschauen, all seine anderen recht attraktiven Gesichtszüge wahrnehmen, die zuvor durch diesen widrigen Eindruck überschattet waren.«

»Ich operiere Frauen«, fuhr er fort, »die in den Spiegel schauen und schlaffe Haut oder Augensäcke sehen, Frauen, die in ihrer Jugend schöne Mädchen gewesen waren. Ich hebe die Stirnpartie an und befestige sie am Haaransatz, ich straffe die Haut und ziehe sie hinter die Ohren. Ich mache ihre Erscheinung um zwanzig Jahre jünger, aber darüber hinaus verwandle ich ihre negative Selbsteinschätzung in positives Selbstwertgefühl.«

Seine Stimme wurde lauter. »Ich könnte Ihnen Davor-und Danach-Fotos von Unfallopfern zeigen, denen ich geholfen habe. Sie fragen mich, weshalb mehrere meiner Patientinnen meiner Tochter ähneln. Ich sage Ihnen, weshalb. Weil in diesen zehn Jahren ein paar unscheinbare und unglückliche junge Frauen in meine Praxis hier gekommen sind und ich in der Lage war, ihnen Suzannes Art von Schönheit zu schenken.«

Kerry wußte, daß er sie gleich auffordern würde zu gehen. Eilig fragte sie: »Warum haben Sie dann vor einigen Jahren einer potentiellen Patientin von Ihnen, Susan Grant, erzählt, daß Schönheit manchmal mißbraucht wird und daraus Eifersucht und Gewalttätigkeit entstehen? Haben Sie dabei nicht von Suzanne geredet? Ist es nicht eine Tatsache, daß Skip Reardon möglicherweise Grund zur Eifersucht hatte? Vielleicht haben Sie ihr ja all den Schmuck gekauft, den Skip sich nicht erklären konnte, aber er beschwört, daß er Suzanne nicht diese Rosen geschickt hat, die sie am Tag ihres Todes erhalten hat.«

Dr. Smith erhob sich. »Ms. McGrath, ich nehme doch an, daß Sie in Ihrer Branche wissen sollten, daß Mörder fast unweigerlich ihre Unschuld beschwören. Und jetzt ist diese Unterhaltung zu Ende.«

Kerry blieb nichts anderes übrig, als ihm zur Tür hinaus zu folgen. Während sie hinter ihm herging, fiel ihr auf, daß er seine rechte Hand steif gegen seinen Körper drückte. War das ein Zucken an seiner Hand? Ja, sie zitterte.

An der Praxistür sagte er: »Ms. McGrath, Sie müssen Verständnis dafür haben, daß mir schon übel wird, wenn ich nur Skip Reardons Namen höre. Bitte rufen Sie Mrs. Carpenter an, und nennen Sie ihr einen anderen Arzt, dem sie Robins Unterlagen weiterleiten kann. Ich möchte nichts mehr von Ihnen hören und weder Sie noch Ihre Tochter je wieder zu Gesicht bekommen.«

Er stand so nahe bei ihr, daß Kerry unwillkürlich einen Schritt zurücktrat. Der Mann hatte etwas wahrlich Furchterregendes an sich. Seine Augen waren so von Zorn und Haß erfüllt, daß sie Kerry zu durchbohren schienen. Hätte er jetzt in diesem Moment eine Pistole zur Hand, dann schwöre ich, daß er sie benutzen würde, sagte sie sich.

37

Nachdem sie die Tür abgeschlossen hatte und anfing, die Treppe hinunterzugehen, bemerkte Robin einen kleinen dunklen Wagen, der gegenüber am Bordstein geparkt war. Fremde Autos waren auf dieser Straße nicht üblich, schon gar nicht so früh am Morgen, aber sie wußte nicht, weshalb gerade dieser Wagen ihr ein so komisches Gefühl bereitete.

Es war kalt. Sie schob ihre Bücher unter den linken Arm und zog den Reißverschluß ihrer Jacke ganz bis zum Hals zu, beschleunigte dann ihre Schritte. Sie war an der Ecke eine Straße weiter mit Cassie und Courtney verabredet, und die beiden warteten bestimmt schon auf sie. Sie war ein paar Minuten zu spät dran.

Die Straße lag ruhig da. Jetzt, da schon fast alle Blätter abgefallen waren, wirkten die Bäume kahl und unfreundlich. Robin wünschte, sie hätte daran gedacht, Handschuhe anzuziehen.

Als sie den Bürgersteig erreichte, warf sie einen Blick über die Straße. Die Scheibe auf der Fahrerseite des fremden Autos wurde langsam heruntergekurbelt und verharrte, als das Fenster nur eine Handbreit offenstand. In der Hoffnung, ein vertrautes Gesicht zu entdecken, starrte sie so intensiv wie möglich dorthin, aber die helle Morgensonne spiegelte sich so stark, daß Robin nichts erkennen konnte. Dann sah sie, wie eine Hand herauskam und etwas auf sie richtete. Plötzlich von Panik ergriffen, begann Robin zu rennen. Mit aufheulendem Motor kam der Wagen über die Straße geschossen, hatte es offenbar direkt auf sie abgesehen. Gerade, als sie dachte, er würde über den Randstein fahren und sie erwischen, machte er eine scharfe Wende in die entgegengesetzte Richtung und raste davon.

Schluchzend lief Robin über den Rasen zum Nachbarhaus und klingelte an der Haustür Sturm.

38

Als Joe Palumbo seine Ermittlungen zu einem Einbruch in Cresskill beendet hatte, merkte er, daß es erst halb zehn war. Da er nur wenige Minuten von Alpine entfernt war, schien sich die ideale Gelegenheit zu bieten, Dolly Bowles, der Babysitterin, die bei dem Reardon-Mordprozeß ausgesagt hatte, einen Besuch abzustatten. Zum Glück hatte er zufällig auch ihre Telefonnummer dabei.

Dolly schien zu Anfang einen gewissen Vorbehalt zu hegen, als Palumbo ihr erklärte, er sei ein Ermittlungsbeamter der Staatsanwaltschaft von Bergen County. Doch als er ihr mitteilte, daß eine der Anwältinnen dort, Kerry McGrath, unbedingt etwas über den Wagen erfahren wollte, den Dolly am Abend des Mordes vor dem Haus der Reardons hatte stehen sehen, verkündete sie, sie habe das Verfahren verfolgt, bei dem Kerry McGrath die Anklage vertrat, und sie sei so froh, daß der Mann, der seine Vorgesetzte erschossen habe, verurteilt worden sei. Sie erzählte Palumbo von dem Überfall damals, als sie und ihre Mutter zu Hause von einem Einbrecher gefesselt worden waren.

»Wenn Sie und Kerry McGrath also mit mir reden wollen«, schloß sie, »geht das in Ordnung.«

»Nun ja, genau gesagt«, erwiderte Joe ein wenig lahm, »würde ich eigentlich gern jetzt gleich rüberkommen und mit Ihnen reden. Vielleicht kann Kerry dann später mit Ihnen sprechen.«

Es blieb eine Weile still. Palumbo konnte nicht wissen, daß Dolly wieder einmal den spöttischen Gesichtsausdruck von Staatsanwalt Green während des Kreuzverhörs bei dem Prozeß vor Augen hatte.

Endlich antwortete sie. »Ich glaube«, erklärte sie würdevoll, »ich würde mich wohler fühlen, wenn ich über diesen Abend mit Kerry McGrath spreche. Ich finde, wir warten lieber, bis sie Zeit dafür hat.«

39

Es war schon Viertel vor zehn, als Kerry beim Justizgebäude ankam, viel später, als sie normalerweise eintraf. Vorausschauend hatte sie angerufen, um mitzuteilen, sie habe etwas zu besorgen und werde sich verspäten. Frank Green war stets pünktlich um sieben Uhr an seinem Schreibtisch. Sie alle machten Witze darüber, er selbst aber war offensichtlich der Meinung, sein gesamter Stab habe gleichzeitig mit ihm an Bord zu sein. Kerry wußte, er würde aus der Haut fahren, falls er erführe, daß ihre Besorgung in Wirklichkeit der Besuch bei Dr. Charles Smith war.

Als sie die Geheimnummer eintippte, die ihr Zutritt zu den Amtsräumen des Oberstaatsanwalts verschaffte, blickte die Telefonistin auf und sagte: »Kerry, gehen Sie gleich zu Mr. Green rein. Er erwartet Sie.«

Mann o Mann, dachte Kerry.

Sobald sie Greens Büro betrat, konnte sie feststellen, daß er nicht erzürnt war. Sie kannte ihn gut genug, um seine Stimmung erraten zu können. Wie immer kam er gleich zur Sache. »Kerry, Robin ist okay. Sie ist bei Ihrer Nachbarin, Mrs. Weiser. Mit allem Nachdruck, sie ist in Ordnung.«

Kerry spürte, wie sich ihr die Kehle zusammenzog. »Was ist denn passiert?«

»Wir wissen es nicht genau, und vielleicht war's gar nichts. Laut Robin haben Sie das Haus um halb sieben verlassen.« Eine Andeutung von Neugier war Greens Augen abzulesen.

»Ja, das stimmt.«

»Als Robin später das Haus verließ, bemerkte sie, wie sie sagt, einen fremden Wagen, der auf der anderen Straßenseite geparkt war. Als sie zum Bürgersteig kam, ging das Fahrerfenster ein wenig auf, und sie konnte erkennen, daß eine Hand irgendeine Art von Gegenstand hielt. Sie konnte nicht erkennen, was es war, und sie konnte auch nicht das Gesicht des Fahrers sehen. Dann fuhr der Wagen los und kurvte so plötzlich quer über die Straße, daß sie schon dachte, er würde den Bürgersteig hochfahren und sie rammen, doch dann machte er schnell eine Schleife und fuhr davon. Robin ist zum Haus Ihrer Nachbarin gerannt.«

Kerry ließ sich in einen Sessel fallen. »Ist sie jetzt dort?«

»Ja. Sie können sie anrufen oder nach Hause gehen, falls Sie das beruhigt. Was mich beschäftigt: Hat Robin eine übertriebene Einbildungskraft, oder ist es möglich, daß jemand Robin und damit letzten Endes Sie einschüchtern wollte?«

»Warum sollte irgendwer Robin oder mich einschüchtern wollen?«

»Das ist auch früher schon nach einem sensationellen Fall bei uns hier passiert. Sie haben gerade ein Verfahren beendet, das eine Menge Aufmerksamkeit in den Medien erregt hat. Der Kerl, den Sie des Mordes überführt haben, war eindeutig ein durch und durch mieser Geselle, und er hat noch Verwandte und Freunde.«

»Ja, aber alle, die ich kennengelernt habe, schienen ziemlich anständige Leute zu sein«, sagte Kerry. »Und um Ihre erste Frage zu beantworten, Robin ist ein vernünftiges Kind. Sie würde sich so was nicht ausdenken.« Sie zögerte. »Es war zum erstenmal, daß ich sie alleine zur Schule losgehen ließ, und ich habe sie geradezu mit Ermahnungen bombardiert, was sie tun soll und was nicht.«

»Rufen Sie sie doch von hier aus an«, forderte Green sie auf.

Robin nahm beim ersten Läuten den Hörer von Mrs. Weisers Apparat ab. »Ich hab' gewußt, daß du anrufst, Mom. Jetzt geht's mir wieder gut. Ich möchte in die Schule. Mrs. Weiser hat gesagt, daß sie mich hinfährt. Und, Mom, ich muß trotzdem heute nachmittag unbedingt raus. Es ist doch Halloween.«

Kerry überlegte schnell. Robin war besser in der Schule aufgehoben, als wenn sie den ganzen Tag zu Hause saß und über den Vorfall nachdachte. »Also gut, aber ich bin dann an der Schule und hole dich um Viertel vor drei ab. Ich will nicht, daß du zu Fuß nach Hause gehst.« Und ich begleite dich, wenn du in deinem Halloween-Kostüm von

Tür zu Tür gehst, dachte sie. »Und jetzt laß mich eben mit Mrs. Weiser reden, Rob«, sagte sie.

Als sie aufgelegt hatte, fragte sie: »Frank, ist es in Ordnung, wenn ich heute früher gehe?«

Sein Lächeln war aufrichtig. »Aber selbstverständlich. Kerry, ich muß Ihnen nicht erst sagen, Robin sorgfältig zu befragen. Wir müssen wissen, ob die Möglichkeit besteht, daß jemand ihr tatsächlich aufgelauert hat.«

Als Kerry hinausging, sagte er noch: »Aber ist Robin nicht noch ein bißchen jung, um sich alleine für die Schule fertigzumachen?«

Kerry war sich bewußt, daß er ihr zu entlocken versuchte, was denn so wichtig gewesen war, daß sie Robin um halb sieben allein zu Hause gelassen hatte.

»Ja, das stimmt schon«, pflichtete sie ihm bei. »Wird nicht wieder vorkommen.«

Später am Vormittag kam Joe Palumbo in Kerrys Büro und berichtete ihr von seinem Telefongespräch mit Dolly Bowles. »Sie will nicht mit mir reden, Kerry, aber ich würde trotzdem gerne mitkommen, wenn du dich mit ihr triffst.«

»Ich ruf' sie am besten gleich an.«

Die wenigen Wörter ihrer Begrüßung »Hallo, Mrs. Bowles, ich bin Kerry McGrath« lösten einen Monolog von zehn Minuten aus, den sie über sich ergehen lassen mußte.

Palumbo schlug die Beine übereinander und lehnte sich in seinen Sessel zurück, während er mit einer gewissen Belustigung beobachtete, wie Kerry versuchte, ein Wort oder eine Frage einzuwerfen. Dann ärgerte er sich, als Kerry endlich eine Chance zu der Bemerkung hatte, sie würde gern ihren Ermittler Mr. Palumbo mitbringen, und die Antwort ganz offenbar negativ war.

Schließlich legte sie den Hörer auf. »Dolly Bowles ist nicht gerade begeistert davon, wie sie vor zehn Jahren von dieser Behörde behandelt wurde. Das war die Quintessenz des Gesprächs. Im übrigen sieht's so aus, daß ihre Tochter und ihr Schwiegersohn nicht wollen, daß sie noch mal über den Mord oder was sie damals sah redet, und daß sie morgen von einer Reise zurückkehren. Wenn ich mit ihr reden will, muß es heute gegen fünf Uhr sein. Das bedeutet, daß ich ganz schön jonglieren muß. Ich hab' ihr gesagt, ich gebe ihr noch Bescheid.«

»Kannst du rechtzeitig von hier wegkommen?« fragte Joe.

»Ich habe ein paar Termine, die ich sowieso absage.« Sie erzählte Palumbo von Robin und dem Vorfall am Morgen.

Der Ermittlungsbeamte stand auf und versuchte sein Jackett zuzuknöpfen, das immer ziemlich straff über seinem großzügigen Bauchumfang saß. »Ich bin um fünf bei dir zu Hause«, schlug er vor. »Während du bei Mrs. Bowles bist, kann ich doch mit Robin einen Hamburger essen gehen. Ich möchte gern mit ihr über heute früh reden.« Er sah Kerrys ablehnenden Gesichtsausdruck und beeilte sich, bevor sie etwas einwenden konnte, hinzuzufügen: »Kerry, du bist clever, aber bei dieser Angelegenheit bist du nicht objektiv. Mach nicht meinen Job für mich.«

Kerry schaute Joe forschend an. Er wirkte stets etwas vernachlässigt, und auf seinem Schreibtisch herrschte im allgemeinen eine gewisse Unordnung, aber er war so ziemlich der Beste, den es in seinem Job gab. Kerry hatte miterlebt, wie er Kinder so geschickt befragte, daß sie überhaupt nicht mitbekamen, daß jedes einzelne Wort ihres Berichts einer Analyse unterzogen wurde. Es würde eine große Hilfe bedeuten, wenn Joes Erfahrung bei dieser Sache zum Einsatz kam. »Also gut«, stimmte sie zu.

40

Am Dienstag nachmittag fuhr Jason Arnott von Alpine aus in die abgelegene Gegend bei Ellenville in den Catskills, wo sein weiträumiger Landsitz, abgeschirmt von der umliegenden Bergkette, seine unermeßlich wertvollen gestohlenen Schätze barg.

Das Haus war eine Sucht, das war ihm wohl bewußt, eine Erweiterung seines manchmal unkontrollierbaren Triebes, der ihn die schönen Dinge stehlen hieß, die er in den Häusern seiner Bekannten sah. Die Schönheit war es schließlich, die ihn zu diesen Taten veranlaßte. Er liebte Schönheit, liebte es, wie sie aussah, wie sie sich anfühlte. Manchmal war der Drang, etwas in der Hand zu halten, es zu streicheln, so stark, daß er ihn schier überwältigte. Es war eine Gabe und als solche ein Segen sowohl wie ein Fluch. Eines Tages würde er dadurch in Schwierigkeiten geraten. Wie es bereits beinahe geschehen war. Es machte ihn ungeduldig, wenn Besucher Teppiche oder Möbel, Gemälde oder kunstvolle Gegenstände, *objets d'art*, in seinem Heim in Alpine bewunderten. Er weidete sich oft an der Vorstellung, wie schockiert sie wären, würde er damit herausplatzen: »Für meine Ansprüche ist das bloßer Durchschnitt.«

Doch das würde er natürlich niemals sagen, denn er hatte kein Bedürfnis, seine Privatsammlung irgend jemandem zu zeigen. Sie war allein seine Sache. Und mußte es auch weiterhin bleiben.

Heute ist ja Halloween, dachte er geringschätzig, während er in raschem Tempo die Route 17 in die Berge fuhr. Er war froh, wegzukommen. Er war nicht von dem Wunsch beseelt, unablässig an seiner Haustür schellenden Kindern zum Opfer zu fallen. Er war müde.

Das Wochenende über hatte er sich in einem Hotel in Bethesda, Maryland, einquartiert und die Zeit dazu benützt, in eines dieser typischen gesichtslosen neueren Häuser von Chevy Chase einzubrechen, in dem er einige Monate vorher an einer Party teilgenommen hatte. Bei jener Festlichkeit hatte sich die Gastgeberin, Myra Hamilton, gründlich über die anstehende Hochzeit ihres Sohnes ausgelassen, die für den 28. Oktober in Chicago festgesetzt war, und hatte damit jedem, der es hören wollte, praktisch mitgeteilt, daß an diesem Tag niemand zu Hause sein würde.

Das Haus der Hamiltons war nicht besonders geräumig, aber von auserlesenem Geschmack und voll von kostbaren

Gegenständen, welche die Hamiltons im Laufe der Jahre gesammelt hatten. Jason war angesichts des saphirblauen Fabergé-Petschafts mit einem goldenen eiförmigen Griff das Wasser im Mund zusammengelaufen. Das und ein feiner Aubusson von knapp einem Meter mal eins fünfzig mit einer Rosette in der Mitte, den sie als Wandbehang benutzten, waren die beiden Dinge, die sein Verlangen am stärksten geweckt hatten.

Beide Objekte waren jetzt in seinem Kofferraum verstaut und zu seinem Refugium unterwegs. Unbewußt runzelte Jason die Stirn. Er empfand gar nicht wie sonst dieses Triumphgefühl darüber, daß er sein Ziel erreicht hatte. Ein vages Unbehagen, das er nicht definieren konnte, rumorte in ihm. In seiner Vorstellung ging er nochmals Schritt für Schritt seinen Modus operandi beim Betreten der Hamilton-Villa durch.

Die Alarmanlage war zwar angestellt gewesen, doch er konnte sie problemlos außer Kraft setzen. Das Haus stand eindeutig leer, wie er vermutet hatte. Einen Moment lang war ihn die Versuchung angekommen, rasch einen Rundgang zu machen und nach wertvollen Dingen Ausschau zu halten, die er bei der Party vielleicht übersehen hatte. Doch er hielt sich lieber an seinen ursprünglichen Plan und nahm nur die Sachen an sich, die er zuvor schon ins Auge gefaßt hatte.

Kaum hatte er sich dann in den Verkehrsstrom auf der Route 240 eingereiht, als zwei Streifenwagen mit kreischender Sirene und rotierendem Blaulicht an ihm vorbeirasten und links in die Straße einbogen, aus der er gerade herausgefahren war. Er zweifelte nicht daran, daß sie zum Haus der Hamiltons unterwegs waren. Was natürlich bedeutete, daß er irgendwie einen stummen Alarm ausgelöst hatte, der unabhängig von der allgemeinen Sicherheitsanlage funktionierte.

Was für Sicherheitsvorkehrungen hatten die Hamiltons wohl ansonsten getroffen? fragte er sich. Neuerdings war es so leicht, versteckte Kameras anzubringen. Er hatte die

Strumpfmaske übergezogen, die er immer trug, wenn er in eines der Häuser eindrang, die er mit seinem Besuch beehren wollte, doch diesmal hatte er bei einer Gelegenheit den Strumpf hochgeschoben, um sich eine Bronzefigur näher anzusehen, was wahrlich töricht war – sie erwies sich als nicht eigentlich wertvoll.

Die Chancen stehen eins zu einer Million, daß eine Kamera mein Gesicht erwischt hat, tröstete sich Jason. Er würde seine Befürchtungen abschütteln und sich neuen Dingen zuwenden, wenn auch eine Zeitlang mit etwas mehr Vorsicht.

Die Nachmittagssonne war schon fast hinter den Bergen versunken, als er in seine Einfahrt einbog. Endlich empfand er wieder ein gewisses Maß an Auftrieb. Der nächste Nachbar wohnte Meilen von hier entfernt. Maddie, die Zugehfrau, die jede Woche kam – schwergewichtig, gleichgültig, phantasielos und devot, wie sie war – mußte am Tag zuvor dagewesen sein. Alles glänzte sicher vor Sauberkeit.

Er wußte, daß sie einen Aubusson nicht von einem Teppichrest für zehn Dollar den Meter unterscheiden konnte, aber sie war eines dieser seltenen Wesen, die stolz auf ihre Arbeit waren und sich erst zufriedengaben, wenn alles vollkommen war. In zehn Jahren hatte sie nicht eine einzige Tasse auch nur angeschlagen.

Jason lächelte still in sich hinein, als er sich Maddies Reaktion vorstellte, sobald sie den Aubusson im Foyer hängen sah und das Fabergé-Petschaft im großen Schlafzimmer entdeckte. *Hat er nicht schon genug Zeug zum Abstauben?* würde sie sich denken und sich dann wieder ihren Pflichten zuwenden.

Er parkte den Wagen am Seiteneingang, und mit dem Gefühl wilder Vorfreude, das ihn immer durchzuckte, wenn er hierherkam, betrat er dann das Haus und griff nach dem Lichtschalter. Wieder einmal ließ der Anblick so vieler schöner Dinge seine Lippen und Hände feucht werden. Einige Minuten später, als seine Reisetasche, eine Tüte mit Eßwaren und seine neuen Schätze sicher im Haus waren, verschloß er die Tür und zog den Riegel vor. Sein Abend konnte beginnen.

Seine erste Aufgabe war es, das Fabergé-Petschaft nach oben zu befördern und auf den antiken Toilettentisch zu stellen. Sobald es dort seinen Platz eingenommen hatte, trat er zurück, um es zu bewundern, beugte sich dann vor, um es mit dem Miniaturrahmen zu vergleichen, der schon seit zehn Jahren auf seinem Nachttisch stand.

Der Bilderrahmen stand für eines der wenigen Male, wo er sich hatte täuschen lassen. Es war eine respektable Fabergé-Kopie, aber definitiv kein echtes Stück. Diese Tatsache schien jetzt so sonnenklar zu sein. Die blaue Emaille sah trüb aus, wenn man sie mit dem tiefen Farbton des Petschafts verglich. Die goldene Fassung mit den eingesetzten Perlen konnte es in keiner Weise mit der Kunstfertigkeit eines authentischen Fabergé aufnehmen. Doch aus dem Inneren des Rahmens heraus lächelte ihn Suzanne an.

Jason dachte nicht gern an jenen Abend zurück, der jetzt fast elf Jahre zurücklag. Er war durch das offene Fenster des Salons der Schlafzimmersuite eingestiegen. Er konnte damals davon ausgehen, daß niemand zu Hause war. Suzanne hatte ihm noch am selben Tag von ihrer Verabredung zum Abendessen erzählt und daß Skip nicht da sein würde. Er kannte den Code für das Alarmsystem, doch als er ankam, entdeckte er das weit geöffnete Fenster. Als er den ersten Stock betrat, war es dunkel. Im Schlafzimmer fiel sein Blick auf den kleinen Bilderrahmen, den er schon früher bemerkt hatte; er stand auf dem Nachttisch. Von der anderen Seite des Zimmers aus wirkte er authentisch. Er untersuchte ihn gerade näher, als er eine laute Stimme hörte. Suzanne! Entsetzt hatte er den Rahmen in seine Tasche fallen lassen und sich in einem Wandschrank versteckt.

Jason blickte jetzt auf den Rahmen hinab. Im Lauf der Jahre hatte er sich manchmal gefragt, welch perverser Grund ihn eigentlich davon abhielt, Suzannes Foto daraus zu entfernen oder das ganze Ding wegzuwerfen. Schließlich war der Rahmen ja doch nur eine Kopie.

Aber während er den Gegenstand heute abend anstarrte, begriff er zum erstenmal, weshalb er Bild und Rahmen intakt gelassen hatte. Der Grund war, daß es ihm dadurch leichterfiel, die Erinnerung daran auszulöschen, wie grauenhaft und entstellt Suzannes Gesichtszüge ausgesehen hatten, als er damals die Flucht ergriff.

41

»Also, unsre Geschworenenliste steht, und sie ist gut so«, sagte Bob Kinellen zu seinem Mandanten mit einer Zuversicht, die er nicht verspürte.

Jimmy Weeks musterte ihn mißmutig. »Bobby, von ein paar Ausnahmen abgesehen, finde ich diese Jury beschissen.«

»Verlaß dich auf mich.«

Anthony Bartlett unterstützte seinen Schwiegersohn. »Bob hat recht, Jimmy. hab' Vertrauen zu ihm.« Dann wanderte Bartletts Blick zum anderen Ende der Anklagebank, wo Barney Haskell mit verdrossener Miene saß und den Kopf auf die Hände stützte. Er sah, daß auch Bobs Augen auf Haskell lagen, und konnte Bobs Gedanken erraten.

Haskell ist Diabetiker. Er wird bestimmt nicht Jahre im Gefängnis riskieren wollen. Er hat Daten und Fakten und Zahlen, die zu widerlegen uns teuflische Schwierigkeiten machen werden ... Er hat alles mit Suzanne mitbekommen.

Die Verhandlungseröffnung war für den folgenden Vormittag angesetzt. Jimmy Weeks ging nach Verlassen des Gerichtsgebäudes direkt zu seinem Wagen. Als sein Chauffeur ihm die Tür aufhielt, schlüpfte er ohne seine übliche mürrische Begrüßung auf den Rücksitz.

Kinellen und Bartlett schauten zu, wie die Limousine davonfuhr. »Ich geh in die Kanzlei zurück«, teilte Kinellen seinem Schwiegervater mit. »Ich hab' noch zu tun.«

Bartlett nickte. »Ja, das würde ich doch meinen.« Seine

Stimme hatte einen unpersönlichen Ton. »Bis morgen früh dann, Bob.«

Ja sicher, dachte Bob, während er zu der Parkgarage ging. Du gehst auf Distanz zu mir, damit du nichts damit zu tun hast, wenn ich mir die Hände schmutzig machen muß.

Er wußte, daß Barlett Millionen auf der hohen Kante hatte. Selbst wenn Weeks verurteilt werden sollte und die Anwaltskanzlei den Bach runter ging, brauchte Bartlett nichts zu befürchten. Er konnte dann höchstens mit seiner Frau Alice der Älteren mehr Zeit in Palm Beach verbringen.

Ich muß alle Risiken auf mich nehmen, dachte Bob Kinellen, während er dem Mann an der Kasse sein Ticket reichte. Ich bin es, der das Risiko trägt, unterzugehen. Es mußte doch einen Grund geben, weshalb Jimmy darauf bestand, diese Frau Wagner als Geschworene zu akzeptieren. Was war es nur?

42

Geoff Dorso rief Kerry genau in dem Augenblick an, als sie ihr Büro verlassen wollte. »Ich war heute morgen bei Dr. Smith«, berichtete sie ihm eilig, »und ich treffe mich um fünf mit Dolly Bowles. Ich kann jetzt nicht reden. Ich muß Robin von der Schule abholen.«

»Kerry, ich bin sehr gespannt zu erfahren, wie es mit Dr. Smith gelaufen ist und was Sie von Dolly Bowles erfahren. Können wir zusammen essen gehen?«

»Heute abend möchte ich nicht ausgehen, aber wenn Ihnen Salat und Pasta genügen ...«

»Ich bin doch Italiener, wissen Sie noch?«

»Gegen halb acht?«

»Ich werde dasein.«

Als sie Robin von der Schule abholte, merkte Kerry, daß ihre Tochter in Gedanken viel eher bei den bevorstehenden

Halloween-Freuden war als bei dem Vorfall am frühen Morgen. Er schien Robin sogar peinlich zu sein. Kerry richtete sich nach ihrer Tochter und ließ das Thema außer acht, vorläufig jedenfalls.

Als sie zu Hause ankamen, gab sie dem Mädchen, das sich sonst um Robin kümmerte, den Nachmittag frei. So also leben andere Mütter, dachte sie, als sie mit mehreren von ihnen einer Schar verkleideter Kinder von Tür zu Tür folgte. Sie und Robin trafen gerade wieder rechtzeitig zu Hause ein, um Joe Palumbo hereinzulassen.

Er brachte eine vollgestopfte Aktentasche mit, auf die er nun mit einem befriedigten Lächeln klopfte. »Die Aufzeichnung der Ermittlungen unsrer Behörde zu dem Fall Reardon«, informierte er sie. »Da muß auch Dolly Bowles' ursprüngliche Aussage drinstehen. Schaun wir mal, wie der Vergleich mit dem ausfällt, was sie dir jetzt gleich erzählt.«

Er betrachtete Robin, die als Hexe verkleidet war. »Das ist ja mal ein Kostüm, Rob!«

»Es gab entweder das hier oder daß ich als Leiche gehe«, klärte ihn Robin auf.

Kerry merkte erst, daß sie zusammengezuckt war, als sie Palumbos verständnisvollen Blick wahrnahm.

»Ich mach mich besser auf den Weg«, sagte sie rasch.

Während der zwanzig Minuten Fahrt nach Alpine wurde Kerry bewußt, daß sie sehr angespannt war. Es war ihr schließlich noch gelungen, Robin zu einem kurzen Bericht über das Ereignis am Morgen zu bewegen. Inzwischen versuchte Robin, die ganze Angelegenheit herunterzuspielen. Kerry hätte gern geglaubt, daß Robin den Vorfall übertrieben hatte. Sie wünschte, sie könnte den Schluß ziehen, jemand hätte nur angehalten, um eine Adresse zu überprüfen, und dann begriffen, daß er sich in der Straße geirrt hatte. Doch Kerry wußte, daß ihre Tochter sich weder in den Vorfall hineingesteigert noch ihn sich eingebildet hätte.

Es war ersichtlich für Kerry, daß Dolly Bowles schon nach ihr Ausschau gehalten hatte. Kaum hatte sie den Wagen in der Auffahrt des massiven Hauses im Tudor-Stil geparkt, wurde schon die Haustür aufgerissen.

Dolly war eine kleine Frau mit spärlichem grauem Haar und einem schmalen, wißbegierigen Gesicht. Sie sprach bereits darauf los, als Kerry bei ihr anlangte. »... genau wie auf dem Bild in *The Record*. Ich fand es so schade, daß ich gerade Kinder hüten mußte und deshalb nicht zu dem Prozeß von diesem furchtbaren Mann gehen konnte, der seine Chefin umgebracht hat.«

Sie führte Kerry in eine höhlenartige Eingangshalle und wies auf ein kleines Empfangszimmer zur Linken. »Gehn wir doch hier rein. Das Wohnzimmer da ist für meinen Geschmack zu groß. Ich sag' immer zu meiner Tochter, daß meine Stimme dort ein Echo hat, aber sie liebt das Zimmer, weil es großartig für Partys ist. Dorothy schmeißt schrecklich gern Partys. Das heißt, wenn sie daheim sind. Jetzt, wo Lou nicht mehr arbeitet, kommen sie überhaupt nicht zur Ruhe; sie sind mal hier, mal dort, fahren hierhin und dorthin. Warum sie sich rund um die Uhr eine Haushälterin leisten, kapier' ich nicht. Ich finde ja, warum nicht jemand einmal die Woche kommen lassen? Können doch das Geld sparen. Aber natürlich, ich bin ja nicht gern über Nacht allein, und ich schätze mal, das hat was damit zu tun. Andererseits ...«

Lieber Himmel, dachte Kerry, sie ist eine liebe Person, aber für so was bin ich schlicht nicht in der Stimmung. Sie wählte einen Stuhl mit gerader Lehne, während es sich Mrs. Bowles auf der Chintz-bezogenen Couch bequem machte. »Mrs. Bowles, ich möchte nicht zuviel Ihrer Zeit beanspruchen, und ich habe jemanden, der auf meine Tochter aufpaßt. Also kann ich nicht zu lange bleiben ...«

»Sie haben eine Tochter. Wie nett. Wie alt ist sie?«

»Zehn. Mrs. Bowles, was ich gern erfahren würde –«

»Sie sehen nicht alt genug dazu aus, eine zehnjährige Tochter zu haben.«

»Danke. Ich kann Ihnen versichern, ich fühle mich alt genug dazu.« Kerry kam sich vor, als wäre sie mit dem Auto in einem Graben gelandet und hätte kaum eine Aussicht, je wieder herauszukommen, »Mrs. Bowles, lassen Sie uns von dem Abend reden, an dem Suzanne Reardon umkam.«

Fünfzehn Minuten später, nachdem sie alles über Dollys Babysitting-Job im Haus gegenüber von den Reardons gehört hatte und davon, wie Michael, der kleine Junge, auf den sie damals aufpaßte, sich mit ernsthaften Entwicklungsstörungen herumschlug – nach einer Viertelstunde also gelang es Kerry, ein Körnchen wichtiger Information herauszuschälen.

»Sie sagen also, daß Sie bestimmt wissen, daß der Wagen, den Sie vor dem Haus der Reardons stehen sahen, keinem der Gäste gehörte, die bei der Nachbarparty waren. Weshalb sind Sie sich dessen so sicher?«

»Weil ich selber mit den Leuten geredet habe. Sie hatten drei andere Paare zu Besuch. Sie haben mir gesagt, wer diese Leute waren. Sie stammen alle aus Alpine, und nachdem Mr. Green dafür gesorgt hatte, daß ich mir im Zeugenstand wie eine dumme Gans vorkam, hab' ich sie alle selber angerufen. Und wissen Sie was? Keiner von diesen Gästen fuhr mit ›Papas Auto‹.«

»Papas Auto!« rief Kerry ungläubig aus.

»So hat Michael es genannt. Wissen Sie, er hatte echte Schwierigkeiten mit Farben. Wenn man ihm ein Auto gezeigt und ihn gefragt hat, was für eine Farbe es hat, dann konnte er's nicht sagen. Aber, egal wie viele Autos da waren, er konnte immer eins rausfinden, das ihm vertraut war, oder eins, das ihm wie ein Auto vorkam, das er kannte. Als er damals an dem Abend ›Papas Auto‹ sagte, muß er auf den schwarzen viertürigen Mercedes gezeigt haben. Verstehen Sie, er hat seinen Großvater Papa genannt und ist schrecklich gern mit ihm in seinem Auto mitgefahren – seiner schwarzen viertürigen Mercedes-Limousine. Es war zwar dunkel, aber das Außenlicht am Ende von der Einfahrt der Reardons war an, also hat er's deutlich gesehen.«

»Mrs. Bowles, Sie haben ausgesagt, daß Sie den Wagen gesehen hatten.«

»Ja, obwohl er noch nicht um halb acht dastand, als ich zu Michaels Haus kam, und als er drauf gezeigt hat, fuhr das Auto gerade weg, deshalb konnte ich's mir nicht genau ansehen. Aber ich hab' noch eine 3 und ein L auf dem Nummernschild mitgekriegt.« Dolly Bowles beugte sich vor, und ihre Augen blickten groß durch die runden Brillengläser. »Ms. McGrath, ich hab' versucht, dem Verteidiger von Skip Reardon davon zu erzählen. Er hieß Farrer – nein, Farrell. Er hat mir gesagt, daß Sachen, die man vom Hörensagen weiß, normalerweise nicht zugelassen werden und daß, selbst wenn's so wäre, ein Beweis vom Hörensagen, der von einem entwicklungsgestörten Kind stammt, meine Aussage, daß ich das Auto gesehen habe, bloß abschwächen würde. Aber er hatte nicht recht. Ich versteh nicht, wieso ich den Geschworenen nicht hätte erzählen können, daß Michael ganz aufgeregt wurde, als er dachte, er hätte das Auto seines Großvaters gesehen. Ich glaube, das hätte geholfen.«

Das leichte Beben in ihrer Stimme schwand. »Ms. McGrath, ein paar Minuten nach neun Uhr abends fuhr damals ein schwarzer geschlossener viertüriger Mercedes vom Haus der Reardons weg. Das weiß ich genau. Definitiv.«

43

Jonathan Hoover fand an diesem Abend keine Freude an seinem Martini-Cocktail. Normalerweise genoß er diese Tageszeit, nippte an dem wohlschmeckenden, mit exakt drei Tropfen Vermouth verdünnten und mit zwei Oliven angereicherten Gin, während er in seinem Ohrensessel am offenen Kamin saß und sich mit Grace über den Tag unterhielt.

Heute abend gab es über seine eigenen Sorgen hinaus ganz offenbar auch etwas, was Grace bekümmerte. Sollten die Schmerzen schlimmer als sonst sein, so würde sie es niemals zugeben, das wußte er. Sie erörterte nie ihren Gesundheitszustand. Vor langer Zeit hatte er gelernt, keine weiteren Fragen zu stellen außer ein flüchtiges: »Wie fühlst du dich, Liebes?«

Die Antwort war unweigerlich: »Gar nicht schlecht.«

Die zunehmend schweren rheumatischen Attacken hinderten Grace nicht daran, sich mit der ihr eigenen Eleganz zu kleiden. Neuerdings trug sie immer lange, weite Ärmel, um ihre geschwollenen Handgelenke zu verbergen, und abends entschied sie sich, selbst wenn sie allein waren, für fließende lange Gewänder, die ihre fortschreitend deformierten Beine und Füße verhüllten.

So wie sie jetzt, von Kissen gestützt, halb liegend auf dem Sofa ruhte, war die Krümmung ihrer Wirbelsäule nicht zu erkennen, und ihre leuchtenden grauen Augen hoben sich wunderschön von dem Alabasterweiß ihres Gesichts ab. Allein ihre Hände mit den knorrig entstellten Fingern deuteten sichtbar auf ihr verheerendes Leiden hin.

Da Grace stets bis in den Vormittag hinein im Bett blieb und Jonathan ein Frühaufsteher war, blieb ihnen der Abend als ihre gemeinsame Zeit, um zusammenzusitzen und zu plaudern. Jetzt schenkte Grace ihm ein resigniertes Lächeln. »Ich komme mir so vor, als würde ich in den Spiegel schauen, Jon. Dir setzt auch etwas zu, und ich könnte wetten, daß es dasselbe ist, was dich schon vorher aufgeregt hat, also laß mich anfangen. Ich hab' mit Kerry geredet.«

Jonathan hob die Augenbrauen. »Und?«

»Ich fürchte, sie hat nicht die Absicht, den Reardon-Fall auf sich beruhen zu lassen.«

»Was hat sie dir gesagt?«

»Es geht darum, was sie mir *nicht* gesagt hat. Sie ist ausgewichen. Sie hat mir zugehört und dann erklärt, sie hätte einen Grund zu der Annahme, daß Dr. Smiths Zeugenaussage falsch war. Sie hat zwar zugegeben, daß sie keinen konkreten Grund zu der Annahme hat, daß Reardon nicht der Mörder war, aber sie fand, es sei ihre Pflicht, der Möglichkeit nachzugehen, daß vielleicht ein Fehlurteil gefällt worden ist.«

Jonathans Gesicht lief vor Zorn hochrot an. »Grace, es gibt eine Grenze, an der Kerrys Gerechtigkeitssinn allmählich lächerlich wird. Gestern abend ist es mir gerade gelungen, den Gouverneur dazu zu überreden, daß er damit abwartet, dem Senat die Kandidatenliste für die Ernennung zum Richteramt vorzulegen. Er war einverstanden.«

»Jonathan!«

»Es war das einzige, was ich tun konnte, außer ihn gleich darum zu bitten, daß er Kerrys Ernennung vorläufig zurückzieht. Ich hatte keine andre Wahl. Grace, Prescott Marshall ist ein hervorragender Gouverneur. Das weißt du ja. In der Zusammenarbeit mit ihm konnte ich den Senat dahin bringen, daß notwendige Reformen festgeschrieben werden, daß die Steuerstruktur überholt wird und unser Staat wirtschaftlich attraktiver dasteht, und außerdem den Senat zu einer Reform der Sozialversicherung bewegen, die den Armen nichts wegnimmt, aber die Trittbrettfahrer aufspürt. Ich will, daß Marshall nach vier Jahren wieder im Amt ist. Ich bin kein großer Fan von Frank Green, aber als Gouverneur ist er gut geeignet, den Sitz warmzuhalten, und er wird das, was Marshall und ich erreicht haben, nicht wieder rückgängig machen. Wenn dagegen Green unterliegt und wenn dann die andere Partei zum Zuge kommt, so wird man alles, was wir aufgebaut haben, wieder auseinandernehmen.«

Die durch seinen Zorn hervorgerufene Anspannung wich plötzlich wieder aus seiner Miene, und er wirkte auf Grace nur sehr müde, und sie sah ihm jede Minute seiner zweiundsechzig Jahre an.

»Ich lade Kerry und Robin für Sonntag zum Abendessen ein«, erklärte Grace. »Das gibt dir noch eine Gelegenheit, sie zur Vernunft zu bringen. Ich finde nicht, daß irgend jemand seine Zukunft diesem Reardon opfern sollte.«

»Ich rufe sie heute abend an«, antwortete Jonathan.

44

Genau um halb acht läutete Geoff Dorso an der Haustür und wurde auch diesmal von Robin empfangen. Sie trug noch immer ihr Hexenkostüm und die Schminke im Gesicht. Ihre Augenbrauen waren dick kohlschwarz übermalt. Weiße Puderpaste bedeckte außer an den Stellen, wo die Narben der Schnittwunden Stirn und Wangen durchzogen, ihre Haut.

Geoff sprang zurück. »Du hast mich erschreckt!«

»Prima«, sagte Robin begeistert. »Danke, daß Sie pünktlich sind. Ich muß zu einer Party. Die fängt jetzt grade an, und es gibt einen Preis für das schauerlichste Kostüm. Ich muß jetzt weg.«

»Du gewinnst bestimmt haushoch«, sagte Geoff zu ihr, als er ins Haus trat. Dann schnüffelte er. »Das riecht aber gut.«

»Mom macht Knoblauchbrot«, erklärte Robin und rief dann: »Mom, Mr. Dorso ist da.«

Die Küche war hinten im Haus. Geoff lächelte, als die Tür aufschwang und Kerry, die sich gerade die Hände an einem Tuch abtrocknete, heraustrat. Sie hatte grüne lange Hosen an und einen grünen Rollkragenpullover. Geoff konnte gar nicht übersehen, wie das Oberlicht die goldenen Strähnen in ihrem Haar und die Sommersprossen auf ihrer Nase hervorhoben.

Sie sieht wie ungefähr dreiundzwanzig aus, dachte er, entdeckte dann aber, daß ihr warmes Lächeln die Besorgnis in ihren Augen nicht verbergen konnte.

»Geoff, schön, daß Sie da sind. Gehen Sie doch rein und machen Sie's sich bequem. Ich muß Robin eben die Straße runter zu einem Kinderfest bringen.«

»Lassen Sie das mich doch machen«, schlug Geoff vor. »Ich habe noch meinen Mantel an.«

»Das ist wohl okay, denke ich«, erwiderte Kerry langsam, während sie die Situation einschätzte, »aber Sie begleiten sie auch bestimmt bis zur Haustür, ja? Ich meine, Sie machen nicht einfach schon an der Einfahrt wieder kehrt.«

»Mom«, protestierte Robin, »ich hab' keine Angst mehr. Ehrlich.«

»Ich aber.«

Worum handelt's sich da nur? wunderte sich Geoff. Er sagte: »Kerry, alle meine Schwestern sind jünger als ich. Bis sie aufs College kamen, war ich ewig damit beschäftigt, sie abzusetzen oder abzuholen, und mir wäre es nicht im Traum eingefallen, sie nicht genau dort sicher abzuliefern, wo immer sie hingingen. Hol deinen Besen, Robin – du hast doch wahrscheinlich einen.«

Als sie die ruhige Straße entlanggingen, erzählte ihm Robin von dem Auto, das ihr Angst eingejagt hatte. »Mom tut immer so, als ob ihr nichts was ausmacht, aber ich merke, daß sie ausflippt«, vertraute sie ihm an. »Sie macht sich zu viele Sorgen um mich. Irgendwie tut's mir leid, daß ich ihr überhaupt davon erzählt hab'.«

Geoff blieb ruckartig stehen und blickte sie von oben an. »Robin, hör mal gut zu. Es ist viel schlimmer, wenn du's deiner Mutter *nicht* erzählst, wenn so was passiert. Versprich mir, daß du nie diesen Fehler machst.«

»Mach' ich nicht. Hab' ich Mom schon versprochen.« Die übertrieben geschminkten Lippen öffneten sich zu einem schelmischen Lächeln. »Ich bin wirklich gut im Halten von Versprechen, außer wenn's darum geht, rechtzeitig aufzustehn. Ich hasse es, aufzustehn.«

»Ich auch«, stimmte Geoff voller Inbrunst zu.

Als er fünf Minuten später auf einem Barhocker in der Küche saß und Kerry beobachtete, wie sie den Salat zubereitete, entschloß sich Geoff, das Thema direkt anzusprechen. »Robin hat mir von der Sache heute morgen erzählt«, sagte er. »Gibt es einen Grund zur Beunruhigung?«

Kerry zerpflückte gerade frisch gewaschene Salatblätter in die Salatschüssel. »Einer unserer Ermittler, Joe Palumbo, hat heute nachmittag mit Robin geredet. Er nimmt die Sache ernst. Er findet, daß ein Auto, das nur einen Schritt von einem Fußgänger entfernt rücksichtslos wendet, jeden nervös machen würde, aber Robin hat alles so genau beschrieben, das Fenster, das runterging, und die Hand, die dann erschien, mit irgendwas, was auf Robin gerichtet war … Joe vermutet, daß jemand sie vielleicht fotografiert hat.«

Geoff hörte das Zittern aus Kerrys Stimme heraus.

»Aber wieso?«

»Weiß ich nicht. Frank Green meint, es könnte was mit dem Fall zu tun haben, den ich gerade vor Gericht durchgezogen habe. Das glaube ich nicht. Ich könnte Alpträume kriegen, wenn ich mir vorstelle, daß irgendein Verrückter Robin vielleicht gesehen hat und jetzt auf sie fixiert ist. Das ist eine andere Möglichkeit.« Sie fing an, den Salat wie wild auseinanderzureißen. »Die Frage ist: Was kann ich unternehmen? Wie soll ich sie schützen?«

»Ist ganz schön hart, mit dieser Sorge allein fertig zu werden«, sagte Geoff verhalten.

»Sie meinen, weil ich geschieden bin? Weil kein Mann da war, der auf sie aufgepaßt hätte? Sie haben doch ihr Gesicht gesehn. Das ist passiert, als sie mit ihrem Vater zusammen war. Ihr Sicherheitsgurt war nicht angeschnallt, und er ist einer von diesen Fahrern, die mit Karacho losfahren und dann plötzlich bremsen. Ist mir egal, ob das Macho-Gehabe ist oder ob es einfach nur daran liegt, daß er gern Risiken eingeht – was ihn angeht, sind Robin und ich jedenfalls besser alleine dran.«

Sie zupfte die letzten Salatblätter zurecht und sagte dann: »Tut mir leid. Ich schätze, Sie haben den falschen Tag für Pasta in diesem Haus erwischt, Geoff. Ich bin heute nicht zum Plaudern aufgelegt. Aber das ist ja nicht wichtig. Wichtig sind schon eher meine Gespräche mit Dr. Smith und Dolly Bowles.«

Zum Salat mit dem Knoblauchbrot berichtete sie ihm dann von ihrer Unterredung mit Dr. Smith. »Er haßt Skip Reardon«, sagte sie. »Es ist eine ganz andre Art von Haß.«

Als sie Geoffs verständnislosen Gesichtsausdruck bemerkte, fügte sie hinzu: »Ich meine, wenn ich es sonst mit

Verwandten von Opfern zu tun kriege, verabscheuen die meisten typischerweise den Mörder und wollen, daß er bestraft wird. Was sie ausdrücken, ist ein Zorn, der so von Kummer durchsetzt ist, daß beide Emotionen buchstäblich aus den Leuten raussprühen. Eltern zeigen einem dann häufig Säuglingsfotos und Schulabschlußbilder von ihrer ermordeten Tochter, erzählen einem, was für eine Art Mädchen sie war und ob sie in der achten Klasse einen Rechtschreibwettbewerb gewonnen hat. Dann brechen sie zusammen und weinen, weil ihr Kummer so übermächtig ist, und einer von den beiden, meistens der Vater, erzählt einem dann, er bräuchte fünf Minuten allein mit dem Killer, oder er erklärt, er würde am liebsten selbst den Schalter für die Hinrichtung umlegen. Aber nichts dergleichen hab' ich von Smith zu hören bekommen. Bei ihm hab' ich bloß Haß gespürt.«

»Was sagt Ihnen das?« fragte Geoff.

»Es sagt mir: Entweder ist Skip Reardon ein Mörder und Lügner, oder aber wir müssen herausfinden, ob Smiths immense Feindseligkeit gegenüber Skip Reardon schon vor Suzannes Tod bestanden hat. Und für diesen Fall müssen wir auch herausfinden, von welcher Art genau Smiths Beziehung zu seiner Tochter war. Vergessen Sie nicht, er hat sie, wie er selbst bezeugt hat, seit der Zeit, als sie noch ein Säugling war, bis zu dem Punkt, als sie fast zwanzig war, nicht zu Gesicht bekommen. Eines Tages ist sie dann einfach in seiner Praxis aufgetaucht und hat sich ihm vorgestellt. Den Fotos kann man ja entnehmen, daß sie eine außergewöhnlich attraktive Frau war.«

Sie erhob sich. »Denken Sie noch darüber nach, während ich die Pasta aufsetze. Und dann möchte ich Ihnen von Dolly Bowles und ›Papas Auto‹ erzählen.«

Geoff war sich kaum bewußt, wie delikat die Linguine mit Muschelsauce schmeckten, als er zuhörte, wie Kerry von ihrem Besuch bei Dolly Bowles berichtete. »Die Sache ist die«, sagte sie abschließend, »laut Dolly hat sowohl unsre Behörde wie Ihre Mannschaft schon die pure Möglichkeit beiseite gewischt, daß der kleine Michael eben doch vielleicht einen sehr glaubwürdigen Zeugen abgegeben hätte.«

»Tim Farrell hat selbst das Gespräch mit Dolly Bowles geführt«, erinnerte sich Geoff. »Ich weiß noch, da war irgend so ein Hinweis auf einen Fünfjährigen mit Lernbehinderung, der ein Auto gesehen hatte, aber das hab' ich nicht weiter beachtet.«

»Es ist vielleicht weit hergeholt«, sagte Kerry, »aber Joe Palumbo, der Ermittler, von dem ich Ihnen erzählt hab, der, der mit Robin sprach, hat mir heute nachmittag die Reardon-Akte mitgebracht. Ich habe vor, die Akte durchzugehen, um zu sehen, welche Namen vielleicht aufgetaucht sind – von Männern, mit denen Suzanne womöglich eine Affäre gehabt hat. Es dürfte nicht so schwierig sein, beim Straßenverkehrsamt zu überprüfen, ob einer von denen, die genannt werden, vor elf Jahren eine schwarze Mercedes-Limousine fuhr. Kann natürlich sein, daß der Wagen auf einen andren Namen angemeldet oder sogar gemietet war, dann nützt uns das natürlich gar nichts.«

Sie warf einen Blick auf die Küchenuhr über dem Herd. »Noch reichlich Zeit«, stellte sie fest.

Geoff war klar, daß sie davon sprach, Robin abzuholen. »Wann ist die Party vorbei?«

»Um neun. Normalerweise gibt es an Schultagen abends keine Partys, aber Halloween ist doch schließlich der ganz besondere Kinderabend, nicht? Wie wär's jetzt mit Espresso oder normalem Kaffee? Ich will mir schon die ganze Zeit eine Cappuccino-Maschine anschaffen, komme aber anscheinend einfach nie dazu.«

»Espresso ist genau richtig. Und wenn wir ihn dann trinken, erzähl ich Ihnen von Skip Reardon und Beth Taylor.«

Als er ihr die Hintergrundgeschichte von Beths Beziehung zu Skip fertig erzählt hatte, sagte Kerry langsam: »Ich kann mir vorstellen, warum Tim Farrell Vorbehalte gegen Ms. Taylor als Zeugin hatte, aber wenn Skip zur Zeit des Mordes in sie verliebt war, dann muß das die Glaubwürdigkeit von Dr. Smiths Aussage in gewissem Maße mindern.«

»Genau. Skips ganze Einstellung dazu, daß er Suzanne Blumen arrangieren sah, die ein anderer Mann ihr geschickt hatte, kann man mit zwei Wörtern zusammenfassen: ›Und tschüss.‹«

Der Wandapparat läutete, und Geoff blickte auf seine Uhr. »Sie sagten doch, um neun Uhr sei Robins Party zu Ende, oder? Ich hol' sie eben ab, während Sie am Telefon sind.«

»Danke.« Kerry griff nach dem Hörer. »Hallo.«

Sie lauschte, sagte dann mit warmer Stimme: »O Jonathan, ich wollte dich schon anrufen.«

Geoff erhob sich und signalisierte ihr mit der Hand »Bis später dann«, ging ins Foyer und griff in der Garderobe nach seinem Mantel.

Auf dem Heimweg erzählte ihm Robin, sie hätte sich gut auf der Party amüsiert, obwohl sie nicht den ersten Preis für ihr Kostüm gewonnen hatte. »Cassies Kusine war da«, erläuterte sie. »Die hatte so ein blödes Skelettgewand an, aber ihre Mutter hat ihr lauter Suppenknochen draufgenäht. Deshalb war's wahrscheinlich was Besonderes. Ist auch egal, aber danke, daß Sie mich abgeholt haben, Mr. Dorso.«

»Man kann halt nicht jedesmal gewinnen, Robin. Und warum sagst du nicht Geoff zu mir?«

Sobald Kerry ihnen die Tür aufmachte, erkannte Geoff, daß irgend etwas ganz und gar nicht in Ordnung war. Es fiel ihr sichtlich schwer, ein aufmerksames Lächeln zu wahren, während sie Robins begeisterter Beschreibung der Halloween-Party zuhörte.

Schließlich erklärte Kerry: »Gut jetzt, Robin, es ist nach neun, und du hast doch versprochen ...«

»Ich weiß. Ins Bett, und keine Trödelei mehr.« Robin gab Kerry rasch einen Kuß. »Ich hab' dich lieb, Mom. Gute Nacht, Geoff.« Sie hüpfte die Treppe hinauf.

Geoff sah, wie Kerrys Mund zu zittern anfing. Er nahm sie am Arm, ging mit ihr in die Küche und schloß die Tür. »Was ist los?«

Sie mühte sich, ihre Stimme in Schach zu halten. »Der

Gouverneur hätte morgen im Senat eigentlich drei Namen zur Bestätigung für die Richterwürde vorlegen sollen. Meiner sollte dazugehören. Jonathan hat den Gouverneur bewogen, die Prozedur vorläufig aufzuschieben, wegen mir.«

»Das hat Senator Hoover Ihnen angetan!« rief Geoff aus. »Ich dachte, er wäre Ihr großer Freund und Förderer.« Dann starrte er sie an. »Einen Moment mal. Hat das etwa was mit dem Fall Reardon und Frank Green zu tun?«

Er brauchte nicht ihr Nicken abzuwarten, um zu wissen, daß er recht hatte. »Kerry, das ist mies. Es tut mir so leid. Aber Sie haben doch ›aufschieben‹ gesagt, nicht ›zurücknehmen‹.«

»Jonathan würde niemals meine Nominierung widerrufen. Das weiß ich.« Jetzt gewann Kerrys Stimme wieder an Festigkeit. »Aber ich weiß auch, daß ich nicht von ihm erwarten kann, daß er sich meinetwegen in die Bredouille begibt. Ich hab' Jonathan erzählt, daß ich mich heute mit Dr. Smith und Dolly Bowles getroffen habe.«

»Wie war seine Reaktion?«

»Er war nicht begeistert davon. Er findet, daß ich ohne Not die Kompetenz und die Glaubwürdigkeit von Frank Green in Mißkredit bringe, wenn ich den Fall wieder aufgreife, und daß ich mich der Kritik aussetze, Steuergelder für einen Fall zu vergeuden, der vor zehn Jahren entschieden worden ist. Er gab zu bedenken, daß fünf Appellationsgerichte Reardons Schuld bestätigt haben.«

Sie schüttelte den Kopf, so als versuche sie Klarheit zu gewinnen. Dann wandte sie sich von Geoff ab. »Es tut mir schrecklich leid, daß ich auf diese Weise Ihre Zeit verschwendet habe, Geoff, aber ich denke, ich bin zu dem Schluß gekommen, daß Jonathan recht hat. Ein Mörder ist im Gefängnis, den eine Jury dorthin geschickt hat, und sämtliche Berufungsgerichte haben seine Verurteilung bestätigt. Wieso bilde ich mir eigentlich ein, daß ich etwas weiß, was denen allen entgangen ist?«

Kerry drehte sich wieder um und schaute ihn an. »Der Killer ist im Gefängnis, und ich muß mit dieser Sache einfach aufhören«, erklärte sie mit so viel Überzeugung, wie sie es vermochte.

Geoffs Miene wurde hart vor unterdrückter Erbitterung und Frustration. »Na, wunderbar. Wiedersehn, Euer Ehren«, sagte er. »Danke für die Pasta.«

Mittwoch, 1. November

45

Im Labor der FBI-Zentrale in Quantico verfolgten vier Agenten am Computer, wie sich auf dem Bildschirm das Profil des Diebes herauskristallisierte, der am Wochenende in das Haus der Hamiltons in Chevy Chase eingebrochen war.

Er hatte die Strumpfmaske hochgeschoben, damit er sich eine kleine Statue genauer anschauen konnte. Zunächst wirkte die von der versteckten Kamera gemachte Aufnahme unmöglich verschwommen, doch nach dem Einsatz elektronischer Hilfsmittel waren einige Details des Gesichts zu erkennen.

Wahrscheinlich nicht gut genug, um von Bedeutung zu sein, dachte Si Morgan, der führende Agent. Es ist noch immer ziemlich schwierig, mehr als nur seine Nase und die Kontur seines Mundes auszumachen. Aber das war nun mal alles, was sie hatten, und vielleicht half es doch dem Gedächtnis von irgend jemandem auf die Sprünge.

»Druckt zweihundert Stück davon aus, und sorgt dafür, daß sie zu den Familien von jedem einzelnen Einbruch geschickt werden, der zu dem Modus operandi im Fall Hamilton paßt. Ist nicht gerade viel, aber jetzt haben wir wenigstens eine Chance, daß wir den Mistkerl schnappen.«

Morgans Miene wurde grimmig. »Und ich kann bloß hoffen, daß wir dann, wenn wir ihn schnappen, seinen Daumenabdruck mit dem identifizieren können, den wir damals in der Nacht gefunden haben, als die Mutter des Kongreßabgeordneten Peale ums Leben gekommen ist, weil sie ihren Wochenendtrip abgeblasen hatte.«

46

Es war noch früh am Morgen, als Wayne Stevens im Wohnzimmer seines behaglichen, im spanischen Stil erbauten Hauses in Oakland, Kalifornien, saß und Zeitung las. Vor zwei Jahren hatte er sich von seinem relativ erfolgreichen Versicherungsunternehmen zurückgezogen und sah so zufrieden aus, wie man sich das bei einem Mann in seiner Position vorstellt. Selbst wenn er sich ausruhte, blieb sein Gesichtsausdruck freundlich. Regelmäßiges Training hielt seinen Körper fit. Seine zwei verheirateten Töchter lebten beide mit ihren Familien weniger als eine halbe Stunde von ihm entfernt. Er war jetzt seit acht Jahren mit seiner dritten Frau, Catherine, verheiratet, und seither war ihm klargeworden, daß seine ersten beiden Ehen manches zu wünschen übriggelassen hatten.

Deshalb hatte er beim Läuten des Telefons auch keinerlei Vorahnung, daß der Anrufer drauf und dran war, unangenehme Erinnerungen wachzurufen.

Die Stimme hatte einen deutlichen Ostküsten-Akzent.

»Mr. Stevens, ich bin Joe Palumbo, ein Ermittlungsbeamter der Staatsanwaltschaft von Bergen County, New Jersey. Ihre Stieftochter war doch Suzanne Reardon, ist das richtig?«

»Suzanne Reardon? Ich kenne niemand, der so heißt. Warten Sie mal«, sagte er. »Sie sprechen doch nicht etwa von Susie, oder?«

»Haben Sie Suzanne denn so genannt?«

»Ich hatte eine Stieftocher, die wir Susie nannten, aber sie hieß eigentlich Sue Ellen, nicht Suzanne.« Dann fiel ihm auf, daß der Beamte die Vergangenheitsform benützt hatte: »war«. »Ist denn etwas mit ihr passiert?«

Fast fünftausend Kilometer weit weg packte Joe Palumbo den Hörer fester. »Sie wissen nicht, daß Suzanne, oder Susie, wie Sie sagen, vor zehn Jahren ermordet worden ist?« Er drückte auf die Taste, damit das Gespräch auf Band aufgenommen wurde.

»O mein Gott.« Wayne Stevens' Stimme wich einem Flüstern. »Nein, natürlich hab' ich das nicht gewußt. Ich schicke ihr jedes Jahr einen Weihnachtsgruß an die Adresse ihres Vaters, Dr. Charles Smith, aber ich hab' schon seit Jahren nichts mehr von ihr gehört.«

»Wann haben Sie sie zum letztenmal gesehen?«

»Vor achtzehn Jahren, kurz nach dem Tod meiner zweiten Frau, Jean, ihrer Mutter. Susie war immer ein verstörtes, unglückliches und, ehrlich gesagt, *schwieriges* Mädchen. Ich war verwitwet, als ihre Mutter und ich geheiratet haben. Ich habe zwei kleine Töchter, und ich hab' Susie adoptiert. Jean und ich zogen die drei zusammen groß. Dann, nach Jeans Tod, bekam Susie den Erlös einer Lebensversicherung ausgezahlt und verkündete, daß sie jetzt nach New York zieht. Damals war sie neunzehn. Ein paar Monate später bekam ich einen ziemlich häßlichen Brief von ihr, in dem sie schrieb, sie wäre immer unglücklich hier bei uns gewesen und wollte mit keinem von uns mehr etwas zu tun haben. Sie hat erklärt, sie würde jetzt bei ihrem richtigen Vater wohnen. Nun ja, ich hab' sofort Dr. Smith angerufen, aber er war unglaublich grob. Er hat zu mir gesagt, es wäre ein schwerer Fehler gewesen, daß er mich seine Tochter adoptieren ließ.«

»Dann hat also Suzanne, ich meine Susie, nie selber mit Ihnen geredet?« fragte Joe rasch.

»Nie. Offenbar blieb mir nichts andres übrig, als die Sache aufzugeben. Ich hatte die Hoffnung, daß sie sich irgendwann doch noch besinnt. Was ist mit ihr passiert?«

»Vor zehn Jahren ist ihr Mann verurteilt worden, sie in einem Anfall von Eifersucht getötet zu haben.«

Bilder schossen Wayne Stevens durch den Kopf. Susie als weinerliches Kleinkind, als pummeliger, mürrischer Teenager, der mit Golf und Tennis anfing, aber an den eigenen

Erfolgen in beiden Sportarten keine Freude zu finden schien. Susie, wie sie dem Geschnatter bei Anrufen zuhörte, die niemals ihr galten, wie sie ihren Stiefschwestern finstere Blicke zuwarf, wenn sie von ihren Freunden abgeholt wurden, Susie, wie sie die Türen zuknallte und nach oben trampelte. »Eifersucht, weil sie etwas mit einem andern Mann hatte?« fragte er langsam.

»Ja.« Joe Palumbo hörte die Ungläubigkeit aus der Stimme seines Gesprächspartners heraus und wußte, daß Kerrys Intuition richtig war, als sie ihn gebeten hatte, Suzannes Vergangenheit unter die Lupe zu nehmen. »Mr. Stevens, würden Sie bitte mal Suzannes äußere Erscheinung beschreiben?«

»Sue war ...« Stevens zögerte. »Sie war kein hübsches Mädchen«, sagte er ruhig.

»Haben Sie Fotos von ihr, die Sie mir schicken könnten?« fragte Palumbo. »Ich meine solche, die möglichst kurz vor der Zeit entstanden sind, als sie wegging, um an die Ostküste zu ziehen.«

»Selbstverständlich. Aber wenn das schon über zehn Jahre her ist, weshalb melden Sie sich dann erst jetzt?«

»Weil eine Staatsanwältin bei uns glaubt, daß es mit dem Fall mehr auf sich hat, als bei dem Prozeß zum Vorschein kam.«

Und Junge, wie recht Kerry mit ihrem Verdacht hatte! dachte Joe, als er auflegte, nachdem er sich von Wayne Stevens hatte zusichern lassen, daß er die Bilder von Susie auf dem schnellsten Postweg schicken werde.

47

Kerry hatte sich kaum am Mittwoch morgen an ihren Schreibtisch gesetzt, als die Sekretärin ihr mitteilte, Frank Green wolle sie sprechen.

Er kam unvermittelt zur Sache. »Was ist los, Kerry? Wie ich höre, hat der Gouverneur die Präsentation der Berufungsliste für die neuen Richter aufgeschoben. Wie es aussieht, hatte er Schwierigkeiten damit, Ihren Namen mit auf die Liste zu setzen. Stimmt etwas nicht? Gibt es irgend etwas, was ich tun kann?«

Nun ja, genaugenommen gibt es etwas, Frank, dachte Kerry. Sie können dem Gouverneur ausrichten, daß Sie jede Untersuchung begrüßen, die möglicherweise ein krasses Fehlurteil ans Tageslicht bringt, selbst wenn Sie selbst am Schluß der Angeschmierte sind. Sie könnten einmal Rückgrat beweisen, Frank.

Statt dessen sagte sie: »Ach, ich bin mir sicher, daß das alles bald über die Bühne geht.«

»Sie sind doch nicht bei Senator Hoover in Ungnade gefallen, oder?«

»Er ist einer meiner besten Freunde.«

Als sie gerade gehen wollte, sagte der Oberstaatsanwalt: »Kerry, es ist doch höchst unerfreulich, so in der Luft zu hängen und auf diese Berufung zu warten. He, schließlich steht meine eigene Nominierung bald an. Richtig? Ich hab' schon Alpträume, daß mir noch irgendwas dazwischen kommt und alles vermasselt.«

Sie nickte und verließ das Zimmer.

Wieder in ihrem Büro, versuchte sie sich verzweifelt auf die zur Zeit anliegenden Fälle zu konzentrieren. Soeben hatte die Grand Jury Anklage gegen einen Tatverdächtigen in einem mißratenen Überfall auf eine Tankstelle erhoben. Die Anklage lautete auf Mordversuch und bewaffneten Raubüberfall. Der Tankstellenwärter war angeschossen worden und lag noch auf der Intensivstation. Sollte er nicht überleben, würde man die Anklage auf Mord erweitern.

Am Tag zuvor hatte das Berufungsgericht den Schuldspruch gegen eine Frau, die wegen Totschlags verurteilt worden war, aufgehoben. Das war ein weiterer Fall gewesen, der viel Wirbel machte, doch die Entscheidung des Berufungsgerichts, die Verteidigung sei inkompetent gewesen, warf wenigstens kein schlechtes Licht auf den verantwortlichen Staatsanwalt.

Sie hatten vorgehabt, daß Robin bei der Vereidigung die Bibel halten würde. Jonathan und Grace hatten darauf bestanden, ihr die Richterroben zu kaufen, zwei für den Alltag und eine besondere für feierliche Anlässe. Margaret erinnerte sie ständig daran, daß sie als ihre beste Freundin die Robe, die Kerry an diesem Tag tragen würde, halten und ihr dabei helfen dürfe, sie anzulegen. »Ich, Kerry McGrath, schwöre hiermit bei Gott dem Allmächtigen, daß ich ...«

Tränen brannten ihr in den Augen, während ihr wieder Jonathans aufgebrachte Stimme in den Ohren klang. *Kerry, fünf Berufungsgerichte haben Reardon für schuldig befunden. Was ist nur los mit dir?* Nun, er hatte recht. Später am Vormittag würde sie ihn anrufen und ihm Bescheid geben, sie habe die ganze Angelegenheit fallengelassen.

Sie merkte jetzt, daß jemand schon mehrere Male bei ihr an die Tür geklopft hatte. Ungeduldig fuhr sie sich mit den Handrücken über die Augen und rief: »Herein.«

Es war Joe Palumbo. »Du bist wirklich eine schlaue Lady, Kerry.«

»Da bin ich mir nicht so sicher. Was gibt's?«

»Du hast doch gesagt, daß dir plötzlich die Frage durch den Kopf schoß, ob Dr. Smith je an seiner Tochter herumoperiert hat.«

»Er hat es so gut wie geleugnet, Joe. Das hab' ich dir doch gesagt.«

»Das weiß ich, und du hast mich auch aufgefordert, was über Suzannes Vorgeschichte rauszukriegen. Also, hör dir das mal an.«

Mit einer schwungvollen Handbewegung setzte Joe ein Aufnahmegerät auf den Schreibtisch. »Das ist der größte Teil meines Telefongesprächs mit Mr. Wayne Stevens, Suzanne Reardons Stiefvater.« Er drückte auf die Taste.

Beim Zuhören spürte Kerry, wie eine neue Welle der Verwirrung und widersprüchlicher Emotionen in ihr aufstieg. Smith ist ein Lügner, dachte sie, als sie an die Empörung zurückdachte, mit der er auf ihre Vermutung reagiert hatte, er habe irgendwelche Eingriffe an seiner Tochter vorgenommen. Er ist ein Lügner, und er ist ein guter Schauspieler.

Als das aufgenommene Gespräch zu Ende war, lächelte Palumbo voller Vorfreude. »Und was jetzt, Kerry?«

»Ich weiß nicht«, erwiderte sie langsam.

»Du weißt es nicht? Smith lügt doch.«

»Das wissen wir noch nicht genau. Laß uns auf diese Fotos von Stevens warten, bevor wir uns zu sehr reinsteigern. Viele Teenager blühen plötzlich auf, sobald sie einen guten Haarschnitt kriegen und in einem Schönheitssalon ordentlich hergerichtet werden.«

Palumbo musterte sie verständnislos. »Ja, logisch. Und Schweine können fliegen.«

48

Deidre Reardon hatte die Niedergeschlagenheit aus der Stimme ihres Sohnes herausgehört, als sie am Sonntag und Dienstag mit ihm sprach, und deshalb entschloß sie sich am Mittwoch, die lange Anfahrt per Bus und Zug und wiederum Bus zum Gefängnis von Trenton auf sich zu nehmen und ihn zu besuchen.

Deidre, eine kleine Frau, die ihrem Sohn das feuerrote Haar, die warmen blauen Augen und ihren keltischen Teint vererbt hatte, sah mittlerweile so alt aus, wie sie es tatsächlich war: bald siebzig Jahre. Ihr an sich kompakter Körper verriet erste Zeichen von Gebrechlichkeit, und ihr Gang hatte viel von seiner Beschwingtheit verloren. Ihre nachlassende Gesundheit hatte sie gezwungen, ihre Stellung als Verkäuferin bei A&S aufzugeben, und sie besserte jetzt ihre Rente mit etwas Schreibtischarbeit bei der Kirchengemeinde auf.

Ihre Ersparnisse aus den Jahren, als Skip noch so gut verdiente und sich so großzügig ihr gegenüber verhielt, waren jetzt verbraucht, und zwar größtenteils für die Gerichtskosten wegen all der erfolglosen Revisionsanträge.

Sie kam mitten am Nachmittag beim Gefängnis an. Da es ein Werktag war, durften sie nur am Telefon und durch ein Fenster getrennt miteinander reden. Von dem Moment an, als man Skip hereinführte und sie seinen Gesichtsausdruck sah, wußte Deidre, daß das eine, wovor sie Angst hatte, eingetreten war: Skip hatte die Hoffnung aufgegeben.

Normalerweise, wenn er sehr entmutigt war, versuchte sie ihn immer von sich selbst durch Tratsch aus der Nachbarschaft und Gemeinde abzulenken, Klatschgeschichten von der Art, wie sie jemandem Freude machen würden, der weg war, aber davon ausging, bald wieder heimzukommen, und gern auf dem laufenden bleiben wollte.

Heute war solcher Small talk nutzlos, das war ihr klar. »Skip, was ist denn los?« fragte sie.

»Mom, Geoff hat gestern abend angerufen. Diese Staatsanwältin, die mich neulich besucht hat – sie verfolgt die Sache nicht weiter. Sie ist so ziemlich von mir abgerückt. Ich hab' Geoff dazu gebracht, die Wahrheit zu sagen und mich nicht einzuseifen.«

»Wie hieß sie denn, Skip?« fragte Deidre mit möglichst sachlicher Stimme. Sie kannte ihren Sohn zu gut, als daß sie ihm jetzt mit Platitüden gekommen wäre.

»McGrath. Kerry McGrath. Offenbar soll sie bald zur Richterin ernannt werden. Bei all dem Glück, das ich habe, kommt sie bestimmt noch ans Berufungsgericht, damit sie dann, wenn Geoff je eine neue Begründung für einen Revisionsantrag findet, zur Stelle ist, um ihn abzuschmettern.«

»Vergeht nicht ziemlich viel Zeit, bis Richter ans Berufungsgericht versetzt werden?« fragte Deidre.

»Was spielt das schon für eine Rolle? Zeit ist doch alles, was wir haben, oder, Mom?« Dann erzählte Skip, er habe sich heute geweigert, Beths Anruf entgegenzunehmen. »Mom, Beth muß ihr eigenes Leben leben. Das schafft sie nie, wenn sie nichts anderes tut, als sich um mich zu kümmern.«

»Skip, Beth liebt dich.«

»Soll sie jemand anders lieben. Hab' ich doch auch getan, stimmt's?«

»Oh, Skip.« Deidre Reardon spürte den beklemmenden Mangel an Atemluft, der stets die Taubheit in ihrem Arm und die stechenden Schmerzen im Brustkorb ankündigte. Der Arzt hatte sie auf die Notwendigkeit einer weiteren Bypass-Operation vorbereitet, sollte die Angioplastie zur Gefäßerweiterung in der folgenden Woche nicht wirken. Sie hatte Skip noch nichts davon erzählt. Und jetzt würde sie es bestimmt nicht tun.

Deidre unterdrückte Tränen, als sie den verletzten Ausdruck in den Augen ihres Sohnes sah. Er war immer so ein lieber kleiner Kerl gewesen. Sie hatte nie auch nur den geringsten Ärger mit ihm gehabt, als er heranwuchs. Sogar als Baby war er nicht quengelig geworden, wenn er müde war. Eine ihrer Lieblingsgeschichten über ihn war die, als er im Apartment aus dem Wohnzimmer ins Schlafzimmer gewatschelt war, seine Schmusedecke durch die Gitterstäbe seines Kinderbetts herausgezogen und sich hineingewickelt hatte und auf dem Boden unter dem Bettchen eingeschlafen war.

Sie hatte ihn im Wohnzimmer allein gelassen, als sie mit der Zubereitung des Abendessens begann, und war dann, als sie ihn nicht finden konnte, durch das winzige Apartment gerast, hatte voller Angst, er wäre hinausgelaufen, ja, hätte sich vielleicht verirrt, nach ihm geschrien. Jetzt eben hatte Deidre das gleiche Gefühl. Nun ging Skip auf andere Weise in die Irre.

Unwillkürlich streckte sie die Hand aus und berührte die Glasscheibe. Sie wollte ihn umarmen, diesen wunderbaren, guten Mann, der ihr Sohn war. Sie wollte ihm sagen, er solle sich doch nicht ängstigen, es würde schon alles wieder gut werden, genauso, wie sie es vor langer Zeit getan hatte, wenn ihm etwas weh tat. Jetzt wußte sie, was sie sagen mußte.

»Skip, ich will dich nicht so reden hören. Du kannst nicht entscheiden, daß Beth dich nicht mehr lieben soll, denn sie liebt dich nun mal. Und ich geh jetzt und red mit dieser Kerry McGrath. Es muß einen Grund geben, warum sie dich überhaupt besuchen kam. Staatsanwälte schauen nicht nur mal eben so bei Strafgefangenen vorbei. Ich werde herausfinden, weshalb sie sich für dich interessiert hat, und warum sie sich jetzt von dir abwendet. Aber du mußt mithelfen; wag es bloß nicht, mich mit solchem Gerede hängenzulassen.«

Die Besuchszeit war viel zu schnell vorbei. Deidre gelang es, erst zu weinen, nachdem der Wärter Skip weggeführt hatte. Dann tupfte sie sich vehement die Augen ab. Mit energisch zusammengepreßten Lippen stand sie auf, wartete noch ab, bis das Stechen in ihrer Brust nachließ, und ging dann rasch davon.

49

Es fühlt sich richtig nach November an, dachte Barbara Tompkins, als sie von ihrem Büro an der Sixty-eighth Street Ecke Madison Avenue die zehn Blocks bis zu ihrer Wohnung an der Sixty-first Ecke Third Avenue hinunterlief. Sie hätte einen dickeren Mantel anziehen sollen. Aber was bedeutete schon diese kurzfristige Unbehaglichkeit, wenn sie sich ansonsten so gut fühlte.

Es gab keinen Tag, an dem sie nicht voller Freude über das Wunder war, das Dr. Smith an ihr bewerkstelligt hatte. Es schien nicht vorstellbar, daß sie noch vor weniger als zwei Jahren in einem miesen P.R.-Job in Albany festgesessen hatte, mit der Aufgabe, für kleine Kosmetikkunden Erwähnungen bei Zeitschriften zu ergattern.

Nancy Pierce war eine der wenigen Kundinnen gewesen, mit denen sie gern zu tun gehabt hatte. Nancy machte immer Witze darüber, sie sei das häßliche Entlein mit einem totalen Minderwertigkeitskomplex, weil sie mit phantastisch aussehenden Models zusammenarbeitete. Dann aber machte Nancy einen ausgedehnten Urlaub, und als sie wiederkam, sah sie wie eine Million Dollar aus. Frei heraus und sogar stolz verkündete sie aller Welt, sie habe sich einer gesichtschirurgischen Behandlung unterzogen.

»Hör'n Sie mal«, hatte sie erklärt. »Meine Schwester hat das Gesicht einer Miss Amerika, aber sie muß ständig gegen ihr Gewicht ankämpfen. Sie sagt, daß ein schlankes Mädchen in ihr drinsteckt, das versucht, sich nach draußen durchzuboxen. Ich hab' mir immer gesagt, daß in mir ein außerordentlich hübsches Mädchen drinsteckt, das versucht, sich nach draußen durchzuboxen. Meine Schwester ist zum Klub der Goldenen Tür gegangen. Ich bin zu Dr. Smith gegangen.«

Bei Nancys Anblick und angesichts ihrer neuen Gelassenheit und Zuversicht hatte Barbara sich versprochen: »Wenn ich je zu Geld komme, gehe ich auch zu dem Arzt.« Und dann war die liebe alte Großtante Betty im Alter von siebenundachtzig Jahren zu ihrem Schöpfer gerufen worden und hinterließ Barbara 35 000 Dollar mit der Anweisung, sie solle sich damit amüsieren und eine gute Zeit gönnen.

Barbara dachte wieder an ihren ersten Besuch bei Dr. Smith zurück. Er hatte das Zimmer betreten, wo sie auf der Kante der Untersuchungsliege saß. Er gebärdete sich kalt, ja fast furchterregend. »Was wünschen Sie?« fuhr er sie an.

»Ich möchte wissen, ob Sie mich hübsch machen können«, hatte Barbara etwas zögernd zu ihm gesagt. Dann hatte sie all ihren Mut zusammengenommen und sich verbessert: »Sehr hübsch.«

Ohne ein Wort hatte er vor ihr gestanden, ein starkes Licht auf sie gerichtet, ihr Kinn in der Hand gehalten, mit den Fingern über die Konturen ihres Gesichts gestrichen, ihre Wangenknochen untersucht, dann ihre Stirn, und sie mehrere Minuten lang gründlich gemustert.

Dann trat er einen Schritt zurück. »Warum?«

Sie erzählte ihm von der hübschen Frau, die sich aus ihrem Kokon befreien wolle. Sie sagte ihm, sie wisse ja, daß es ihr nicht so wichtig sein sollte, und dann brach es aus ihr heraus: »Aber es *ist* mir wichtig.«

Zu ihrer Überraschung lächelte er daraufhin, knapp und ohne Wärme, aber doch aufrichtig. »Wenn es Ihnen nicht wichtig wäre, würde ich mich gar nicht damit abgeben«, stellte er fest.

Die Prozedur, die er ihr dann verschrieb, war unglaublich komplex. Die Operationen verschafften ihr ein richtiges Kinn und verkleinerten ihre Ohren, entfernten die dunklen Ringe unter ihren Augen und die schweren oberen Lider, so daß die Augen groß und leuchtend wurden. Die chirurgische Behandlung gab ihr volle, herausfordernde Lippen und befreite ihre Wangen von den Aknenarben, machte die Nase schmaler und setzte die Augenbrauen höher. Sogar an ihrem Körper hatte er noch chirurgische Eingriffe vorgenommen.

Dann schickte sie der Arzt zu einem Schönheitssalon und wies sie an, ihr Haar von dem trüben Ockerton zu einem tiefen Braun umfärben zu lassen, einem Farbton, der die helle, samtweiche Gesichtshaut noch hervorhob, die er mittels eines Schälprozesses mit Säure erreicht hatte. Eine andere Expertin in dem Salon lehrte sie die Feinheiten der Kunst, Make-up aufzutragen.

Schließlich unterwies sie der Arzt, den Rest ihres Geldsegens in Kleidern anzulegen, und schickte sie in Begleitung einer Einkaufsspezialistin zu den Modeateliers an der Seventh Avenue. Unter der Führung der Beraterin schaffte sich Barbara die erste raffinierte Garderobe an, die sie je besessen hatte.

Dr. Smith legte ihr nahe, nach New York umzuziehen, gab ihr Anweisung, wo sie sich eine Wohnung suchen solle, und machte sich sogar persönlich die Mühe, das Apartment zu inspizieren, das sie daraufhin gefunden hatte. Dann bestand er noch darauf, sie solle alle drei Monate zur Nachuntersuchung in seiner Praxis erscheinen.

Es war ein schwindelerregendes Jahr, seit sie nach Manhattan gezogen war und ihre neue Stelle bei Price und Vellone angetreten hatte. Schwindelerregend, aber herzerfrischend. Barbara fühlte sich großartig.

Als sie jetzt aber das letzte Stück Straße bis zu ihrer Wohnung entlangging, blickte sie nervös um sich. Gestern abend war sie mit einigen Kunden im Mark Hotel zum Essen gewesen. Als sie aufbrachen, hatte sie Dr. Smith ganz allein und etwas abseits an einem kleinen Tisch entdeckt.

Die Woche zuvor hatte sie ihn flüchtig im Oak Room des Plaza gesehen.

Damals hatte sie es nicht weiter beachtet, aber an dem Abend im Oktober, als sie sich mit Kunden im Four Seasons traf, hatte sie, während sie ein Taxi herbeiwinkte, den Eindruck gehabt, daß jemand sie aus einem Auto auf der anderen Straßenseite beobachtete.

Barbara war sehr erleichtert, als der Portier sie begrüßte und ihr die Tür aufhielt. Dann warf sie noch einen Blick über ihre Schulter.

Ein schwarzer Mercedes war genau vor der Tür des Apartmentgebäudes zum Halten gezwungen worden. Sie konnte den Fahrer gar nicht verwechseln, obwohl er sein Gesicht teilweise abgewandt hielt, so, als schaue er schräg über die Straße.

Dr. Smith.

»Sind Sie okay, Miss Tompkins?« fragte der Portier. »Sie sehen so aus, als ob's Ihnen nicht so toll geht.«

»Nein. Danke. Ich bin okay.« Barbara ging rasch in die Eingangshalle. Als sie auf den Lift wartete, dachte sie: Er folgt mir tatsächlich. Aber was kann ich dagegen tun?

50

Obwohl Kerry für Robin eines ihrer beider Lieblingsgerichte zubereitet hatte – gebackene Hühnerbrust, gebackene Kartoffeln, grüne Bohnen, grünen Salat und frisch aufgebackene Brötchen –, aßen sie fast völlig schweigsam.

Schon seit Kerry nach Hause gekommen war und Alison, die Schülerin, die auf Robin aufpaßte, geflüstert hatte: »Ich glaube, Robin ist irgendwie beunruhigt«, wartete Kerry auf einen geeigneten Augenblick.

Während sie das Essen machte, saß Robin bei ihr an der Arbeitsplatte und machte ihre Hausaufgaben. Kerry hoffte auf eine Chance, mit ihr zu reden, auf irgendein Zeichen, aber Robin schien sich außergewöhnlich intensiv auf ihre Arbeit zu konzentrieren.

Kerry stellte sogar noch bewußt die Frage: »Bist du auch bestimmt fertig, Rob?«, bevor sie das Abendessen auftrug.

Beim Essen entspannte sich Robin dann deutlich. »Hast du heute in der Schule dein Mittagessen aufgegessen?« fragte Kerry möglichst beiläufig und unterbrach damit endlich das Schweigen. »Du hast offenbar Hunger.«

»Klar, Mom. Fast alles.«

»Ah, ja.«

Kerry dachte: Wie sehr sie mir doch ähnelt. Wenn sie etwas bekümmert, macht sie es mit sich alleine ab. So ein reserviertes Geschöpf.

Dann erklärte Robin: »Ich mag Geoff. Er ist prima.«

Geoff. Kerry schlug die Augen nieder und widmete sich dem Zerschneiden ihres Hühnerfleischs. Sie wollte nicht an seine spöttische, abweisende Bemerkung beim Abschied neulich abends denken. *Wiedersehn, Euer Ehren.*

»Mm-ja«, antwortete sie und hoffte damit rüberzubringen, daß Geoff in ihrem gemeinsamen Leben keine Rolle spielte.

»Wann kommt er denn wieder?« frage Robin.

Jetzt war Kerry mit einer ausweichenden Antwort an der Reihe. »Ach, ich weiß nicht. Er kam wirklich bloß wegen einem Fall, an dem er gerade arbeitet.«

Robin sah bekümmert aus. »Ich hätte Dad, glaub ich, nichts davon erzählen sollen.«

»Was meinst du damit?«

»Also, er hat halt gesagt, wenn du 'ne Richterin bist, dann lernst du wahrscheinlich eine Menge Richter kennen und heiratest irgendwann einen davon. Ich wollte ihm eigentlich gar nichts von dir erzählen, aber ich hab' gesagt, daß ein Anwalt, der mir gefällt, neulich abends wegen einer geschäftlichen Angelegenheit rüberkam, und Dad hat gefragt, wer's war.«

»Und da hast du ihm gesagt, daß es Geoff Dorso war. Damit hast du doch nichts falsch gemacht.«

»Ich weiß nicht. Dad sah so aus, als ob er sich über mich aufregt. Wir hatten erst eine tolle Zeit, und plötzlich wurde er ganz still und hat gesagt, ich soll meine Krabben aufessen. Es wär Zeit, heimzufahren.«

»Rob, Daddy ist es ganz egal, mit wem ich ausgehe, und Geoff Dorso hat bestimmt nichts mit ihm oder irgendwelchen Klienten von ihm zu tun. Daddy hat zur Zeit einen ganz schwierigen Fall am Hals. Vielleicht hast du ihn ja eine Weile davon abgelenkt, und dann, als das Essen fast vorbei war, mußte er wieder daran denken.«

»Glaubst du das bestimmt?« fragte Robin mit vor Hoffnung aufleuchtenden Augen.

»Ja, das glaube ich bestimmt«, erwiderte Kerry energisch. »Du kennst mich doch, wie zerstreut ich bin, wenn ich einen Fall vor Gericht habe.«

Robin fing zu lachen an. »Mensch ja, das kenne ich!«

Um neun Uhr schaute Kerry nach Robin, die im Bett saß und las. »Licht aus«, erklärte sie unnachgiebig und ging zu ihr hinüber, um sie zuzudecken.

»Ist gut«, sagte sie widerwillig. Während sich Robin unter die Decke kuschelte, erklärte sie: »Mom, ich hab' nachgedacht. Bloß weil Geoff geschäftlich herkam, heißt das doch noch nicht, daß wir ihn nicht wieder einladen können, oder? Er mag dich. Das hab' ich gemerkt.«

»Ach, Rob, er ist einfach einer von diesen Typen, die Leute mögen, aber er ist bestimmt nicht besonders an mir interessiert.«

»Cassie und Courtney haben ihn gesehen, als er mich abholen kam. Sie finden ihn süß.«

Ich auch, dachte Kerry, als sie das Licht ausmachte.

Während sie nach unten ging, nahm sie sich die unangenehme Aufgabe vor, ihr Haushaltsbuch auf den letzten Stand zu bringen. Doch als sie zu ihrem Schreibtisch kam, blickte sie lange auf die Reardon-Akte, die Joe Palumbo ihr gestern gebracht hatte. Dann schüttelte sie den Kopf. Vergiß es, ermahnte sie sich. Halt dich da raus.

Aber es konnte ja nicht schaden, nur mal eben hineinzuschauen, überlegte sie. Sie griff nach der Akte, trug sie zu ihrem Lieblingssessel, deponierte sie auf dem Sitzpolster zu ihren Füßen, schlug sie auf und nahm den ersten Stapel Unterlagen heraus.

Der Bericht zeigte, daß der Anruf um 0 Uhr 20 eingegangen war. Skip Reardon hatte die Vermittlung angerufen und auf die Frau vom Amt eingeschrien, sie solle ihn mit der Polizei von Alpine verbinden. »Meine Frau ist tot, meine Frau ist tot«, hatte er wieder und wieder gerufen. Die Polizeibeamten berichteten, sie hätten ihn vorgefunden, wie er neben ihr kniete und schluchzte. Er informierte sie, er habe sofort, als er ins Haus kam, gewußt, daß sie tot war, und sie nicht angerührt. Die Vase, in der die Sweetheart-Rosen gesteckt hatten, war umgekippt. Die Rosen lagen über die Leiche verstreut da.

Am folgenden Morgen, im Beisein seiner Mutter, behauptete Skip Reardon dann, es fehle eine Diamantbrosche. Er erklärte, er könne sich besonders gut daran erinnern, weil die Anstecknadel zu den Schmuckstücken gehöre, die er seiner Frau nicht geschenkt habe, und daß er überzeugt sei, ein anderer Mann habe sie ihr verehrt. Er beteuerte auch, ein Miniaturrahmen mit Suzannes Foto, der noch am Morgen zuvor im Schlafzimmer gestanden habe, sei verschwunden.

Um elf Uhr gelangte Kerry zu Dolly Bowles' Aussage. Es war im wesentlichen dieselbe Geschichte, die sie auch bei Kerrys Besuch erzählt hatte.

Kerrys Augen verengten sich, als sie sah, daß ein gewisser Jason Arnott im Verlauf der Ermittlungen befragt worden war. Skip Reardon hatte ihn ihr gegenüber erwähnt. In seiner Aussage beschrieb sich Arnott als Experte für Antiquitäten, der für eine Provision Frauen zu Auktionshäusern wie etwa Sotheby's und Christie's zu begleiten pflege und sie bei ihren Bemühungen im Bieten um bestimmte Gegenstände berate.

Er sagte, er gebe gern Einladungen und Suzanne sei häufig zu seinen Cocktail-Partys und Abendessen erschienen, manchmal in Gesellschaft von Skip, zumeist aber alleine.

Die Notiz des Ermittlers hielt fest, er habe sich bei gemeinsamen Freunden von Suzanne wie Arnott erkundigt, und er sei auf keinerlei Hinweis auf eine Affäre zwischen den beiden gestoßen. Eine Person aus dem Freundeskreis berichtete sogar, Suzanne sei von Natur aus zu Flirts aufgelegt gewesen und habe sich über Arnott amüsiert und ihn »Jason, das Neutrum« genannt.

Nichts Neues hier drin, schloß Kerry, nachdem sie die halbe Akte durch hatte. Die Untersuchung war gründlich. Durch das offene Fenster hatte der Ableser der öffentlichen Versorgungswerke mitbekommen, wie Skip beim Frühstück Suzanne anbrüllte. »Mann, hat der Kerl vielleicht geschäumt«, war sein Kommentar.

Tut mir leid, Geoff, dachte Kerry, als sie sich anschickte, den Ordner zu schließen. Die Augen brannten ihr. Morgen würde sie den Rest überfliegen und die Akte zurückbringen. Dann fiel ihr Blick noch auf den nächsten Bericht. Es war das Interview mit einem Caddie im Palisades Country Club, bei dem Suzanne und Skip Mitglieder waren. Ein Name fiel Kerry auf, und sie griff nach dem nächsten Stapel Papiere, da ihr jeder Gedanke an Schlaf plötzlich vergangen war.

Der Caddie hieß Michael Vitti, und er war eine reichhaltige Informationsquelle über Suzanne Reardon. »Alle haben liebend gern als Caddie fur sie gearbeitet. Sie war nett. Sie hat mit den Caddies herumgealbert und dicke Trinkgelder gegeben. Sie hat mit einer Menge Männer gespielt. Sie war gut, und ich meine *gut*. Viele von den Ehefrauen waren sauer auf sie, weil die Männer sie alle mochten.«

Vitti war gefragt worden, ob er glaube, daß Suzanne mit irgendeinem der Männer ein Verhältnis hatte. »Oh, davon weiß ich nichts«, sagte er. »Ich hab' sie nie richtig allein mit irgendwem gesehen. Die Vierer sind immer zusammen zum Clubhaus zurückgegangen, verstehn Sie, was ich meine?«

Doch als man nicht lockerließ, erklärte er, es sei vielleicht möglich, daß sich was zwischen Suzanne und Jimmy Weeks abgespielt hätte.

Jimmy Weeks' Name war es, was Kerrys Aufmerksamkeit erregt hatte. Laut der Niederschrift des Ermittlers nahm man Vittis Bemerkung nicht ernst, weil Weeks, obwohl er im Ruf eines Schürzenjägers stand, bei seiner Vernehmung rigoros leugnete, Suzanne je außerhalb des Sportklubs gesehen zu haben, und zudem erklärte, er habe zur Zeit eine ernsthafte Beziehung zu einer anderen Frau, und darüber hinaus hatte er ein hieb- und stichfestes Alibi für die gesamte Mordnacht.

Dann las Kerry den Rest des Interviews mit dem Caddie. Er offenbarte, Mr. Weeks behandle alle Frauen ziemlich gleich und spreche sie meistens mit Kosenamen wie Süße, Schatz und Mäuschen an.

Der Caddie wurde gefragt, ob Weeks eine besondere Anrede für Suzanne benützt habe.

Die Antwort: »Also, ein paarmal hab' ich gehört, wie er sie ›Sweetheart‹ nannte.«

Kerry ließ die Blätter auf ihren Schoß sinken. Jimmy Weeks. Bobs Mandant. War das der Grund, weshalb er sich Robin gegenüber plötzlich so anders verhielt, nachdem sie ihm erzählt hatte, Geoff Dorso sei geschäftlich bei ihnen zu Hause vorbeigekommen?

Es war allgemein bekannt, daß Geoff Dorso Skip Reardon vertrat und seit zehn Jahren hartnäckig, wenn auch vergeblich versuchte, ihm ein Wiederaufnahmeverfahren zu verschaffen.

War Bob, als Jimmy Weeks' Berater, vielleicht darüber beunruhigt, welche Folgen ein neues Verfahren für seinen Klienten haben könnte?

Ein paarmal hab' ich gehört, wie er sie ›Sweetheart‹ nannte. Die Worte verfolgten Kerry.

Tief beunruhigt schloß sie den Aktenordner und ging hinauf zu Bett. Den Caddie hatte man nicht als Zeuge vor Gericht zitiert. Jimmy Weeks ebensowenig. Ob das Verteidigungsteam wohl je den Golfjungen befragt hat? Falls nicht, dann hätten sie es aber tun sollen, dachte sie. Haben sie mit Jason Arnott über irgendwelche anderen Männer geredet, für die sich Suzanne möglicherweise auf seinen Partys interessierte?

Ich warte mal ab, bis die Fotos von Suzannes Stiefvater eintreffen, sagte sich Kerry. Es ist wahrscheinlich nicht von Bedeutung, oder bedeutet jedenfalls nicht mehr als das, was ich heute zu Joe gesagt habe. Vielleicht hat Suzanne sich einfach völlig neu herrichten lassen, als sie nach New York kam. Sie hatte ja Geld von der Versicherung ihrer Mutter. Und Dr. Smith hat ja praktisch abgestritten, je irgendeinen Eingriff an Suzanne vorgenommen zu haben.

Laß es auf dich zukommen, sagte sie sich. Ein wohlfeiler Rat, da sie ohnehin für den Augenblick nichts weiter tun konnte.

Donnerstag, 2. November

51

Am Donnerstag morgen kam Kate Carpenter um Viertel vor neun in die Praxis. Es waren keine Operationen eingeplant, und die erste Patientin war erst um zehn Uhr dran, deshalb war Dr. Smith noch nicht eingetroffen.

Die Sprechstundenhilfe am Empfang saß mit nachdenklichem Gesicht da. »Kate, Barbara Tompkins möchte, daß du sie anrufst, und sie hat ausdrücklich darum gebeten, daß Dr. Smith nichts von ihrem Anruf erfährt. Sie sagte, es ist enorm wichtig.«

»Sie hat doch nicht irgendwelche Beschwerden wegen der Behandlung?« fragte Kate beunruhigt. »Das ist doch schon über ein Jahr her.«

»Davon hat sie nichts erwähnt. Ich hab' ihr gesagt, daß du jede Minute kommen müßtest. Sie wartet zu Hause auf deinen Rückruf.«

Ohne ihren Mantel abzulegen, ging Kate in die kleine Kammer, die der Buchhalterin als Büro diente, schloß die Tür und wählte Tompkins' Nummer.

Ihre Bestürzung wuchs, als sie hörte, daß Barbara felsenfest davon überzeugt war, Dr. Smith verfolge sie zwanghaft. »Ich weiß nicht, was ich tun soll«, sagte sie. »Ich bin ihm so dankbar. Das wissen Sie doch, Mrs. Carpenter. Aber ich bekomme es allmählich mit der Angst zu tun.«

»Er hat aber nie einen Annäherungsversuch gemacht?«

»Nein.«

»Dann lassen Sie mich erst darüber nachdenken und mit ein paar Leuten reden. Ich flehe Sie an, keinem sonst was davon zu erzählen. Dr. Smith hat ein wunderbares Renommee. Es wäre entsetzlich, wenn es zerstört würde.«

»Ich kann Dr. Smith nie und nimmer vergelten, was er für mich getan hat«, sagte Barbara Tompkins leise. »Aber bitte melden Sie sich doch bald wieder bei mir.«

52

Um elf Uhr rief Grace Hoover bei Kerry an und lud sie und Robin zum Abendessen am Sonntag ein. »Wir haben euch beide in letzter Zeit wirklich bei weitem nicht genug zu sehen gekriegt«, sagte Grace zu ihr. »Ich hoffe sehr, daß ihr kommen könnt. Celia wird sich bestimmt selbst übertreffen, das versprech ich dir.«

Celia war die Haushälterin fürs Wochenende und eine bessere Köchin als die andere Frau, die von Montag bis Freitag bei ihnen wohnte und den Haushalt führte. Wenn sie wußte, daß Robin erwartet wurde, machte Celia Brownies und Chocolate-Chip-Plätzchen, um sie ihr nach Hause mitzugeben.

»Aber natürlich kommen wir«, sagte Kerry erfreut. Sonntag ist doch ein ausgesprochener Familientag, dachte sie, als sie den Hörer auflegte. An Sonntagnachmittagen versuchte sie meistens etwas Besonderes mit Robin zu unternehmen, etwa ins Museum zu gehen oder ins Kino oder gelegentlich auch in eine Broadway Show.

Wenn nur Dad noch am Leben wäre, dachte sie. Er und Mutter würden dann wenigstens zeitweise hier in der Nähe wohnen. Und wenn bloß Bob Kinellen der Mann gewesen wäre, für den ich ihn gehalten habe.

In ihrer Vorstellung schüttelte sie sich regelrecht, damit sie diesen Gedanken wieder los wurde. Robin und ich können uns doch verdammt glücklich schätzen, daß wir Jonathan und Grace haben, hielt sie sich vor Augen. Sie werden immer für uns dasein.

Janet, die Sekretärin, kam herein und schloß die Tür. »Kerry, haben Sie einen Termin mit einer Mrs. Deidre Reardon gemacht und vergessen, mir Bescheid zu geben?«

»Deidre Reardon? Nein, auf keinen Fall.«

»Sie sitzt im Wartezimmer, und sie sagt, daß sie dort sitzen bleibt, bis Sie mit ihr reden. Soll ich den Sicherheitsdienst rufen?«

O mein Gott, dachte Kerry. Skip Reardons Mutter! Was die nur will? »Nein. Sagen Sie ihr, sie kann reinkommen, Janet.«

Deidre Reardon rückte sofort mit der Sprache heraus. »Ich erzwinge mir normalerweise nicht den Weg ins Büro von Leuten, Ms. McGrath, aber diese Sache ist zu wichtig. Sie sind zum Gefängnis gefahren, um meinen Sohn zu besuchen. Sie müssen einen Grund dafür gehabt haben. Irgendwas hat Sie auf den Verdacht gebracht, daß man vielleicht ein Fehlurteil gefällt hat. Ich weiß, daß es so ist. Ich kenne meinen Sohn, und ich weiß, daß er unschuldig ist. Aber warum wollten Sie ihm dann, nachdem Sie bei ihm waren, nicht helfen? Besonders, wenn man bedenkt, was inzwischen über Dr. Smith rausgekommen ist.«

»Es geht nicht darum, daß ich ihm nicht helfen wollte, Mrs. Reardon. Es geht darum, daß ich ihm nicht helfen *kann*. Es gibt keine neuen Beweise. Es ist zwar merkwürdig, daß Dr. Smith andere Frauen mit dem Gesicht seiner Tochter versehen hat, aber es ist nicht illegal, und es ist vielleicht einfach seine Methode, mit dem schmerzlichen Verlust besser fertig zu werden.«

Deidre Reardons Gesichtsausdruck wechselte von besorgter Erregung zu Zorn. »Ms. McGrath, Dr. Smith weiß nicht mal, was ein ›schmerzlicher Verlust‹ überhaupt ist. In den vier Jahren, die Suzanne und Skip verheiratet waren, hab' ich ihn fast nie zu sehen gekriegt. Wollte ich auch nicht. Seine Haltung ihr gegenüber hatte etwas absolut Krankhaftes an sich. Ich erinnere mich beispielsweise an einen Tag, da hatte Suzanne irgendeinen Schmierfleck auf der Backe. Dr. Smith ging zu ihr hin und hat den Fleck abgewischt. Man hätte glauben können, daß er eine Statue abstaubt, so gründlich hat er ihr Gesicht überprüft, um ja sicherzugehen, daß er auch alles erwischt hat. Er war stolz auf sie. Das geb ich gerne zu. Aber Zuneigung? *Nein.*«

Geoff hatte darüber geredet, wie emotionslos Dr. Smith im Zeugenstand gewesen war, dachte Kerry. Aber das beweist noch gar nichts.

»Mrs. Reardon, ich verstehe wirklich, wie Ihnen zumute sein muß –«, begann sie.

»Nein, tut mir leid, das tun Sie nicht«, unterbrach Deidre Reardon sie. »Mein Sohn ist unfähig zu Gewalttätigkeit. Er hätte genausowenig in voller Absicht diese Kordel von Suzannes Taille genommen und ihr um den Hals gelegt und sie damit erdrosselt, wie Sie und ich so etwas fertiggebracht hätten. Stellen Sie sich doch mal so jemand vor, der solch ein Verbrechen begehen konnte. Was für ein Monster ist der nur? Denn dieses Monster, das ein andres menschliches Wesen auf so abscheuliche Weise töten konnte, war damals abends in Skips Haus. Und jetzt stellen Sie sich Skip vor.«

Tränen füllten Deidre Reardons Augen, als sie aufbrauste: »Ist denn gar nichts von seinem Wesen, von seiner Güte zu Ihnen durchgedrungen? Sind Sie blind und taub, Ms. McGrath? Kommt Ihnen mein Sohn wie ein Mörder vor, oder hört er sich so an?«

»Mrs. Reardon, ich habe mich nur deshalb mit diesem Fall

beschäftigt, weil mir Dr. Smiths zwanghafte Fixierung auf das Gesicht seiner Tochter merkwürdig vorkam, nicht weil ich Ihren Sohn für unschuldig hielt. Diese Entscheidung zu fällen war Sache der Gerichte, und die haben entschieden. Er hat eine Reihe von Berufungsverfahren bekommen. Es gibt nichts, was ich tun kann.«

»Ms. McGrath, Sie haben doch eine Tochter, soviel ich weiß, richtig?«

»Ja, das stimmt.«

»Dann malen Sie sich bitte mal aus, wie sie zehn Jahre lang eingekerkert ist und noch zwanzig weitere Jahre in diesem Kerker vor sich hat, und das für ein Verbrechen, das sie nicht begangen hat. Glauben Sie, daß Ihre Tochter eines Tages zu einem Mord fähig wäre?«

»Nein, keinesfalls.«

»Genausowenig ist es mein Sohn. Bitte, Ms. McGrath, Sie sind in der Lage, Skip zu helfen. Lassen Sie ihn nicht im Stich. Ich weiß nicht, weshalb Dr. Smith gelogen hat, aber allmählich, glaub ich, versteh ich, warum. Er war eifersüchtig auf ihn, weil Skip mit Suzanne verheiratet war, mit allem, was dazugehört. Denken Sie darüber nach.«

»Mrs. Reardon, als Mutter verstehe ich, wie sehr Ihnen das alles zu Herzen geht«, sagte Kerry sanft und blickte ihr dabei in das verhärmte, bekümmerte Gesicht.

Deidre Reardon erhob sich. »Ich merke, daß Sie alles, was ich Ihnen sage, einfach abtun, Ms. McGrath. Geoff hat gesagt, daß Sie demnächst zur Richterin ernannt werden. Gott stehe den Menschen bei, die dann vor Ihnen stehen und auf Gerechtigkeit hoffen.«

Im nächsten Moment verfärbte sich das Gesicht der Frau vor Kerrys Augen zu einem gespenstischen Grau.

»Mrs. Reardon, was ist denn?« rief sie.

Mit zitternden Händen öffnete die Frau ihre Handtasche, holte ein Fläschchen heraus und schüttelte sich eine Pille in die offene Hand. Sie schob sie sich unter die Zunge, drehte sich um und verließ ohne ein Wort das Büro.

Minutenlang saß Kerry da und starrte auf die geschlossene

Tür. Dann griff sie nach einem Stück Papier. Sie notierte darauf:

1. Hat Dr. Smith in bezug auf Operationen an Suzanne gelogen?
2. Hat der kleine Michael an dem Abend, als Dolly Bowles auf ihn aufpaßte, eine schwarze, viertürige Mercedes-Limousine vor dem Haus der Reardons gesehen? Was ist mit dem Teil des Nummernschilds, den Dolly gesehen haben will?
3. Hatte Jimmy Weeks ein Verhältnis mit Suzanne, und, falls ja, weiß Bob etwas davon, und hat er Angst, daß es herauskommt?

Sie überprüfte die Liste, während Deidre Reardons ehrliches, verquältes Gesicht anklagend vor ihrem inneren Auge aufragte.

53

Geoff Dorso hatte im Gerichtshof von Newark einen Prozeß geführt. Im letzten Moment war es ihm noch gelungen, einen Vergleich für seinen Klienten auszuhandeln, einen achtzehnjährigen Jungen, der sich den Wagen seines Vaters geschnappt und mit Freunden eine Vergnügungstour unternommen hatte und dabei in einen Pickup gekracht war, was dem anderen Fahrer einen gebrochenen Arm und ein gebrochenes Bein einbrachte.

Es war jedoch kein Alkohol mit im Spiel gewesen, und der junge Mann war ein guter Kerl und aufrichtig zerknirscht. Mit dem ausgehandelten Kompromiß bekam er den Führerschein für zwei Jahre entzogen und einhundert Stunden Sozialarbeit in der Gemeinde aufgebrummt. Geoff war froh – ihn ins Gefängnis anstatt aufs College zu schicken wäre ein großer Fehler gewesen.

Jetzt aber, an diesem Donnerstag nachmittag, hatte

Geoff den ungewohnten Luxus freier Zeit, und er beschloß, bei dem Verfahren gegen Jimmy Weeks hereinzuschauen. Er wollte den ersten Prozeßtag mitbekommen. Außerdem war er, wie er sich eingestand, scharf darauf, Bob Kinellen in Aktion zu sehen.

Er nahm hinten im Gerichtssaal Platz. Es waren reichlich Journalisten zugegen, bemerkte er. Jimmy Weeks hatte es schon so häufig geschafft, einer Anklageerhebung zu entgehen, daß es sich bei den Presseleuten eingebürgert hatte, ihn »Teflon Jimmy« zu nennen, in Anspielung auf einen Mafia-Gangster, der allgemein als »The Teflon Don« bekannt gewesen war, inzwischen aber für den Rest seines Lebens hinter Gittern saß.

Kinellen ergriff soeben das Wort. Er ist ein glatter Bursche, dachte Geoff. Er versteht sich darauf, die Geschworenen zu beeinflussen, weiß, wann Entrüstung, wann offene Empörung angesagt ist, versteht es, die Anklagepunkte ins Lächerliche zu ziehen. Er gibt auch ein perfektes Erscheinungsbild ab, in Aussehen und Auftreten, dachte Geoff und versuchte sich Kerry vorzustellen, als sie mit diesem Typen verheiratet war. Irgendwie konnte er sich kein Bild davon machen. Wenigstens, überlegte er und fand diesen Gedanken tröstlich, wenigstens war sie eindeutig nicht mehr auf Kinellen fixiert.

Doch wieso sollte das überhaupt eine Rolle spielen? fragte er sich, als der Richter eine Pause anberaumte.

Im Gang draußen kam Nick Klein, ein Reporter für den *Star-Ledger*, auf ihn zu. Sie begrüßten sich, dann bemerkte Geoff: »Sind ganz schön viele von euch Typen hier, nicht?«

»Soll'n großes Spektakel werden«, erzählte ihm Nick. »Ich hab' eine Quelle bei der Staatsanwaltschaft. Barney Haskell versucht einen Deal zu machen. Was die ihm anbieten, ist nicht gut genug. Jetzt läßt er durchblicken, daß er Jimmy mit einem Mord in Verbindung bringen kann, für den jemand anders die Strafe absitzt.«

»Ich wünschte wirklich, ich hätte so einen Zeugen für einen meiner Mandanten«, erwiderte Geoff.

54

Um vier Uhr bekam Joe Palumbo ein Eilpäckchen ausgehändigt, das als Absender Wayne Stevens in Oakland, Kalifornien, nannte. Joe schlitzte es sofort auf und langte begierig hinein nach den beiden mit Gummiband zusammengehaltenen Stapeln Familienfotos. An dem einen war ein Schreiben angeheftet.

Es lautete:

Lieber Mr. Palumbo,
die volle Wirkung von Susies Tod traf mich erst, nachdem ich diese Aufnahmen hier für Sie zusammensuchte. Es macht mich so traurig. Susie großzuziehen war nicht einfach. Die Bilder hier, glaube ich, vermitteln das. Meine Töchter waren schon seit der Zeit, als sie Säuglinge waren, sehr attraktiv. Susie war es nicht. Als die Mädchen heranwuchsen, führte dies dazu, daß Susie schrecklich eifersüchtig und unglücklich war.
Susies Mutter, meine Frau, litt sehr darunter, mitansehen zu müssen, wie ihre Stieftöchter sich als Teenager vergnügten, während ihr eigenes Kind so verzweifelt unsicher war und praktisch keine Freunde hatte. Ich fürchte, diese Situation führte zu einer Menge Reibereien bei uns zu Hause. Ich glaube, daß ich immer an der Hoffnung festhielt, eines Tages würde eine reife und ausgeglichene Susie vor der Tür stehen und ein wunderbares Wiedersehen mit uns feiern. Sie hatte viele Gaben, die sie nicht zu schätzen wußte.
Nun aber hoffe ich, daß Ihnen diese Bilder weiterhelfen.
Mit freundlichen Grüßen,
Wayne Stevens

Zwanzig Minuten später ging Joe zu Kerry ins Büro. Er ließ die Schnappschüsse auf ihren Schreibtisch fallen. »Nur, falls du glaubst, daß Susie – 'tschuldigung, ich meine Suzanne – wegen einer neuen Frisur zur Schönheit wurde«, war sein Kommentar dazu.

Um fünf Uhr rief Kerry bei Dr. Smith in der Praxis an. Er war für heute bereits gegangen. Da sie diese Auskunft schon erwartet hatte, fragte sie als nächstes: »Ist Mrs. Carpenter zu sprechen?«

Als Kate Carpenter an der Leitung war, sagte Kerry: »Mrs. Carpenter, wie lange arbeiten Sie schon für Dr. Smith?«

»Vier Jahre, Ms. McGrath. Wieso fragen Sie?«

»Nun ja, irgend etwas, was Sie neulich sagten, gab mir die Idee, daß Sie schon länger bei ihm sind.«

»Nein.«

»Ich wollte nämlich gerne wissen, ob Sie da waren, als Dr. Smith seine Tochter chirurgisch behandelt hat oder sie von einem Kollegen behandeln ließ. Ich kann Ihnen sagen, wie sie aussah. Neulich sah ich bei Ihnen in der Praxis zwei Patientinnen und hab' mich nach ihren Namen erkundigt. Barbara Tompkins und Pamela Worth sind beide täuschend ähnliche Doppelgängerinnen von Dr. Smiths Tochter oder zumindest von ihr, wie sie nach tiefgreifenden plastisch-chirurgischen Maßnahmen aussah, nicht, wie sie ursprünglich aussah.«

Sie hörte, wie die andere Frau die Luft einzog. »Ich wußte gar nicht, daß Dr. Smith eine Tochter hat«, sagte Mrs. Carpenter.

»Sie starb vor knapp elf Jahren; dem Spruch der Geschworenen zufolge wurde sie von ihrem Mann ermordet. Er ist noch im Gefängnis und beteuert nach wie vor seine Unschuld. Dr. Smith war der Hauptbelastungszeuge gegen ihn.«

»Ms. McGrath«, sagte Mrs. Carpenter, »ich komme mir zwar schrecklich illoyal gegen Dr. Smith vor, aber ich halte es für extrem wichtig, daß Sie sofort mit Barbara Tompkins reden. Ich gebe Ihnen eben die Telefonnummer.« Dann erzählte die Krankenschwester von dem Anruf der verängstigten Frau.

»Dr. Smith schleicht hinter Barbara Tompkins her!« rief Kerry, während ihr lauter Erwägungen durch den Kopf stürmten, was solch ein Verhalten bedeuten mochte.

»Ja, also, er folgt ihr jedenfalls«, erwiderte Mrs. Carpenter abwehrend. »Ich hab' ihre beiden Nummern, privat und im Büro.«

Kerry notierte sie sich. »Mrs. Carpenter, ich muß mit Dr. Smith sprechen und habe große Zweifel, ob er einer Unterredung zustimmt. Erwarten Sie ihn morgen in der Praxis?«

»Ja, aber er hat besonders viel Termine. Er wird erst irgendwann nach vier damit durch sein.«

»Gut, ich komme dann um die Zeit, aber sagen Sie ihm nichts davon.« Eine Frage fiel Kerry ein. »Besitzt Dr. Smith einen Wagen?«

»Oh, ja. Sein Haus ist in Washington Mews. Er wohnt in einer umgebauten Remise, und die hat auch eine Garage, da kann er sich leicht ein Auto halten.«

»Was für ein Auto fährt er denn?«

»Dasselbe, mit dem er schon immer fährt. Einen viertürigen Mercedes.«

Kerry packte den Telefonhörer fester. »Was für eine Farbe denn?«

»Schwarz.«

»Sie sagen: ›schon immer‹. Sie meinen, er entscheidet sich *immer* für einen schwarzen Mercedes?«

»Ich meine, er fährt mit demselben Auto, das er schon seit mindestens zwölf Jahren hat. Das weiß ich, weil ich mitgekriegt hab, wie er mit einem seiner Patienten, der zufällig ein leitender Angestellter bei Mercedes ist, darüber geredet hat.«

»Danke, Mrs. Carpenter.« Als Kerry den Hörer wieder auflegte, tauchte Joe Palumbo erneut auf. »He, Kerry, war Skip Reardons Mutter hier, um mit dir zu reden?«

»Ja.«

»Unser Anführer hat sie gesehen und erkannt. Er dampfte gerade zu einer Besprechung mit dem Gouverneur ab. Er will wissen, was sie zum Teufel hier bei dir zu suchen hatte.«

55

Als Geoff Dorso am Donnerstag abend nach Hause kam, ging er ans Fenster seiner Eigentumswohnung, stand da und starrte auf die Silhouette von New York. Den ganzen Tag über schon quälte ihn die Erinnerung daran, wie er Kerry sarkastisch »Euer Ehren« genannt hatte, aber er hatte den Gedanken daran rigoros verdrängt. Jetzt, da er allein und sein Arbeitstag vorbei war, mußte er sich der Sache stellen.

Wie verdammt dreist ich doch war, dachte er. Kerry war so anständig, mich anzurufen und um das Prozeßprotokoll zu bitten. Sie war so fair, mit Dr. Smith und Dolly Bowles zu reden. Sie machte extra die Fahrt nach Trenton, um Skip kennenzulernen. Wieso sollte sie sich keine Sorgen machen, daß sie den Richterposten verliert, besonders wenn sie Skip ehrlich nicht für unschuldig hält?

Ich hatte kein Recht, so mit ihr zu reden, und ich bin es ihr schuldig, daß ich sie um Verzeihung bitte, dachte er, obwohl ich es ihr nicht verübeln könnte, wenn sie einfach aufhängt. Gib's doch zu, hielt er sich vor. Du warst überzeugt davon, daß sie bestimmt um so fester an Skips Unschuld glaubt, je mehr sie sich mit dem Sweetheart-Mordfall auseinandersetzt. Aber wieso konnte er sich da eigentlich so sicher sein? Sie hat doch eindeutig das Recht, sich der Meinung der Geschworenen und der Berufungsgerichte anzuschließen, und es war eine miese Tour, anzudeuten, daß sie bloß an sich selber denkt.

Er schob die Hände in die Hosentaschen. Heute war der 2. November. In drei Wochen war Thanksgiving fällig. Wieder einmal ein Erntedankfest im Gefängnis für Skip. Und zur selben Zeit würde Mrs. Reardon sich einer weiteren Angioplastie im Krankenhaus unterziehen. Zehn Jahre des Wartens auf ein Wunder hatten ihren Tribut bei ihr gefordert.

Eines aber, rief er sich ins Gedächtnis, war doch bei all dem herausgekommen. Kerry mochte nicht an Skips Unschuld glauben, aber sie hatte zwei neue Ermittlungswege aufgetan, die Geoff nun verfolgen würde. Dolly Bowles' Geschichte von »Papas Auto«, einem schwarzen viertürigen Mercedes, war die eine Spur, und die andere war Dr. Smiths bizarres Bedürfnis, Suzannes Gesicht bei anderen Frauen zu duplizieren. Wenigstens waren das beides neue Aspekte bei einer Geschichte, die mittlerweile nur allzu vertraut war.

Das Läuten des Telefons unterbrach ihn bei seinem Grübeln. Er war versucht, nicht an den Apparat zu gehen, aber Jahre der scherzenden Ermahnungen seiner Mutter à la: »Wie kannst du nur nicht ans Telefon gehen, Geoff? Könnte doch genausogut um einen Topf voll Gold gehen« ließen ihn nach dem Hörer greifen.

Es war Deidre Reardon, die anrief, um ihm von ihrem Besuch bei Skip und dann bei Kerry McGrath zu berichten.

»Deidre, das haben Sie doch nicht zu Kerry gesagt?« fragte Geoff. Er bemühte sich nicht, seinen Ärger über das, was sie getan hatte, zu verbergen.

»Doch, sehr wohl. Und es tut mir auch nicht leid«, sagte Mrs. Reardon. »Geoff, das einzige, was Skip am Leben hält, ist die Hoffnung. Diese Frau hat mit einem Schlag diese Hoffnung ausgelöscht.«

»Deidre, dank Kerry habe ich ein paar neue Spuren, denen ich nachgehen werde. Sie könnten sehr wichtig sein.«

»Sie ist hingegangen, um meinen Sohn zu sehen, hat ihm ins Gesicht geschaut, hat ihm Fragen gestellt und dann entschieden, daß er ein Killer ist«, sagte Mrs. Reardon. »Tut mir leid, Geoff, vielleicht werd ich einfach alt und müde und verbittert. Ich bereue kein einziges Wort von dem, was ich zu Kerry McGrath gesagt hab.« Sie legte auf, ohne sich zu verabschieden.

Geoff holte tief Luft und wählte Kerrys Nummer.

Als Kerry heimkam und die Babysitterin verabschiedet hatte, schaute Robin sie prüfend an. »Du siehst ganz erledigt aus, Mom.«

»Ich bin auch erledigt, Spätzchen.«

»Harter Tag?«

»Das kannst du laut sagen.«

»Setzt Mr. Green dich unter Druck?«

»Das steht noch bevor. Aber laß uns nicht davon reden. Ich glaube, das vergesse ich jetzt lieber. Wie ging's dir heute?«

»Gut. Ich glaube, Andrew mag mich.«

»Wirklich!« Kerry wußte, daß Andrew als der coolste Junge in der fünften Klasse galt. »Woher weißt du das?«

»Er hat zu Tommy gesagt, daß ich sogar mit meinem vermasselten Gesicht besser als die meisten Tussis in unsrer Klasse aussehe.«

Kerry grinste. »Also das nenn ich mir mal ein Kompliment.«

»Hab' ich mir auch gedacht. Was gibt's denn zum Abendessen?«

»Ich war noch im Supermarkt. Wie findest du einen Cheeseburger?«

»Spitze.«

»Nein, das stimmt nicht, aber ich geb' mir Mühe. Nun ja, du wirst wohl nie viel Grund haben, mit den Kochkünsten deiner Mutter anzugeben, Rob.«

Das Telefon läutete, und Robin ging an den Apparat. Es war für sie. Sie schob den Hörer Kerry zu. »Leg dann gleich auf, ja? Ich geh' oben dran. Es ist Cassie.«

Als sie Robins überschwengliches »Ich bin dran« hörte, legte Kerry den Hörer auf, trug die Post in die Küche, deponierte sie auf der Küchentheke und begann sie durchzusehen. Ein einfacher weißer Umschlag mit ihrem Namen und ihrer Anschrift in Druckbuchstaben fiel ihr auf. Sie schlitzte ihn auf, zog das Foto heraus, betrachtete es, und es durchlief sie kalt.

Es war ein Polaroid-Farbfoto von Robin, wie sie auf dem Trottoir vor ihrem Haus entlangkam. Sie hatte die Arme voller Bücher. Sie hatte die dunkelblaue Hose an, die sie am Dienstag getragen hatte, demselben Tag, an dem dieses Auto sie so erschreckt hatte, von dem sie dachte, daß es sie gleich umfährt.

Kerrys Mund fühlte sich wie Gummi an. Sie beugte sich etwas vornüber, so als taumle sie von einem Tritt in den Magen. Ihr Atem ging in kurzen, schnellen Zügen. Wer war das nur? Wer würde Robin knipsen, mit einem Auto auf sie zurasen und mir dann das Foto schicken? fragte sie sich benommen und verwirrt.

Sie hörte Robin die Treppe herunterklappern. Rasch schob sie das Foto in ihre Kostümtasche. »Mom, Cassie hat mich dran erinnert, daß ich ja jetzt die Sendung in dem Discovery Channel anschauen muß. Die haben was im Programm, was wir gerade in Naturkunde durchnehmen. Das gilt doch nicht als Unterhaltung, oder?«

»Nein, natürlich nicht. Mach nur.«

Das Telefon klingelte erneut, als Kerry sich auf einen Stuhl fallen ließ. Es war Geoff Dorso. Sie schob seine Entschuldigungsworte beiseite. »Geoff, ich hab' grade die Post aufgemacht.« Sie berichtete ihm von dem Foto. »Robin hatte recht«, sagte sie im halben Flüsterton. »Da *war* jemand, der sie von diesem Auto aus beobachtet hat. Mein Gott, stellen Sie sich vor, wenn er sie nun reingezogen hätte! Sie wäre verschwunden, genauso wie diese Kinder vor ein paar Jahren oben im Staat New York. Oh, mein Gott.«

Geoff vernahm die Angst und Verzweiflung in ihrer Stimme. »Kerry, sagen Sie nichts mehr. Lassen Sie Robin nicht das Foto sehen oder merken, daß Sie aufgeregt sind. Ich bin schon unterwegs. In einer halben Stunde bin ich da.«

56

Dr. Smith hatte den ganzen Tag hindurch an Kate Carpenters Verhalten ihm gegenüber gespürt, daß irgend etwas nicht stimmte. Bei mehreren Gelegenheiten hatte er sie dabei ertappt, wie sie ihn mit einem fragenden Gesichtsausdruck anstarrte. Weshalb? fragte er sich.

Als er dann abends in seiner Bibliothek saß, in seinem gewohnten Sessel, und wie gewohnt seinen Cocktail nach der Arbeit trank, erwog er die möglichen Gründe für ihr merkwürdiges Benehmen. Er war sich sicher, daß Mrs. Carpenter das leichte Zittern in seiner Hand entdeckt hatte, als er die Nasenplastik neulich durchführte, doch das erklärte noch nicht, weshalb sie ihn so seltsam angesehen hatte. Was immer sie neuerdings beunruhigte, mußte etwas Schlimmeres sein, da hegte er keinen Zweifel.

Es war ein schrecklicher Fehler gewesen, am Abend zuvor Barbara Tompkins zu folgen. Als sein Wagen vor dem Gebäude, wo sie wohnte, im Verkehrsstau steckenblieb, hatte er sich möglichst weit abgewandt, aber trotzdem hielt er es für möglich, daß sie ihn gesehen hatte.

Andererseits war das Zentrum von Manhattan eine Gegend, wo Leute häufig andere ihnen bekannte Leute im Gewühl erblickten. Seine Anwesenheit dort war also wirklich nichts so Ungewöhnliches.

Doch ein flüchtiger, beiläufiger Blick genügte nicht. Er wollte Barbara wiedersehen. Sie wirklich sehen. Mit ihr reden. Ihr nächster Termin zur Nachuntersuchung war erst in zwei Monaten fällig. Er mußte sie unbedingt vorher sehen. Er konnte nicht so lange darauf warten, daß sie ihn mit ihren leuchtenden Augen über den Tisch hinweg anlächelte, nachdem er sie von den schweren Lidern befreit hatte, die ihre Schönheit zuvor verborgen hatten.

Sie war nicht Suzanne. Niemand konnte das sein. Doch genau wie bei Suzanne vertiefte Barbaras Persönlichkeit mit der Zeit noch ihre Schönheit, je mehr sie sich daran gewöhnte. Er dachte wieder an das mißmutige, unscheinbare Geschöpf, das in seiner Praxis erschienen war; innerhalb eines Jahres nach der Operation hatte Suzanne den äußeren Wandel mit einer völligen Veränderung ihrer Persönlichkeit ergänzt.

Smith lächelte leicht bei der Erinnerung an Suzannes provokative Körpersprache, an die subtilen Bewegungen, die jeden Mann veranlaßten, sich nach ihr umzudrehen. Dann hatte sie begonnen, ihren Kopf ein klein wenig zu neigen, so daß jeder, mit dem sie gerade sprach, das Gefühl bekam, der einzige Mensch im ganzen Universum zu sein.

Sie hatte sogar den Ton ihrer Stimme gesenkt, bis sie eine rauhe, intime Färbung annahm. Wie zum Spaß ließ sie dann eine Fingerspitze über die Hand des Mannes gleiten – und es war stets ein Mann –, der sich gerade mit ihr unterhielt.

Als er sie einmal auf die Persönlichkeitsveränderung ansprach, die sie durchlaufen hatte, war ihre Antwort gewesen: »Ich hatte zwei gute Lehrerinnen, meine Stiefschwestern. Wir haben das Märchen auf den Kopf gestellt. Sie waren die Schönheiten, und ich war das häßliche Aschenputtel. Nur habe ich statt einer guten Fee dich.«

Gegen Ende jedoch hatte sich seine Pygmalion-Phantasie allmählich in einen Alptraum verwandelt. Die Hochachtung und Zuneigung, die sie für ihn zu empfinden schien, hatten im gleichen Maß abgenommen. Sie schien nicht mehr bereit dazu zu sein, auf seinen Rat zu hören. Gegen Ende war sie über einfaches Flirten hinausgegangen. Wie oft hatte er sie davor gewarnt, daß sie mit dem Feuer spielte, daß Skip Reardon zu einem Mord fähig sein würde, wenn er herausfand, was sie hinter seinem Rücken trieb?

Jeder Mann mit einer so begehrenswerten Frau wäre zu einem Mord fähig, dachte Dr. Smith.

Mit einem Ruck blickte er zornig auf sein leeres Glas hinab. Jetzt würde es also keine Chance mehr geben, die Vollkommenheit zu erzielen, die er bei Suzanne erreicht hatte. Er mußte das Operieren aufgeben, bevor eine Katastrophe geschah. Es war zu spät. Er wußte, daß er im Anfangsstadium der Parkinsonschen Krankheit steckte.

Auch wenn Barbara nicht Suzanne war, so war sie doch unter all seinen Patientinnen, die noch am Leben waren, das schlagendste Beispiel für sein Genie. Er griff nach dem Telefon.

Als sie den Hörer abnahm und hallo sagte, dachte er: Das konnte doch nicht etwa Anspannung sein, was ich da in ihrer Stimme gehört habe.

»Barbara, meine Liebe, stimmt etwas nicht? Hier spricht Dr. Smith.«

Sie schnappte erschrocken nach Luft, doch dann sagte sie schnell: »O nein, natürlich nicht. Wie geht es Ihnen denn, Dr. Smith?«

»Mir geht's gut, aber ich glaube, Sie könnten mir einen Gefallen tun. Ich fahre eben kurz zum Lenox Hill Hospital, um einen alten Freund von mir zu besuchen, der todkrank ist, und ich weiß, daß ich danach ein wenig deprimiert bin. Würden Sie sich meiner erbarmen und mit mir zu Abend essen? Ich könnte Sie gegen halb acht abholen.«

»Ich – ich weiß nicht ...«

»Bitte, Barbara.« Er versuchte einen verspielten Tonfall anzuschlagen. »Sie haben doch gesagt, daß Sie mir ein neues Leben verdanken. Warum mir dann nicht zwei Stunden davon gewähren?«

»Natürlich.«

»Wunderbar. Also, bis halb acht.«

»In Ordnung, Dr. Smith.«

Nachdem Smith aufgelegt hatte, runzelte er zweifelnd die Stirn. Klang da nicht etwas wie Resignation in Barbaras Stimme mit? fragte er sich. Sie machte fast den Eindruck, als hätte er sie zu der Verabredung mit ihm *gezwungen*.

Sollte das zutreffen, dann war das ein weiterer Punkt, in dem sie Suzanne zu ähneln begann.

57

Jason Arnott wurde einfach das Gefühl nicht los, daß etwas nicht stimmte. Er hatte den ganzen Tag in New York mit der zweiundfünfzigjährigen Vera Shelby Todd verbracht, die ihn auf ihrer endlosen Suche nach Perserteppichen ins Schlepptau genommen hatte.

Vera hatte ihn morgens angerufen und sich erkundigt, ob er den Tag für sie erübrigen könne. Vera war eine Shelby aus

Rhode Island, wohnte in einem der prächtigen Herrenhäuser in Tuxedo Park und war daran gewöhnt, ihren Willen durchzusetzen. Nach dem Tod ihres ersten Mannes hatte sie Stuart Todd geheiratet, aber beschlossen, die Villa in Tuxedo Park zu behalten. Inzwischen bediente sich Vera häufig des untrüglichen Auges von Jason für seltene Kostbarkeiten und Gelegenheitskäufe, wobei sie freien Gebrauch von Todds offenbar unbegrenztem Girokonto machte.

Jason hatte Vera nicht in New Jersey kennengelernt, sondern bei einem Galaempfang, den die Shelbys in Newport gaben. Veras Kusinen hatten sie einander vorgestellt, und als Vera klar wurde, wie relativ nahe er bei ihrem Haus in Tuxedo Park wohnte, hatte sie begonnen, ihn zu ihren Partys einzuladen und seine Einladungen ebenfalls begierig aufzugreifen.

Jason dachte immer mit Vergnügen daran, daß Vera ihm jede Einzelheit der Polizeiermittlungen zu dem Einbruch in Newport erzählt hatte, den er Jahre zuvor begangen hatte.

»Meine Kusine Judith war völlig mit den Nerven fertig«, hatte sie ihm anvertraut. »Sie konnte einfach nicht begreifen, wieso jemand den Picasso und den Gainsborough nehmen, aber den Van Eyck stehenlassen würde. Also hat sie sich irgendeinen Kunstexperten geholt, und der erklärte dann, sie hätte einen wählerischen Einbrecher: Der Van Eyck sei eine Fälschung. Judith war wütend, aber für die anderen von uns wurde es zu einem Familienwitz, weil wir uns früher immer ihre Prahlerei über ihre profunden Kenntnisse der großen Meister anhören mußten.«

Nachdem er nun heute stundenlang lauter absurd teure Teppiche von turkmenischen bis zu safawidischen Exemplaren begutachtet hatte, wobei keiner genau dem entsprach, was sich Vera in den Kopf gesetzt hatte, war Jason nur noch versessen darauf gewesen, nach Hause und von ihr weg zu kommen.

Doch vorher hatte sie noch auf einem späten Lunch in The Four Seasons bestanden, und diese angenehme Unterbrechung verbesserte Jasons Laune erheblich. Jedenfalls bis zu dem Punkt, als Vera, die gerade ihren Espresso zu Ende trank, verkündete: »Ach, hab' ich dir das noch gar nicht erzählt? Du weißt doch noch, wie vor fünf Jahren bei meiner Kusine Judith in Rhode Island eingebrochen wurde?«

Jason hatte die Lippen gespitzt. »Aber ja, natürlich. Schreckliche Geschichte.«

Vera nickte. »Das kann man wohl sagen. Aber gestern bekam Judith ein Foto vom FBI zugeschickt. Kürzlich gab es einen Einbruch in Chevy Chase, und eine versteckte Kamera hat den Einbrecher erwischt. Das FBI denkt, daß es wahrscheinlich dieselbe Person ist, die auch bei Judith und in eine Menge anderer Häuser eingebrochen ist.«

Jason spürte daraufhin, wie jeder Nerv in seinem Körper vibrierte. Er war Judith Selby nur wenige Male begegnet und hatte sie seit knapp fünf Jahren überhaupt nicht mehr getroffen. Anscheinend hatte sie ihn nicht wiedererkannt. Noch nicht.

»War es eine deutliche Aufnahme?« fragte er beiläufig.

Vera lachte. »Nein, überhaupt nicht. Ich meine, nach dem, was Judith sagt, ist das Bild bloß im Profil, und die Beleuchtung ist schlecht, und der Kerl hatte sich eine Strumpfmaske auf die Stirn hochgeschoben, die aber noch den Kopf verdeckt hat. Sie hat gesagt, sie hätte gerade noch etwas von der Nase und dem Mund ausmachen können. Sie hat's weggeworfen.«

Jason unterdrückte einen spontanen Seufzer der Erleichterung, obwohl ihm klar war, daß er keinen Anlaß zum Feiern hatte. Wenn das Foto an die Shelbys gegangen war, dann hatte man es vermutlich auch Dutzenden von anderen Leuten zugeschickt, bei denen er einen Einbruch begangen hatte.

»Aber ich glaube, Judith hat endlich die Geschichte mit dem Van Eyck überwunden«, fuhr Vera fort. »Nach der Mitteilung, die bei dem Foto stand, ist der Mann als gefährlich einzuschätzen. Man fahndet nach ihm im Zusammenhang mit dem Mord an der Mutter des Kongreßabgeordneten Peale. Wie's scheint, ist sie ihm bei einem Einbruch in ihr Haus in den Weg geraten. Judith ist damals an dem Abend, als bei ihr eingebrochen wurde, beinahe früher nach Hause gefahren. Stell dir bloß mal vor, was passiert wäre, wenn sie ihn dort angetroffen hätte.«

Nervös schürzte Jason wieder die Lippen. Sie brachten ihn also mit dem Tod der Peale in Verbindung!

Nachdem sie das Four Seasons verlassen hatten, nahmen sie sich gemeinsam ein Taxi zu dem Parkhaus an der West Fifty-seventh Street, wo sie beide ihre Wagen deponiert hatten. Nach einem überschwenglichen Abschied und Veras schrillem Versprechen: »Ach, wir suchen einfach ein andermal weiter. Den idealen Teppich für mich gibt es bestimmt irgendwo«, war Jason dann endlich auf dem Heimweg nach Alpine.

Wie undeutlich war wohl das Foto, das die versteckte Kamera von ihm aufgenommen hatte? grübelte er, während er in dem relativ flotten Nachmittagsverkehr den Henry Hudson Parkway entlangfuhr. Ob jemand einen Blick darauf werfen und sich an ihn, Jason Arnott, erinnert fühlen würde?

Sollte er am besten einen Schlußstrich ziehen und untertauchen? fragte er sich, als er die George Washington Bridge überquerte und in den Palisades Parkway einbog. Niemand wußte etwas von seinem Refugium in den Catskills. Er besaß es unter einem falschen Namen. Unter weiteren falschen Namen hatte er reichlich Geld in Form von Wertpapieren, die er jederzeit verkaufen konnte. Er hatte sogar einen gefälschten Paß. Vielleicht sollte er unverzüglich das Land verlassen?

Auf der anderen Seite, falls das Foto so schwer zu erkennen war, wie Judith Shelby es gefunden hatte, ja selbst wenn einige Leute eine gewisse Ähnlichkeit mit ihm feststellten, so würden sie es doch für vollkommen absurd halten, ihn mit einem Diebstahl in Zusammenhang zu bringen.

Bis Jason schließlich in die Straße nach Alpine hinein abbog, hatte er seinen Entschluß gefaßt. Mit Ausnahme dieser Fotografie, da war er sich fast völlig sicher, hatte er keinerlei Spuren hinterlassen, auch keine Fingerabdrücke. Er war stets äußerst vorsichtig gewesen, und diese Vorsicht hatte sich ausgezahlt. Er konnte doch nicht einfach seinen wundervollen

Lebensstil aufgeben, nur wegen irgend etwas, was vielleicht passieren mochte. Er war noch nie ein furchtsamer Mensch gewesen. Hätte er je Angst gehabt, dann würde er bestimmt nicht schon seit so vielen Jahren seine Art von Leben führen.

Nein, Panik war nicht angesagt. Er würde sich einfach nicht aus der Ruhe bringen lassen. Aber für lange Zeit keine Jobs mehr, das nahm er sich fest vor. Er brauchte das Geld nicht, und das hier war eine Warnung.

Um Viertel vor vier kam er zu Hause an und sah die Post durch. Ein Umschlag fiel ihm auf, und er öffnete ihn gleich mit dem Brieföffner, zog den Inhalt heraus – ein einzelnes Blatt Papier –, betrachtete es und brach in Gelächter aus.

Ganz bestimmt würde ihn niemand mit dieser komischen Gestalt in Verbindung bringen, mit ihrer hochgeschobenen Strumpfmaske und der grobkörnigen Karikatur von einem Profil, das buchstäblich nur Zentimeter von der Kopie der Rodin-Statuette entfernt war.

»*Vive le junk*«, rief Jason aus. Er machte es sich im Studio für ein Schläfchen bequem. Veras unablässiger Redestrom hatte ihn erschöpft. Als er erwachte, war es gerade an der Zeit für die Sechs-Uhr-Nachrichten. Er griff nach der Fernbedienung und schaltete den Apparat an.

Die Hauptnachricht galt dem Gerücht, Jimmy Weeks' Mitangeklagter Barney Haskell sei dabei, sich mit der Bundesstaatsanwaltschaft zu arrangieren.

Das ist noch gar nichts im Vergleich mit dem Deal, den ich herausschlagen könnte, dachte Jason. Es war tröstlich, sich das vor Augen zu halten. Aber dazu würde es natürlich nie kommen.

58

Robin schaltete gerade die Naturkundesendung ab, als es an der Haustür klingelte. Sie war hocherfreut, Geoff Dorsos Stimme in der Diele zu hören, und rannte gleich hinüber, um ihn zu begrüßen. Sie bemerkte, daß er ebenso wie ihre Mutter ein ernstes Gesicht machte. Vielleicht haben sie sich gestritten, dachte sie, und wollen sich jetzt wieder vertragen.

Während des ganzen Essens fiel Robin auf, wie ungewöhnlich still ihre Mutter war, während Geoff sich von seiner lustigen Seite zeigte und Geschichten über seine Schwestern erzählte.

Geoff ist so nett, dachte Robin. Er erinnerte sie an Jimmy Stewart in diesem Film, den sie jedesmal an Weihnachten mit ihrer Mutter anschaute: *Ist das Leben nicht schön?* Er hatte genau so ein scheues, warmes Lächeln und die gleiche zögernde Stimme, und dann diese Art von Haaren, die immer so aussahen, als ließen sie sich nicht bändigen.

Aber Robin hatte den Eindruck, daß ihre Mutter Geoffs Geschichten nur mit halber Aufmerksamkeit folgte. Es war eindeutig, daß irgend etwas zwischen den beiden los war und sie miteinander reden mußten – ohne, daß sie im Zimmer war. Also entschloß sie sich zu dem heroischen Opfer, hinaufzugehen und an dem Naturkundeprojekt zu arbeiten.

Nachdem sie beim Abräumen geholfen hatte, tat sie ihre Absichten kund und sah am Blick ihrer Mutter, wie erleichtert sie war. Sie will also wirklich alleine mit Geoff reden, dachte Robin glücklich. Vielleicht ist das ja ein gutes Zeichen.

Geoff lauschte am unteren Treppenabsatz. Als er das Klicken hörte, mit dem Robins Zimmertür geschlossen wurde, ging er in die Küche zurück. »Dann zeigen Sie mal das Bild.«

Kerry griff in ihre Jackentasche, holte das Foto hervor und reichte es ihm.

Geoff betrachtete es aufmerksam. »Es kommt mir so vor, als hätte Robin es genau richtig erfaßt, als sie erzählt hat, was passiert ist«, sagte er. »Dieses Auto muß genau gegenüber an der Straße geparkt gewesen sein. Jemand hat sie direkt von vorn erwischt, als sie aus dem Haus kam.«

»Dann hatte sie also recht damit, daß der Wagen auf sie

zugerast ist«, sagte Kerry. »Wenn er nun nicht so plötzlich abgeschwenkt wäre? Aber, Geoff, warum nur?«

»Ich weiß es nicht, Kerry. Aber ich weiß, daß diese Sache ernst genommen werden muß. Was wollen Sie denn in dieser Hinsicht unternehmen?«

»Das Foto morgen früh Frank Green zeigen. Überprüfen lassen, ob irgendwelche Sexualstraftäter hierher in die Gegend gezogen sind. Robin auf meinem Weg zur Arbeit in die Schule bringen. Sie nicht mehr mit den andern Kindern nach Hause gehen, sondern sie von dem Babysitter-Mädchen abholen lassen. Die Schule in Kenntnis setzen, damit sie dort vorgewarnt sind, daß vielleicht jemand hinter ihr her ist.«

»Was ist mit Robin informieren?«

»Ich weiß nicht recht. Vorläufig jedenfalls noch nicht.«

»Haben Sie schon Bob Kinellen davon erzählt?«

»Du meine Güte, das ist mir überhaupt nicht eingefallen. Natürlich muß Bob über diese Sache Bescheid wissen.«

»Ich würde es wissen wollen, wenn es um mein Kind ginge«, pflichtete ihr Geoff bei. »Hören Sie, warum rufen Sie ihn nicht an, und ich schenk uns inzwischen noch Kaffee ein.«

Bob war nicht zu Hause. Alice war von kühler Höflichkeit zu Kerry. »Er ist noch in der Kanzlei«, erklärte sie. »Zur Zeit lebt er praktisch dort. Kann ich ihm irgend etwas ausrichten?«

Nur, daß sein ältestes Kind in Gefahr schwebt, dachte Kerry, und daß sie nicht den Vorteil eines ständig anwesenden Hausmeisterpaars genießt, das sie beschützen kann, während ihre Mutter bei der Arbeit ist. »Ich rufe Bob im Büro an. Wiedersehen, Alice.«

Bob Kinellen nahm schon beim ersten Läuten den Hörer ab. Er wurde blaß, als er Kerry erzählen hörte, was Robin zugestoßen war. Er hatte keinen Zweifel, wer dieses Bild aufgenommen hatte. Es sah ganz nach Jimmy Weeks aus. Das war seine Art und Weise, vorzugehen. Fang einen Nervenkrieg an, und laß ihn dann eskalieren. Nächste Woche war dann ein weiteres Foto fällig, aus der Distanz aufgenommen. Nie eine Drohung. Keine schriftlichen Mitteilungen. Nur ein Foto. Halt dich an meine Warnung, oder du wirst was erleben.

Kinellen mußte sich nicht erst Mühe geben, um besorgt zu wirken und Kerry darin recht zu geben, daß es besser sei, Robin eine Zeitlang zur Schule zu bringen und wieder dort abzuholen.

Als das Gespräch beendet war, schlug er mit der Faust auf den Schreibtisch. Jimmys Selbstbeherrschung geriet allmählich aus den Fugen. Sie wußten beide, daß alles verloren war, falls Haskell seine Abmachung mit der Bundesanwaltschaft zum Abschluß brachte.

Weeks hat sich ausgerechnet, daß Kerry mich vermutlich wegen des Fotos anruft, dachte Bob. Es ist seine Methode, mich wissen zu lassen, daß ich sie von dem Fall Reardon abbringen muß. Und es ist seine Methode, mir beizubringen, daß ich gefälligst einen Weg finden soll, ihm die Anklage der Steuerhinterziehung vom Hals zu schaffen, sonst ...! Was Weeks aber *nicht* weiß, sagte er sich, ist die Tatsache, daß Kerry sich nicht einfach einschüchtern läßt. Im Gegenteil: Sollte sie das Foto als an sie gerichtete Warnung empfinden, so hieße das nichts anderes, als vor einem Stier mit einer roten Fahne herumzuwedeln.

Kerry hingegen begreift nicht, daß jemand, gegen den sich Jimmy Weeks wendet, sich auf sein Ende gefaßt machen muß.

Bob fiel plötzlich wieder jener Tag vor knapp elf Jahren ein, als Kerry im dritten Monat schwanger war und ihn fassungslos und wütend angeschaut hatte. »Du kündigst bei der Staatsanwaltschaft, um zu dieser Kanzlei zu gehen? Bist du nicht bei Trost? All ihre Klienten stecken schon mit einem Fuß im Knast. Und der andere Fuß gehört ebenfalls dahin.«

Sie waren dann in einem heftigen Streit aneinandergeraten, der mit Kerrys verächtlicher Warnung endete: »Denk dran, Bob. Es gibt ein altes Sprichwort: Wer sich mit Hunden hinlegt, steht mit Flöhen auf.«

59

Dr. Smith lud Barbara Tompkins in das Restaurant Le Cirque ein, ein sehr schickes, sehr teures Lokal mitten in Manhattan. »Manche Frauen fühlen sich in ruhigen, kleinen, abgelegenen Lokalen wohler, aber ich vermute, Sie gehen gern dahin, wo viel los ist, wo man was zu sehen kriegt und sich selber sehen lassen kann«, sagte er zu der schönen jungen Frau.

Er hatte sie zu Hause abgeholt und dabei nicht die Tatsache übersehen, daß sie sofort zum Gehen bereit war. Ihr Mantel lag auf einem Stuhl in der kleinen Diele bereit, ihre Handtasche auf dem Tisch daneben. Sie bot ihm keinen Aperitif an.

Sie will nicht mit mir allein sein, war ihm durch den Kopf gegangen.

Im Restaurant jedoch, umgeben von so vielen Menschen und mit dem aufmerksamen Oberkellner stets in der Nähe, entspannte sich Barbara sichtlich. »Es ist ganz anders hier als in Albany«, sagte sie. »Es kommt mir immer noch so vor, als wär ich ein kleines Kind und hätte jeden Tag Geburtstag.«

Er war eine Weile ganz verblüfft über ihre Worte. Wie sehr sie ihn doch an Suzanne erinnerten, die sich mit einem Kind verglichen hatte, das ständig von einem Weihnachtsbaum und lauter Geschenken umgeben ist, die nur darauf warteten, aufgemacht zu werden. Von einem bezaubernden Kind jedoch hatte Suzanne sich in eine undankbare Erwachsene verändert. Ich habe doch so wenig von ihr verlangt, dachte er. Sollte ein Künstler nicht das Recht haben, sich an seiner Schöpfung zu erfreuen? Warum sollte sein Werk an den lüsternen Abschaum der Menschheit vergeudet werden, während der Schöpfer kaum einen Blick darauf werfen darf?

Ihm wurde warm ums Herz, als er bemerkte, daß hier in einem Raum voller attraktiver, eleganter Frauen heimliche Blicke auf Barbara ruhten. Er wies sie darauf hin.

Sie schüttelte leicht den Kopf, so als wolle sie diese Beobachtung abtun.

»Es stimmt aber«, blieb Smith hartnäckig. Seine Augen wurden kalt. »Halten Sie das nicht für selbstverständlich, Suzanne. Damit würden Sie mich beleidigen.«

Später erst, als das ruhige Mahl vorbei war und er sie zu ihrer Wohnung zurückgebracht hatte, dachte er plötzlich darüber nach, ob er sie Suzanne genannt hatte. Und falls ja, wie oft ihm wohl dieser Lapsus unterlaufen war?

Er seufzte, schloß die Augen und lehnte sich zurück. Während sich das Taxi nach Süden schob, sinnierte Charles Smith, wie leicht es doch gewesen war, an Suzannes Haus vorbeizufahren, wenn er danach gierte, einen Blick auf sie zu werfen. Falls sie nicht gerade beim Golfspielen war, saß sie stets vor dem Fernseher und machte sich nie die Mühe, die Vorhänge vor die großen Aussichtsfenster in ihrem Salon zu ziehen.

Dann sah er, wie sie sich in ihren Lieblingssessel kuschelte, oder mußte gelegentlich mit ansehen, wie sie Seite an Seite mit Skip Reardon auf dem Sofa saß, wie die beiden sich an der Schulter berührten und die Beine auf dem Beistelltisch ausstreckten, in dieser zwanglosen Intimität, an der er nicht teilhaben durfte.

Barbara war nicht verheiratet. Soweit er wußte, gab es keinen Mann in ihrem Leben. Heute abend hatte er sie aufgefordert, ihn mit Charles anzureden. Ihm fiel das Armband wieder ein, das Suzanne zum Zeitpunkt ihres Todes getragen hatte. Sollte er es Barbara schenken? Würde sie ihn dadurch liebgewinnen?

Er hatte Suzanne eine Reihe von Schmuckstücken geschenkt. Kostbaren Schmuck. Doch dann hatte sie angefangen, auch von anderen Männern Schmuck als Geschenk anzunehmen und von ihm zu verlangen, daß er für sie log.

Smith spürte, wie das Wohlbehagen von seinem Zusammensein mit Barbara verging. Einen Augenblick später wurde ihm bewußt, daß die ungeduldige Stimme des Taxifahrers schon zum zweitenmal ertönte: »He, Sie, Mister, pennen Sie eigentlich? Sie sind da.«

60

Geoff blieb nicht mehr lange nach Kerrys Telefongespräch mit Kinellen. »Bob ist derselben Meinung wie ich«, berichtete sie ihm, während sie an ihrem Kaffee nippte.

»Keine anderen Vorschläge?«

»Nein, natürlich nicht. So ungefähr sein übliches ›Du machst das schon, Kerry. Mir ist alles recht, was du beschließt.‹«

Sie stellte ihre Tasse ab. »Ich bin nicht fair. Bob schien ernsthaft besorgt, und ich weiß nicht, was er sonst noch vorschlagen könnte.«

Sie saßen in der Küche. Sie hatte in der Annahme, sie würden mit ihrem Kaffee ins Wohnzimmer gehen, schon das Deckenlicht ausgeknipst. Als einzige Lichtquelle erhellte jetzt eine schwache Wandleuchte den Raum.

Geoff betrachtete das bedrückte Gesicht am anderen Ende des Tisches und wurde sich der leisen Traurigkeit in Kerrys haselnußfarbenen Augen bewußt, der Entschlossenheit, die ihr voller Mund und das wohlgeformte Kinn vermittelten, und der Verletzlichkeit, die ihre ganze Haltung verriet. Er hatte das Bedürfnis, den Arm um sie zu legen, ihr zu sagen, sie solle sich an ihn lehnen.

Aber er wußte, daß sie das nicht wollte. Kerry McGrath hatte weder die Erwartung noch den Wunsch, sich an irgend jemanden anzulehnen. Er versuchte sich erneut wegen der abfälligen Bemerkung neulich abends zu entschuldigen, mit der er ihr indirekt Selbstsucht vorgeworfen hatte, und auch wegen Deidre Reardons Überfall bei ihr im Büro. »Ich war ganz schön dreist«, sagte er. »Ich weiß, wenn Sie zutiefst davon überzeugt wären, daß Skip unschuldig ist, dann würden gerade Sie nicht zögern, ihm zu helfen. Sie sind ein fairer Kämpfer, Ms. McGrath.«

Bin ich das? fragte sich Kerry. Es war nicht der geeignete Zeitpunkt, um Geoff in das, was sie in der Akte der Staatsanwaltschaft über Jimmy Weeks herausgefunden hatte, einzuweihen. Sie würde es ihm schon sagen, zuerst aber wollte sie sich noch einmal mit Dr. Smith treffen. Er hatte zornig abgestritten, Suzanne mit dem Skalpell berührt zu haben, aber er hatte nie behauptet, sie nicht zu jemand anderem geschickt zu haben. Das hieß, daß er zumindest formal gesehen kein Lügner war.

Als Geoff wenige Minuten später aufbrach, standen sie noch kurz in der Eingangshalle. »Ich bin gern mit Ihnen zusammen«, sagte er zu ihr, »und das hat nichts mit dem Fall Reardon zu tun. Wie wär's, wenn wir Samstag abend zusammen essen gehen und Robin mitnehmen?«

»Das würde ihr Spaß machen.«

Als Geoff die Tür aufmachte, beugte er sich vor und streifte Kerrys Wange mit den Lippen. »Ich weiß, es ist unnötig, Sie dran zu erinnern, daß Sie die Tür gut absperren und die Alarmanlage anstellen, aber ich möchte doch vorschlagen, daß Sie sich nicht mehr wegen des Fotos verrückt machen, wenn Sie schlafen gehen.«

Als er weg war, ging Kerry nach oben, um nach Robin zu sehen. Sie arbeitete an ihrem Naturkundeaufsatz und hörte ihre Mutter nicht ins Zimmer kommen. Vom Türrahmen aus musterte Kerry ihr Kind. Robin saß mit dem Rücken zu ihr da; ihre langen braunen Haare fielen ihr über die Schultern, sie beugte ganz konzentriert den Kopf nach vorn und hatte die Beine um die Stuhlbeine geschlungen.

Sie ist das unschuldige Opfer des Kerls, der das Foto geknipst hat, dachte Kerry. Robin ist wie ich. Eigenständig. Sie kann es bestimmt nicht ausstehen, zur Schule gebracht und wieder abgeholt zu werden und nicht mehr alleine zu Cassie hinüberlaufen zu können.

Und dann hörte sie plötzlich im Inneren wieder Deidre Reardons flehentliche Stimme, die sie fragte, wie es ihr wohl gefallen würde, ihr Kind zehn Jahre lang wegen eines Verbrechens eingekerkert zu sehen, das es gar nicht begangen hatte.

61

Die Verhandlungen um einen Straferlaß verliefen nicht gut für Barney Haskell. Am Freitag suchte er um sieben Uhr früh den Rechtsanwalt Mark Young in seiner geschmackvollen Kanzlei in Summit auf, die eine halbe Stunde und eine ganze Welt vom Justizgebäude im Zentrum von Newark entfernt lag.

Young, der dem Verteidigungsteam von Barney vorstand, war etwa genauso alt wie er selbst, nämlich fünfundfünfzig, doch damit erschöpfte sich schon alle Ähnlichkeit, dachte Barney mißvergnügt. Young war selbst zu dieser frühen Stunde elegant anzusehen mit seinem Nadelstreifenanzug, der wie eine zweite Haut zu sitzen schien. Barney wußte allerdings, daß diese imposanten Schultern verschwanden, sobald Young das Jackett ablegte. Kürzlich hatte der *Star-Ledger* ein Porträt über den renommierten Anwalt gebracht, inklusive der Tatsache, daß er Eintausend-Dollar-Anzüge trug.

Barney kaufte seine Anzüge von der Stange. Jimmy Weeks hatte ihn nie so gut bezahlt, daß er sich etwas Besseres hätte leisten können. Jetzt standen ihm Jahre im Gefängnis bevor, wenn er weiterhin zu Jimmy hielt. Bisher hielten sich die Männer von der Bundesanwaltschaft noch bedeckt. Sie ließen sich bestenfalls auf eine Strafminderung ein, wollten ihn aber nicht straffrei ausgehen lassen, wenn er ihnen Jimmy auslieferte. Sie vertraten die Ansicht, sie könnten Weeks auch ohne Barney überführen.

Vielleicht. Aber vielleicht auch nicht, dachte Barney. Er ging davon aus, daß sie bloß blufften. Er hatte miterlebt, wie Jimmys Anwälte ihn auch früher immer freibekamen. Kinellen und Bartlett waren gut, und sie hatten es noch stets geschafft, ihn ohne nennenswerten Schaden durch diese früheren Ermittlungsverfahren zu bringen.

Dieses Mal jedoch hatten die Feds, wenn man vom Eröffnungsplädoyer des Bundesstaatsanwalts ausging, reichliches und unumstößliches Beweismaterial. Trotzdem hatten sie bestimmt Angst davor, daß Jimmy wieder einmal ein Kaninchen aus dem Zylinder hervorzaubern würde.

Barney rieb sich mit der Hand über die fleischige Wange. Er wußte, daß er arglos wie ein einfältiger Bankangestellter aussah, ein Umstand, der ihm immer zum Vorteil gereicht hatte. Die Leute übersahen ihn gewöhnlich oder dachten nicht an ihn. Selbst die Typen im engsten Umkreis von Weeks schenkten ihm nie viel Beachtung. In ihren Augen war er nur ein Handlanger. Keiner von ihnen hatte je begriffen, daß er es war, der das Schwarzgeld in solide Anlagen verwandelte und sich um Konten in aller Welt kümmerte.

»Wir können Sie in das Zeugenschutzprogramm reinkriegen«, sagte Young gerade. »Aber erst, nachdem Sie mindestens fünf Jahre abgesessen haben.«

»Zuviel«, brummte Barney.

»Hören Sie, Sie haben doch angedeutet, daß Sie Jimmy einen Mord anhängen können«, sagte Young, während er ein eingerissenes Stück seines Daumennagels untersuchte. »Barney, ich habe da soviel rausgeholt, wie ich konnte. Sie müssen jetzt entweder mit der Sprache rausrücken oder es eben bleiben lassen. Die würden Weeks doch liebend gern einen Mord anhängen. Auf diese Weise müßten sie sich nie mehr mit ihm herumschlagen. Wenn er lebenslang sitzt, fällt seine Organisation wahrscheinlich in sich zusammen. Genau darauf haben sie's abgesehen.«

»Ich kann ihn mit einem Mord in Verbindung bringen. Die müssen dann beweisen, daß er's auch getan hat. Heißt es denn nicht, daß der Staatsanwalt, der diesen Fall verfolgt, daran denkt, gegen Frank Green in der Gouverneurswahl anzutreten?«

»Falls sie von ihren Parteien nominiert werden«, erwiderte Young, während er in seiner Schreibtischschublade nach einer Nagelfeile fischte. »Barney, ich fürchte, Sie müssen aufhören, immer nur im Kreis herumzureden. Sie vertrauen mir jetzt lieber an, worauf Sie da anspielen. Andernfalls kann ich Ihnen nicht helfen, eine vernünftige Entscheidung zu treffen.«

Ein Stirnrunzeln überflog Barneys kindlich wirkendes, rundes Gesicht. Dann straffte sich seine Stirn, und er erklärte: »Nun gut. Ich werd's Ihnen sagen. Erinnern Sie sich noch an den Sweetheart-Mordfall, den mit der jungen Ehefrau, die so sexy aussah und die man tot aufgefunden hat, mit lauter Rosen über sie gestreut? Das ist zwar zehn Jahre her, aber es war der Prozeß, durch den Frank Green sich seinen Namen gemacht hat.«

Young nickte. »Ja, ich erinnere mich. Er hat erreicht, daß der Ehemann verurteilt wurde. Eigentlich war das nicht so schwierig, aber der Fall erregte eine Menge Aufsehen und hat die Zeitungsauflagen gesteigert.« Seine Augen wurden schmal. »Was ist damit? Sie wollen doch nicht sagen, daß Weeks mit diesem Fall etwas zu tun hatte, oder?«

»Wissen Sie noch, wie der Ehemann behauptet hat, er hätte seiner Frau diese Rosen nicht geschenkt, sie müßten ihr von irgendeinem anderen Mann geschickt worden sein, mit dem sie eine Affäre hatte?« Auf Youngs Nicken hin fuhr Haskell fort: »Jimmy Weeks hat Suzanne Reardon diese Rosen geschickt. Ich muß es wissen. Ich hab' sie bei ihr zu Hause um zwanzig vor sechs an dem Abend, an dem sie starb, abgegeben. Es war eine Karte bei dem Strauß, die er selbst geschrieben hat. Ich zeige Ihnen, was draufstand. Geben Sie mir ein Stück Papier.«

Young schob ihm den Notizblock hinüber, der beim Telefon lag. Barney griff nach seinem Füllfederhalter. Eine Weile später gab er den Notizblock zurück. »Jimmy nannte Suzanne ›Sweetheart‹«, erklärte er. »Er hatte sich für diesen Abend mit ihr verabredet. Und das hier hat er auf die Karte geschrieben.«

Young prüfte den Zettel, den Barney zu ihm zurückgeschoben hatte. Sechs Musiknoten in C-Dur standen da, mit fünf Wörtern darunter. »*I'm in love with you.*« Die Unterschrift lautete: »J.«

Young summte die Noten, blickte dann Barney an. »Der Anfang des Songs *Let Me Call You Sweetheart*«, sagte er.

»Mm-hmm. Und die erste Zeile geht weiter mit: *I'm in love with you.*«

»Wo ist diese Karte?«

»Das ist es ja. Niemand hat was davon erwähnt, daß sie im Haus lag, als man die Leiche fand. Und die Rosen waren über die Leiche gestreut. Ich hab' den Strauß bloß abgegeben und bin dann gleich weitergefahren. Ich war für Jimmy nach Pennsylvania unterwegs. Aber danach hab' ich die andern reden hören. Jimmy war ganz verrückt nach dieser Frau, und es machte ihn wahnsinnig, daß sie ständig mit anderen Kerlen herumkokettiert hat. Als er ihr diese Rosen schickte, hatte er ihr bereits ein Ultimatum gestellt, daß sie sich scheiden lassen muß – und die Finger von anderen Männern lassen.«

»Wie hat sie darauf reagiert?«

»Oh, sie hat ihn gern eifersüchtig gemacht. Das schien ihr Spaß zu machen. Ich weiß, daß einer von uns versucht hat, sie zu warnen, daß Jimmy gefährlich werden kann, aber sie hat bloß gelacht. Ich vermute mal, daß sie an diesem Abend zu weit gegangen ist. Diese Rosen über ihre Leiche zu streuen ist genauso eine Sache, die Jimmy tun würde.«

»Und die Karte fehlte?«

Barney zuckte die Achseln. »In dem Verfahren war nie davon die Rede. Ich bekam die Anweisung, den Mund zu halten. Ich weiß aber genau, daß Suzanne Jimmy an diesem Abend entweder warten ließ oder versetzt hat. Ein paar von unsern Leuten haben mir erzählt, daß er explodiert ist und gesagt hat, er bringt sie um. Sie wissen ja, wie leicht er die Beherrschung verliert. Und da war noch etwas anderes. Jimmy hatte ihr einigen teuren Schmuck gekauft. Ich weiß es, weil ich die Rechnungen bezahlt und mir eine Kopie davon aufgehoben habe. Bei dem Prozeß haben sie eine Menge über Schmuck geredet. Zeug, von dem der Ehemann behauptet hat, er hätte es ihr nicht gegeben, aber bei allem, was sie gefunden haben, hat der Vater geschworen, er hätte es ihr geschenkt.«

Young riß das Blatt, das Barney benutzt hatte, von dem Notizblock ab, faltete es und steckte es sich in die Brusttasche. »Barney, ich glaube, Sie können sich bald ein wunderbares neues Leben in Ohio machen. Ihnen ist doch klar, daß Sie dem Staatsanwalt nicht nur eine Chance verschafft haben, Jimmy des Mordes zu überführen, sondern auch Frank Green damit zu vernichten, daß er einen Unschuldigen ins Gefängnis gebracht hat.«

Sie lächelten einander über den Schreibtisch hinweg an. »Sagen Sie denen, daß ich nicht in Ohio leben will«, witzelte Barney.

Sie verließen gemeinsam die Kanzlei und wanderten den Flur hinunter zu den Aufzügen. Als einer davon in ihrer Etage anhielt und die Türen aufzugehen begannen, spürte Barney augenblicklich, daß etwas nicht stimmte. Das Licht im Inneren war nicht an. Instinktiv wandte er sich zur Flucht.

Er war nicht schnell genug. Er starb sofort, wenige Augenblicke, bevor Mark Young fühlte, wie die erste Kugel das Revers seines Eintausend-Dollar-Anzugs zerfetzte.

62

Kerry hörte die Nachricht von dem Doppelmord im Radiosender WCBS, als sie gerade zur Arbeit fuhr. Mark Youngs Sekretärin hatte die Leichen entdeckt. Dem Bericht zufolge waren Young und sein Klient Barney Haskell um sieben Uhr früh auf dem Parkplatz verabredet gewesen, und man ging von der Annahme aus, daß Young beim Öffnen der Tür im Erdgeschoß des kleinen Gebäudes die Alarmanlage außer Kraft gesetzt hatte. Der Mann vom Sicherheitsdienst trat seinen Posten erst um acht Uhr an.

Die Tür zum Hauseingang war nicht zugesperrt, als die Sekretärin um 7 Uhr 45 eintraf, aber wie sie berichtete, dachte sie, Young hätte einfach wie so oft schon in der Vergangenheit vergessen, wieder abzuschließen. Dann war sie mit dem Lift nach oben gefahren und hatte die Leichen entdeckt.

Der Bericht schloß mit einem Kommentar von Mike Murkowski, dem Staatsanwalt von Essex County. Er erklärte, anscheinend seien beide Männer beraubt worden. Möglicherweise seien die mutmaßlichen Täter den Opfern ins Gebäude gefolgt, die dann ihr Leben verloren hätten, als sie versuchten, sich zu wehren. Barney Haskell sei in den Hinterkopf und Nacken geschossen worden.

Die CBS-Reporterin fragte, ob man denn als ein mögliches Motiv für den Doppelmord die Tatsache ansehe, daß Barney Haskell Verhandlungen um Strafminderung gegen seine Kronzeugenaussage in dem Verfahren gegen Jimmy Weeks geführt haben soll und Gerüchten zufolge auch dabei war, Weeks mit einem Mord in Verbindung zu bringen. Die scharfe Antwort des Staatsanwalts lautete: »Kein Kommentar.«

Es klingt ganz nach einem Auftragsmord, dachte Kerry, als sie das Radio abstellte. Und Bob vertritt Jimmy Weeks. Mann, was für ein Schlamassel!

Wie sie schon erwartet hatte, lag bereits eine Mitteilung von Frank Green bei ihr auf dem Schreibtisch. Sie war sehr kurz. »Muß Sie sprechen.« Kerry warf ihren Mantel ab und ging über den Hauptkorridor zu seinem persönlichen Büro.

Er verschwendete keine Zeit mit Floskeln. »Was hatte Reardons Mutter hier zu suchen, als sie herkam und darauf bestand, mit Ihnen zu reden?«

Kerry wählte ihre Worte mit Bedacht. »Sie kam her, weil ich zum Gefängnis gefahren bin, um mit Skip Reardon zu reden, und er den zutreffenden Eindruck von mir gewann, daß ich nichts Neues sehe, was ein Wiederaufnahmeverfahren rechtfertigen würde.«

Sie konnte sehen, wie sich die scharfen Linien um Greens Mund etwas lockerten, aber er war zweifellos verärgert. »Das hätte ich Ihnen gleich sagen können. Kerry, wenn ich vor zehn Jahren gedacht hätte, daß es auch nur ein *Fitzelchen* von einem Beweis für Skip Reardons mögliche Unschuld gibt, dann hätte ich es aufgestöbert. Es gab aber keins. Ist Ihnen eigentlich klar, was für einen Aufstand die Medien machen würden, wenn sie auf den Gedanken kämen, daß meine Behörde jetzt in diesem Fall ermittelt? Die würden Skip Reardon doch liebend gern als Opfer hinstellen. Das steigert die Auflage – und entspricht genau der Art negativer Schlagzeilen, die sie so gerne über politische Kandidaten bringen.«

Er kniff die Augen zusammen und trommelte zum Nachdruck mit den Fingern auf den Schreibtisch. »Ich finde es verdammt schade, daß Sie noch nicht hier waren, als wir in diesem Mordfall ermittelt haben. Ich finde es verdammt schade, daß Sie nicht gesehen haben, wie diese schöne Frau auf so grauenhafte Weise erdrosselt worden ist, daß ihr fast die Augen aus dem Kopf traten. Skip Reardon hatte sie am Morgen so laut angebrüllt, daß der Mann von den Stadtwerken, der die beiden gehört hat, schon überlegt hat, ob er nicht die Polizei rufen soll, bevor noch was Schlimmes passiert. Genau das war seine Zeugenaussage unter Eid. Ich bin zufällig der Meinung, daß Sie eine gute Richterin abgeben, falls Sie die Chance dazu kriegen, aber ein guter Richter zeigt Urteilsvermögen. Und im Moment finde ich, daß Ihres miserabel ist.«

Falls Sie die Chance dazu kriegen.

War das eine Warnung? fragte sie sich. »Frank, es tut mir leid, wenn ich Sie verärgert habe. Wenn es Ihnen nichts ausmacht, lassen Sie uns von etwas anderem reden.« Sie holte das Foto von Robin aus ihrer Jackentasche und reichte es ihm. »Das kam gestern in einem einfachen weißen Umschlag mit der Post. Robin hat dasselbe an, was sie am Dienstag morgen trug, als sie diesen unbekannten Wagen, von dem sie erzählt hat, gegenüber an der Straße stehen sah und dachte, jemand ist hinter ihr her. Sie hatte recht.«

Der Ärger schwand aus Greens Miene. »Reden wir davon, wie wir sie beschützen können.«

Er war mit Kerrys Absicht einverstanden, die Schule zu

informieren und Robin hinzubringen und wieder abholen zu lassen. »Ich finde heraus, ob wir irgendwelche überführten Sexualstraftäter haben, die kürzlich entlassen worden oder hier in die Gegend gezogen sind. Ich glaube nach wie vor, daß dieser miese Kerl, den Sie letzte Woche überführt haben, möglicherweise Freunde hat, die sich jetzt an Ihnen rächen wollen. Wir werden anfordern, daß die Polizei von Hohokus Ihr Haus überwacht. Haben Sie einen Feuerlöscher?«

»Ein automatisches Löschsystem.«

»Besorgen Sie sich noch ein paar Feuerlöscher, für den Fall der Fälle.«

»Sie meinen, für den Fall einer Brandbombe?«

»Solche Sachen sind schon dagewesen. Ich möchte Ihnen keine Angst einjagen, aber wir müssen Vorsichtsmaßnahmen treffen.«

Erst als sie sich zum Gehen wandte, erwähnte er den Mord in Summit.

»Jimmy Weeks hat schnell gehandelt, aber Ihr Exmann wird trotzdem alle Hände voll zu tun haben, ihn freizukriegen, auch *ohne* daß Haskell gegen Weeks aussagt.«

»Frank, Sie reden ja so, als sei es eine ausgemachte Sache, daß es ein Mord auf Bestellung war!«

»Das weiß doch jeder, Kerry. Man wundert sich nur allgemein, daß Jimmy so lange damit gewartet hat, Haskell zu erledigen. Seien Sie bloß froh, daß Sie Weeks' Sprachrohr damals losgeworden sind.«

63

Bob Kinellen erfuhr die Neuigkeiten über Barney Haskell und Mark Young erst, als er um zehn vor neun das Justizgebäude betrat und die Medienleute auf ihn einstürmten. Sobald er erfuhr, was geschehen war, wurde ihm klar, daß er es schon erwartet hatte.

Wie konnte Haskell nur so töricht sein zu glauben, Jimmy würde ihn so lange am Leben lassen, daß er gegen ihn aussagen konnte?

Es gelang ihm, angemessen bestürzt zu erscheinen und einen überzeugenden Eindruck zu vermitteln, als er auf eine Frage hin erklärte, Haskells Tod werde in keiner Weise Mr. Weeks' Verteidigungsstrategie ändern. »James Forrest Weeks ist in allen Anklagepunkten unschuldig«, sagte er. »Welche Abmachung auch immer Mr. Haskell mit dem Staatsanwalt zu treffen versuchte, vor Gericht wäre sie ohnehin als eigennützig und unehrlich entlarvt worden. Ich bedaure den Tod von Mr. Haskell und meinem Anwaltskollegen und Freund Mark Young zutiefst.«

Er schaffte es, in einen Aufzug zu entrinnen und sich dann im ersten Stock an weiteren Medienvertretern vorbeizuschieben. Jimmy war bereits im Gerichtssaal. »Schon von Haskell gehört?«

»Ja natürlich, Jimmy.«

»Keiner ist sicher. Diese Gangster sind überall.«

»Sieht ganz so aus, Jimmy.«

»Macht das Spiel aber irgendwie ausgeglichener, oder, Bobby?«

»Ja, vermutlich.«

»Ich mag aber kein ausgeglichenes Spiel.«

»Das weiß ich, Jimmy.«

»Nur damit du's weißt.«

Bob erhob vorsichtig das Wort. »Jimmy, irgend jemand hat meiner Exfrau ein Bild von unsrer Tochter, Robin, geschickt. Die Aufnahme entstand am Dienstag, als sie sich auf den Schulweg machte und stammt von derselben Person, die in dem Auto saß, das im letzten Moment direkt vor ihr gewendet hat. Robin dachte schon, der Typ kommt auf den Bürgersteig rauf und überfährt sie.«

»Über die Fahrer aus New Jersey macht doch jeder Witze, Bobby.«

»Jimmy, meiner Tochter wird besser kein Haar gekrümmt.«

»Bobby, ich weiß nicht, wovon du redest. Wann machen sie eigentlich deine Exfrau zur Richterin und schaffen sie aus der Staatsanwaltschaft raus? Sie sollte ihre Nase nicht in die Angelegenheiten anderer Leute stecken.«

Bob begriff, daß damit seine Frage gestellt und beantwortet worden war. Einer von Jimmys Leuten hatte die Aufnahme von Robin gemacht. Er, Bob, mußte Kerry unbedingt dazu bringen, mit ihren Ermittlungen im Fall Reardon aufzuhören. Und er selbst hatte dafür zur sorgen, daß Jimmy in diesem Verfahren freigesprochen wurde.

»Guten Morgen, Jimmy. Morgen, Bob.«

Bob blickte auf und sah, wie sich sein Schwiegervater Anthony Bartlett auf den Sitz neben Jimmy niederließ.

»Wirklich bedauerlich, die Sache mit Haskell und Young«, murmelte Bartlett.

»Tragisch«, sagte Jimmy.

In diesem Augenblick gab der Gerichtsdiener dem Staatsanwalt und Bob und Bartlett durch ein Zeichen zu verstehen, sie möchten sich ins Richterzimmer begeben. Richter Benton schaute ernst von seinem Schreibtisch hoch. »Ich gehe davon aus, daß Sie alle von der Tragödie mit Mr. Haskell und Mr. Young in Kenntnis gesetzt worden sind.« Die Anwälte nickten schweigend.

»So schwierig es auch sein wird, glaube ich doch, daß dieses Verfahren fortgeführt werden sollte, wenn man die zwei Monate bedenkt, die wir schon investiert haben. Zum Glück sind die Geschworenen bereits in Klausur und werden dieser Neuigkeit nicht ausgesetzt sein, inklusive der Spekulation, Mr. Weeks hätte womöglich etwas damit zu tun. Ich werde ihnen einfach mitteilen, die Abwesenheit von Mr. Haskell und Mr. Young bedeute schlicht, daß Mr. Haskells Fall sie nicht mehr betreffe.«

»Ich werde sie anweisen«, fügte er hinzu, »keine Überlegungen darüber anzustellen, was vorgefallen sein könnte, und sich in keiner Weise davon bei ihrer Einschätzung von Mr. Weeks' Fall beeinflussen zu lassen.«

»Also gut – machen wir weiter.«

Die Geschworenen kamen hintereinander in den Saal und nahmen auf ihren Sitzen Platz. Bob fiel der fragende Ausdruck in ihren Gesichtern auf, als sie zu den leeren Stühlen von Haskell und Young hinüberschauten. Während der Richter sie anwies, über das, was vorgefallen sein könnte, keine Spekulationen anzustellen, wußte Bob verdammt gut, daß sie genau das taten. Die glauben, er hätte sich schuldig bekannt, dachte Bob. Das hilft uns bestimmt nicht.

Während Bob grübelte, wie sehr dies Weeks wohl schaden würde, ruhte sein Blick auf der Geschworenen Nummer 10, Lillian Wagner. Mrs. Wagner, diese Säule der Gemeinde, die so stolz auf ihren Mann und ihre Söhne mit ihrer Eliteschule, sich ihrer Stellung und ihres gesellschaftlichen Ranges so bewußt war – Mrs. Wagner war ein Problem, das wußte er. Es mußte doch einen Grund dafür geben, weshalb Jimmy von ihm verlangt hatte, sie zu akzeptieren.

Was Bob allerdings nicht wußte, war die Tatsache, daß ein »Partner« von Weeks unmittelbar bevor die Jury in Klausur geschickt wurde, diskret an Alfred Wight, den Geschworenen Nummer 2, herangetreten war. Weeks hatte herausgefunden, daß Wight eine unheilbar kranke Frau hatte und wegen der medizinischen Behandlungskosten kurz vor dem Bankrott stand. Der verzweifelte Mr. Wight hatte sich für eine Summe von einhunderttausend Dollar einverstanden erklärt, dafür zu garantieren, daß er »Nicht schuldig« stimmen werde.

64

Kerry betrachtete den Stapel Akten auf dem Ablagetisch neben ihrem Schreibtisch mit Abscheu. Sie wußte, daß sie sich bald darum kümmern mußte; es war an der Zeit, neue Fälle zuzuteilen. Darüber hinaus lagen einige Vergleichsanträge vor, die sie mit Frank oder Carmen, der stellvertretenden Staatsanwältin, besprechen mußte. Da war soviel, was erledigt werden mußte, und sie sollte sich wirklich darauf konzentrieren.

Statt dessen bat sie ihre Sekretärin, soweit möglich eine Verbindung mit Dr. Craig Riker herzustellen, dem Psychiater, den sie manchmal als Sachverständigen bei Mordfällen heranzog. Riker war ein erfahrener, pragmatischer Arzt, dessen philosophische Einstellung sie teilte. Er war der Ansicht, auch wenn einem das Leben manchmal in der Tat schwere Schläge versetze, müsse ein Mensch eben seine Wunden lecken und dann wieder die Ärmel hochkrempeln. Vor allem aber hatte er die Gabe, das obskure psychiatrische Kauderwelsch zu entschärfen, das die Seelenklempner, die die Verteidiger aufmarschieren ließen, von sich zu geben pflegten.

Kerry schätzte ihn ganz besonders, wenn er auf die Frage, ob er einen Angeklagten für unzurechnungsfähig halte, zur Antwort gab: »Ich halte ihn für verrückt, aber nicht für unzurechnungsfähig. Er wußte genau, was er tat, als er ins Haus seiner Tante eindrang und sie umbrachte. Er hatte das Testament gelesen.«

»Dr. Riker hat gerade eine Patientin bei sich«, sagte Kerrys Sekretärin. »Er ruft Sie um zehn vor elf zurück.«

Und wie versprochen, meldete sich Janet um Punkt zehn vor elf mit der Nachricht, Dr. Riker sei am Apparat. »Was gibt's, Kerry?«

Sie erzählte ihm von Dr. Smiths Angewohnheit, andere Frauen mit dem Gesicht seiner Tochter auszustatten. »Er hat so gut wie abgestritten, an Suzanne einen Eingriff vorgenommen zu haben«, erklärte sie, »was auch stimmen könnte. Er kann sie ja an einen Kollegen überwiesen haben. Aber ist das eine Form von Trauerarbeit, wenn er andere Frauen zu einem Abklatsch von Suzanne macht?«

»Das ist eine ganz schön krankhafte Art von Trauerarbeit«, antwortete Riker. »Sie sagen, daß er sie, seit sie ein Baby war, nicht mehr gesehen hatte?«

»Richtig.«

»Und dann ist sie bei ihm in der Praxis erschienen?«

»Ja.«

»Was für ein Typ ist dieser Smith?«

»Ziemlich furchteinflößend.«

»Ein Einzelgänger?«

»Würde mich nicht wundern.«

»Kerry, ich muß mehr darüber erfahren, und auf jeden Fall wüßte ich gern, ob er seine Tochter operativ behandelt hat, einen Kollegen dazu aufgefordert hat oder ob sie sich schon behandeln ließ, bevor sie bei ihm auftauchte.«

»An die letzte Möglichkeit hatte ich noch gar nicht gedacht.«

»Aber falls – und ich betone das Wort *falls* – er Suzanne nach all diesen Jahren wiedersah, eine reizlose oder sogar unleugbar häßliche junge Frau vor sich hatte, sie operierte, zu einer Schönheit machte und dann von seinem eigenen Werk hingerissen war, dann müssen wir wohl mit Erotomanie rechnen.«

»Was ist denn das?« fragte Kerry.

»Es umschreibt ein weites Feld. Aber wenn ein Arzt, der ein zurückgezogenes Leben führt, nach so langer Zeit seine Tochter wiedersieht, sie in eine Schönheit verwandelt und dann das Gefühl hat, etwas Großartiges vollbracht zu haben, könnten wir vorbringen, daß es in diese Kategorie fällt. Er ist besitzergreifend ihr gegenüber, ja sogar verliebt in sie. Es ist ein Wahnleiden, das zum Beispiel oft auf Spanner zutrifft.«

Kerry mußte an Deidre Reardon denken, als sie ihr davon erzählte, daß Dr. Smith Suzanne wie ein Objekt behandelt habe. Sie berichtete Dr. Riker von der Szene, als Smith etwas von Suzannes Wange weggewischt und ihr dann eine Predigt über die Bewahrung von Schönheit gehalten hatte. Sie informierte ihn auch über Kate Carpenters Gespräch mit Barbara Tompkins und über Tompkins' Befürchtung, Smith verfolge sie ständig.

Es blieb eine Weile still. »Kerry, mein nächster Patient ist jetzt dran. Halten Sie mich bitte auf dem laufenden, ja? Diesen Fall möchte ich liebend gern im Auge behalten.«

65

Kerry hatte vorgehabt, früher aus dem Büro wegzugehen, um rechtzeitig nach Dr. Smiths letztem Termin in seiner Praxis einzutreffen. Sie hatte jedoch ihre Meinung geändert, als ihr klar wurde, daß es besser wäre zu warten, bis sie sich ein genaueres Bild von Dr. Smiths Beziehung zu seiner Tochter machen konnte.

Mrs. Reardon hielt also Smiths Haltung seiner Tochter gegenüber für »krankhaft«, dachte sie.

Und Frank Green hatte die Bemerkung gemacht, wie völlig ungerührt Smith sich im Zeugenstand verhalten habe.

Skip Reardon hatte gesagt, sein Schwiegervater sei nur selten bei ihnen zu Hause gewesen, vielmehr habe Suzanne sich normalerweise allein mit ihm getroffen.

Ich muß mit jemandem reden, der diese Leute kennt und selbst kein Eisen im Feuer hat, überlegte Kerry. Ich würde auch gern noch einmal mit Mrs. Reardon sprechen, und zwar ruhiger als das letztemal. Aber was kann ich ihr schon sagen? Daß ein Gangster, der zufällig eben jetzt vor Gericht steht, Suzanne nachweislich Sweetheart nannte, wenn er mit ihr Golf spielte? Daß ein Caddie mitbekam, daß sich zwischen den beiden vielleicht etwas abspielte?

Diese Enthüllungen würden Skip Reardons Grab womöglich nur noch tiefer schaufeln, überlegte sie. In der Funktion als Staatsanwältin könnte ich geltend machen, daß es Skip, selbst wenn er eine Scheidung anstrebte, um sich wieder mit Beth zusammenzutun, eben doch rasend gemacht hätte, zu erfahren, daß Suzanne eine Affäre mit einem Multimillionär hatte und sich gleichzeitig auf seine Kosten Dreitausend-Dollar-Modelle von Saint Laurent leistete.

Sie war gerade dabei, um fünf Uhr das Büro zu verlassen, als Bob anrief. Sie hörte die Anspannung aus seiner Stimme heraus. »Kerry, ich muß für ein paar Minuten vorbeikommen. Bist du in etwa einer Stunde zu Hause?«

»Ja.«

»Also bis dann«, sagte er und hängte ein.

Was brachte Bob dazu, sie zu besuchen? fragte sie sich. Besorgnis wegen des Fotos von Robin, das man ihr zugeschickt hatte? Oder hatte er einen unerwartet harten Tag im Gericht gehabt? Das war gewiß möglich, sagte sie sich bei dem Gedanken an Frank Greens Kommentar, daß die Staatsanwaltschaft auch ohne Haskells Zeugenaussage in der Lage sein werde, Jimmy Weeks zu überführen. Sie griff nach ihrem Mantel und hängte sich ihre Tasche über den Arm, wobei sie wehmütig daran dachte, wie freudig sie während der anderthalb Jahre ihrer Ehe aus dem Büro nach Hause geeilt war, um den Abend mit Bob Kinellen zu verbringen.

Als sie nach Hause kam, blickte Robin sie vorwurfsvoll an. »Mom, warum hat Alison mich von der Schule abgeholt und heimgefahren? Sie wollte mir keinen Grund sagen, und ich kam mir total blöde vor.«

Kerry schaute zu dem jungen Mädchen hinüber. »Ich will dich nicht länger aufhalten, Alison. Danke.«

Als sie alleine waren, schaute sie Robin an, die ganz aufgebracht aussah. »Das Auto, das dich neulich so erschreckt hat ...«, fing sie an zu erklären.

Als sie fertig war, saß Robin völlig regungslos da. »Das ist schon zum Angstkriegen, oder, Mom?«

»Ja, stimmt.«

»Hast du deshalb gestern abend so müde und kaputt ausgesehen?«

»Ich hab' gar nicht gemerkt, daß ich so schlimm ausgesehen hab, aber ja, mir war ziemlich elend zumute.«

»Und deshalb ist Geoff plötzlich hergekommen?«

»Ja, genau.«

»Das hättest du mir doch schon gestern abend sagen können.«

»Ich wußte nicht, wie ich's dir beibringen soll, Rob. Ich war selber zu aufgeregt.«

»Also, was machen wir dann jetzt?«

»Eine Menge Sicherheitsvorkehrungen treffen, die vielleicht lästig sind, bis wir rausfinden, wer das letzten Dienstag auf der anderen Straßenseite war und warum er da war.«

»Glaubst du, wenn er nächstes Mal wiederkommt, daß er mich dann überfährt?«

Kerry wollte herausschreien: »Nein, das glaub ich nicht.« Statt dessen ging sie zu Robin, die auf der Couch saß, und legte den Arm um sie.

Robin ließ den Kopf auf die Schulter ihrer Mutter sinken. »Also, im Klartext, wenn das Auto wieder auf mich losfährt, nichts als wegtauchen.«

»Deshalb kriegt das Auto gar nicht erst die Gelegenheit dazu, Rob.«

»Weiß Daddy was davon?«

»Ich hab' ihn gestern abend angerufen. Er kommt gleich vorbei.«

Robin richtete sich gerade auf. »Weil er sich Sorgen um mich macht?«

Sie freut sich, dachte Kerry, als hätte Bob ihr einen Gefallen getan. »Natürlich macht er sich Sorgen um dich.«

»Stark. Mom, kann ich Cassie davon erzählen?«

»Nein, vorerst nicht. Das mußt du mir versprechen, Robin. Bis wir wissen, wer dahintersteckt –«

»Und ihn in Handschellen abgeführt haben«, warf Robin dazwischen.

»Ganz genau. Wenn das getan ist, dann kannst du drüber reden.«

»Okay. Was wollen wir heute abend machen?«

»Einfach alle viere von uns strecken. Wir bestellen uns 'ne Pizza her. Ich hab' auf dem Nachhauseweg noch ein paar Videofilme besorgt.«

Der schelmische Ausdruck, den Kerry so liebte, kam in Robins Gesicht. »Filme, die man nur zusammen mit Erwachsenen sehen darf, hoffe ich.«

Sie bemüht sich, mich in bessere Stimmung zu versetzen, dachte Kerry. Sie will nicht, daß ich merke, wieviel Angst sie hat.

Um zehn vor sechs traf Bob ein. Kerry beobachtete,

wie Robin ihm mit Freudengeheul in die Arme rannte. »Wie findest du das denn, daß ich in Gefahr bin?« fragte sie.

»Ich lasse euch beide ein bißchen alleine, während ich mich eben umziehe«, verkündete Kerry.

Bob ließ Robin wieder los. »Mach nicht zu lange, Kerry«, sagte er rasch. »Ich kann nur ein paar Minuten bleiben.«

Kerry sah die Enttäuschung, die sofort aus Robins Miene sprach, und hätte Kinellen am liebsten erwürgt. Wie wär's, wenn du ihr zur Abwechslung mal ein paar Streicheleinheiten gönnst, dachte sie wütend. Sie bemühte sich, einen ausgeglichenen Tonfall zu wahren, als sie antwortete: »Bin gleich wieder unten.«

Sie zog sich schnell bequeme Hosen und einen Pullover an, wartete aber absichtlich noch zehn Minuten oben ab. Dann, als sie gerade nach unten gehen wollte, klopfte es an ihre Tür, und Robin rief: »Mom.«

»Komm rein.« Kerry wollte gerade sagen: »Ich bin soweit«, als sie Robins Gesichtsausdruck bemerkte. »Was ist denn passiert?«

»Nichts. Dad hat gesagt, ich soll hier oben warten, solange er mit dir redet.«

»Ah ja.«

Bob stand mitten im Arbeitszimmer und fühlte sich offensichtlich nicht wohl in seiner Haut, war ganz offensichtlich nur darauf erpicht, wegzukommen.

Er hat nicht mal seinen Mantel ausgezogen, dachte Kerry. Und was hat er angestellt, daß Robin so verstört ist? Wahrscheinlich die ganze Zeit damit verbracht, ihr zu erzählen, wie wenig Zeit er hat.

Er drehte sich beim Klang ihrer Schritte um. »Kerry, ich muß wieder ins Büro zurück. Ich muß noch eine Menge Zeug für die Sitzung morgen vorbereiten. Aber da ist etwas sehr Wichtiges, was ich dir sagen muß.«

Er zog ein kleines Stück Papier aus seiner Brusttasche. »Du hast doch gehört, was mit Barney Haskell und Mark Young passiert ist?«

»Ja, klar.«

»Kerry, Jimmy Weeks hat so seine Methoden, an Informationen ranzukommen. Ich weiß nicht genau, wie, aber er schafft es eben. Er weiß zum Beispiel, daß du am Samstag zum Gefängnis gefahren bist, um mit Reardon zu reden.«

»Ehrlich?« Kerry starrte ihren ehemaligen Mann an. »Was kann ihn das schon interessieren?«

»Kerry, keine Spielereien. Ich mach' mir Sorgen. Jimmy ist kurz vorm Durchdrehen. Ich hab' dir gerade gesagt, daß er es drauf hat, wie er Sachen herausfindet. Schau dir das hier an.«

Kinellen reichte ihr etwas, was wie die Kopie einer Notiz auf einem DIN-A5-Blatt aussah, das von einem Block abgerissen worden war. Sechs Musiknoten in C-Dur standen darauf, und darunter die Worte: »I'm in love with you«. Die Unterschrift lautete »J.«

»Was soll das bedeuten?« fragte Kerry, während sie schon im stillen die Noten summte, die dort aufgezeichnet waren. Doch dann, noch bevor Bob die Chance zu einer Antwort hatte, durchfuhr es sie eiskalt. Es war der Auftakt zu dem Lied *Let Me Call You Sweetheart.*

»Wo hast du das her, und was soll das heißen?« fuhr sie ihn an.

»Sie haben das Original in der Brusttasche von Mark Young gefunden, als sie seine Kleidung im Leichenschauhaus durchsucht haben. Es ist Haskells Handschrift und stand auf einem Stück Papier, das von dem Block neben Youngs Telefon gerissen worden war. Die Sekretärin weiß noch, daß sie gestern abend einen frischen Notizblock hingelegt hatte, also muß Haskell das irgendwann zwischen sieben und halb acht heute früh hingeschrieben haben.«

»Ein paar Minuten, bevor er starb?«

»Genau. Kerry, ich bin mir sicher, daß das was mit dem Kronzeugendeal zu tun hat, den Haskell abschließen wollte.«

»Dem Kronzeugendeal? Du meinst, der Mord, mit dem er Jimmy Weeks in Verbindung bringen wollte, war der Sweetheart-Mordfall?« Kerry traute ihren eigenen Ohren nicht. »Jimmy *hatte* also was mit Suzanne Reardon laufen, stimmt's? Bob, willst du damit sagen, daß wer immer dieses Foto von Robin gemacht hat und sie um ein Haar überfahren hätte, für Jimmy Weeks arbeitet, und daß das seine Methode ist, mich abzuschrecken?«

»Kerry, ich sag überhaupt nichts außer: Laß deine Finger davon. Robin zuliebe, *laß deine Finger davon.*«

»Weiß Weeks, daß du hier bist?«

»Er weiß, daß ich dich Robin zuliebe warnen würde.«

»Warte mal einen Moment.« Kerry musterte ihren früheren Mann ungläubig. »Laß mich das mal klarstellen. Du bist also hier, um mich von einer Sache abzubringen, weil dein Mandant, dieser Halsabschneider und Mörder, den du vertrittst, dir eine Drohung übermittelt hat, ob nun verschleiert oder sonstwie, damit du sie an mich weitergibst. Mein Gott, Bob, wie tief bist du gesunken.«

»Kerry, ich versuche, das Leben meines Kindes zu retten.«

»Deines Kindes? Plötzlich ist sie dir so wichtig? Weißt du eigentlich, wie oft sie schon am Boden zerstört war, weil du nicht wie versprochen aufgetaucht bist? Es ist eine Beleidigung. Und jetzt verschwinde.«

Als er sich umdrehte, riß sie ihm den Zettel aus der Hand. »Aber das kriege ich.«

»Gib das wieder her.« Kinellen packte ihre Hand, zwang die Finger auf und entzog ihr das Papier.

»Dad, laß Mom los!«

Sie wirbelten beide herum – Robin stand im Türrahmen, und auf der fahlen Blässe ihres Gesichts leuchteten erneut die langsam heilenden Narben.

66

Dr. Smith hatte seine Praxis um 16 Uhr 20 verlassen, nur etwa eine Minute nachdem seine letzte Patientin – die Nachuntersuchung einer Bauchstraffung – gegangen war.

Kate Carpenter war froh, ihn gehen zu sehen. In letzter

Zeit fand sie es belastend, auch nur in seiner Nähe zu sein. Ihr war heute wieder das Zittern an seiner Hand aufgefallen, als er die Fäden am Schädel von Mrs. Pryce zog, die sich die Augenbrauen hatte liften lassen. Die Besorgnis der Krankenschwester reichte jedoch über rein körperliche Dinge hinaus; sie war überzeugt, daß mit dem Arzt auch psychisch etwas ganz und gar nicht in Ordnung war.

Am meisten frustrierte Kate jedoch die Tatsache, daß sie nicht wußte, an wen sie sich hätte wenden sollen. Charles Smith war ein herausragender Chirurg – war es zumindest gewesen. Sie wollte nicht mitansehen, daß er in Verruf geriet oder aus der Ärzteschaft verstoßen wurde. Unter anderen Umständen hätte sie mit seiner Frau oder einem seiner engsten Freunde reden können. Aber in Dr. Smiths Fall fiel diese Möglichkeit flach – seine Frau war schon lange weg, und Freunde schien er überhaupt keine zu besitzen.

Kates Schwester Jean war Sozialarbeiterin. Jean hatte vermutlich Verständnis für das Dilemma und konnte sie vielleicht beraten, wohin sie sich wenden sollte, um die Hilfe für Dr. Smith aufzutreiben, die er offensichtlich brauchte. Aber Jean war im Urlaub in Arizona, und Kate hätte sie nicht erreichen können, selbst wenn sie es gewollt hätte.

Um halb fünf rief Barbara Tompkins an. »Mrs. Carpenter, jetzt langt's mir. Gestern abend rief Dr. Smith an und verlangte praktisch von mir, daß ich mit ihm essen gehe. Aber dann hat er mich ständig Suzanne genannt. Und er will, daß ich ihn mit Charles anrede. Er hat sich erkundigt, ob ich einen festen Freund habe. Tut mir leid, ich weiß, daß ich ihm eine Menge verdanke, aber ich finde, er hat wirklich nicht alle Tassen im Schrank, und das geht mir allmählich auf die Nerven. Sogar im Büro merke ich, daß ich mich schon vor lauter Angst umschaue, er könnte mir irgendwo auflauern. Ich ertrag das einfach nicht. Das geht nicht so weiter.«

Kate Carpenter begriff, daß sie nicht länger mauern konnte. Als einzige Person, der sie sich vielleicht anvertrauen konnte, fiel ihr die Mutter von Robin Kinellen ein, Kerry McGrath.

Kate wußte, daß sie bei der Staatsanwaltschaft in New Jersey arbeitete, aber sie war auch eine Mutter, die sehr froh darüber war, daß Dr. Smith ihre Tochter in einem Notfall behandelt hatte. Kate war außerdem klar, daß Kerry McGrath besser über Dr. Smiths persönlichen Hintergrund informiert war als sie selbst oder seine übrigen Angestellten. Sie war sich nicht sicher, weshalb Kerry sich eigentlich über den Arzt erkundigt hatte, aber Kate hatte nicht den Eindruck, daß sie dem Doktor damit schaden wollte. Kerry hatte sie in die Tatsache eingeweiht, daß Smith nicht nur geschieden war, sondern auch der Vater einer Frau, die man ermordet hatte.

Obwohl sie sich dabei wie Judas Ischariot vorkam, gab Mrs. Kate Carpenter an Barbara Tompkins die Telefonnummer von Kerry McGrath weiter, Anwältin bei der Staatsanwaltschaft von Bergen County.

67

Noch lange nachdem Bob Kinellen weggegangen war, saßen Kerry und Robin Schulter an Schulter und mit den Füßen auf dem Couchtisch vor ihnen da, ohne ein Wort zu reden.

Schließlich erläuterte Kerry mit sorgsam gewählten Worten: »Egal, was ich gesagt habe und was auch immer die Szene, die du gerade mitgekriegt hast, vermuten läßt – Dad liebt dich wirklich sehr, Robin. Daß er so besorgt ist, gilt dir. Ich finde es nicht bewundernswert, in was für Situationen er sich manchmal bringt, aber ich achte seine Gefühle für dich, auch wenn ich so wütend werde, daß ich ihn rauswerfe.«

»Du bist sauer auf ihn geworden, als er gesagt hat, daß er sich Sorgen macht wegen mir.«

»Also, hör mal. Das waren doch bloß Worte. Er regt mich manchmal so entsetzlich auf. Wie auch immer, jedenfalls weiß ich, daß du, wenn du groß bist, bestimmt nicht so jemand wirst, der ständig in Schwierigkeiten hineinschlittert, die für alle andern klar auf der Hand liegen, und sich dann auf eine situationsbedingte Moral beruft – was heißen soll: ›Das mag zwar unrecht sein, ist aber leider nötig.‹«

»Ist es das, was Dad macht?«

»*Ich* denke schon.«

»Weiß er, wer das Foto von mir gemacht hat?«

»Er *vermutet*, daß er's weiß. Es hat etwas mit einem Rechtsfall zu tun, um den sich Geoff Dorso kümmert und bei dem er mich gebeten hat, ihm zu helfen. Er versucht einen Mann aus dem Gefängnis rauszukriegen, von dessen Unschuld er überzeugt ist.«

»Hilfst du ihm denn dabei?«

»Also, ehrlich gesagt, war ich so ziemlich zu dem Schluß gekommen, daß ich ohne guten Grund schlafende Hunde aufgeweckt hab', als ich anfing, mich darum zu kümmern. Aber jetzt habe ich allmählich das Gefühl, daß ich mich vielleicht getäuscht hab' und daß es ein paar wirklich gute Gründe für die Annahme gibt, daß Geoffs Klient möglicherweise tatsächlich ungerecht verurteilt worden ist. Auf der andren Seite setze ich dich bestimmt nicht irgendeiner Gefahr aus, nur um das zu beweisen. Das versprech ich dir.«

Robin starrte eine Weile vor sich hin und wandte sich dann ihrer Mutter zu. »Mom, das ergibt doch keinen Sinn. Das ist total unfair. Erst machst du Dad wegen was runter, und dann tust du selber genau dasselbe. Ist das etwa nicht ›situationsbedingte Moral‹, wenn du Geoff *nicht* hilfst und dabei denkst, daß sein Klient nicht im Gefängnis sitzen sollte?«

»Robin!«

»Ehrlich. Denk mal drüber nach. So, und können wir jetzt die Pizza bestellen? Ich hab' Hunger.«

Wie vor den Kopf geschlagen, beobachtete Kerry ihre Tochter, wie sie aufstand und nach der Tasche mit den Videofilmen griff, die sie anschauen wollten. Robin inspizierte die Titel, suchte einen aus und steckte die Kassette in den

Videorecorder. Bevor sie den Apparat anstellte, sagte sie noch: »Mom, ich glaube wirklich, dieser Kerl im Auto neulich wollte mich bloß erschrecken. Ich glaube nicht, daß er mich wirklich überfahren hätte. Es macht mir nichts aus, wenn du mich bei der Schule absetzt und Alison mich wieder abholt. Was soll's schon?«

Kerry starrte ihre Tochter einen Moment an und schüttelte dann den Kopf. »Was es soll, ist, daß ich stolz auf dich bin und mich selber schäme.« Sie umarmte Robin schnell, ließ sie dann wieder los und ging in die Küche.

Einige Minuten später, als sie gerade die Teller für die Pizza herrichtete, klingelte das Telefon, und eine zögernde Stimme erklärte: »Ms. McGrath, hier spricht Barbara Tompkins. Entschuldigen Sie bitte die Störung, aber Mrs. Carpenter, die bei Dr. Charles Smith in der Praxis ist, hat vorgeschlagen, daß ich Sie anrufe.«

Während sie zuhörte, angelte sich Kerry einen Stift und fing an, auf dem Telefonnotizblock in Stichpunkten mitzuschreiben. *Barbara suchte Dr. Smith in Praxis auf ... Er zeigte ihr ein Bild ... Fragte sie, ob sie wie diese Frau ausschauen will ... Hat sie operiert ... Fing an sie zu beraten ... Hat ihr bei Wohnungssuche geholfen ... Zu einer Einkaufsberaterin geschickt ... Nennt sie jetzt »Suzanne« und verfolgt sie ...*

Schließlich sagte Tompkins: »Ms. McGrath, ich bin Dr. Smith so dankbar. Er hat mein Leben von Grund auf verändert. Ich will ihn nicht bei der Polizei melden und einen Gerichtsbeschluß gegen ihn beantragen. Ich will ihm in keiner Weise schaden. Aber ich kann nicht zulassen, daß das so weitergeht.«

»Hatten Sie je das Gefühl, daß Sie körperlich von ihm bedroht werden?« fragte Kerry.

Tompkins zögerte kurz, bevor sie langsam antwortete: »Nein, das nicht unbedingt. Ich meine, er hat nie versucht, sich mir körperlich aufzudrängen. Er war eigentlich eher fürsorglich und hat mich so behandelt, als wäre ich irgendwie zerbrechlich – wie eine Porzellanpuppe. Aber manchmal spüre ich auch, daß eine schreckliche, unterdrückte Wut in ihm steckt, und daß sie ganz leicht ausbrechen könnte, und dann vielleicht gegen mich. Als er zum Beispiel gestern abend aufgetaucht ist, um mich zum Abendessen abzuholen, hab' ich gemerkt, daß er gar nicht einverstanden damit war, daß ich sofort zum Weggehen aus meiner Wohnung bereit war. Und einen Moment dachte ich schon, er bekommt einen Tobsuchtsanfall. Ich wollte aber einfach nicht allein mit ihm sein. Und jetzt habe ich das Gefühl, daß wenn ich mich ganz offen *weigern* würde, ihn zu sehen, er dann sehr, sehr wütend werden könnte. Aber wie ich Ihnen schon gesagt habe, er war so gut zu mir. Ich weiß, ein Hausverbot würde seinem Ruf ernsten Schaden zufügen.«

»Barbara, ich gehe am Montag hin, um mit Dr. Smith zu reden. Er weiß es nicht, aber ich hab's vor. Nach dem, was Sie sagen, und besonders auf Grund der Tatsache, daß er Sie Suzanne nennt, glaube ich, daß er an irgendeiner Art von Nervenzusammenbruch leidet. Ich hoffe, daß er sich dazu überreden läßt, Hilfe aufzusuchen. Aber ich kann Ihnen nicht raten, sich nicht mit der Polizei in Verbindung zu setzen, wenn Sie Angst haben. Im Gegenteil, ich finde, Sie sollten es tun.«

»Noch nicht. Da steht eine Geschäftsreise an, die ich nächsten Monat machen wollte. Ich glaube, ich kann meine Terminplanung ändern und schon nächste Woche fahren. Ich würde gern wieder mit Ihnen reden, wenn ich zurück bin; und dann entscheide ich, was ich am besten mache.«

Nachdem sie eingehängt hatte, ließ sich Kerry auf einen Küchenstuhl fallen, mit den Notizen zu dem Telefongespräch vor ihr. Die Situation wurde jetzt wesentlich komplizierter. Dr. Smith war hinter Barbara Tompkins hergestiegen. Hatte er sich vielleicht auch an die Fersen seiner eigenen Tochter geheftet? Falls das zutraf, war es sehr wahrscheinlich, daß es *sein* Mercedes war, den Dolly Bowles und der kleine Michael an dem Abend der Mordnacht vor dem Haus der Reardons geparkt gesehen hatten.

Sie dachte wieder an die Einzelheiten des Kennzeichens, an die sich Bowles angeblich erinnern konnte. Ob Joe Palumbo wohl schon die Gelegenheit gehabt hatte, sie mit dem Kennzeichen von Smiths Wagen zu vergleichen?

Wenn aber Dr. Smith in einer Weise auf Suzanne losgegangen war, wie es Barbara Tompkins ihrerseits befürchtete, wenn tatsächlich er für ihren Tod verantwortlich war, wieso hatte dann Jimmy Weeks solche Angst davor, mit der Ermordung von Suzanne Reardon in Verbindung gebracht zu werden?

Ich muß mehr über Smiths Beziehung zu Suzanne herausfinden, bevor ich mit ihm rede, bevor ich weiß, welche Fragen ich ihm stellen soll, überlegte Kerry. Dieser Antiquitätenhändler, Jason Arnott – er wäre vielleicht der richtige Ansprechpartner. Den Aufzeichnungen zufolge, die sie in der Akte gefunden hatte, war er einfach ein Freund gewesen, aber häufig mit Suzanne nach New York zu Auktionen und anderen Anlässen gefahren. Vielleicht hatte sich Dr. Smith ja gelegentlich mit den beiden getroffen.

Sie rief bei Arnott an und hinterließ eine Nachricht mit der Bitte um Rückruf. Anschließend überlegte Kerry, ob sie noch einen weiteren Anruf machen sollte.

Er würde Geoff gelten, und zwar mit der Bitte, er möge ein zweites Treffen mit Skip Reardon im Gefängnis arrangieren.

Nur wollte sie diesmal gern sowohl seine Mutter als auch seine Freundin, Beth Taylor, ebenfalls dabeihaben.

68

Jason Arnott hatte vorgehabt, am Freitag einen ruhigen Abend zu Hause zu verbringen und sich selbst ein einfaches Essen zuzubereiten. In dieser Absicht hatte er die Zugehfrau, die zweimal in der Woche zu ihm kam, zum Einkaufen geschickt, und sie war wie gewünscht mit Seezungenfilet,

Brunnenkresse, frischen Erbsen und knusprigem französischem Brot zurückgekehrt. Doch als Amanda Coble um fünf Uhr anrief und ihn einlud, mit ihr und Richard im Country Club von Ridgewood essen zu gehen, hatte er gern zugesagt.

Die Cobles waren Menschen, wie er sie schätzte – superreich, aber wunderbar unprätentiös; amüsant; sehr, sehr geistreich. Richard war ein internationaler Bankier, und Amanda war Innenarchitektin. Jason kümmerte sich selbst erfolgreich um sein Vermögen und hatte großes Vergnügen daran, sich mit Richard über Futures und die internationale Marktlage zu unterhalten. Er wußte, daß Richard sein Urteilsvermögen achtete und Amanda seine Fachkenntnis in Antiquitäten schätzte.

Er fand, daß die beiden nach der anstrengenden Zeit, die er am Vortag mit Vera Todd in New York verbracht hatte, eine willkommene Abwechslung sein würden. Darüber hinaus hatte er durch die Cobles eine Reihe interessanter Leute kennengelernt. Und in der Tat war es dem Kontakt mit ihnen zu verdanken, daß er vor drei Jahren einen außerordentlich erfolgreichen Beutezug in Palm Springs landen konnte.

Er fuhr gerade am Vordereingang des Klubs vor, als die Cobles ihren Wagen dem fürs Parken zuständigen Portier übergaben. Er ging nur knapp hinter ihnen durch die Eingangstür und wartete dann ab, während sie ein vornehm aussehendes Paar begrüßten, das soeben im Aufbruch begriffen war. Er erkannte den Mann auf den ersten Blick. Senator Jonathan Hoover. Zwar hatte er an ein paar politischen Tafelrunden teilgenommen, die auch Hoover mit seiner Anwesenheit beehrt hatte, aber persönlich war er ihm noch nie begegnet.

Die Frau saß im Rollstuhl und vermittelte dennoch den Eindruck einer Königin; sie trug ein dunkelblaues Abendkostüm mit einem Rock, der bis an die Spitzen ihrer hochgeschnürten Schuhe reichte. Er hatte von Mrs. Hoovers Leiden zwar gehört, sie aber noch nie gesehen. Mit einem Auge, das unverzüglich auch das kleinste Detail wahrnahm, bemerkte er die Haltung ihrer Hände, die ineinander verschränkt waren, wodurch die geschwollenen Fingerknöchel teilweise verborgen blieben.

Sie muß umwerfend ausgesehen haben, als sie noch jung war und bevor das alles passiert ist, dachte er beim Betrachten der noch immer auffallend schönen Gesichtszüge, die von saphirblauen Augen dominiert wurden.

Amanda Coble blickte auf und entdeckte ihn. »Jason, du bist ja schon da.« Sie winkte ihn herbei und stellte ihn den Hoovers vor. »Wir sprechen gerade über diese entsetzlichen Morde in Summit heute morgen. Senator Hoover und Richard kannten beide den Anwalt Mark Young.«

»Es sieht ganz nach organisiertem Verbrechen aus«, sagte Richard Coble erzürnt.

»Ganz meiner Meinung«, sagte Jonathan Hoover. »Und dasselbe glaubt der Gouverneur. Wie wir alle wissen, ist er in diesen acht Jahren hart gegen Verbrechen vorgegangen, und jetzt brauchen wir Frank Green, um dies tatkräftig fortzuführen. Eins kann ich Ihnen sagen: Wenn Weeks vor einem Gericht dieses Staates stehen würde, dann hätte der Staatsanwalt den Vergleich mit Haskell schon abgeschlossen und seine Zeugenaussage gesichert, und es wäre nie zu diesen Morden gekommen. Und jetzt will ausgerechnet Royce, der Mann, der diese ganze Angelegenheit verbockt hat, Gouverneur werden. Also, bestimmt nicht, wenn ich das verhindern kann!«

»Jonathan«, murmelte Grace Hoover vorwurfsvoll. »Man merkt, daß Wahlen anstehen, nicht, Amanda?« Während alle lächelten, fügte sie hinzu: »Und jetzt wollen wir euch nicht länger aufhalten.«

»Meine Frau hat schon seit Anfang des Studiums dafür gesorgt, daß ich nicht zu sehr aus der Reihe tanze«, wandte sich Jonathan Hoover erläuternd an Jason. »Schön, Sie mal wiedergesehen zu haben, Mr. Arnott.«

»Mr. Arnott, sind wir uns nicht auch schon mal irgendwo begegnet?« fragte Grace Hoover plötzlich.

Jason spürte, wie seine inneren Alarmglocken zu schlagen begannen. Es war eine starke Warnung. »Ich glaube nicht«, erwiderte er langsam. Das wüßte ich doch bestimmt noch, dachte er. *Wieso glaubt sie dann, sie hätte mich schon mal getroffen?*

»Ich weiß nicht, weshalb, aber ich habe das Gefühl, als ob ich Sie kenne. Aber gut, ich täusche mich sicher. Auf Wiedersehen.«

Obwohl die Cobles so interessant wie immer waren und das Essen köstlich mundete, verbrachte Jason den Abend mit dem aufrichtigen Wunsch, er wäre zu Hause geblieben und hätte sich sein Seezungenfilet zubereitet.

Als er um halb elf nach Hause zurückkehrte, wurde sein Tag darüber hinaus durch die einzige Botschaft ruiniert, die er auf seinem Anrufbeantworter abhörte. Sie kam von Kerry McGrath, die sich als Staatsanwältin von Bergen County vorstellte, ihre Telefonnummer angab und ihn bat, sie bis elf Uhr abends oder aber gleich am folgenden Morgen bei ihr zu Hause anzurufen. Sie erklärte, sie habe die Absicht, sich inoffiziell mit ihm über seine verstorbene Nachbarin und gute Bekannte, das Mordopfer Suzanne Reardon, zu unterhalten.

69

Geoff Dorso fuhr am Freitag abend nach Essex Fells zum Haus seiner Eltern zum Essen. Es war eine Veranstaltung mit Anwesenheitspflicht. Unerwartet waren seine Schwester Marian und ihr Mann Don mit ihren zweijährigen Zwillingen aus Boston zum Wochenende gekommen. Seine Mutter versuchte sofort ihre übrigen vier Kinder samt Angetrauten und Sprößlingen zu Ehren der Besucher herbeizuzitieren. Freitag war der einzige Abend, an dem auch alle anderen kommen konnten, also hatte es Freitag zu sein.

»Du schiebst also irgendwelche anderen Pläne auf, ja,

Geoff?« hatte seine Mutter halb gebettelt, halb angeordnet, als sie ihn am Nachmittag anrief.

Geoff hatte keine Pläne, doch da er hoffte, sich ein Guthaben gegen eine weitere Einladung dieser Art zu verschaffen, meldete er Bedenken an: »Also ich weiß nicht, Mom. Da muß ich erst was umarrangieren, aber ...«

Er bedauerte sofort, daß er sich auf dieses Manöver eingelassen hatte, denn der Tonfall seiner Mutter wechselte zum Ausdruck lebhaften Interesses, als sie ausrief: »Ach, du hast eine Verabredung, Geoff! Hast du jemand Nettes kennengelernt? Sag's bloß nicht ab. Bring sie mit. Ich würde sie schrecklich gern kennenlernen!«

Geoff stöhnte im stillen auf. »Ach weißt du, Mom, ich hab' bloß Spaß gemacht. Ich hab' gar keine Verabredung. Ich bin dann so gegen sechs da.«

»Gut, mein Lieber.« Es war unüberhörbar, daß die Freude seiner Mutter über seine Zusage von der Tatsache getrübt wurde, nun nicht in Kürze eine potentielle Schwiegertochter vorgestellt zu bekommen.

Als er den Hörer auflegte, gestand Geoff sich ein, daß er, wenn es um Samstag abend gegangen wäre, versucht gewesen wäre, Kerry vorzuschlagen, ob sie nicht mit Robin zum Essen im Haus seiner Eltern mitkommen wolle. Sie würde vermutlich die Flucht ergreifen, dachte er.

Ihn beunruhigte plötzlich die Erkenntnis, daß es ihm schon mehrmals während des Tages durch den Kopf gegangen war, daß seine Mutter Kerry sehr, sehr gern haben würde.

Um sechs Uhr fuhr er vor dem ansehnlichen, weiträumigen Haus im Tudor-Stil vor, das seine Eltern vor siebenundzwanzig Jahren zu einem Zehntel seines gegenwärtigen Wertes gekauft hatten. Es war ein ideales Heim für eine Familie, als wir heranwuchsen, dachte er, und es ist auch jetzt ein idealer Familiensitz bei all den Enkeln. Er parkte vor dem alten Kutscherhaus, in dem jetzt seine jüngste, noch unverheiratete Schwester wohnte. Das Kutscherhaus-Apartment hatte ihnen allen der Reihe nach als Wohnung gedient, nachdem sie mit dem College oder ihrer weiteren Hochschulausbildung fertig waren. Er selbst hatte sich während seines Jurastudiums an der Columbia Law School und dann noch für zwei weitere Jahre dort eingerichtet.

Wir hatten es wirklich wunderbar, dachte er, während er die kalte Novemberluft einatmete und sich auf die Wärme in dem einladenden, hell erleuchteten Haus freute. Seine Gedanken kehrten zu Kerry zurück. Ich bin froh, daß ich kein Einzelkind bin, überlegte er. Ich bin dankbar, daß Dad nicht starb, als ich im College war, und Mutter nicht wieder geheiratet hat und an die dreitausend Kilometer weit weg gezogen ist. Es kann damals bestimmt nicht leicht für Kerry gewesen sein.

Ich hätte sie heute anrufen sollen. dachte er. Warum habe ich's nicht getan? Ich weiß, daß sie es nicht mag, wenn irgend jemand ständig über sie wacht, aber andererseits hat sie eigentlich keinen Menschen, mit dem sie ihre Sorgen teilen könnte. Sie kann Robin nicht so beschützen, wie unsre Familie hier eines unserer Kinder beschützen könnte, wenn Gefahr im Verzug wäre.

Er ging den Weg zum Haus hoch, machte sich selbst die Tür auf und mischte sich dann in die geräuschvolle Wärme, die so typisch dafür war, wenn sich drei Generationen des Dorso-Clans versammelten.

Nach ausgiebiger Begrüßung des Bostoner Familienzweigs und einem beiläufigen Hallo für die Geschwister, die er regelmäßig sah, gelang es Geoff, mit seinem Vater in das Arbeitszimmer zu entwischen.

Dieses Refugium mit all der juristischen Fachliteratur und den signierten Erstausgaben war der einzige Raum, der tabu für unternehmungslustige Familiensprößlinge war. Edward Dorso schenkte seinem Sohn und sich einen Scotch ein. Er war mit seinen siebzig Jahren ein Rechtsanwalt im Ruhestand, der sich auf Wirtschafts- und Firmenrecht spezialisiert hatte und zu dessen Klientel einst mehrere Unternehmen aus der Fortune-500-Liste gezählt hatten.

Edward hatte Mark Young gekannt und geschätzt und war begierig darauf, Hintergrundinformationen zu bekommen, die Geoff möglicherweise im Gericht aufgeschnappt hatte.

»Ich kann dir nicht viel berichten, Dad«, sagte Geoff. »Es fällt schwer, an das merkwürdige Zusammentreffen zu glauben, daß ein oder mehrere Täter einen Raubüberfall verpatzt und Young genau zu dem Zeitpunkt umgebracht haben, wo sein Mitopfer Haskell dabei war, Strafminderung im Gegenzug für seine Zeugenaussage gegen Jimmy Weeks rauszuholen.«

»Das finde ich auch. Und weil wir gerade davon sprechen: Ich war heute in Trenton und hab' mit Sumner French Mittag gegessen. Da kam etwas zur Sprache, was dich bestimmt interessiert. In Philadelphia gibt es einen Beamten beim Baureferat, von dem man mit Sicherheit annimmt, daß er vor zehn Jahren Weeks Insider-Tips über einen neu geplanten Highway von Philly nach Lancaster gegeben hat. Weeks kaufte sich einiges an wertvollem Land zusammen und machte dann, als die Pläne für den Highway öffentlich bekanntgegeben wurden, mit dem Verkauf an Bauunternehmer einen Riesenprofit.«

»Nichts Neues mit diesen Insider-Informationen«, bemerkte dazu Geoff. »Es ist schlicht die Realität und fast unmöglich zu unterbinden. Und oft auch schwer zu beweisen.«

»Ich habe diesen Fall aus gutem Grund erwähnt. Wie ich höre, hat Weeks sich einige dieser Grundstücke für einen Pappenstiel unter den Nagel gerissen, weil der Typ, der das Vorkaufsrecht daran besaß, verzweifelt auf Bargeld angewiesen war.«

»Jemand, den ich kenne?«

»Dein Lieblingsmandant, Skip Reardon.«

Geoff zuckte die Achseln. »Wir bewegen uns eben in engen Kreisen, Dad, das weißt du doch. Es ist einfach ein weiterer Schlag, mit dem man Skip Reardon zu Fall gebracht hat. Ich weiß noch, wie Tim Farrell damals darüber geredet hat, daß Skip alles, was er besaß, für seine Verteidigung veräußert hat. Auf dem Papier sah Skips finanzielle Perspektive großartig aus, aber er hatte für eine Menge Grund und Boden das Vorkaufsrecht erworben, dazu eine deftige Bauhypothek für ein extravagantes Haus und eine Ehefrau, die anscheinend glaubte, sie wäre mit König Midas verheiratet. Wäre Skip nicht im Gefängnis gelandet, dann wäre er heute ein reicher Mann, denn er war ein guter Geschäftsmann. Aber soweit ich mich erinnern kann, hat er all seine Grundstücksoptionen zu einem fairen Marktpreis verkauft.«

»Kein fairer Marktpreis, wenn der Käufer im Besitz vertraulicher Informationen ist«, entgegnete sein Vater sarkastisch. »Nach einem der Gerüchte, die ich gehört habe, war Haskell, der schon damals die Bücher von Weeks geführt hat, auch in diesen Geschäftsvorgang eingeweiht. Jedenfalls gehört es zu diesen Dingen, die zu wissen eines Tages auf irgendeine Weise nützlich sein könnte.«

Bevor Geoff sich dazu äußern konnte, erschallte außerhalb des Arbeitszimmers ein vielstimmiger Chor: »Grandpa, Onkel Geoff, essen kommen!«

»Dein Wunsch sei mir Befehl …«, zitierte Edward Dorso und reckte sich, als er aufstand.

»Geh schon mal, Dad, ich komme gleich nach. Ich will noch meinen Telefonbeantworter abhören.« Als er Kerrys heisere, leise Stimme vom Band des Apparats hörte, drückte er sich den Hörer fester ans Ohr.

Erklärte Kerry da tatsächlich, daß sie noch mal zum Gefängnis fahren und Skip besuchen wollte? Daß sie seine Mutter und Beth Taylor dabeihaben wollte?

»Halleluja!« sagte er laut.

Mit einem Griff nach Justin, seinem Neffen, der geschickt worden war, um ihn zu holen, eilte er in Richtung Eßzimmer, wo seine Mutter mit Sicherheit bereits ungeduldig darauf wartete, daß sich alle hinsetzten und das Tischgebet gesprochen werden konnte.

Als sein Vater die Segensworte beendet hatte, fügte seine Mutter noch hinzu: »Und wir sind so dankbar dafür, Marian und Don und ihre Zwillinge hier bei uns zu haben.«

»Mutter, wir leben doch schließlich nicht am Nordpol«,

warf Marian mit einem Zwinkern zu Geoff ein. »Boston liegt ungefähr dreieinhalb Stunden von hier weg.«

»Wenn es nach deiner Mutter ginge, lebte die ganze Familie Haus an Haus«, bemerkte sein Vater mit einem belustigten Lächeln. »Und ihr wärt alle hier an Ort und Stelle unter ihrem wachsamen Auge versammelt.«

»Ihr könnt mich ruhig alle auslachen«, sagte seine Mutter, »aber ich liebe es einfach, meine ganze Familie beieinander zu haben. Es ist wunderbar, daß drei von euch Mädchen schon mit einer eigenen Familie dastehen und Vickey einen festen Freund hat, der so nett ist wie Kevin.«

Geoff sah, wie sie das junge Paar anstrahlte.

»Wenn ich jetzt bloß noch unsern einzigen Sohn dazu kriegen könnte, sich das richtige Mädchen zu angeln ...« Ihre Stimme verlor sich, während alle mit einem nachsichtigen Lächeln zu Geoff hinüberblickten.

Geoff zog eine Grimasse, lächelte dann ebenfalls und hielt sich dabei vor Augen, daß seine Mutter, wenn sie nicht gerade auf diesem Lieblingsthema herumritt, eine sehr interessante Frau war, die zwanzig Jahre lang an der Drew University Literatur des Mittelalters unterrichtet hatte. Ja, er war sogar wegen ihrer großen Bewunderung für Chaucer Geoffrey getauft worden.

Zwischen zwei Gängen des Dinners huschte Geoff ins Arbeitszimmer zurück und rief Kerry an. Sein Herz schlug schneller, als er merkte, daß sie offenbar glücklich darüber war, von ihm zu hören.

»Kerry, können Sie Skip morgen besuchen? Seine Mutter und Beth lassen bestimmt alles stehen und liegen, um dazusein, wenn Sie kommen.«

»Ich möchte gern, Geoff, aber ich weiß nicht, ob ich kann. Es würde mich total nervös machen, Robin hierzulassen, auch wenn sie bei Cassie bleibt. Die Kinder sind ständig draußen, und es ist gleich bei einer Ecke, die leicht zugänglich ist.«

Geoff merkte erst an seinen eigenen Worten, daß er die Lösung schon parat hatte. »Dann weiß ich was Besseres. Ich hole Sie beide ab, und wir können Robin hier bei meiner Familie lassen, solange wir weg sind. Meine Schwester und ihr Mann sind mit ihren Kindern da. Und ihretwegen werden auch die anderen Enkel vorbeischauen. Robin hat also jede Menge Gesellschaft, und falls Ihnen das nicht genügt – mein Schwager ist Captain bei der Staatspolizei von Massachusetts. Glauben Sie mir, hier ist sie in Sicherheit.«

Samstag, 4. November

70

Jason Arnott lag fast die ganze Nacht über schlaflos da und versuchte verzweifelt, sich zu einer Entscheidung darüber durchzuringen, wie er nun auf den Anruf der Staatsanwältin Kerry McGrath reagieren sollte, selbst wenn sie sich ihrer eleganten Formulierung zufolge nur in »inoffizieller« Funktion an ihn wandte.

Um sieben Uhr morgens stand sein Entschluß endlich fest. Er würde sie zurückrufen und in einem höflichen, aber distanzierten Ton davon in Kenntnis setzen, er sei unter der Voraussetzung, daß es nicht zu lange dauere, mit Vergnügen zu einem Treffen bereit. Als Entschuldigung würde er eine direkt bevorstehende Geschäftsreise vorschützen.

In die Catskills, nahm sich Jason vor. Ich verstecke mich einfach in meinem Haus. Dort findet mich niemand. In der Zwischenzeit legt sich dann der ganze Staub wieder. Aber ich darf nicht den Eindruck erwecken, als hätte ich irgendeinen Grund zur Beunruhigung.

Da er sich nun entschieden hatte, schlief er endlich fest ein, ja er fiel sogar in die Art von Tiefschlaf, wie er ihn immer nach einem erfolgreichen Fischzug genoß, wenn er wußte, die Gefahr war vorüber.

Nachdem er um halb zehn aufgewacht war, rief er als erstes Kerry McGrath an. Sie nahm schon beim ersten Läuten den Hörer ab. Er war erleichtert, aus ihrer Stimme Dankbarkeit herauszuhören, die ihm aufrichtig erschien.

»Mr. Arnott, ich bin wirklich froh, daß Sie anrufen, und ich versichere Ihnen, es ist ganz inoffiziell«, erklärte sie. »Ihr Name ist in dem Zusammenhang aufgetaucht, daß Sie damals vor langer Zeit ein Freund Suzanne Reardons waren und sie auch bei der Anschaffung von Antiquitäten beraten haben. In dem Fall hat sich was Neues ergeben, und ich wäre ausgesprochen dankbar für eine Gelegenheit, mit Ihnen darüber zu reden, wie Sie die Beziehung zwischen Suzanne und ihrem Vater, Dr. Charles Smith, empfunden haben. Ich verspreche Ihnen, daß ich nur ein paar Minuten Ihrer Zeit beanspruchen werde.«

Es war ihr ernst. Jason hörte immer sofort falsche Töne heraus, hatte eine Karriere auf dieser Fähigkeit aufgebaut, und sie war keine Heuchlerin. Es war bestimmt nicht schwierig, über Suzanne zu sprechen, sagte er sich. Er war oft mit ihr auf Einkaufstour gegangen, ganz so, wie er es erst am Tag zuvor mit Vera Shelby Todd getan hatte. Suzanne war auch häufig auf seinen Partys erschienen, aber darin unterschied sie sich nicht von Dutzenden anderer Leute. Keiner konnte ihm daraus einen Strick drehen.

Jason zeigte sich vollkommen aufgeschlossen gegenüber Kerrys Erläuterung, um ein Uhr habe sie eine feste Verabredung und werde zu dem Zeitpunkt abgeholt, und daher würde sie ihn sehr gern innerhalb der nächsten Stunde aufsuchen.

71

Kerry beschloß, Robin auf ihre Fahrt zu Jason Arnotts Haus mitzunehmen. Ihr war bewußt, daß es Robin zu schaffen gemacht hatte, mitanzusehen, wie sie am Vorabend mit Bob um die Kopie von Haskells Zettel gekämpft hatte, und sie dachte sich, die Fahrt nach Alpine und zurück werde ihnen jeweils eine halbe Stunde Zeit zum Plaudern geben. Sie machte sich Vorwürfe wegen der Szene mit Bob. Es hätte ihr klar sein müssen, daß er ihr keinesfalls die Notiz überlassen würde. Aber immerhin wußte sie, was auf dem Blatt gestanden hatte. Sie hatte es sich genau so aufgezeichnet, wie sie es gesehen hatte, damit sie es später Geoff zeigen konnte.

Es war ein sonniger, frischer Tag von der Art, dachte sie, die einem zu neuen Kräften verhalf. Jetzt, da sie wußte, daß sie sich ernsthaft mit dem Fall Reardon befassen und die Sache bis zum bitteren Ende durchziehen mußte, war sie entschlossen, zügig vorzugehen.

Robin hatte gern eingewilligt, auf den Ausflug mitzukommen, wies aber darauf hin, daß sie um zwölf wieder zu Hause sein wollte. Sie hatte vor, Cassie zum Essen einzuladen.

Kerry erzählte ihr daraufhin von dem Plan, sie eine Weile bei Geoffs Familie unterzubringen, während sie selbst geschäftlich nach Trenton unterwegs war.

»Weil du Angst um mich hast«, stellte Robin nüchtern fest.

»Ja«, gestand Kerry ein. »Ich will dich dort wissen, wo du auch bestimmt okay bist, und ich weiß, daß du bei den Dorsos in Sicherheit bist. Am Montag will ich über die ganze Angelegenheit mit Frank Green reden, nachdem ich dich an der Schule abgesetzt habe. Also, Robin, wenn wir bei Mr. Arnott angelangt sind, dann kommst du mit rein, aber du weißt doch, daß ich ungestört mit ihm reden muß. Hast du ein Buch mitgenommen?«

»Mm-hmmm. Ich bin schon gespannt, wie viele von Geoffs Nichten und Neffen heute da sind. Laß mich mal nachrechnen, er hat vier Schwestern. Die jüngste ist nicht verheiratet. Die eine, die gleich nach Geoff kommt, hat drei Kinder, einen Jungen, der neun ist – er ist mir im Alter am nächsten –, und ein Mädchen, das sieben ist, und einen Jungen von vier Jahren. Geoffs zweite Schwester hat vier Kinder, aber die sind alle ziemlich klein – das älteste ist, glaub' ich, sechs. Dann ist da noch die eine mit den zweijährigen Zwillingen.«

»Rob, um Himmels willen, woher weißt du denn das alles?« fragte Kerry.

»Neulich abends beim Essen. Geoff hat von ihnen erzählt. Du warst so ziemlich daneben, hab' ich das Gefühl. Ich meine, ich habe gemerkt, daß du nicht zugehört hast. Aber egal, es wird bestimmt stark, wenn ich da hinkomme. Er hat gesagt, seine Mutter kann gut kochen.«

Als sie Closter hinter sich ließen und nach Alpine kamen, blickte Kerry auf ihren Zettel mit den Richtungsangaben hinunter. »Jetzt ist es nicht mehr weit.«

Fünf Minuten später fuhren sie eine kurvenreiche Straße zu Jason Arnotts europäisch anmutendem Wohnsitz hinauf. Die leuchtende Sonne spielte auf dem Gebäude, einer atemberaubenden Kombination aus Naturstein, verputzten Wänden, Backstein und Holz mit hoch aufragenden bleigefaßten Fenstern.

»Ist ja 'ne Wucht!« rief Robin aus.

»Da wird einem erst mal klar, wie bescheiden *wir* wohnen«, fand auch Kerry, als sie den Wagen in der halbkreisförmigen Auffahrt parkte.

Jason Arnott öffnete ihnen schon die Tür, bevor sie die Klingel entdecken konnten. Seine Begrüßung war herzlich. »Ms. McGrath, und das ist wohl Ihre Assistentin?«

»Ich sagte doch, daß es ein inoffizieller Besuch wird, Mr. Arnott«, erwiderte Kerry, als sie Robin vorstellte. »Vielleicht könnte sie hier warten, während wir miteinander reden.« Sie zeigte auf einen Sessel neben einer lebensgroßen Bronzeskulptur zweier kämpfender Ritter.

»Oh, nein. Sie fühlt sich in dem kleinen Studio bestimmt wesentlich wohler.« Arnott wies auf ein Zimmer zur Linken der Eingangshalle. »Wir beide können in die Bibliothek gehen. Sie liegt gleich hinter dem Studio.«

Das ist ja wie ein Museum hier, dachte Kerry, während sie Arnott folgte. Sie hätte liebend gern die Gelegenheit dazu gehabt, stehenzubleiben und sich die erlesenen Wandteppiche, die herrlichen Möbel, die Gemälde und die Harmonie der gesamten Raumgestaltung gründlicher ansehen zu können.

Konzentrier dich auf das, was du vorhast, schärfte sie sich ein. Du hast ihm doch versprochen, nur eine halbe Stunde zu bleiben.

Als sie und Arnott einander dann auf geschmackvollen, mit Saffianleder bezogenen Sesseln gegenübersaßen, ergriff sie das Wort: »Mr. Arnott, vor ein paar Wochen hat sich Robin bei einem Autounfall einige Gesichtswunden zugezogen und wurde dann von Dr. Charles Smith behandelt.«

Arnott hob erstaunt die Augenbrauen. »Etwa derselbe Dr. Charles Smith, der Suzanne Reardons Vater war?«

»Ja, genau. Bei jedem der beiden Nachuntersuchungstermine begegnete mir in seiner Praxis eine Patientin, die Suzanne Reardon auf verblüffende Weise ähnlich sah.«

Arnott starrte sie an. »Durch Zufall, hoffe ich doch. Sie wollen damit doch sicher nicht sagen, daß er absichtlich Ebenbilder von Suzanne herstellt?«

»Eine interessante Wortwahl, Mr. Arnott. Ich bin hier, weil ich, wie ich Ihnen ja schon sagte, Suzanne besser verstehen muß. Ich muß wissen, wie die Beziehung zu ihrem Vater wirklich aussah, und auch die zu ihrem Mann, soweit Sie darüber im Bilde sind.«

Arnott lehnte sich zurück, blickte zur Decke hinauf und verschränkte die Hände unter dem Kinn.

Das wirkt so einstudiert, dachte Kerry. Er will offenbar Eindruck schinden. Doch warum?

»Lassen Sie mich damit beginnen, wie ich Suzanne kennengelernt habe. Das dürfte jetzt etwa zwölf Jahre her sein. Sie hat eines Tages einfach vor meiner Tür gestanden. Ich muß schon sagen, sie war eine bildschöne junge Frau. Sie stellte sich vor und erklärte mir, daß sie mit ihrem Mann im Begriff sei, hier in der Nachbarschaft ein Haus zu bauen, und daß sie vorhätte, es mit Antiquitäten einzurichten, und gehört hätte, daß ich gute Freundinnen von ihr auf Auktionen begleitete, um ihnen beim Bieten zur Seite zu stehen.

Ich habe ihr das bestätigt, aber auch gesagt, daß ich mich nicht als Innenarchitekt betrachte und auch nicht die Absicht hätte, als Ganztagsberater angesehen zu werden.«

»Stellen Sie Ihre Dienste in Rechnung?«

»Anfangs habe ich's nicht getan. Doch als mir dann klar wurde, daß ich mich bestens dabei amüsiere, wenn ich angenehme Leute auf ihren Spritztouren begleite, sie vor einem schlechten Kauf warne und ihnen dazu verhelfe, erstklassige Objekte zu besten Preisen zu erwerben, da habe ich eine angemessene Provisionsspanne festgelegt. Ich hatte zuerst kein Interesse daran, mich auf Suzanne näher einzulassen. Sie hatte etwas ziemlich Erdrückendes, wissen Sie.«

»Aber Sie haben sich dann doch auf sie eingelassen.«

Arnott zuckte die Achseln. »Ms. McGrath, wenn Suzanne etwas haben wollte, dann bekam sie es auch. Genaugenommen hat sie ihren Charme einfach auf andere Weise eingesetzt, als sie mitbekam, daß ihr provozierendes Flirten bei mir nur auf Ablehnung stieß. Sie konnte wirklich sehr amüsant sein. Im Lauf der Zeit haben wir uns dann sehr gut angefreundet; offen gestanden, fehlt sie mir immer noch sehr. Sie war eine große Bereicherung für meine Partys.«

»Hat Skip sie begleitet?«

»Selten. Er langweilte sich, und, ehrlich gesagt, fanden ihn meine Gäste nicht *simpatico*. Aber daß Sie mich nicht falsch verstehen. Er war ein intelligenter junger Mann mit guten Manieren, aber er war anders als die meisten Menschen in meinem Bekanntenkreis. Er war ein typischer Frühaufsteher, arbeitete hart und hatte kein Interesse an müßigem Geplauder – wie er es auch Suzanne einmal vor allen andern unter die Nase rieb, als er sie einfach stehenließ und nach Hause fuhr.«

»Hatte sie an diesem Abend ihr eigenes Auto dabei?«

Arnott lächelte. »Suzanne hatte nie Schwierigkeiten damit, eine Mitfahrgelegenheit zu bekommen.«

»Wie würden Sie die Beziehung zwischen Suzanne und Skip beurteilen?«

»Am Zerbröckeln. Ich kannte die beiden während ihrer letzten beiden Ehejahre. Zuerst hatte ich den Eindruck, daß sie sich wirklich zugetan waren, aber im Lauf der Zeit stellte es sich heraus, daß er sie langweilte. Zum Schluß haben sie nur noch sehr wenig miteinander unternommen.«

»Dr. Smith hat behauptet, Skip sei krankhaft eifersüchtig gewesen und hätte Suzanne bedroht.«

»Falls das stimmt, hat es mir Suzanne nicht anvertraut.«

»Wie gut kannten Sie Dr. Smith?«

»So gut wie ihre ganzen anderen Freunde, nehm ich mal an. Wenn ich mit Suzanne nach New York gefahren bin und seine Praxis gerade zu war, dann ist er häufig aufgetaucht und hat sich uns angeschlossen. Am Ende aber schien ihr seine Zuwendung auf den Geist zu gehen. Sie sagte dann manchmal Dinge wie: ›Geschieht mir recht, wenn ich ihm unbedingt erzählen muß, daß wir heute herkommen.‹«

»Hat sie's ihn fühlen lassen, daß sie verärgert war?«

»Genauso, wie sie ihre Gleichgültigkeit gegenüber Skip ziemlich offen zur Schau gestellt hat, gab sie sich auch keine Mühe, ihre Ungeduld mit Dr. Smith zu verbergen.«

»Sie wußten, daß sie bei ihrer Mutter und einem Stiefvater aufgewachsen war?«

»Ja. Sie hat mir erzählt, daß die Jahre, in denen sie aufwuchs, ziemlich schlimm waren. Ihre Stiefschwestern waren neidisch auf ihr Aussehen. Einmal hat sie gesagt: ›Um von Aschenbrödel zu reden – in gewisser Weise hab' ich ihr Leben geführt.‹«

Das beantwortet schon meine nächste Frage, dachte Kerry. Offensichtlich hatte Suzanne Arnott nicht verraten, daß sie als die unscheinbare Schwester namens Susie aufgewachsen war.

Plötzlich fiel ihr eine neue Frage ein. »Wie hat sie eigentlich Dr. Smith angeredet?«

Arnott dachte nach. »Entweder Herr Doktor oder Charles«, erwiderte er nach einer Weile.

»Nicht Dad.«

»Nie. Jedenfalls nicht, soweit ich mich erinnern kann.« Arnott blickte demonstrativ auf seine Uhr.

»Ich weiß, daß ihn Ihnen versprochen habe, Sie nicht zu lange aufzuhalten, aber da gibt's noch eine Sache, die ich wissen muß. Hatte Suzanne ein Verhältnis mit einem anderen Mann? Insbesondere, hat sie sich mit Jimmy Weeks getroffen?«

Arnott schien sich seine Antwort zu überlegen. »Ich habe sie mit Jimmy Weeks genau hier in diesem Zimmer bekannt gemacht. Es war das einzige Mal, daß er überhaupt hier war. Sie sind ziemlich aufeinander geflogen. Wie Sie vielleicht wissen, ist Weeks ein Machtmensch mit einer starken Ausstrahlung, und das zog Suzanne sofort an. Und Jimmy hatte natürlich immer schon etwas für schöne Frauen übrig. Suzanne war richtig stolz darauf, daß er nach der ersten Begegnung hier anfing, regelmäßig im Palisades Country Club aufzutauchen, wo sie einen großen Teil ihrer Zeit verbracht hat. Und ich glaube, Jimmy war dort auch sowieso schon Mitglied.«

Kerry dachte bei ihrer nächsten Frage an die Aussage des Caddies. »War sie froh darüber?«

»Und wie. Obwohl sie es Jimmy, glaube ich, nicht wissen ließ. Sie wußte, daß er mehrere Freundinnen hatte, und sie hatte Spaß daran, ihn eifersüchtig zu machen. Können Sie sich noch an eine der Anfangsszenen in *Vom Winde verweht* erinnern, die eine, wo Scarlett sich die ganzen Kavaliere der anderen Frauen anlacht?«

»Ja, ich erinnere mich.«

»Das war unsere Suzanne. Man möchte doch glauben, daß sie mittlerweile darüber hinaus gewesen wäre. Ist ja schließlich ein ziemlicher Backfischtrick, finden Sie nicht? Aber da gab's keinen Mann, den Suzanne nicht für sich zu gewinnen versucht hätte. Das hat sie bei Frauen nicht gerade beliebt gemacht.«

»Und wie hat Dr. Smith auf ihr kokettes Verhalten reagiert?«

»Empört, würde ich sagen. Wenn es möglich gewesen wäre, dann hätte Smith wohl am liebsten einen Schutzzaun um sie herum errichtet, um andere Leute von ihr fernzuhalten, ungefähr so, wie Museen ihre kostbarsten Exponate mit Barrieren umgeben.«

Sie wissen gar nicht, wie sehr Sie ins Schwarze treffen,

dachte Kerry. Sie mußte an Deidre Reardons Bemerkung über Smiths Beziehung zu Suzanne denken, daß er sie wie ein Objekt behandelt habe. »Falls Sie mit Ihrer Annahme richtig liegen, wäre das nicht ein Grund für Dr. Smith, etwas gegen Skip Reardon zu haben?«

»Etwas gegen ihn zu haben? Ich glaube, das reichte viel tiefer. Ich glaube, er hat ihn gehaßt.«

»Mr. Arnott, hatten Sie Grund zu der Annahme, daß Suzanne außer von ihrem Mann und ihrem Vater noch von einem anderen Mann Schmuck geschenkt bekam?«

»Falls es so war, hat sie's mir nicht verraten. Suzanne hatte ein paar ausgesprochen schöne Stücke, *das* weiß ich jedenfalls. Skip kaufte ihr eine ganze Menge Schmuck, jedes Jahr zum Geburtstag und dann noch mal zu Weihnachten, und zwar immer, nachdem sie ihm genau beigebracht hatte, was sie haben wollte. Sie besaß auch einige ältere Cartier-Unikate, die ihr, soviel ich weiß, ihr Vater geschenkt hatte.«

Oder es zumindest behauptet hat, dachte Kerry. Sie erhob sich. »Mr. Arnott, glauben Sie, daß Skip Suzanne getötet hat?«

Er stand ebenfalls auf. »Ms. McGrath, ich halte mich für ziemlich gut, wenn es darum geht, alte Kunst und Antiquitäten zu beurteilen. In der Beurteilung von Menschen bin ich weniger gut. Aber stimmt es denn nicht, daß Liebe und Geld die beiden wichtigsten Motive sind? So leid es mir tut, aber ich muß sagen, in diesem Fall scheinen beide Motive auf Skip zuzutreffen. Finden Sie nicht?«

Von einem Fenster aus beobachtete Jason, wie Kerrys Wagen die Straße hinunter verschwand. Als er die kurze Unterredung nochmals überdachte, fand er, daß er detailliert genug Auskunft erteilt hatte, um entgegenkommend zu erscheinen, aber auch hinreichend vage, daß sie zu demselben Schluß kam wie vor zehn Jahren die Staatsanwaltschaft und die Verteidiger, daß es nämlich zwecklos sei, ihn weiter zu befragen.

Ob ich glaube, daß Skip Suzanne umgebracht hat? Nein, das glaube ich nicht, Ms. McGrath, dachte er. Ich glaube, daß

Skip wie leider viel zu viele Männer wohl dazu *fähig* gewesen wäre, seine Frau umzubringen. Nur daß ihm an dem Abend damals jemand anders zuvorkam.

72

Skip Reardon hatte eine der vermutlich schlimmsten Wochen seines Lebens durchgemacht. Der skeptische Ausdruck in den Augen der Staatsanwältin Kerry McGrath während ihres Besuchs bei ihm im Gefängnis hatte die Wirkung des Rückschlags noch verstärkt, den die Nachricht für ihn bedeutet hatte, daß vielleicht keine Berufungsverfahren mehr möglich waren.

Es kam ihm vor, als sänge ein griechischer Tragödienchor in seinem Kopf unablässig die Worte: »*Noch zwanzig Jahre, bis ein Straßerlaß wegen guter Führung überhaupt möglich ist.*« Wieder und wieder. Anstatt zu lesen oder fernzusehen, hatte Skip die ganze Woche über auf die eingerahmten Bilder an den Wänden seiner Zelle gestarrt.

Beth und seine Mutter waren auf den meisten dargestellt. Einige der Fotos reichten siebzehn Jahre zurück, als er dreiundzwanzig Jahre alt war und gerade angefangen hatte, mit Beth auszugehen. Sie hatte ihren ersten Job als Lehrerin angetreten, und er hatte sein Bauunternehmen Reardon Construction Company aus der Taufe gehoben.

In den zehn Jahren, die er nun eingesperrt war, hatte Skip schon viele Stunden damit verbracht, die Bilder zu betrachten und sich den Kopf darüber zu zerbrechen, wie nur alles so schiefgehen konnte. Hätte er an jenem Abend Suzanne nicht getroffen, dann wären er und Beth mittlerweile vierzehn oder fünfzehn Jahre verheiratet. Wahrscheinlich hätten sie auch zwei oder drei Kinder. Wie wäre es wohl, einen Sohn oder eine Tochter zu haben? fragte er sich.

Er hätte dann für Beth ein Haus gebaut, das sie gemeinsam geplant hätten – nicht dieses verrückte, moderne, riesige

Phantasiegebilde eines Architekten, das Suzanne verlangt hatte und das er im Lauf der Zeit nur noch verabscheute.

In all den langen Jahren im Gefängnis hatte ihn das Bewußtsein seiner Unschuld aufrechterhalten, sein Vertrauen in die amerikanische Justiz und die Überzeugung, dieser Alptraum werde eines Tages ein Ende finden. In seinen Wunschträumen gab ihm das Revisionsgericht schließlich recht, daß Dr. Smith ein Lügner war, und Geoff erschien im Gefängnis und erklärte: »Zeit zu gehen, Skip. Sie sind ein freier Mann.«

Das Gefängnisreglement gewährte Skip zwei R-Gespräche pro Tag. Normalerweise rief er zweimal in der Woche sowohl seine Mutter wie Beth an. Mindestens eine von beiden kam ihn am Samstag oder Sonntag besuchen.

In dieser Woche hatte Skip jedoch keine von beiden angerufen. Sein Entschluß stand nun fest. Er würde es nicht mehr zulassen, daß Beth ihn besuchen kam. Sie mußte von jetzt ab ihr eigenes Leben leben. Ihr vierzigster Geburtstag stand bevor, überlegte er. Es war nötig, daß sie jemand anders kennenlernen, heiraten und Kinder kriegen würde. Sie liebte doch Kinder. Deshalb hatte sie sich auch entschlossen, Lehrerin und dann Schultherapeutin zu werden.

Und da war noch etwas anderes, was Skip beschloß: Er würde von nun ab keine Zeit mehr mit dem Entwurf von Zimmern und Häusern vergeuden, beseelt von dem Wunsch, sie eines Tages auch bauen zu können. Bis er aus dem Knast kommen würde – falls er überhaupt je herauskam –, war er schon in den Sechzigern. Das war dann für einen Neuanfang zu spät. Außerdem war dann niemand mehr da, für den das eine Rolle spielte.

Als Skip daher am Samstag morgen Bescheid erhielt, sein Anwalt sei am Telefon, nahm er den Anruf in der festen Absicht entgegen, Geoff zu sagen, er solle ihn jetzt ebenfalls vergessen. Auch für ihn sei es an der Zeit, sich anderen Dingen zuzuwenden. Doch als er erfuhr, Kerry McGrath habe vor, ihn wieder zu besuchen, und zwar zusammen mit seiner Mutter und Beth, wurde er wütend.

»Was hat diese McGrath eigentlich im Sinn, Geoff?«

fragte er. »Will sie Mom und Beth etwa vorführen, *warum* genau sie ihre Zeit verschwenden, wenn sie mich hier rauszukriegen versuchen? Will sie demonstrieren, wie jedes Argument *für* mich auch ein Argument *gegen* mich ist? Sagen Sie der McGrath, daß ich mir das nicht noch mal anzuhören brauche. Das Gericht hat es schon großartig geschafft, mich zu überzeugen.«

»Schluß damit, Skip«, fuhr ihm Geoff energisch über den Mund. »Kerrys Interesse an Ihnen hat ihr bereits erheblichen Ärger verursacht, inklusive der Drohung, ihrer zehnjährigen Tochter könnte etwas zustoßen, wenn sie sich nicht aus der Sache raushält.«

»Eine Drohung? Wer?« Skip schaute den Hörer in seiner Hand an, als stamme er plötzlich von einem fremden Stern. Es war unmöglich, zu begreifen, daß jemand seinetwegen Kerry McGraths Tochter Schaden angedroht hatte.

»Nicht nur *wer?* ist die Frage, sondern auch *warum?* Wir sind uns sicher, daß Jimmy Weeks die Antwort auf die erste Frage ist. Das Warum bedeutet, daß er aus irgendeinem Grund Angst davor hat, das Verfahren könnte wiederaufgerollt werden. Also hören Sie jetzt zu, Kerry will den Fall mit Ihnen bis ins kleinste Detail durchgehen, und genauso mit Ihrer Mutter und Beth. Sie hat einen Haufen Fragen für euch alle. Sie hat Ihnen auch eine Menge über Dr. Smith zu erzählen. Ich brauche Sie ja nicht daran zu erinnern, welche Folgen seine Zeugenaussage für Sie hatte. Wir kommen zur letzten Besuchszeit, also stellen Sie sich darauf ein, mitzuhelfen. Das hier ist die beste Chance, die wir je hatten, Sie freizukriegen. Es ist vielleicht auch die letzte.«

Skip vernahm deutlich das Klicken, als die Leitung unterbrochen wurde. Ein Aufsichtsposten brachte ihn zu seiner Zelle zurück. Er setzte sich auf seine Lagerstatt und vergrub das Gesicht in den Händen. Er wollte es einfach nicht geschehen lassen, doch ganz gegen seinen Willen war der Hoffnungsfunke, den er erfolgreich ausgelöscht zu haben glaubte, wieder zu neuem Leben erwacht und erwärmte ihn jetzt durch und durch.

73

Geoff holte Kerry und Robin um ein Uhr ab. Als sie Essex Fells erreichten, führte er Kerry und Robin ins Haus und stellte die beiden ringsum seiner Familie vor. Am Abend vorher hatte er gegen Ende der Tafelrunde seinen erwachsenen Verwandten kurz die Umstände erklärt, weshalb er Robin zu ihnen bringen wollte.

Instinktiv hatte seine Mutter sofort den Tatbestand erfaßt, daß diese Frau, die Geoff beharrlich »Robins Mutter« nannte, für ihren Sohn besondere Bedeutung haben mochte.

»Aber selbstverständlich, bring doch Robin für den Nachmittag her«, hatte sie erklärt. »Armes Kind, daß jemand auch nur auf die Idee kommt, ihr was zuleide zu tun. Und Geoff, wenn du und ihre Mutter – Kerry heißt sie doch, oder? – von Trenton zurück seid, dann müßt ihr unbedingt noch bleiben und mit uns zu Abend essen.«

Geoff wußte, daß sein unbestimmtes »Schaun wir mal« verlorene Liebesmüh war. So wie die Dinge stehen, essen wir, falls nicht noch etwas Unerwartetes dazwischenkommt, heute abend am Tisch meiner Mutter, sagte er sich.

Er entdeckte sofort die Zustimmung in den Augen seiner Mutter, als sie Kerry in Augenschein nahm. Kerry trug einen Kamelhaarmantel mit einem Gürtel und dazu passende lange Hosen. Ein jagdgrüner Rollkragenpullover unterstrich die Grüntöne in ihren haselnußfarbenen Augen. Die Haare hatte sie sich lose über den Kragen gebürstet. Als Make-up hatte sie außer einer Idee Lippenstift offenbar nur etwas Lidschatten aufgelegt.

Als nächstes fiel ihm auf, daß seine Mutter Gefallen an Kerrys ehrlicher, aber nicht überschwenglicher Dankbarkeit fand, daß sie Robin dalassen konnte. Mom hatte ja immer betont, die Stimme eines Menschen sollte wohlmoduliert sein, erinnerte er sich.

Robin war glücklich, als sie erfuhr, daß alle neun Enkel sich irgendwo im Haus herumtrieben. »Don geht nachher mit dir und den beiden Ältesten zur Sports World«, sagte Mrs. Dorso zu ihr.

Kerry schüttelte den Kopf und murmelte: »Ich weiß nicht recht ...«

»Don ist der Schwager von mir, der ein Captain bei der Staatspolizei von Massachusetts ist«, klärte sie Geoff schnell auf. »Der läßt die Kinder bestimmt keine Sekunde aus den Augen.«

Man konnte Robin schon deutlich die Vorfreude ansehen. Sie beobachtete, wie die zweijährigen Zwillinge auf der Flucht vor ihrem vierjährigen Vetter wie wild vorbeiwackelten. »Das ist ja wie Kleinkinderberufsverkehr hier«, kommentierte sie vergnügt. »Bis später dann, Mom.«

Im Wagen lehnte sich Kerry in den Sitz zurück und seufzte tief auf.

»Sie machen sich doch nicht etwa Sorgen, oder?« fragte Geoff sogleich.

»Nein, überhaupt nicht. Das war nur ein Zeichen meiner Erleichterung. So, und jetzt bring ich Sie mal auf den neusten Stand über all das, was ich Ihnen noch nicht erzählt habe.«

»Was zum Beispiel?«

»Wie Suzanne aufgewachsen ist zum Beispiel, und was sie zu sehen bekam, wenn sie damals in den Spiegel geschaut hat. Oder was Dr. Smith mit einer der Patientinnen treibt, die er mit Suzannes Gesicht ausgestattet hat. Und was ich heute vormittag von Jason Arnott erfahren habe.«

Deidre Reardon und Beth Taylor warteten schon in der für Besucher bestimmten Empfangshalle im Gefängnis. Nachdem Geoff und Kerry sich am Schalter eingetragen hatten, schlossen sie sich den beiden Frauen an, und Geoff stellte Kerry und Beth einander vor.

Während sie auf ihren Aufruf warteten, hielt Kerry das Gespräch bewußt auf einer unpersönlichen Ebene. Sie wußte, worüber sie dann in Anwesenheit von Skip reden wollte, doch das behielt sie sich lieber bis zu diesem Zeitpunkt vor. Sie wollte nichts von der Spontaneität verlieren, wenn die drei sich gegenseitig zu Erinnerungen anregten, sobald sie dann die verschiedenen Punkte durchging. Da sie verstand, daß Mrs. Reardon sie zurückhaltend begrüßt hatte, konzentrierte sie sich auf die Unterhaltung mit Beth Taylor, die ihr sofort sympathisch war.

Pünktlich um drei wurden sie in den Gefängnisbereich geführt, wo es Verwandten und Freunden bei ihrem Besuch gestattet war, mit den Strafgefangenen unmittelbar in Kontakt zu kommen. Diesmal war es hier wesentlich voller als bei Kerrys erstem Besuch eine Woche zuvor. Bestürzt sagte sich Kerry, daß es vermutlich besser gewesen wäre, einen Antrag für eines der Einzelbesprechungszimmer zu stellen, die zur Verfügung standen, wenn sowohl Staatsanwalt wie Verteidiger die Genehmigung zu einem gemeinsamen Besuch einholten. Doch das hätte bedeutet, daß man sie offiziell als Staatsanwältin von Bergen County, die einen überführten Mörder aufsucht, registriert hätte, etwas, worauf sie sich noch nicht so recht einlassen wollte.

Es gelang ihnen dann aber, einen Tisch in der Ecke aufzutreiben, wohin der Hintergrundlärm etwas weniger stark durchdrang. Als man Skip in den Raum führte, sprangen Deidre Reardon und Beth gleichzeitig auf. Nachdem der Wärter Skips Handschellen entfernt hatte, hielt sich Beth zurück, während Deidre ihren Sohn umarmte.

Dann beobachtete Kerry, wie Beth und Skip einander anschauten. Der Gesichtsausdruck der beiden und ihre enorme Selbstbeherrschung, als sie sich küßten, sagten mehr aus über das, was sie verband, als es die heftigsten, überschwenglichsten Umarmungen vermocht hätten. Dieser Augenblick rief in Kerry lebhaft die Erinnerung an jenen Tag im Gericht wieder wach, als sie bei der Verkündung des Urteils, das ihn für mindestens dreißig Jahre ins Gefängnis schickte, die Qual in Skip Reardons Miene wahrgenommen und seinen herzzerreißenden Protest, Dr. Smith sei ein Lügner, mitangehört hatte. Als sie jetzt daran zurückdachte, begriff sie, daß sie den Klang der Wahrheit schon damals aus Skip Reardons Stimme herausgehört hatte, obwohl sie zu dem Zeitpunkt noch kaum etwas über den Fall wußte.

Sie hatte sich einen Schreibblock mitgebracht, auf dem sie eine Reihe von Fragen notiert und dabei jeweils genügend Zwischenraum übriggelassen hatte, um die Antworten festhalten zu können. Kurz setzte sie nun ihre Gesprächspartner über all das in Kenntnis, was sie dazu bewogen hatte, diesen zweiten Besuch zu machen: Dolly Bowles' Bericht über den Mercedes, der am Abend von Suzannes Tod vor dem Haus gestanden hatte; die Tatsache, daß Suzanne als denkbar unattraktives Mädchen aufgewachsen war; Dr. Smiths bizarres Verlangen, bei Schönheitsoperationen praktisch Suzannes Gesicht zu kopieren; Smiths Fixiertheit auf Barbara Tompkins; den Tatbestand, daß Jimmy Weeks' Name in den ursprünglichen Ermittlungen aufgetaucht war; und schließlich die Drohung gegen Robin.

Kerry fand, daß es für die drei sprach, daß sie nach dem ersten Schock über all diese Enthüllungen keine Zeit darauf verschwendeten, ihren Reaktionen untereinander freien Lauf zu lassen. Beth Taylor griff nach Skips Hand, während sie fragte: »Was können wir jetzt unternehmen?«

»Erst einmal möchte ich mit der Feststellung für Klarheit sorgen, daß ich jetzt ernste Zweifel daran hege, daß Skip schuldig ist, und falls wir die Art von Dingen rausfinden, die ich erwarte, will ich mein Bestes tun, Geoff dabei zu helfen, damit das Urteil revidiert wird. Also, ich sehe die Sache so«, sage Kerry. »Vor einer Woche, Skip, gewannen Sie nach unserem Gespräch die Überzeugung, daß ich Ihnen nicht glaube. Das trifft aber wirklich nicht zu. Mein Gefühl und meine Überlegung gingen eher dahin, daß ich nichts gehört hatte, das sich nicht auf zweierlei Weise interpretieren ließ – für Sie oder gegen Sie. Jedenfalls war nichts dabei, was es gerechtfertigt hätte, einen neuen Revisionsantrag zu stellen. Stimmt das nicht, Geoff?«

Geoff nickte.

»Dr. Smiths Zeugenaussage ist der Hauptgrund für Ihre Verurteilung, Skip. Die eine große Hoffnung beruht darauf, eben diese Zeugenaussage in ihrer Glaubwürdigkeit zu erschüttern. Und die einzige Methode in meinen Augen, um das zu bewerkstelligen, bedeutet, ihn in die Enge zu treiben, und zwar indem man einige seiner Lügen entlarvt und ihn damit konfrontiert.«

Sie wartete nicht ab, bis jemand das Wort ergriff. »Auf die erste Frage, die ich stellen wollte, habe ich bereits die Antwort erhalten – Suzanne hat Ihnen nie verraten, daß sie sich plastischer Chirurgie unterzogen hatte. Und übrigens brauchen wir nicht ganz so formell zu sein. Ich heiße Kerry.«

Während der restlichen eineinviertel Stunden der Besuchszeit feuerte Kerry eine Frage nach der anderen ab. »Fürs erste, Skip, hat Suzanne je etwas von Jimmy Weeks erwähnt?«

»Nur ganz nebenbei«, sagte er. »Ich wußte, daß er in dem Klub Mitglied war und daß sie manchmal einen Vierer mit ihm zusammen gespielt hat. Sie hat die ganze Zeit mit ihren Golfresultaten angegeben. Aber wenn sie merkte, daß ich den Verdacht bekam, sie hätte mit irgendwem eine Affäre, hat sie nur noch die Namen von Frauen erwähnt, mit denen sie gespielt hat.«

»Ist Weeks nicht der Mann, der jetzt wegen Steuerhinterziehung vor Gericht steht?« fragte Deidre Reardon.

Kerry nickte.

»Das ist ja nicht zu fassen. Ich fand es wirklich schrecklich, daß man ihm so auf den Pelz rückt. Letztes Jahr habe ich ehrenamtlich an der Sammelaktion zugunsten der Krebshilfe mitgearbeitet, und da ließ er uns die Veranstaltung auf seinem Landsitz in Peapack abhalten. Er hat für die ganze Angelegenheit die Kosten getragen und obendrein noch eine riesige Spende gemacht. Und da erzählen Sie, daß er ein Verhältnis mit Suzanne hatte und jetzt Ihre Tochter bedroht!«

»Jimmy Weeks hat immer dafür gesorgt, daß sein Image als Wohltäter in der Öffentlichkeit nachhaltig gepflegt wird«, erklärte ihr Kerry. »Sie sind nicht die einzige, die ihn für ein unschuldiges Opfer staatlicher Repressalien hält. Aber glauben Sie mir – in Wahrheit verhält es sich völlig anders.« Sie wandte sich an Skip. »Ich möchte gern, daß Sie mir den Schmuck beschreiben, den Suzanne Ihrer Ansicht nach von einem anderen Mann geschenkt bekam.«

»Eins davon war ein Goldarmband mit Tierkreiszeichen, die in Silber eingelegt waren, bis auf das Steinbockzeichen. Das saß in der Mitte und war ganz in Diamanten gefaßt. Suzanne war ein Steinbock. Es war ohne Zweifel ein sehr teures Schmuckstück. Als ich sie danach fragte, hat sie behauptet, ihr Vater hätte es ihr geschenkt. Bei der nächsten Gelegenheit, als ich ihn sah, bedankte ich mich für seine Großzügigkeit ihr gegenüber, und wie ich mir schon gedacht hatte, wußte er gar nicht, wovon ich rede.«

»Das ist ein Schmuckstück, das wir vielleicht zurückverfolgen können. Für den Anfang können wir an verschiedene Juweliere in New Jersey und Manhattan Flugblätter rausschicken«, sagte Kerry. »Es ist erstaunlich, wie viele von ihnen ein Stück, das sie vor Jahren verkauft haben, entweder identifizieren oder doch im Fall eines Einzelmodells dem Stil eines Designers zuordnen können.«

Skip berichtete ihr von einem Smaragd-und-Diamant-Ring, der die Form eines Eherings hatte. Die Diamanten waren abwechselnd mit den Smaragden in einen feinen Reif aus rosa getöntem Gold gefaßt.

»Hat sie bei dem auch behauptet, daß er von ihrem Vater stammt?«

»Ja. Laut ihrer Darstellung wollte er damit die Jahre wiedergutmachen, in denen er ihr überhaupt nichts geschenkt hat. Sie hat behauptet, ein Teil des Schmucks stammte noch aus dem Familienerbe seiner Mutter. Das fiel mir schon leichter zu glauben. Außerdem hatte sie noch eine Brosche in Form einer Blume, die mit Sicherheit sehr alt war.«

»An die kann ich mich noch erinnern«, warf Deidre Reardon ein. »Zu der gehörte noch eine kleinere Anstecknadel, die wie eine Knospe geformt war und mit einer Silberkette damit verbunden war. Ich hab' noch ein Bild, das ich aus einer der Lokalzeitungen ausgeschnitten hab, wo

Suzanne die Brosche auf irgendeiner Wohltätigkeitsveranstaltung trägt. Und noch so ein altes Familienerbstück war das Diamantenarmband, das Suzanne bei ihrem Tod anhatte, Skip.«

»Wo war der Schmuck von Suzanne an dem Abend damals?« fragte Kerry.

»Außer dem, was sie trug, in dem Schmuckkasten auf ihrem Frisiertisch«, erwiderte Skip. »Eigentlich hätte sie die Sachen in dem Schließfach in ihrer Garderobe aufbewahren sollen, aber meistens hatte sie keine Lust dazu.«

»Skip, laut Ihrer Zeugenaussage vor Gericht haben damals in der Nacht mehrere Schmuckstücke aus dem Schlafzimmer gefehlt.«

»Bei zwei Dingen bin ich mir absolut sicher, daß sie verschwunden waren. Eins war die Blumenbrosche. Leider kann ich nicht mit Sicherheit sagen, daß sie an dem Tag auch bestimmt im Schmuckkasten war. Aber ich kann beschwören, daß ein Miniaturrahmen, der sonst auf dem Nachttisch stand, gefehlt hat.«

»Beschreiben Sie mir den doch«, forderte ihn Kerry auf.

»Laß mich mal, Skip«, kam ihm Deidre Reardon zuvor. »Wissen Sie, Kerry, der kleine Rahmen war besonders schön. Angeblich soll ihn ein Mitarbeiter des Juweliers Fabergé gemacht haben. Mein Mann war nach dem Krieg bei der Besatzungsarmee und hat den Rahmen in Deutschland gekauft. Es war ein blaues Emailleoval mit einer goldenen Einfassung, die mit Perlen besetzt war. Es war mein Hochzeitsgeschenk für Skip und Suzanne.«

»Suzanne hat ein Foto von sich reingesteckt«, erläuterte Skip.

Kerry bemerkte, daß der Gefängniswärter an der Tür auf die Wanduhr blickte. »Wir haben nur noch ein paar Minuten«, sagte sie hastig. »Wann haben Sie den Rahmen zum letztenmal gesehen, Skip?«

»Er war noch da, als ich mich damals an dem letzten Morgen angezogen hab. Das weiß ich deshalb noch so genau, weil ich einen Blick darauf warf, als ich gerade das Zeug aus meinen Taschen in den Anzug steckte, den ich frisch angezogen hatte. In der Nacht dann, als die Leute von der Kripo sagten, sie würden mich zum Verhör mitnehmen, kam einer von ihnen mit mir nach oben ins Schlafzimmer, als ich mir noch einen Pulli holen wollte. Da war der Rahmen verschwunden.«

»Falls Suzanne mit irgendwem ein Verhältnis hatte, hat sie dann möglicherweise jemand dieses Bild von ihr an dem Tag geschenkt?«

»Nein. Es war eins der besten Fotos von ihr, und sie hat es sich gerne angeschaut. Und ich glaube, nicht einmal sie hätte sich getraut, das Hochzeitsgeschenk meiner Mutter wegzugeben.«

»Und es ist nie mehr aufgetaucht?« fragte Kerry.

»Nie. Aber als ich gesagt hab, daß es vielleicht gestohlen wurde, hielt der Staatsanwalt dagegen, falls wirklich ein Dieb dagewesen wäre, dann hätte er auch den ganzen Schmuck mitgehen lassen.«

Es läutete zum Zeichen, daß die Besuchszeit vorüber war. Als Skip diesmal aufstand, legte er einen Arm um seine Mutter, den anderen um Beth, und zog beide Frauen an sich. Über ihre Köpfe hinweg blickte er auf Kerry und Geoff. Sein Lächeln ließ ihn zehn Jahre jünger erscheinen. »Kerry, wenn Sie eine Möglichkeit finden, wie Sie mich hier rauskriegen, dann bau ich ein Haus für Sie, aus dem Sie bis an Ihr Lebensende nicht mehr raus wollen.« Dann lachte er plötzlich auf. »Du meine Güte«, sagte er, »ich kann nicht glauben, daß ich das in dem Loch hier gesagt hab.«

Am anderen Ende des Raumes saß der Gefängnisinsasse Will Toth mit seiner Freundin zusammen, widmete aber größtenteils seine Aufmerksamkeit der Gruppe um Skip Reardon herum. Er hatte Skips Mutter, den Strafverteidiger und Skips Freundin hier schon mehr als genug gesehen. Eine Woche zuvor aber hatte er dann Kerry McGrath wiedererkannt, als sie Skip besuchte. Sie würde er überall wiedererkennen – McGrath war der Grund, weshalb er die kommenden fünfzehn Jahre hier in diesem Drecksloch verbringen mußte. Sie hatte bei seinem Prozeß die Anklage vertreten. Es war deutlich zu sehen, daß sie heute richtig auf Schmusekurs mit Reardon war; ihm, Will Toth, war nicht entgangen, daß sie die ganze Zeit alles mitschrieb, was Skip ihr erzählte.

Will und seine Freundin standen auf, sobald das Signal zur Beendigung der Besuchszeit ertönte. Bei seinem Abschiedskuß flüsterte er ihr noch zu: »Ruf gleich, wenn du heimkommst, deinen Bruder an, und sag ihm, er soll die Nachricht weitergeben, daß die McGrath heute wieder hier war und sich jede Menge Notizen gemacht hat.«

74

Si Morgan, der FBI-Agent, der die Ermittlungen im Diebstahlsfall Hamilton leitete, saß am Samstag nachmittag in Quantico in seinem Büro und überprüfte den Computerausdruck zu diesem Fall wie zu den übrigen Verbrechen, die möglicherweise in einem Zusammenhang damit standen.

Sie hatten die Hamiltons ebenso wie die Einbruchsopfer in ähnlich gelagerten Fällen aufgefordert, ihnen die Namen all der Gäste, die bei irgendeiner Zusammenkunft oder Festlichkeit in ihrem Haus während einer Periode von mehreren Monaten vor dem jeweiligen Einbruch zu Besuch gekommen waren, zur Verfügung zu stellen. Der Computer hatte eine Gesamtliste hergestellt sowie eine weitere Sonderliste der Namen, die häufiger auftraten.

Das Problem dabei ist nur, dachte Si, daß so viele dieser Leute sich in denselben Kreisen bewegen, daß es nicht ungewöhnlich ist, regelmäßig auf bestimmte Personen zu stoßen, besonders bei großen Anlässen.

Immerhin gab es etwa ein Dutzend Namen, die auffallend oft in Erscheinung traten. Si musterte diese in alphabetischer Ordnung aufgeführte Liste.

Der erste war Arnott, Jason.

Da haben wir nichts vorliegen, dachte Si. Arnott war einige Jahre zuvor im stillen überprüft worden und galt als sauber. Er hatte ein wohlsortiertes Aktienbündel, und seine Privatkonten wiesen keine plötzlichen Bareinzahlungen auf, wie sie für Einbrecher typisch waren. Auch sein Zinsaufkommen lag im Rahmen seines Lebensstils. Seine Steuererklärung verzeichnete korrekt seine Kapitalgeschäfte an der Börse. Er genoß einen guten Ruf als Experte für Kunst und Antiquitäten. Er gab gerne Einladungen und war allgemein beliebt.

Falls bei seiner Personenbeschreibung überhaupt etwas aus dem Rahmen fiel, dann die Tatsache, daß Arnott vielleicht ein wenig zu vollkommen erschien. Das und der Umstand, daß seine gründliche Sachkenntnis über Antiquitäten und Kunst mit der wählerischen Methode des Diebs in Einklang stand, der sich nur auf Erstklassiges aus dem Besitz seiner Opfer kaprizierte. Vielleicht würde es nicht schaden, ihn erneut unter die Lupe zu nehmen, falls sich keine andere Spur ergibt, überlegte Si. Doch wesentlich stärker war er an einem anderen Namen auf der Liste interessiert, an Sheldon Landi, einem Mann, der seine eigene Presseagentur besaß.

Landi scheint sich ja wirklich gern unter die Crème de la crème zu mischen, überlegte Si. Er verdient nicht gerade großartig, lebt aber in Saus und Braus. Landi paßte auch in das Personenprofil, das laut Computeranalyse ausschlaggebend für ihre Zielvorstellung war: ein Mann mittleren Alters; Junggeselle; College-Ausbildung; selbständig.

Sie hatten sechshundert Flugblätter mit dem Foto, das die Sicherheitskamera gemacht hatte, an die Personen geschickt, die sie aus den Gästelisten herausgefiltert hatten. Bis jetzt waren dreißig Hinweise eingegangen. Einer davon kam von einer Frau, die am Telefon berichtete, der Schuldige könne sehr wohl ihr ehemaliger Mann sein. »Er hat mich rücksichtslos beklaut, solange wir verheiratet waren, und bei der Scheidung hat er sich eine Riesenabfindung erstunken und erlogen, und er hat auch so ein spitzes Kinn, wie ich es da auf dem Foto sehe«, hatte sie voller Eifer erklärt. »Ich würde ihn mir vorknöpfen, wenn ich Sie wär.«

Während er sich jetzt in seinen Schreibtischsessel zurücklehnte, dachte Si wieder an den Anruf und lächelte. Der Exmann, von dem die Frau gesprochen hatte, war ein Senator der Vereinigten Staaten von Amerika.

Sonntag, 5. November

75

Jonathan und Grace Hoover erwarteten Kerry und Robin gegen ein Uhr. Sie vertraten beide die Meinung, daß eine entspannte Mahlzeit am Sonntagmittag ein kultivierter und erholsamer Brauch war.

Leider hatte das freundliche Wetter vom Samstag nicht angehalten. Grau und kühl war der Sonntag angebrochen, doch um zwölf Uhr strömte das herzhafte Aroma eines Lammschmorbratens angenehm durchs Haus. In ihrem Lieblingszimmer, der Bibliothek, brannte hell das Kaminfeuer, und sie hatten es sich dort bis zum Eintreffen ihrer Gäste gemütlich gemacht.

Grace konzentrierte sich auf das Kreuzworträtsel in der *Times*, und Jonathan war in den Teil mit den kulturellen Veranstaltungen versunken. Er schaute hoch, als er Grace verärgert murmeln hörte, und sah, daß ihr der Stift aus der Hand auf den Teppich gerutscht war. Er beobachtete, wie sie mit äußerster Kraftanstrengung den Versuch unternahm, sich hinunterzubeugen, um ihn wieder aufzufischen.

»Grace«, sagte er vorwurfsvoll und sprang gleichzeitig auf, um den Stift für sie aufzuheben.

Sie seufzte, während sie das Schreibutensil wieder in Empfang nahm. »Ehrlich, Jonathan, was würde ich nur ohne dich tun?«

»Das brauchst du doch nie auszuprobieren, meine Liebe. Und ich darf dir sagen, daß das Gefühl auf Gegenseitigkeit beruht.«

Für eine Weile hielt sie sich seine Hand ans Gesicht. »Das weiß ich, mein Lieber. Und du kannst mir glauben, daß es eins von den Dingen ist, die mir die Kraft geben, überhaupt weiterzumachen.«

Auf der Fahrt zu den Hoovers unterhielten sich Kerry und Robin über den Abend zuvor. »Es hat viel mehr Spaß gemacht, bei den Dorsos zum Abendessen zu bleiben, als ins Restaurant zu gehen«, erklärte Robin voller Begeisterung. »Mom, die mag ich wirklich.«

»Ich auch«, gab Kerry ohne Vorbehalt zu.

»Mrs. Dorso hat zu mir gesagt, daß es gar nicht so schwer ist, gut zu kochen.«

»Finde ich auch. Ich fürchte, meine Kochkünste sind eine Enttäuschung für dich.«

»Ach, Mom.« Robins Stimme klang vorwurfsvoll. Sie verschränkte die Arme und starrte geradeaus auf die Straße, die jetzt schmaler wurde, woraus sich schließen ließ, daß sie bald in Riverdale waren. »Du machst gute Nudeln«, sagte sie trotzig.

»Das schon, aber das ist auch so ziemlich alles.«

Robin wechselte das Thema. »Mom, Geoffs Mutter glaubt, daß er dich gern hat. Ich glaub's auch. Wir haben darüber geredet.«

»Was habt ihr?«

»Mrs. Dorso hat erzählt, daß Geoff überhaupt nie eine Freundin zu seiner Familie mitbringt. Sie hat gesagt, seit seiner Studentenzeit bist du die erste. Und wie sie sagt, kommt das daher, daß seine kleinen Schwestern früher den Mädchen immer Streiche gespielt haben, mit denen er verabredet war, und daß er deshalb jetzt ein gebranntes Kind ist.«

»Wahrscheinlich«, erwiderte Kerry leichthin. Sie wollte nicht mehr an das denken, was ihr inzwischen bewußt geworden war: daß sie auf dem Rückweg vom Gefängnis vor lauter Erschöpfung eigentlich nur für einen Moment die Augen geschlossen hatte, dann aber beim Aufwachen bemerkt hatte, daß sie sich an Geoffs Schulter anlehnte. Und daß es sich so natürlich, so richtig angefühlt hatte.

Der Besuch bei Grace und Jonathan verlief wie erwartet ausgesprochen angenehm. Kerry wußte zwar, daß es irgendwann zu einer Erörterung des Falls Reardon kommen würde, doch bestimmt nicht, bevor der Kaffee serviert wurde. Zu diesem Zeitpunkt konnte Robin dann vom Tisch aufstehen, um zu lesen oder eines der neuen Computerspiele auszuprobieren, die Jonathan immer für sie bereithielt.

Beim Essen unterhielt Jonathan sie mit Berichten über die laufende Legislaturperiode und über den Haushaltsentwurf, den der Gouverneur zur Zeit durchzusetzen versuchte. »Verstehst du, Robin«, erläuterte er, »die Politik ist wie ein Footballspiel. Der Gouverneur ist der Trainer, der die Taktik bestimmt, und die Anführer seiner Partei im Senat und im Repräsentantenhaus sind die Quarterbacks.«

»Das bist du, oder?« unterbrach ihn Robin.

»Im Senat, ja, da könntest du mich wohl so bezeichnen«, gab ihr Jonathan recht. »Die übrigen Leute in unserem Team schützen den, der gerade den Ball hat.«

»Und die andern?«

»Die vom anderen Team legen es verteufelt drauf an, den Spieß umzudrehen.«

»Jonathan«, sagte Grace ruhig.

»Entschuldigung, mein Schatz. Aber diese Woche hat es mehr Beeinflussungsversuche um Sonderbegünstigungen gegeben, als ich seit Jahren erlebt habe.«

»Was meinst du damit?« fragte Robin.

»Das ist ein uralter, aber nicht unbedingt ehrenhafter Brauch, wobei einzelne Abgeordnete dem Staatshaushalt unnötige Kosten aufhalsen, um sich bei den Wählern in ihrem Wahlkreis einzuschmeicheln. Manche Leute machen eine wahre Kunst daraus.«

Kerry lächelte. »Robin, du begreifst hoffentlich, was für

ein Glück du hast, die Regierungsabläufe von einem Mann wie Onkel Jonathan erklärt zu bekommen.«

»Alles reiner Egoismus«, versicherte Jonathan ihnen. »Bis Kerry soweit ist, daß sie am Supreme Court in Washington vereidigt wird, kriegen wir's auch hin, daß Robin ins Parlament gewählt wird und selbst auf dem besten Weg nach oben ist.«

Jetzt ist der Zeitpunkt da, dachte Kerry. »Rob, wenn du fertig bist, kannst du nachschauen, was es Neues am Computer gibt.«

»Da gibt es was, was du bestimmt magst, Robin«, ermunterte sie Jonathan. »Ich garantier's dir.«

Die Haushälterin machte mit der Kaffeekanne die Runde. Kerry war überzeugt, daß sie die zweite Tasse nötig hatte. Von jetzt an kann es nur noch bergab gehen, dachte sie.

Sie wartete nicht erst, bis sich Jonathan nach dem Fall Reardon erkundigte. Statt dessen präsentierte sie ihm und Grace alles genau so, wie es ihrer Kenntnis entsprach, und schloß mit den Worten: »Es ist eindeutig, daß Dr. Smith gelogen hat. Die Frage ist nur, wieweit ist er dabei gegangen? Es ist ebenso eindeutig, daß Jimmy Weeks irgendeinen äußerst wichtigen Grund hat, weshalb er nicht will, daß der Fall wiederaufgenommen wird. Warum würden er oder seine Handlanger sonst Robin mit hineinziehen?«

»Kinellen hat tatsächlich damit gedroht, daß Robin etwas zustoßen könnte?« Grace' Stimme klang eiskalt vor Verachtung.

»Davor gewarnt ist der bessere Ausdruck, denke ich.« Kerry wandte sich nun in der Hoffnung, Jonathans Verständnis zu finden, an ihn. »Sieh mal, du mußt verstehen, daß ich Frank Green keine Steine in den Weg legen will. Er würde einen guten Gouverneur abgeben, und mir ist bewußt, daß du auch mich gemeint hast, als du Robin erklärtest, wie es im Parlament zugeht. Green würde die politische Linie von Gouverneur Marshall in die Tat umsetzen. Und verdammt noch mal, Jonathan, ich will doch Richterin werden. Ich weiß, daß ich eine gute Richterin sein kann. Ich weiß, daß ich gerecht sein kann, ohne mich über den Tisch ziehen oder von falschem Mitgefühl überwältigen zu lassen. Aber was für eine Richterin würde ich denn abgeben, wenn ich jetzt als Staatsanwältin eine Sache auf sich beruhen lasse, die mehr und mehr nach einem Justizirrtum aussieht, der zum Himmel stinkt.«

Ihr wurde bewußt, daß ihre Stimme etwas lauter geworden war. »Tut mir leid«, sagte sie. »Ich hab' mich etwas mitreißen lassen.«

»Nun, wir tun wohl, was wir tun müssen«, stellte Grace ruhig fest.

»Meine Überlegung ist, daß ich ja nicht vorhabe, wie ein Westernheld die große Show abzuziehen und mich in der Öffentlichkeit zu produzieren. Wenn etwas nicht stimmt, möchte ich herausfinden, was es ist, und dann Geoff Dorso den Ball übergeben. Morgen nachmittag gehe ich zu Dr. Smith, um mit ihm zu reden. Der entscheidende Faktor ist dabei, seine Zeugenaussage zu erschüttern. Ich glaube, offen gesagt, daß er kurz vor einem Nervenzusammenbruch steht. Jemandem heimlich nachzusteigen ist ein Verbrechen. Wenn ich ihn genügend unter Druck setzen kann, daß er zusammenbricht und zugibt, daß er im Zeugenstand gelogen hat, daß er Suzanne diese Schmuckstücke nicht geschenkt hat und daß sehr wohl jemand anders bei der Sache eine Rolle gespielt haben kann, dann haben wir eine ganz neue Ausgangsposition. Geoff Dorso könnte dort weitermachen und einen Antrag für ein neues Verfahren stellen. Es dauert ohnehin einige Monate, bis der Antrag ordnungsgemäß bearbeitet und darüber befunden wird. Bis dahin kann Frank schon Gouverneur sein.«

»Aber du, meine Liebe, bist dann vielleicht kein Mitglied der Richterschaft.« Jonathan schüttelte den Kopf. »Du bist sehr überzeugend, Kerry, und ich bewundere dich, selbst während ich mir Sorgen mache, wie teuer dich diese Sache womöglich zu stehen kommt. Zuallererst aber geht es um Robin. Die Drohung mag vielleicht nicht mehr als das sein, eine simple Drohung, aber du mußt sie ernst nehmen.«

»Ich nehme sie auch ernst, Jonathan. Außer als sie bei Geoff Dorsos Familie war, habe ich sie das ganze Wochenende über nicht aus den Augen gelassen. Sie wird nicht mal eine Minute lang allein sein.«

»Kerry, wann immer du das Gefühl hast, daß es in deinem Haus nicht sicher genug ist, dann laß sie bei uns«, sagte Grace eindringlich. »Unser Überwachungssystem ist erstklassig, und wir halten dann das Außentor verschlossen. Es ist durch eine Alarmanlage gesichert, so daß wir merken, wenn jemand einzudringen versucht. Wir werden uns einen pensionierten Polizisten suchen, der sie zur Schule fahren und dort abholen kann.«

Kerry legte die Hand auf Grace' Finger und drückte sie ganz sanft. »Ich liebe euch beide«, sagte sie schlicht. »Jonathan, bitte sei nicht enttäuscht, daß ich das einfach tun muß.«

»Ich bin wohl eher stolz auf dich«, sagte Jonathan. »Ich will tun, was ich kann, damit dein Name weiterhin im Rennen für die Ernennung bleibt, aber ...«

»Aber verlaß dich nicht drauf. Ich weiß«, sagte Kerry langsam. »Du liebe Zeit, manchmal ist es ziemlich hart, die richtige Entscheidung zu treffen, was?«

»Ich glaube, wir wechseln jetzt besser das Thema«, sagte Jonathan energisch. »Aber halte mich auf dem laufenden, Kerry.«

»Natürlich.«

»Um von erfreulicheren Dingen zu reden, Grace fühlte sich vorgestern gut genug, um zum Abendessen auszugehen«, berichtete er.

»Ach, Grace, das freut mich wirklich«, sagte Kerry aufrichtig.

»Wir sind dort auf jemand gestoßen, der mir seither nicht mehr aus dem Sinn geht, und zwar nur deswegen, weil ich mich nicht erinnern kann, wo ich ihm schon mal begegnet bin«, sagte Grace. »Ein Jason Arnott.«

Kerry hatte es nicht für notwendig gehalten, Jason Arnott zu erwähnen. Fürs erste beschloß sie, nichts weiter zu sagen als: »Wieso glaubst du, daß du ihn kennst?«

»Ich weiß es nicht«, erwiderte Grace. »Aber ich bin überzeugt, daß ich ihn entweder schon mal getroffen oder aber sein Bild in der Zeitung gesehen habe.« Sie zuckte die Achseln. »Irgendwann fällt's mir wieder ein. Das tut es immer.«

Montag, 6. November

76

Die von der Außenwelt abgesonderten Geschworenen in dem Prozeß gegen Jimmy Weeks wußten nichts von dem Mordanschlag auf Barney Haskell und Mark Young, aber die Medien sorgten dafür, daß es alle übrigen Menschen erfuhren. Viele Spalten der Wochenendzeitungen waren den Ermittlungen gewidmet worden, und jedes Nachrichtenprogramm im Fernsehen brachte unablässig Bildberichte über den Tatort.

Ein verängstigter Zeuge, dessen Identität nicht preisgegeben wurde, hatte schließlich bei der Polizei angerufen. Er war gerade auf dem Weg gewesen, sich Geld aus einem Bankautomaten zu ziehen, als er einen dunkelblauen Toyota auf den Parkplatz bei dem kleinen Gebäude fahren sah, in dem Mark Youngs Kanzlei lag. Das war um zehn nach sieben. Das rechte Vorderrad an seinem Wagen war dem Zeugen wacklig vorgekommen, und er war an den Bordstein herangefahren, um sich den Reifen anzuschauen. Er hockte gerade daneben, als er sah, wie die Tür zu dem Bürogebäude wieder aufging und ein Mann von Mitte Dreißig zu dem Toyota zurückrannte. Sein Gesicht war nicht zu erkennen, aber er trug etwas, was wie eine übergroße Pistole aussah.

Der Zeuge konnte sich einen Teil des Nummernschilds an dem Toyota merken, der in einem anderen Staat registriert war. Die Polizei spürte die Herkunft des Wagens auf und identifizierte ihn als ein Fahrzeug, das am Donnerstag abend in Philadelphia gestohlen worden war. Freitag spät abends wurde dann in Newark das ausgebrannte Wrack gefunden.

Selbst die geringe Wahrscheinlichkeit, daß Haskell und Young Opfer eines Raubüberfalls geworden waren, schwand im Licht dieses Beweismaterials. Es war offensichtlich ein bezahlter Killer gewesen, und es blieb kein Zweifel mehr offen, daß Jimmy Weeks den Auftrag dazu erteilt hatte. Der Zeuge war nicht in der Lage, den Killer zu identifizieren. Der Wagen war vernichtet. Die Kugeln, die die beiden Opfer getötet hatten, stammten zweifelsfrei aus einer nicht registrierten Schußwaffe, die jetzt am Grund eines Flusses lag oder aber dort, wo niemand Fragen stellte, als Tauschobjekt gegen ein Weihnachtsspielzeug dienen würde.

Am Montag verbrachte Geoff Dorso wieder einmal einige Stunden bei dem Prozeß gegen Jimmy Weeks. Die Anklagevertretung baute ihren Fall systematisch auf dem soliden Fundament offenbar unwiderlegbarer Beweise auf. Royce, der Bundesanwalt, der es offenbar darauf anlegte, als Gouverneurskandidat gegen Frank Green anzutreten, widerstand dem Impuls, sich großartig in Szene zu setzen. Mit dem sich lichtenden Haupthaar und seiner Nickelbrille wirkte er wie ein Gelehrter, und seine Strategie bestand darin, Schritt für Schritt vorzugehen und jede nur mögliche Alternativerklärung für die äußerst komplizierten Geschäftsvorgänge und Geldtransaktionen von Weeks Enterprises nach und nach auszuschließen.

Er hatte Schaukarten, auf die er mit einem langen Zeigestab verwies, einen von der Art, erinnerte sich Geoff, wie ihn immer die Nonnen benutzt hatten, als er noch in die Grundschule ging, Geoff kam zu dem Schluß, daß Royce es meisterhaft verstand, den Geschworenen Weeks' Angelegenheiten auf verständliche Weise nahezubringen. Man brauchte kein Mathematikgenie oder Finanzexperte zu sein, um seinen Erläuterungen zu folgen.

Royce holte den Piloten von Jimmy Weeks' Privatflugzeug in den Zeugenstand und nahm ihn unerbittlich ins Verhör. »Wie oft haben Sie die erforderlichen Papiere für den

Firmenjet ausgefüllt? ... Wie oft hat Mr. Weeks die Maschine ausschließlich für private Zwecke verwendet? ... Wie oft hat er sie Freunden für ihre privaten Unternehmungen zur Verfügung gestellt? ... Wurden die Kosten nicht jedesmal, wenn die Motoren dieser Maschine angelassen wurden, über die Firma abgebucht? ... Alle diese Ausgaben, die er als sogenannte Betriebskosten steuerlich abgesetzt hat, galten doch in Wirklichkeit seinem Privatvergnügen, oder etwa nicht?«

Als Bob Kinellen zum Kreuzverhör antrat, beobachtete Geoff, wie er all seinen Charme dazu einsetzte, den Piloten in Widersprüche zu verwickeln, ihn hinsichtlich der verschiedenen Daten und des jeweiligen Zwecks der Flüge durcheinanderzubringen. Wieder einmal fand Geoff, daß Kinellen gut war, vermutlich aber nicht gut genug. Natürlich war ihm klar, daß man nie und nimmer sicher sein konnte, was in den Köpfen der Geschworenen vor sich ging, aber Geoff hatte nicht den Eindruck, daß sie Kinellen auf den Leim gingen.

Er musterte das ausdruckslose Gesicht von Jimmy Weeks. Er erschien stets in einem dezenten Geschäftsanzug, mit weißem Hemd und Krawatte im Gerichtssaal. Sein Aussehen entsprach der Rolle, die er zu spielen versuchte – die eines fünfzigjährigen Unternehmers mit einer Vielfalt wirtschaftlicher Aktivitäten, der das Opfer einer Hexenjagd der Steuerfahndung war.

Heute beobachtete Geoff ihn unter dem Gesichtspunkt der Beziehung, in der er zu Suzanne Reardon gestanden hatte. Was war das für ein Verhältnis? fragte er sich. Wie ernst ist es wohl gewesen? War Weeks derjenige, der ihr den Schmuck geschenkt hatte? Geoff war über den Zettel informiert, den man bei Haskells Anwalt gefunden hatte und der vielleicht dieselbe Aufschrift trug wie das Schreiben, das Suzanne Reardon zusammen mit den Rosen am Tag ihres Todes erhalten hatte, aber jetzt, da Haskell tot war und die Originalkarte bis dato unauffindbar, würde es unmöglich sein, irgendeinen Zusammenhang mit Weeks zu beweisen.

Der Schmuck konnte jedoch einen interessanten Aspekt darstellen, erkannte Geoff, und er war es wert, genauer untersucht zu werden. Ob er wohl zu einem bestimmten Laden geht, um Klunker für seine diversen Freundinnen zu kaufen? fragte sich Geoff. Wer war noch die Frau, mit der ich vor ein paar Jahren eine Verabredung hatte, und die mir erzählt hat, daß sie mit Weeks ausgegangen war? grübelte er. Der Name wollte ihm nicht einfallen, aber er nahm sich vor, seine Terminkalender von zwei und drei Jahren zuvor durchzugehen. Dort hatte er sich den Namen bestimmt irgendwo notiert.

Als der Richter eine Pause verkündete, schlüpfte Geoff rasch aus dem Gerichtssaal. Er war halb den Gang hinunter gelangt, als er jemanden von hinten seinen Namen rufen hörte. Es war Bob Kinellen. Er wartete, bis Bob ihn eingeholt hatte. »Interessieren Sie sich nicht ein bißchen auffällig für meinen Mandanten?« fragte Kinellen ruhig.

»Ganz allgemeines Interesse bis jetzt«, antwortete Geoff.

»Ist das der Grund, weshalb Sie sich mit Kerry treffen?«

»Bob, ich finde nicht, daß Sie auch nur das geringste Recht haben, diese Frage zu stellen. Ich will sie aber trotzdem beantworten. Ich war froh, für Kerry dazusein, als Sie mit der Neuigkeit herausgeplatzt sind, daß Ihr ruhmreicher Mandant ihr Kind bedroht. Hat Sie schon jemand zum Vater des Jahres vorgeschlagen? Falls nicht, dann verschwenden Sie lieber keine Zeit damit, aufs Läuten des Telefons zu warten. Irgendwie glaube ich nicht, daß Sie das Rennen machen.«

77

Am Montag morgen blieb Grace Hoover länger als gewöhnlich im Bett. Obwohl es im Haus angenehm warm war, schien die Winterkälte auf irgendeine Weise bis in ihre Knochen und Gelenke vorzudringen. Ihre Hände und

Finger, Beine, Knie und Fußgelenke verursachten entsetzliche Schmerzen. Sobald die derzeitige Legislaturperiode zu Ende ging, würden sie und Jonathan zu ihrem Haus in New Mexico reisen. Sie hielt sich vor Augen, daß das warme, trockene Klima ihre Beschwerden lindern würde.

Vor langen Jahren, zu Beginn ihres Leidens, hatte Grace beschlossen, sich niemals dem Selbstmitleid zu überlassen. Es war für sie der trostloseste Gemütszustand schlechthin. Und doch gestand sie sich an ihren schlimmsten Tagen ein, daß es, wenn man einmal von den beständig zunehmenden Schmerzen absah, niederschmetternd war, daß sie ihre Aktivitäten immer mehr einschränken mußte.

Sie hatte zu den wenigen Ehefrauen gehört, die tatsächlich Freude daran hatten, zu all den gesellschaftlichen Anlässen zu gehen, bei denen sich ein Politiker wie Jonathan blicken lassen mußte. Zwar lag es weiß Gott nicht daran, daß sie dort gern stundenlang verweilte, aber sie genoß es, wie sehr die Leute sich bei Jonathan einzuschmeicheln suchten. Sie war so stolz auf ihn. Er hätte Gouverneur werden sollen. Das war ihr bewußt.

Nachdem Jonathan dann seine Pflichtbesuche bei diesen Ereignissen abgestattet hatte, pflegten sie damals ein ruhiges spätes Abendessen zu genießen oder auch spontan den Entschluß zu fassen, irgendwohin fürs Wochenende zu entwischen. Grace mußte lächeln, als ihr wieder einfiel, wie ihnen einmal, als sie schon zwanzig Jahre verheiratet waren, jemand an einem Urlaubsort in Arizona bei einem Zufallsgespräch erklärt hatte, sie sähen aus, als seien sie auf der Hochzeitsreise.

Nun aber machten der lästige Rollstuhl und die Notwendigkeit, eine Pflegerin mitzunehmen, die ihr beim Waschen und Anziehen half, jeden Hotelaufenthalt zu einem Alptraum für Grace. Sie wollte es nicht zulassen, daß Jonathan ihr bei diesen Verrichtungen zur Seite stand, und so war sie zu Hause besser dran, wo täglich eine Pflegeschwester Dienst tat.

Es hatte ihr Spaß gemacht, als sie neulich abend zum

Essen in den Klub ausgingen. Es war seit vielen Wochen das erstemal gewesen, daß sie aus dem Haus kam. Aber dieser Jason Arnott – ist es nicht komisch, daß er mir einfach nicht aus dem Sinn geht? dachte sie, während sie unermüdlich versuchte, ihre Finger zu beugen. Sie hatte Jonathan erneut nach ihm gefragt, doch er konnte sich nur vorstellen, daß sie ihn vielleicht auf irgendeine Wohltätigkeitsveranstaltung begleitet hatte, wo auch Arnott aufgetaucht war.

Es war jetzt zwölf Jahre her, seit Grace an einem dieser festlichen Anlässe teilgenommen hatte. Damals mußte sie sich bereits mit zwei Krücken behelfen und vermied lieber jedes Menschengedränge. Nein, es war bestimmt etwas anderes, was die Erinnerung an ihn auslöste. Ach, laß mal, sagte sie sich, das kommt schon, wenn die Zeit reif ist.

Carrie, die Haushälterin, betrat mit einem Tablett das Schlafzimmer. »Ich dachte, Sie haben inzwischen vielleicht Lust auf eine zweite Tasse Tee«, erklärte sie mit munterer Stimme.

»Ja, gern, Carrie. Danke.«

Carrie stellte das Tablett hin und klopfte die Kissen zurecht. »Sehen Sie. So ist's besser.« Sie griff in ihre Schürzentasche und holte ein gefaltetes Stück Papier hervor. »Ach, Mrs. Hoover, das lag im Papierkorb im Arbeitsraum vom Senator. Ich weiß, daß es der Senator weggeworfen hat, aber ich möchte Sie trotzdem fragen, ob es Ihnen recht ist, wenn ich's mir nehme. Mein Enkel Billy redet ständig davon, daß er später mal ein FBI-Agent werden möchte. Er würde total ausflippen, wenn er ein echtes Flugblatt zu sehen kriegt, was die vom FBI rausgeschickt haben.« Sie faltete das Blatt auseinander und reichte es Grace.

Grace warf einen Blick darauf und wollte es gerade zurückgeben, als sie plötzlich innehielt. Jonathan hatte es ihr am Freitag nachmittag gezeigt und dazu gewitzelt: »Jemand, den du kennst?« Der Begleitbrief erklärte, dieses Flugblatt gehe an all die Personen heraus, die zu Gast bei Einladungen in den Häusern gewesen seien, in die kurze Zeit später eingebrochen wurde.

Das grobkörnige, fast nicht erkennbare Bild stellte laut Information einen Straftäter dar, der gerade einen Einbruch beging. Man vermute, hieß es weiter, daß er für eine Reihe ähnlicher Einbruchsdiebstähle verantwortlich sei, die fast alle im Anschluß an eine Party oder sonst irgendeinen gesellschaftlichen Anlaß stattgefunden hätten. Eine mögliche Erklärung sei, daß er vielleicht einer der Gäste war.

Der Begleitbrief schloß mit der Zusage, jede Art von Information werde vertraulich behandelt.

»Ich weiß, daß vor ein paar Jahren ins Haus der Peales in Washington eingebrochen wurde«, hatte Jonathan erzählt. »Schreckliche Sache. Ich war zu Jocks Feier seines Wahlsiegs hingegangen. Zwei Wochen später kam seine Mutter früher als ursprünglich geplant von einem Familienurlaub zurück und muß dem Dieb in die Quere gekommen sein. Man hat sie unten an der Treppe mit gebrochenem Genick gefunden, und das Gemälde von John White Alexander war verschwunden.«

Vielleicht habe ich mir dieses Bild so genau angeschaut, weil ich die Peales kenne, dachte Grace, während sie das Flugblatt festhielt. Der Perspektive nach zu schließen, muß die Kamera unterhalb des Gesichts postiert gewesen sein.

Sie betrachtete das verschwommene Porträt, den schmalen Hals, die spitze Nase und die zusammengezogenen Lippen. Das entsprach nicht dem, was einem auffallen würde, wenn man einem Menschen direkt ins Gesicht schaut, überlegte sie. Aber wenn man von einem Rollstuhl aus zu ihm hochschaut, sieht man ihn von diesem Blickwinkel aus.

Ich könnte schwören, daß er wie der Mann aussieht, den ich neulich abends im Klub getroffen habe – Jason Arnott, dachte Grace. War das möglich?

»Carrie, reichen Sie mir bitte das Telefon herüber.« Einen Moment später sprach Grace mit Amanda Coble, die ihr Jason Arnott im Klub vorgestellt hatte. Nach den üblichen Begrüßungsfloskeln brachte sie das Gespräch auf ihn. Sie bekannte, daß sie noch immer von dem Gefühl verfolgt werde, sie sei ihm schon einmal begegnet. Wo er eigentlich wohne? fragte sie. Was mache er beruflich?

Nachdem sie den Hörer aufgelegt hatte, nippte Grace an dem jetzt lauwarmen Tee und musterte erneut das Bild. Amanda zufolge war Arnott ein Fachmann für Kunst und Antiquitäten und bewegte sich in den besten gesellschaftlichen Kreisen von Washington bis Newport.

Grace rief Jonathan in seinem Trentoner Büro an. Er war gerade außer Haus, doch als er sie später um halb vier zurückrief, berichtete sie ihm, was sie glaubte, herausgefunden zu haben, daß nämlich Jason Arnott der Einbrecher sei, nach dem das FBI fahnde.

»Das ist eine ziemlich massive Anschuldigung, meine Liebe«, sagte Jonathan vorsichtig.

»Ich habe gute Augen, Jonathan. Das weißt du.«

»Ja, das schon«, räumte er ruhig ein. »Und ehrlich gesagt, wenn die Behauptung von irgend jemand sonst käme, dann würde ich zögern, den Namen an das FBI weiterzuleiten. Ich will nichts dazu schriftlich festhalten, aber gib mir mal die Telefonnummer auf dem Flugblatt. Ich rufe eben an.«

»Nein«, erwiderte Grace. »Wenn du damit einverstanden bist, daß wir das FBI informieren sollen, mache ich den Anruf. Wenn ich falsch liege, dann hast du nichts damit zu tun. Wenn ich recht habe, dann bekomme ich wenigstens das Gefühl, endlich wieder etwas Nützliches getan zu haben. Die Mutter von Jock Peale hat mir sehr gut gefallen, als ich sie vor Jahren kennenlernte. Ich fände es wunderbar, wenn ich es wäre, die ihren Mörder gefunden hat. Niemand, der einen Mord begangen hat, sollte straflos davonkommen dürfen.«

78

Dr. Charles Smith war äußerst schlecht gelaunt. Er hatte ein einsames Wochenende verbracht, das durch die Tatsache, daß er Barbara Tompkins nicht erreichen konnte, noch unerträglicher geworden war. Am Samstag war so wunderschönes Wetter gewesen, daß er dachte, sie würde vielleicht gerne eine Fahrt nach Westchester machen, mit einer Pause zwischendurch zu einem frühen Lunch in einem der kleinen Gasthöfe am Ufer des Hudson.

Er geriet jedoch an ihren Anrufbeantworter, und falls sie zu Hause war, rief sie jedenfalls nicht zurück.

Der Sonntag war nicht besser. Normalerweise zwang Smith sich am Sonntag dazu, die Seiten der *Times* mit den kulturellen Ereignissen daraufhin durchzusehen, ob es ein Off-Broadway-Stück oder einen Konzertabend oder irgendeine Veranstaltung im Lincoln Center gab, wo er hingehen konnte. Doch diesmal konnte er sich zu nichts dergleichen aufraffen. Der Sonntag verstrich weitgehend damit, daß er in voller Bekleidung auf seinem Bett lag und das Bild von Suzanne an der Wand betrachtete.

Was ich zustande gebracht habe, war so phantastisch, sagte er sich. Diese erbärmlich reizlose, launische Tochter zweier gutaussehender Eltern hatte zurückerhalten, was ihr von Geburt aus zustand – und noch vieles mehr. Er hatte ihr eine Schönheit verliehen, die so natürlich, so atemberaubend war, daß sie in allen, die sie zu Gesicht bekamen, Ehrfurcht hervorrief.

Am Montag morgen versuchte er Barbara an ihrem Arbeitsplatz zu erreichen und erfuhr, sie sei auf einer Geschäftsreise nach Kalifornien abgereist und werde frühestens in zwei Wochen zurückerwartet. Jetzt war er wirklich verärgert. Er wußte, daß das eine Lüge war. Im Lauf ihrer Unterhaltung beim Abendessen am Donnerstag hatte Barbara etwas von einem Geschäftsessen am kommenden Mittwoch mittag im Restaurant La Grenouille erwähnt, auf das sie sich schon freue. Er konnte sich noch daran erinnern, weil sie erzählt hatte, sie sei noch nie dort gewesen und freue sich deswegen so besonders darauf.

Den ganzen Montag über fiel es Smith schwer, sich auf seine Patienten zu konzentrieren. Nicht daß er viele Termine gehabt hätte. Er schien immer weniger Patienten zu haben, und die Leute, die zu einer ersten Beratung kamen, kehrten selten wieder. Eigentlich war ihm das ja ziemlich gleichgültig – so wenige von ihnen hatten das Potential für wahre Schönheit.

Und wieder einmal spürte er, wie Mrs. Carpenter ihn ständig beobachtete. Sie war ausgesprochen tüchtig, aber er war zu dem Schluß gekommen, daß es wohl an der Zeit war, sie gehen zu lassen. Neulich, als er die Nasenoperation durchführte, war ihm aufgefallen, daß Kate Carpenter ihn wie eine besorgte Mutter, die darauf hofft, daß ihr Sprößling seine Rolle in der Schulaufführung ohne Patzer spielt, nicht aus den Augen ließ.

Als der Termin für halb vier abgesagt wurde, beschloß Smith, früher nach Hause zu gehen. Er hatte vor, den Wagen zu holen und zu Barbaras Büro zu fahren, um auf der anderen Straßenseite zu parken. Normalerweise ging sie kurz nach fünf, aber er wollte sicherheitshalber bereits vorher dort sein. Die Vorstellung, daß sie ihm absichtlich aus dem Weg ging, war ihm unerträglich. Falls er herausfand, daß dies zutraf...

Er war soeben dabei, aus der Eingangshalle des Gebäudes auf die Fifth Avenue zu treten, als er Kerry McGrath kommen sah. Er blickte sich nach einer Fluchtmöglichkeit um, doch es gab keine. Sie stellte sich ihm in den Weg.

»Dr. Smith, ich bin froh, daß ich Sie noch erwische«, sagte Kerry. »Es ist wirklich wichtig, daß ich mit Ihnen spreche.«

»Ms. McGrath, Mrs. Carpenter und die Sprechstundenhilfe sind noch in der Praxis. Was immer Sie benötigen, können die beiden Damen erledigen.« Er wandte sich ab und wollte an ihr vorbeigehen.

Sie lief einfach neben ihm her. »Dr. Smith, Mrs. Carpenter und die Sprechstundenhilfe können nicht über Ihre Tochter Suzanne mit mir reden, und keine der beiden ist dafür verantwortlich, daß ein Mann unschuldig im Gefängnis gelandet ist.«

Charles Smith reagierte, als hätte sie heißen Teer auf ihn geschüttet. »Was fällt Ihnen ein?« Er blieb stehen und packte sie am Arm.

Kerry begriff mit einemmal, daß er kurz davor war, sie zu schlagen. Sein Gesicht war eine wütende Grimasse, sein Mund verzerrt. Sie spürte, wie seine Hand zitterte, während sich seine Finger in ihr Handgelenk krallten.

Ein Mann, der zufällig vorbeikam, schaute die beiden fragend an und blieb stehen. »Ist alles mit Ihnen in Ordnung, Miss?« erkundigte er sich.

»Ist alles mit mir in Ordnung, Herr Doktor?« fragte Kerry beherrscht.

Smith ließ ihren Arm los. »Aber ja doch. Aber ja.« Er begann eilig die Fifth Avenue hinunterzugehen.

Kerry hielt im Tempo mit. »Dr. Smith, Sie wissen, daß Sie irgendwann doch mit mir reden müssen. Und ich würde es für wesentlich besser halten, wenn Sie mich anhören, bevor alles aus dem Ruder läuft und eine wirklich unangenehme Situation entsteht.«

Er reagierte nicht.

Sie hielt Schritt mit ihm. Sie merkte, daß sein Atem rascher ging. »Dr. Smith, es ist mir egal, wie schnell Sie laufen. Ich kann länger durchhalten als Sie. Sollen wir nicht in Ihre Praxis zurückkehren, oder gibt es hier irgendwo ein Lokal, wo wir eine Tasse Kaffee trinken können? Wir müssen einfach miteinander reden. Andernfalls wird man Sie leider in Haft nehmen und Anklage wegen Nötigung gegen Sie erheben.«

»Anklage ... wegen ... was?« Wiederum wirbelte Smith herum und fixierte sie.

»Sie jagen Barbara Tompkins mit Ihrer Aufdringlichkeit Angst ein. Haben Sie auch Suzanne in Angst und Schrecken versetzt, Dr. Smith? Sie waren doch da an dem Abend, als sie starb, oder nicht? Zwei Leute, eine Frau und ein kleiner Junge, haben einen schwarzen Mercedes vor dem Haus stehen sehen. Die Frau konnte sich noch an einen Teil des Nummernschilds erinnern, an eine 3 und ein L. Heute habe ich erfahren, daß Ihr Kennzeichen eine 8 und ein L enthält. Das kommt nahe genug, um Ihre Anwesenheit dort wahrscheinlich zu machen, würde ich meinen. Also, wo reden wir jetzt miteinander?«

Er starrte sie noch einige Sekunden an, und in seinen Augen blitzte noch immer die Wut. Langsam aber wich sie der Resignation, wie Kerry beobachten konnte, und gleichzeitig schien sein ganzer Körper zusammenzusacken.

»Ich wohne hier die Straße runter«, erklärte er mit nun abgewandten Augen. Sie waren fast an der Ecke, und er zeigte nach links.

Kerry interpretierte seine Worte als Einladung. Mache ich wohl einen Fehler, wenn ich mit ihm hineingehe? fragte sie sich. Er scheint endlich seinen Widerstand aufzugeben. Ob dort wohl eine Haushälterin ist?

Doch sie entschied, daß sie vermutlich nie mehr diese Chance bekommen würde, ob sie nun allein mit Smith sein würde oder nicht. Die Schockwirkung dessen, was sie zu ihm gesagt hatte, hatte vielleicht irgendwelche psychischen Barrieren durchbrochen. Dr. Smith machte es zweifellos gar nichts aus, einen anderen Mann unschuldig im Gefängnis zu wissen, aber die Aussicht, selbst als Angeklagter vor Gericht erscheinen zu müssen, gefiel ihm ganz bestimmt nicht.

Sie waren vor dem Haus Nummer 28 der Washington Mews angekommen. Smith griff nach seinem Schlüssel und steckte ihn mit einer präzisen Handbewegung ins Schloß, drehte ihn herum und stieß die Tür auf. »Kommen Sie rein, wenn Sie darauf bestehen, Ms. McGrath«, erklärte er.

79

Beim FBI trafen mehr und mehr Hinweise auf Leute ein, die in einem oder mehreren der Häuser zu Besuch gewesen waren, wo jemand eingebrochen hatte. Es gab jetzt zwölf mögliche Spuren, aber Si Morgan dachte, er sei auf eine Goldmine gestoßen, als sein Hauptverdächtiger Sheldon Landi am Montag nachmittag zugab, sein PR-Unternehmen diene als Scheinfirma nur dazu, seine wahren Aktivitäten zu bemänteln.

Landi war zur Vernehmung vorgeladen worden, und für einen kurzen Moment glaubte Si schon, er werde gleich ein Geständnis hören. Dann aber flüsterte Landi mit Schweißperlen auf der Stirn: »Haben Sie jemals *Tell All* gelesen?«

»Das ist doch so eine Supermarktgazette, oder?« fragte Si.

»Ja. Eine der größten. Vier Millionen Auflage pro Woche.« Eine Anmutung von Prahlerei hatte sich kurz in Landis Tonfall eingeschlichen. Dann wurde seine Stimme plötzlich so leise, daß sie kaum mehr zu hören war, als er sagte: »Das darf diese vier Wände nicht verlassen, aber ich bin der Chefreporter von *Tell All.* Wenn das je herauskommt, lassen mich all meine Freunde fallen.«

Das war's dann also, dachte Si, nachdem Landi gegangen war. Dieser kleine Kriecher ist bloß eine Klatschtante; er hätte nie den Mumm, auch nur einen von diesen Jobs durchzuziehen.

Um Viertel vor vier kam einer seiner Ermittlungsbeamten herein. »Si, da ist 'ne Frau an der Sonderleitung für vertrauliche Informationen im Fall Hamilton, mit der du, glaub ich, reden solltest. Sie heißt Grace Hoover. Ihr Mann ist im Senat von New Jersey, und sie glaubt, daß sie neulich abends den Kerl gesehen hat, nach dem wir fahnden. Es ist einer von diesen Knaben, der schon auf unsrer Liste aufgetaucht ist, Jason Arnott.«

»Arnott!« Si packte das Telefon. »Mrs. Hoover, Si Morgan am Apparat. Vielen Dank für Ihren Anruf.«

Während er zuhörte, entschied er, daß Grace Hoover eine Zeugin von der Art war, wie sie sich ein Mann des Gesetzes nur erträumen konnte. Sie war logisch in ihren Folgerungen, klar in ihrer Darstellung und erklärte einleuchtend, daß sie von ihrem Rollstuhl aus vermutlich den gleichen Blickwinkel wie das Objektiv der Überwachungskamera im Hause Hamilton gehabt hatte.

»Wenn man Mr. Arnott direkt von vorn anschaut, würde man sein Gesicht für voller halten, als es wirkt, wenn man zu ihm hochschaut«, sagte sie. »Außerdem hat er, als ich ihn fragte, ob wir uns nicht schon mal begegnet sind, seine

Lippen ziemlich fest zusammengekniffen. Sehen Sie mal, wie stark er seinen Mund auf Ihrem Foto zusammenzieht. Das tut er vielleicht immer, wenn er sich konzentriert. Ich habe das Gefühl, daß er sich sehr auf diese kleine Statue konzentriert hat, als ihn die Kamera erwischte. Ich vermute mal, daß er zu entscheiden versuchte, ob sie echt war oder nicht. Von meiner Freundin weiß ich, daß er wirklich was von Antiquitäten versteht.«

»Ja, das stimmt.« Si Morgan war ganz aufgeregt. Das war endlich der Durchbruch! »Mrs. Hoover, ich kann Ihnen gar nicht sagen, wie dankbar ich für diesen Anruf bin. Sie wissen doch, wenn das zu einer Verurteilung führt, dann gibt es eine beträchtliche Belohnung, mehr als einhunderttausend Dollar.«

»Oh, daraus mache ich mir nichts«, entgegnete Grace Hoover. »Das gebe ich einfach an eine karitative Einrichtung weiter.«

Als Si den Hörer auflegte, dachte er an die Rechnungen auf seinem Schreibtisch zu Hause, die für die Collegegebühren seiner Söhne fürs Frühjahrssemester fällig waren. Kopfschüttelnd drückte er auf die Haussprechanlage und rief nach den drei Ermittlungsbeamten, die für den Fall Hamilton zuständig waren.

Er teilte ihnen mit, er wünsche, daß Arnott rund um die Uhr beschattet werde. Der Untersuchung nach zu urteilen, die sie zwei Jahre zuvor durchgeführt hätten, verstünde er sich, falls er denn der Dieb sei, hervorragend darauf, seine Spuren zu verwischen. Es sei das beste, ihn eine Zeitlang nicht aus den Augen zu lassen. Vielleicht würde er sie ja dorthin führen, wo er die Ausbeute seiner Raubzüge versteckt hielt.

»Wenn das nicht wieder ein Blindgänger ist und wir Beweise in die Hand kriegen, daß er die Einbrüche begangen hat«, sagte Si, »dann wird es unser nächster Job sein, ihm den Mord an der Peale anzuhängen. Der Boß will, daß dieser Fall mit großem Aplomb aufgeklärt wird. Die Mutter des Präsidenten hat früher immer Bridge mit Mrs. Peale gespielt.«

80

Dr. Smiths Arbeitszimmer war zwar sauber, aber Kerry fiel auf, daß es alle Anzeichen jahrelanger Vernachlässigung hatte. Die elfenbeinfarbenen Lampenschirme aus Seide von der Art, wie sie ihr noch vom Haus ihrer Großmutter in Erinnerung waren, hatte das Alter dunkel verfärbt. Einer davon war irgendwann einmal versengt worden, und die Seide um den Brandfleck herum war gerissen. Die gepolsterten, mit Samt bezogenen Sessel waren zu niedrig und fühlten sich kratzig an.

Es war ein Raum mit hohen Decken, der schön hätte sein können, aber Kerry kam er vor, als wäre er in der Zeit stehengeblieben, ganz so wie der Schauplatz für eine Szene in einem Schwarzweiß-Film aus den vierziger Jahren.

Sie hatte ihren Regenmantel ausgezogen, aber Dr. Smith machte keinen Versuch, ihn ihr abzunehmen. Mit seinem Verzicht auf diese simple Höflichkeitsgeste schien er andeuten zu wollen, sie werde nicht lang genug bleiben, als daß er sich die Mühe machen sollte. Sie faltete den Mantel und legte ihn über die Armlehne des Sessels, in dem sie Platz genommen hatte.

Smith saß starr aufgerichtet in einem Sessel mit hoher Lehne, den er sich bestimmt niemals ausgesucht hätte, wäre er allein gewesen.

»Was wollen Sie, Ms. McGrath?« Die randlose Brille vergrößerte noch die Augen, die mit ihrem feindselig sondierenden Blick Kälte ausstrahlten.

»Ich will die Wahrheit«, erwiderte Kerry ruhig. »Ich will wissen, weshalb Sie behauptet haben, Sie wären es gewesen, der Suzanne bestimmten Schmuck geschenkt hat, während sie ihn in Wirklichkeit von einem anderen Mann erhielt. Ich will wissen, weshalb Sie über Skip Reardon die Unwahrheit gesagt haben. Er hat Suzanne nie bedroht. Er mag die Geduld mit ihr verloren haben; er mag sie angefahren haben. Aber er hat ihr nie gedroht, richtig? Was für einen Grund in aller Welt konnten Sie dazu haben, das Gegenteil zu beschwören?«

»Skip Reardon hat meine Tochter umgebracht. Er hat sie erwürgt. Er hat sie auf so abscheuliche Weise erwürgt, daß die Blutgefäße in ihren Augen und daß die Adern an ihrem Hals geplatzt sind und ihr die Zunge wie bei einem Stück Vieh aus dem Mund hing...« Seine Stimme brach ab. Was als zorniger Ausbruch begonnen hatte, endete fast in einem Schluchzen.

»Ich verstehe, wie schmerzlich es für Sie gewesen sein muß, diese Bilder zu überprüfen, Dr. Smith.« Kerry sprach sanft. Ihre Augen zogen sich zusammen, als sie bemerkte, daß Smith an ihr vorbeiblickte. »Aber warum haben Sie stets Skip die Schuld an der Tragödie gegeben?«

»Er war ihr Mann. Er war eifersüchtig, pathologisch eifersüchtig. Das war eine Tatsache. Alle haben das deutlich gesehen.« Er schwieg. »So, und jetzt, Ms. McGrath, möchte ich kein Wort mehr darüber verlieren. Ich verlange zu erfahren, was Sie mit Ihrer Beschuldigung meinen, ich würde Barbara Tompkins belästigen.«

»Moment mal. Erst sollten wir über Reardon reden, Herr Doktor. Sie täuschen sich. Skip war nicht krankhaft eifersüchtig wegen Suzanne. Er wußte, daß sie ein Verhältnis mit jemand anderem hatte.« Kerry wartete ab. »Das hatte er aber auch.«

Smiths Kopf zuckte zurück, als hätte sie ihn geschlagen. »Das ist unmöglich. Er war mit einer wunderschönen Frau verheiratet, und er hat sie angebetet.«

»*Sie* haben sie angebetet, Dr. Smith.« Kerry hatte nicht damit gerechnet, daß sie das sagen würde, doch als sie es tat, wußte sie, daß es zutraf. »Sie haben sich in seine Lage versetzt, stimmt's? Wenn Sie Suzannes Mann gewesen wären und herausgefunden hätten, daß sie etwas mit einem anderen Mann hat, wären Sie zu einem Mord fähig gewesen, hab' ich nicht recht?« Sie fixierte ihn mit ihrem Blick.

Er zuckte nicht einmal mit den Wimpern. »Was fällt Ihnen ein! Suzanne war meine Tochter!« erklärte er kalt. »Und jetzt verschwinden Sie.« Er stand auf und bewegte sich auf Kerry zu, als sei er im Begriff, sie zu packen und hinauszuwerfen.

Kerry sprang auf, griff gleichzeitig nach ihrem Mantel und wich vor ihm zurück. Mit einem Seitenblick vergewisserte sie sich, daß sie, falls nötig, um ihn herum zur Haustür gelangen konnte. »Nein, Dr. Smith«, widersprach sie, »*Susie Stevens* war Ihre Tochter, *Suzanne* war Ihre Schöpfung. Und Sie hatten das Gefühl, sie wäre Ihr Eigentum, genauso wie Sie glauben, Barbara Tompkins wäre Ihr Eigentum. Dr. Smith, Sie waren an dem Abend von Suzannes Tod in Alpine. Haben Sie sie getötet?«

»Suzanne getötet? Sind Sie verrückt?«

»Aber Sie waren dort.«

»War ich nicht!«

»O ja, das waren Sie, und wir werden es auch beweisen. Das verspreche ich Ihnen. Wir werden den Fall wieder aufnehmen und den Mann, den Sie ins Gefängnis gebracht haben, wieder herausholen. Sie waren eifersüchtig auf ihn, Dr. Smith. Sie bestraften ihn, weil er dauernd mit Suzanne zusammensein konnte, Sie aber nicht. Aber Sie haben sich so sehr darum bemüht! Sie haben sich so hartnäckig darum bemüht, daß Sie Suzanne mit Ihren permanenten Ansprüchen auf den Wecker gegangen sind.«

»Das stimmt nicht.« Die Worte drangen durch seine zusammengebissenen Zähne.

Kerry sah, daß Smiths Hand heftig zitterte. Sie mäßigte ihre Stimme und schlug einen versöhnlicheren Ton an. »Mr. Smith, wenn Sie Ihre Tochter nicht getötet haben, dann hat es auf jeden Fall jemand anders getan. Aber Skip Reardon war es nicht. Ich glaube, daß Sie Suzanne auf Ihre Weise geliebt haben. Ich glaube, daß Sie wollten, daß ihr Mörder bestraft wird. Aber wissen Sie, was Sie getan haben? Sie haben dafür gesorgt, daß Suzannes Mörder ungestraft davongekommen ist. Er ist irgendwo da draußen und lacht Sie aus und stimmt einen Lobgesang auf Sie an, weil Sie ihn gedeckt haben. Wenn wir den Schmuck hätten, von dem Skip sicher ist, daß nicht Sie ihn Suzanne geschenkt haben, könnten wir versuchen, seine Herkunft festzustellen. Wir wären vielleicht in der Lage, den Mann aufzuspüren, der ihn ihr tatsächlich gegeben hat. Skip ist überzeugt, daß mindestens ein Stück fehlt und möglicherweise in der Mordnacht gestohlen wurde.«

»Er lügt.«

»Nein, das tut er nicht. Das hat er von Anfang an beteuert. Und noch was anderes wurde an jenem Abend gestohlen – ein Bild von Suzanne in einem Miniaturrahmen. Es hat auf ihrem Nachttisch gestanden. Haben Sie es an sich genommen?«

»Ich war an dem Abend, als Suzanne starb, nicht in diesem Haus!«

»Wer hat sich dann an dem Abend Ihren Mercedes ausgeliehen?«

Smiths »Raus!« war ein gutturaler Aufschrei.

Kerry begriff, daß sie jetzt besser aufbrach. Sie ging an ihm vorbei, doch an der Tür drehte sie sich nochmals zu ihm um. »Dr. Smith, Barbara Tompkins hat mit mir gesprochen. Sie ist völlig verstört. Sie hat eine Geschäftsreise einzig und allein deswegen vorverlegt, um Ihnen aus dem Weg zu gehen. Wenn sie in zehn Tagen zurückkommt, werde ich sie persönlich zur Polizei begleiten, um Beschwerde gegen Sie einzureichen.«

Sie öffnete die Tür der ehemaligen Remise, und ein kalter Luftstoß fegte in die Eingangshalle. »Es sei denn«, fügte sie hinzu, »Sie finden sich mit der Tatsache ab, daß Sie sowohl körperlich wie seelisch Hilfe benötigen. Und es sei denn, Sie können mir glaubhaft machen, daß Sie mir die reine Wahrheit und nichts als die Wahrheit über das gesagt haben, was damals an dem Abend vor sich ging, als Suzanne starb. Und es sei denn, Sie übergeben mir den Schmuck, von dem Sie annehmen, daß sie ihn von einem andern Mann als von Ihnen oder ihrem Ehemann bekommen hat.«

Als Kerry sich für den Fußweg bis zu ihrem Wagen den Kragen hochstellte und die Hände in die Taschen steckte, bemerkte sie weder die prüfenden Augen von Smith, der sie von seinem Standort hinter dem Gitterfenster seines Arbeitszimmers aus beobachtete, noch den Unbekannten, der in seinem geparkten Wagen an der Fifth Avenue nach seinem Handy griff und einen Bericht über ihren Besuch in Washington Mews durchgab.

81

Der Bundesstaatsanwalt besorgte sich in Zusammenarbeit mit den Behörden der Staatsanwaltschaft von Middlesex und Ocean County einen Durchsuchungsbefehl sowohl für das Wohnhaus als auch für das Sommerhaus des verstorbenen Barney Haskell. Barney hatte die meiste Zeit getrennt von seiner Frau gelebt und ein hübsches Haus mit versetzten Geschossen an einer ruhigen Straße in Edison bewohnt, einem attraktiven Wohnort für Leute mittleren Einkommens. Seine Nachbarn dort erzählten den Journalisten, Barney habe sich nie näher mit ihnen eingelassen, sei aber stets höflich gewesen, wenn man sich persönlich begegnet sei.

In seinem anderen Haus, einem modernen zweistöckigen Gebäude auf Long Beach Island mit Blick aufs Meer, wohnte seine Frau das ganze Jahr über. Dort ansässige Nachbarn informierten die Ermittler, daß Barney während des Sommers häufig dagewesen sei, immer reichlich Zeit beim Fischen auf seiner sieben Meter langen Christ-Craft verbracht habe, und daß sein anderes Hobby Tischlerei gewesen sei. Seine Werkstatt sei in seiner Garage.

Einige der Nachbarn sagten, seine Frau habe sie ins Haus gebeten, um das Gestell aus massiver Weißeiche vorzuführen, das Barney im Jahr zuvor für ihre Stereo- und Fernsehanlage gebaut hatte. Es war offenbar sein ganzer Stolz gewesen.

Die Ermittler waren sich im klaren darüber, daß Barney stichhaltiges Beweismaterial gehabt haben mußte, um seine Bemühungen um eine Kronzeugenregelung zu untermauern. Und sie wußten auch, wenn sie es nicht bald fänden, würden die Leute von Jimmy Weeks es aufspüren und vernichten.

Trotz des Protestgeschreis seiner Witwe, Barney sei schließlich ein Opfer, und das sei ihr Haus, auch wenn es auf den Namen vom armen Barney eingetragen sei, und daß sie kein Recht hätten, es kaputtzuschlagen, nahmen sie alles auseinander, einschließlich des Eichengestells, das an die Wand im Fernsehzimmer gedübelt war.

Als sie das Holz von dem Verputz losgerissen hatten, starrten sie zu ihrer Verblüffung auf einen Safe, der groß genug war, das Archiv eines kleinen Büros zu beherbergen.

Während verschiedene Medienvertreter draußen zusammenströmten, hielten Fernsehkameras die Ankunft eines ehemaligen Geldschrankknackers fest, der inzwischen auf der Lohnliste der amerikanischen Regierung stand. Fünfzehn Minuten später war der Safe geknackt, und kurz darauf am selben Nachmittag, um 16 Uhr 15, erhielt Bundesstaatsanwalt Royce einen Anruf von Les Howard.

Man sei auf einen zweiten Satz Geschäftsbücher für das Unternehmen Weeks Enterprises gestoßen, wie auch auf Terminkalender, die fünfzehn Jahre zurückreichten und in die Barney Tag für Tag Jimmys Termine zusammen mit seinen eigenen Notizen über den Zweck der Verabredungen und die Themen der Besprechungen eingetragen habe.

Royce erfuhr zu seiner großen Freude, daß auch Schuhkartons mit Quittungen für kostspielige Posten – darunter Pelze und Schmuck und Automobile für Jimmys diverse Freundinnen – vorhanden waren, die Barney mit »Keine Umsatzsteuer bezahlt« gekennzeichnet hatte.

»Es ist eine wahre Goldgrube«, versicherte Howard Staatsanwalt Royce. »Barney muß die alte Weisheit zu Ohren gekommen sein: ›Behandle deinen Freund, als könnte er dein Feind werden.‹ Er muß sich vom ersten Tag an darauf vorbereitet haben, sich seinen Weg aus dem Gefängnis herauszufeilschen, indem er uns Jimmy zum Fraß vorwirft, falls sie je angeklagt werden.«

Der Richter hatte den Prozeß lieber auf den nächsten Morgen vertagt, anstatt um vier Uhr noch mit einem neuen Zeugen anzufangen. Wieder eine Verschnaufpause, dachte Royce. Nachdem er den Hörer aufgelegt hatte, spielte ein

Lächeln auf seinen Lippen, während er die großartigen Neuigkeiten auskostete. Laut sagte er: »Danke, Barney, ich hab' immer gewußt, daß Verlaß auf dich ist.« Dann saß er schweigend da und erwog seinen nächsten Schritt.

Martha Luce, Jimmys Privatbuchhalterin, war als Zeugin der Verteidigung eingeplant. Sie hatten bereits ihre eidesstattliche Erklärung vorliegen, daß die Rechnungsbücher, die sie geführt hatte, vollkommen korrekt seien und der einzige Satz, der existiere. Wenn er Ms. Luce vor die Wahl stellte, sich der Regierung als Kronzeugin anzudienen oder eine längere Gefängnisstrafe anzutreten, würde es sicherlich nicht allzu schwierig sein, sie davon zu überzeugen, was in ihrem Interesse lag.

82

Jason Arnott war spät am Sonntag vormittag mit grippeähnlichen Symptomen aufgewacht und hatte beschlossen, nicht wie geplant zu dem Haus in den Catskills zu fahren. Statt dessen verbrachte er den Tag im Bett und verließ es nur, um sich ein paar leichte Mahlzeiten zuzubereiten. Zu solchen Zeiten wie gerade jetzt bereute er es doch, daß er keine Haushälterin hatte, die auch bei ihm wohnte.

Andererseits genoß er von Herzen das Privileg, sein Haus ganz für sich zu haben, ohne daß ihm jemand im Weg war. Er holte sich Bücher und Zeitungen in sein Zimmer und verbrachte den Tag damit, zu lesen, zwischendurch Orangensaft zu schlürfen und zu dösen.

Alle paar Stunden jedoch zog er wie unter einem Zwang das FBI-Flugblatt hervor, um sich zu vergewissern, daß ihn niemand mit dieser grobkörnigen Karikatur von einem Bild in Verbindung bringen konnte.

Montag abend dann fühlte er sich schon viel besser und hatte sich mittlerweile vollkommen davon überzeugt, daß dieses Rundschreiben keine Bedrohung für ihn darstellte. Er hielt sich vor Augen, selbst wenn plötzlich ein FBI-Agent vor der Tür stehen sollte, um ihn einer Routinevernehmung zu unterziehen, weil er einer der Gäste auf einem Fest bei den Hamiltons gewesen war, wären sie doch niemals in der Lage, einen Zusammenhang zwischen ihm und dem Diebstahl herzustellen.

Nicht mit diesem Bild da. Nicht mittels der Auflistung seiner Telefongespräche. Nicht durch einen einzigen kostbaren alten Gegenstand oder ein Gemälde hier im Haus. Auch nicht durch die allerpenibelste Überprüfung seiner Finanzen. Ja, nicht einmal über die Buchung des Washingtoner Hotels am Wochenende des Einbruchs ins Haus der Hamiltons, denn er hatte bei der Anmeldung einen falschen Namen verwendet.

Es gab gar keine Frage. Er war in Sicherheit. Er nahm sich fest vor, am folgenden Tag, spätestens aber am Mittwoch, in die Catskills zu fahren und sich ein paar Tage dort zu gönnen, um seine Schätze zu genießen.

Jason konnte nicht wissen, daß die FBI-Agenten sich bereits eine gerichtliche Verfügung besorgt hatten, die es ihnen erlaubte, sein Telefon anzuzapfen, und daß sie nun schon dabei waren, sein Haus zu überwachen. Er konnte nicht wissen, daß er von jetzt ab keinen einzigen Schritt tun würde, ohne dabei beobachtet und ohne dabei beschattet zu werden.

83

Als Kerry in ihrem Wagen von Greenwich Village in Manhattan nach Norden fuhr, wurde sie vom ersten Ansturm des Berufsverkehrs erfaßt. Es war zwanzig vor fünf, als sie aus dem Parkhaus an der Twelfth Street herausgefahren war. Jetzt war es fünf nach sechs, als sie in ihre Einfahrt einbog und Geoffs Volvo vor der anderen Tür der Doppelgarage stehen sah.

Sie hatte beim Verlassen des Parkhauses per Autotelefon zu Hause angerufen, und das Gespräch mit Robin und mit Alison, die auf sie aufpaßte, hatte Kerry nur teilweise beruhigt. Sie hatte ihnen beiden ans Herz gelegt, unter keinen Umständen aus dem Haus zu gehen und für niemanden die Haustür zu öffnen, bis sie selbst heimkam.

Der Anblick von Geoffs Wagen machte ihr bewußt, daß Alisons Auto nicht dastand. War Geoff gekommen, weil irgend etwas vorgefallen war? Kerry stellte den Motor und die Scheinwerfer ab, stieg aus dem Wagen heraus, schlug die Tür hinter sich zu und rannte auf das Haus zu.

Robin hielt offensichtlich schon Ausschau nach ihr. Die Haustür öffnete sich, während Kerry noch die Stufen hinaufhetzte.

»Rob, ist irgendwas passiert?«

»Nein, Mom, uns geht's gut. Als Geoff herkam, hat er Alison gesagt, daß sie gleich nach Hause gehen kann und daß er auf dich wartet.« Robins Gesicht nahm einen besorgten Ausdruck an. »Das war doch okay, oder? Ich meine, daß wir Geoff reingelassen haben.«

»Aber ja doch.« Kerry umarmte Robin. »Wo ist er denn?«

»Hier drüben«, antwortete Geoff, der jetzt an der Küchentür erschien. »Ich hab' mir gedacht, nach dem Genuß eines Abendessens à la Dorso am Samstag wärt ihr vielleicht heute abend zu einem zweiten aufgelegt. Ganz was Einfaches. Lammkoteletts, grüner Salat und gebackene Kartoffeln.«

Kerry wurde sich bewußt, daß sie ebenso angespannt wie hungrig war. »Klingt wunderbar«, sagte sie mit einem Seufzer, während sie ihren Mantel aufknöpfte.

Geoff beeilte sich, ihn ihr abzunehmen. Während er den Mantel über einen Arm legte, wirkte es ganz natürlich, daß er sie mit dem anderen Arm umfaßte und ihr einen Kuß auf die Wange gab. »Harter Tag in der Fabrik?«

Für einen kurzen Moment ließ sie ihr Gesicht an der warmen Stelle unter seinem Hals ruhen. »Hat schon leichtere Tage gegeben.«

Robin sagte: »Mom, ich geh eben nach oben und mach meine Hausaufgaben fertig, aber ich finde, da ich es schließlich bin, die in Gefahr ist, sollte ich auch ganz genau wissen, was alles los ist. Was hat Dr. Smith gesagt, als du bei ihm warst?«

»Mach deine Hausaufgaben fertig, und laß mich erst mal ein paar Minuten zur Ruhe kommen. Ich versprech dir, später gibt's einen vollständigen Bericht.«

»Okay.«

Geoff hatte das Gas im offenen Kamin im Wohnzimmer angestellt. Er hatte Sherry hereingebracht und Gläser neben der Flasche auf dem Sofatisch dort bereitgestellt. »Ich hoffe, ich nehme mir nicht zu viele Freiheiten raus«, entschuldigte er sich.

Kerry ließ sich auf das Sofa fallen und stieß ihre Schuhe von sich. Sie schüttelte den Kopf. »Nein. Überhaupt nicht. Ach, und übrigens können wir die Siezerei wirklich mal lassen, finde ich.«

»Okay. Also gut. Ich hab' nämlich Neuigkeiten, aber – du zuerst. Wie ging's mit Smith?«

»Ich erzähl lieber erst von Frank Green. Ich hab' ihm gesagt, daß ich heute nachmittag früher weggehe, und auch, weshalb.«

»Was hat er gesagt?«

»Das, was er *nicht* gesagt hat, lag dick in der Luft. Aber um fair ihm gegenüber zu sein: Obwohl er, glaube ich, fast an seinen Worten erstickt ist, hat er mir immerhin erklärt, daß ich doch hoffentlich nicht denke, er würde lieber einen Unschuldigen im Gefängnis wissen, als selbst politisch an den Pranger gestellt zu werden.« Sie zuckte die Achseln. »Das Blöde ist nur, ich wünschte, ich könnte ihm glauben.«

»Vielleicht kannst du's ja. Und wie steht's mit Smith?«

»Ich bin zu ihm durchgedrungen, Geoff. Das weiß ich bestimmt. Der Typ steht kurz vor einem Zusammenbruch. Wenn er jetzt nicht mit der Wahrheit herausrückt, dann ist mein nächster Schritt, Barbara Tompkins dazu zu bewegen, daß sie ihn wegen Nötigung anzeigt. Diese Aussicht hat ihn bis ins Mark erschüttert, das hab' ich mitgekriegt. Aber ich glaube, bevor er das Risiko eingeht, daß es tatsächlich dazu kommt, bekennt er lieber Farbe, und dann bekommen wir ein paar Antworten.«

Sie starrte in das Feuer und beobachtete, wie die Flammen an den künstlichen Holzscheiten emporzüngelten. Dann fuhr sie langsam fort: »Geoff, ich habe Smith gesagt, daß wir zwei Zeugen haben, die seinen Wagen damals abends gesehen haben. Ich hab' ihm auf den Kopf zugesagt, daß der Grund, weshalb er so auf Skips Verurteilung versessen war, vielleicht darin lag, daß er selbst es war, der Suzanne umgebracht hat. Geoff, ich glaube, er war in sie verliebt, nicht als seine Tochter, vielleicht nicht mal ganz allgemein als Frau, sondern als seine *Schöpfung*.«

Sie wandte sich ihm zu. »Stell dir mal das folgende Szenarium vor. Suzanne ist es leid, daß ihr Vater ihr ständig auf die Pelle rückt und einfach überall dort auftaucht, wo sie hingeht. Jason Arnott hat mir immerhin soviel erzählt, und ich glaube ihm. Also fährt Dr. Smith am Mordabend zu ihr hin, um sie zu sehen. Skip war da und ist schon wieder weg, genauso, wie er immer beteuert hat. Suzanne ist in der Eingangshalle und ordnet Blumen von einem andern Mann. Vergiß nicht, die Grußkarte wurde nie gefunden. Smith ist wütend, verletzt und eifersüchtig. Er hat es nicht nur mit Skip zu tun; nun ist auch noch Jimmy Weeks im Spiel. In einem Tobsuchtsanfall erwürgt er Suzanne, und weil er Skip sowieso schon immer haßt, nimmt er die Karte, erfindet die Geschichte, Suzanne hätte Angst vor Skip gehabt, und wird zum Hauptbelastungszeugen der Anklage.

Auf diese Weise wird nicht nur Skip, sein Rivale um Suzannes Aufmerksamkeit, damit bestraft, daß er mindestens dreißig Jahre ins Gefängnis muß, sondern die Leute von der Polizei suchen auch nirgendwo sonst nach einem Verdächtigen.«

»Das klingt überzeugend«, sagte Geoff langsam. »Aber weshalb hat Jimmy Weeks dann solche Angst davor, daß du den Fall wieder aufrollst?«

»Darüber hab' ich auch nachgedacht. Und genaugenommen könnte man genauso überzeugend argumentieren, daß er ein Verhältnis mit Suzanne hatte. Daß sie an dem Abend damals in Streit gerieten und er sie ermordet hat. Ein anderes Szenarium ist, daß Suzanne ihm von dem Land in Pennsylvania erzählt hat, auf das Skip Optionen besaß. Ob Jimmy ihr vielleicht aus Versehen etwas von dem dort geplanten Highway erzählt und sie dann getötet hat, damit sie Skip nichts davon erzählt? Er hat doch, soweit ich weiß, diese Optionen für praktisch nichts an sich gerissen.«

»Sie haben heute eine Menge nachgedacht, Lady«, erklärte Geoff. »Und Sie haben für jedes der Szenarien eine verdammt gute Begründung vorgebracht. Ach, hast du übrigens zufällig auf dem Heimweg die Nachrichten mitbekommen?«

»Mein Hirn brauchte mal 'ne Pause. Ich hab' mir den Sender mit den schönen Oldies angestellt. Sonst wär ich bei dem Verkehr noch durchgedreht.«

»Das war bestimmt besser so. Aber falls du dir einen Nachrichtensender angehört hättest, wüßtest du, daß das Zeug, das Barney Haskell für einen Deal mit der Anklage in der Hand hatte, jetzt dem Bundesstaatsanwalt vorliegt. Offenbar hat Barney alle Belege so sorgfältig aufgehoben, wie noch nie jemand Belege aufgehoben hat. Wenn Frank Green seinen Grips beieinander hat, wird er morgen, anstatt dir deine Ermittlungen zu erschweren, Zugriff auf alle nur auffindbaren Unterlagen über die Schmuckstücke beantragen, die Weeks in den Monaten vor Suzannes Ermordung gekauft hat. Wenn wir ihm solche Sachen wie das Armband mit den Tierkreiszeichen zuordnen können, haben wir den Beweis vorliegen, daß Smith gelogen hat.« Er stand auf. »Und jetzt meine ich, Kerry McGrath, du hast dir dein Abendessen sauer verdient. Warte hier. Ich geb dir Bescheid, wenn's fertig ist.«

Kerry rollte sich auf der Couch zusammen und nippte an dem Sherry, aber selbst mit dem Feuer fühlte es sich irgendwie nicht mehr recht gemütlich an. Kurz darauf erhob sie sich und ging in die Küche. »Erlaubst du, daß ich dir zuschaue, wie du Chefkoch spielst? Hier drinnen ist es wärmer.«

Geoff ging um neun Uhr. Als sich die Haustür hinter ihm schloß, erklärte Robin: »Mom, ich muß dich mal was fragen. Dieser Kerl da, den Dad verteidigt? Nach dem, was du mir erzählt hast, gewinnt Dad den Prozeß bestimmt nicht. Ist das richtig?«

»Nicht, wenn all das Beweismaterial, was man offenbar gefunden hat, so stichhaltig ist, wie man annimmt.«

»Ist das dann schlecht für ihn?«

»Niemand verliert gern einen Prozeß. Aber, nein, Robin, es ist vermutlich das Beste, was deinem Vater je passieren könnte, wenn er erlebt, wie Jimmy verurteilt wird.«

»Du bist dir sicher, daß es Weeks ist, der versucht, mir Angst einzujagen?«

»Ja, ich bin mir ungefähr so sicher, wie ich mir nur sein kann. Je eher wir also rauskriegen, was er mit Suzanne Reardon zu schaffen hatte, um so eher hat er auch keinen Grund mehr, zu versuchen uns einzuschüchtern.«

»Geoff ist doch ein Verteidiger, oder?«

»Ja, stimmt.«

»Würde Geoff je einen Kerl wie Jimmy Weeks verteidigen?«

»Nein, Robin, höchstwahrscheinlich nicht.«

»Ich glaub's auch nicht.«

Um halb zehn fiel Kerry ein, daß sie versprochen hatte, Jonathan und Grace von ihrem Treffen mit Dr. Smith zu berichten. »Du glaubst also, daß er die Nerven verliert und zugibt, daß er gelogen hat?« fragte Jonathan, als sie ihnerreichte.

»Ich denke schon.«

Grace war an dem mitangeschlossenen Nebenapparat. »Laß uns Kerry eben meine Neuigkeit erzählen. Kerry, heute war ich entweder eine gute Detektivin, oder ich hab' mich schrecklich lächerlich gemacht.«

Kerry hatte es am Sonntag nicht für wichtig gehalten, Jason Arnotts Namen mit ins Spiel zu bringen, als sie

Jonathan und Grace über Dr. Smith und Jimmy Weeks informiert hatte. Als sie jetzt hörte, was Grace über ihn zu sagen hatte, war sie froh, daß keiner der beiden sehen konnte, was für ein Gesicht sie machte.

Jason Arnott. Der Freund, der ständig mit Suzanne Reardon zusammen war. Er, dessen vorgebliche Freimütigkeit Kerry zu affektiert vorgekommen war, um echt zu sein. Wenn er also ein Dieb war, wenn er dem von Grace beschriebenen FBI-Flugblatt zufolge obendrein unter Mordverdacht stand, wie paßte er dann in den rätselhaften Wirrwarr, der den Sweetheart-Mordfall umgab?

84

Dr. Charles Smith saß noch stundenlang da, nachdem er Kerry hinausgeworfen hatte. »Nötigung!« »Mord!« »Lüge!« Die Anschuldigungen, die sie ihm ins Gesicht geworfen hatte, ließen ihn vor Ekel erschauern. Es war der gleiche Ekel, den er verspürte, wenn er ein verstümmeltes oder vernarbtes oder schlicht häßliches Gesicht ansah. Er spürte dann, wie sein ganzes Wesen vor Verlangen danach verzehrt wurde, dieses Gesicht zu verwandeln und wiederherzustellen, die Dinge wieder ins reine zu bringen. Dafür die Schönheit zu finden, die seine geübten Hände Knochen und Muskeln und Gewebe abzuringen wußten.

In solchen Momenten richtete sich der Ingrimm, der ihn erfüllte, stets auf das Feuer oder den Unfall oder die unfaire Vermischung von Genen, was immer die Entstellung verursacht hatte. Jetzt aber war sein Ingrimm auf die junge Frau gerichtet, die hier einfach den Stab über ihn gebrochen hatte.

»Nötigung!« Ihm Nötigung und Aufdringlichkeit zu unterstellen, bloß weil ihm ein flüchtiger Blick auf die annähernde Vollkommenheit, die er erschaffen hatte, Freude machte! Er wünschte, er hätte in die Zukunft schauen und erkennen können, daß das die Art und Weise war, wie Barbara Tompkins ihm ihren Dank erweisen würde. Er hätte ihr dann schon ein Gesicht gezaubert – ein Gesicht mit Haut, die in lauter Falten zerfiel, mit Tränensäcken unter den Augen und mit aufgeblähten Nasenflügeln.

Was, wenn McGrath tatsächlich Tompkins zur Polizei mitnahm, um die Beschwerde einzureichen? Sie hatte es angedroht, und Smith wußte, daß sie es ernst gemeint hatte.

Einen Mörder hatte sie ihn genannt. *Mörder!* Glaubte sie denn tatsächlich, daß er Suzanne hätte töten können? Brennender Schmerz durchfuhr ihn, während er aufs neue den Augenblick durchlebte, als er damals wieder und wieder an der Tür geläutet und schließlich den Griff bewegt und dabei festgestellt hatte, daß die Haustür nicht verschlossen war.

Und dann Suzanne, dort in der Eingangshalle, fast ihm zu Füßen. Suzanne – und doch nicht Suzanne. Diese entstellte Kreatur mit hervorquellenden, blutunterlaufenen Augen, mit offenstehendem Mund und herausgestreckter Zunge – das war nicht das exquisite Geschöpf, das er erschaffen hatte.

Sogar ihr Körper erschien plump und unschön, so verkrümmt, wie er da lag – das linke Bein war unter das rechte verdreht, der Absatz des linken Schuhs stach in die rechte Wade, und dann diese frischen roten Rosen, über sie verstreut wie eine höhnische Huldigung an den Tod.

Smith erinnerte sich, wie er damals über ihr stand und nur den einen unangemessenen Gedanken hatte – daß es das war, was Michelangelo empfunden hätte, wenn er seine Pietà so an Gesicht und Gliedern verstümmelt gesehen hätte, wie sie es dank des Irren war, der sie vor einigen Jahren in der Peterskirche attackiert hatte.

Er dachte daran, wie er Suzanne verflucht hatte, verflucht, weil sie seine Warnungen nicht beachtet hatte. Sie hatte Reardon gegen seinen Wunsch geheiratet. »Warte ab«, hatte er sie gedrängt. »Er ist nicht gut genug für dich.«

»In deinen Augen wird nie einer gut genug für mich sein«, hatte sie zurückgeschrien.

Er hatte es ertragen mitanzusehen, wie sie einander anschauten, wie sie ihre Hände auf dem Tisch ineinander verschlangen, wie sie gemeinsam dasaßen, Seite an Seite auf dem Sofa oder auch Suzanne auf Reardons Schoß in dem großen, niedrigen Sessel, ein Anblick, der sich ihm bot, wenn er nachts durchs Fenster hineinsah.

All das ertragen zu müssen war schon schlimm genug gewesen, aber als Suzanne schließlich ruhelos wurde und anfing mit anderen Männern auszugehen, von denen keiner ihrer würdig war, und dann zu ihm kam und ihn bat, ihr den und den Gefallen zu tun, mit Worten wie: »Charles, du mußt Skip in dem Glauben wiegen, daß du mir das gekauft hast, ... und das da ... und das ...«

Oder sie sagte: »Herr Doktor, was soll denn die Aufregung? Du hast mir doch gesagt, ich soll all das Vergnügen nachholen, was ich versäumt habe. Also, jetzt hab' ich mein Vergnügen. Skip arbeitet zu hart. Es macht keinen Spaß mit ihm. Du gehst doch Risiken ein, wenn du operierst. Ich bin genau wie du. Ich gehe auch Risiken ein. Und jetzt vergiß nicht, Doktor Charles, du bist ein großzügiger Daddy.« Ihr unverschämter Kuß – wie sie mit ihm flirtete, sich ihrer Macht und seiner Toleranz so sicher.

Mörder? Nein, Skip war der Mörder. Während er damals über Suzannes Leiche gebeugt dastand, wußte er ganz genau, was geschehen war. Ihr ungehobelter Ehemann war nach Hause gekommen, hatte Suzanne mit den Blumen eines anderen Mannes vorgefunden und die Fassung verloren. Genau, wie es *mir* ergangen wäre, dachte Smith damals in dem Moment, als sein Blick auf die Grußkarte fiel, die halb unter Suzannes Leiche verborgen lag.

Und dann war, während er noch über ihr stand, ein ganzes Drehbuch in seiner Vorstellung abgelaufen. Skip, der eifersüchtige Ehemann – ein Geschworenengericht würde vielleicht Milde einem Mann gegenüber üben, der in einem Anfall von Leidenschaft seine Frau umgebracht hatte. Womöglich kam er mit einer milden Strafe davon. Oder vielleicht sogar ganz ohne Schuldspruch.

Das lasse ich nicht zu! hatte er sich geschworen. Smith mußte wieder daran denken, wie er die Augen geschlossen hatte, um das häßliche, entstellte Gesicht vor ihm aus seinem Blickfeld zu verbannen und statt dessen Suzanne in all ihrer Schönheit vor sich zu sehen. *Suzanne, das verspreche ich dir!*

Es war nicht schwierig gewesen, das Versprechen einzulösen. Er brauchte nur die Karte, die mit den Blumen gekommen war, einzustecken, dann nach Hause zu fahren und auf den unvermeidlichen Anruf zu warten, der ihn davon in Kenntnis setzen würde, daß Suzanne, seine Tochter, tot war.

Als die Polizei ihn später vernahm, erzählte er den Beamten, Skip wäre krankhaft eifersüchtig gewesen und Suzanne hätte Angst um ihr Leben gehabt, und dann befolgte er noch ihre letzte Bitte an ihn und behauptete, er hätte ihr all die Schmuckstücke geschenkt, die Skip in Frage gestellt hatte.

Nein, Ms. McGrath konnte sagen, was immer sie wollte. Der Mörder saß im Gefängnis. Und dort würde er auch bleiben.

Es war fast zehn Uhr, als Charles Smith aufstand. Es war alles vorbei. Er konnte nicht mehr operieren. Barbara Tompkins wollte er nicht mehr sehen. Sie ekelte ihn an. Er ging ins Schlafzimmer, schloß einen kleinen Safe im Wandschrank auf und nahm eine Pistole heraus.

Es würde so einfach sein. Wohin würde er nur gehen? überlegte er. Er war überzeugt, daß die Seele weiterwandert. Reinkarnation? Vielleicht. Vielleicht würde er, wenn er diesmal zur Welt kam, Suzanne ebenbürtig sein. Vielleicht würden sie sich ineinander verlieben. Ein Lächeln spielte auf seinen Lippen.

Doch dann, als er gerade den Safe verschließen wollte, fiel sein Blick auf Suzannes Schmuckkasten.

Angenommen, McGrath hatte recht. Angenommen, es war gar nicht Skip, sondern jemand anders gewesen, der Suzanne umgebracht hatte. McGrath hatte gesagt, dieser Mensch lache sich jetzt ins Fäustchen, danke ihm mit einem Hohnlachen für die Zeugenaussage, die Skip zum Mörder abgestempelt hatte.

Es gab eine Möglichkeit, das richtigzustellen. Falls Reardon nicht der Killer war, dann würde McGrath alles, was sie benötigte, in Händen haben, um den Mann zu finden, der Suzanne ermordet hatte.

Smith griff nach dem Schmuckkasten, legte die Pistole obenauf und trug beides zu seinem Schreibtisch im Arbeitszimmer hinüber. Dann holte er mit präzisen Bewegungen ein Blatt Briefpapier hervor und schraubte seinen Füllfederhalter auf.

Als er mit dem Schreiben fertig war, wickelte er den Schmuckkasten und den Brief zusammen ein und schaffte es, beides in einen der Kurierumschläge von Federal Express zu stopfen, die er der Einfachheit halber zu Hause bereithielt. Er adressierte die Sendung an Staatsanwältin Kerry McGrath bei der Staatsanwaltschaft von Bergen County in Hackensack, New Jersey. Es war eine Adresse, die er noch gut im Gedächtnis hatte.

Er zog sich seinen Mantel an, schlang sich einen Schal um und ging zu Fuß die acht Häuserblocks bis zu dem Einwurfkasten von Federal Express, den er schon gelegentlich benutzt hatte.

Es war gerade elf Uhr, als er wieder nach Hause kam. Er legte den Mantel ab, griff nach der Pistole, ging ins Schlafzimmer zurück und streckte sich, noch immer angezogen, auf dem Bett aus. Er knipste alle Lichter aus bis auf die Lampe, die das Bild von Suzanne anstrahlte.

Er würde diesen Tag mit ihr beenden und das neue Leben um Schlag Mitternacht beginnen. Sobald sein Entschluß feststand, erfüllte ihn Ruhe, ja sogar ein Glücksgefühl.

Um halb zwölf begann es an der Haustür zu läuten. Wer war das bloß? fragte er sich. Zornig versuchte er das Läuten zu ignorieren, aber ein hartnäckiger Finger blieb auf den Klingelknopf gedrückt. Er glaubte zu wissen, was das war. Einmal war an der Straßenecke ein Unfall passiert, und ein Nachbar war zu ihm gerannt gekommen, um Hilfe zu holen. Schließlich war er ja Arzt. Falls es auch jetzt um einen Unfall ging, konnte sein Geschick nur dieses eine Mal noch sinnvoll zum Einsatz kommen.

Dr. Charles Smith entriegelte und öffnete die Haustür – und sackte dagegen, als eine Kugel zwischen seinen Augen ihr Ziel fand.

Dienstag, 7. November

85

Am Dienstag morgen waren Deidre Reardon und Beth Taylor schon im Vorzimmer von Geoff Dorsos Anwaltskanzlei, als er um neun Uhr eintraf.

Beth entschuldigte sich für sie beide. »Geoff, es tut mir leid, daß wir einfach kommen, ohne vorher anzurufen«, erklärte sie, »aber Deidre muß morgen früh ins Krankenhaus für die Angioplastie. Ich weiß, daß sie sich ruhiger fühlen wird, wenn sie die Chance hat, ein paar Minuten mit Ihnen zu reden und Ihnen dieses Foto von Suzanne zu geben, über das wir neulich gesprochen haben.«

Deidre Reardon sah ihn besorgt an: »Ach, kommen Sie, Deidre«, sagte Geoff warmherzig, »Sie wissen doch, Sie müssen sich nicht erst entschuldigen, um mich zu sehen. Sind Sie etwa nicht die Mutter meines wichtigsten Klienten?«

»Sicher. Es sind all diese Honorarstunden, die Sie aufschreiben«, murmelte Deidre Reardon mit einem Lächeln der Erleichterung, während Geoff ihre Hände in die seinen nahm. »Ich schäme mich einfach nur so wegen der Art, wie ich letzte Woche ins Büro dieser liebenswürdigen Kerry McGrath gestürmt bin und sie wie Dreck behandelt habe. Und dann zu erfahren, daß ihr eigenes Kind bedroht wird, weil Kerry meinem Sohn zu helfen versucht.«

»Kerry hat vollkommen verstanden, wie Ihnen damals zumute war. Kommt doch beide mit nach hinten in mein Büro. Es gibt bestimmt schon frischen Kaffee.«

»Wir bleiben nur fünf Minuten«, versprach Beth, als Geoff ihr einen Becher Kaffee hinstellte. »Und wir wollen Ihnen auch nicht damit in den Ohren liegen, wie wundervoll der Gedanke für uns ist, daß Skip jetzt endlich einen echten Hoffnungsschimmer sieht. Sie wissen, wie uns zumute ist und wie dankbar wir Ihnen sind für alles, was Sie tun.«

»Kerry hat gestern am späten Nachmittag mit Dr. Smith geredet«, sagte Geoff. »Sie glaubt, daß sie zu ihm durchgedrungen ist. Aber es gibt auch noch andere Entwicklungen.« Er erzählte ihnen von Barney Haskells Unterlagen. »Jetzt haben wir vielleicht endlich die Chance, die Herkunft des Schmucks aufzuspüren, von dem wir glauben, daß Weeks ihn Suzanne geschenkt hat.«

»Das ist einer der Gründe, warum wir hier sind«, erklärte ihm Deidre Reardon. »Wissen Sie noch, wie ich gesagt hatte, daß ich ein Zeitungsfoto von Suzanne habe, wo sie die beiden kostbaren alten Diamantbroschen, die zusammengehören, trägt? Sobald ich am Samstag abend vom Gefängnis zurückkam, habe ich das Bild aus dem Ordner rausholen wollen, und konnte es nicht finden. Ich habe den ganzen Sonntag und Montag damit verbracht, die Wohnung auf den Kopf zu stellen. Natürlich war es nicht da. Blöderweise hatte ich vergessen, daß ich es irgendwann mal in eine von diesen Plastikschutzhüllen gesteckt und bei meinen persönlichen Papieren abgelegt hatte. Wie auch immer – schließlich habe ich's gefunden. Nach all dem Hin und Her über den Schmuck neulich bei dem Gespräch kam es mir wichtig vor, daß Sie's haben.«

Sie reichte ihm ein langes hellbraunes Kuvert. Er entnahm ihm eine zusammengefaltete Seite aus *Palisades Community Life*, einer wöchentlich erscheinenden Boulevardzeitschrift. Als er das Blatt aufschlug, bemerkte Geoff das Datum, den 24. April vor fast elf Jahren und kaum einen Monat, bevor Suzanne Reardon ums Leben kam.

Das Gruppenfoto aus dem Palisades Country Club reichte über vier Druckspalten. Geoff erkannte Suzanne Reardon auf den ersten Blick. Ihre ungewöhnliche Schönheit sprang einem geradezu aus dem Blatt entgegen. Sie stand etwas seitlich da, und die Kamera hatte die blitzenden Diamanten auf dem Revers ihrer Jacke deutlich erfaßt.

»Das ist die Doppelbrosche, die verschwunden ist«, erklärte Deidre und zeigte darauf. »Aber Skip weiß nicht mehr, wann er sie das letztemal an Suzanne gesehen hat.«

»Ich bin froh, daß ich das habe«, sagte Geoff. »Wenn wir eine Kopie von einigen dieser Belege kriegen können, die Haskell aufgehoben hat, können wir vielleicht feststellen, wo der Schmuck herstammt.«

Es tat beinahe weh, die Hoffnung in den Gesichtern der beiden Frauen leuchten zu sehen. Laß mich sie nicht enttäuschen, betete er im stillen, als er sie in den Empfangsraum zurückbegleitete. An der Tür umarmte er Deidre. »So, und nicht vergessen, bringen Sie diese Angioplastie hinter sich, und fangen Sie dann an, sich zu erholen. Wir können es uns nicht leisten, daß Sie krank sind, wenn die Tür für Skip aufgeht.«

»Geoff, ich bin nicht so lange barfuß durch die Hölle gegangen, um jetzt den Löffel abzugeben.«

Nachdem er sich anschließend um eine Reihe Telefonate und Anfragen von Klienten gekümmert hatte, beschloß Geoff, Kerry anzurufen. Vielleicht wollte sie ja ein Fax von dem Bild haben, das Deidre ihm gebracht hatte. Oder vielleicht will ich einfach nur mit ihr reden, gestand er sich ein.

Als die Sekretärin sie durchstellte, durchlief Geoff ein Frösteln, so verängstigt klang Kerrys Stimme. »Ich habe gerade ein Päckchen von Federal Express aufgemacht, das Dr. Smith mir geschickt hat. Es steckte ein Brief drin und Suzannes Schmuckkästchen und die Grußkarte, die bei den Sweetheart-Rosen dabeigewesen sein muß. Geoff, er gibt zu, daß er über Skip und die Schmucksachen gelogen hat. Und da steht auch, daß er zu dem Zeitpunkt, wo ich das lese, bereits Selbstmord begangen hat.«

»Mein Gott, Kerry, hat –«

»Nein, das ist es nicht. Siehst du, er hat's eben *nicht* getan. Geoff, Mrs. Carpenter aus seiner Praxis hat mich eben angerufen. Als Dr. Smith zu einem frühen Termin nicht erschienen ist und auch nicht ans Telefon ging, ist sie zu ihm nach Hause gefahren. Seine Haustür war einen Spalt offen, und so ging sie rein. Sie fand ihn tot in der Eingangshalle liegen. Er ist erschossen worden, und das Haus wurde völlig verwüstet. Geoff, liegt das daran, daß jemand nicht wollte, daß Dr. Smith seine Aussage ändert, und nach dem Schmuck gesucht hat? Geoff, wer macht das nur? Kommt als nächstes Robin dran?«

86

Am selben Vormittag um halb zehn blickte Jason Arnott aus dem Fenster, sah den wolkenverhangenen Himmel und fühlte sich irgendwie deprimiert. Von den noch etwas anhaltenden leichten Schmerzen in den Beinen und im Rücken abgesehen, hatte er den Virusinfekt oder was immer es war überwunden, der ihn übers Wochenende flachgelegt hatte. Aber er wurde das unangenehme Gefühl nicht los, daß irgend etwas nicht stimmte.

Es war natürlich dieses verfluchte FBI-Flugblatt. Aber dasselbe Gefühl hatte er nach jenem Abend im Haus des Kongreßabgeordneten Peale gehabt. Einige Lichter im Erdgeschoß, die mit einem automatischen Schalter verbunden waren, leuchteten damals, als er ankam, aber die Räume im ersten Stock waren alle dunkel. Er war gerade mit dem Gemälde und dem Schließfach, das er von der Wand losgebrochen hatte, den Gang entlanggekommen, als er Schritte hörte, die die Treppe heraufkamen. Mit knapper Not hatte er sich das Bild vors Gesicht halten können, als Licht durch den Flur strömte.

Dann hatte er dieses erschreckte, zitternde »Oh, mein Gott« vernommen und wußte, daß es die Mutter des Kongreßabgeordneten war. Er hatte nicht vorgehabt, ihr etwas zuleide zu tun. Instinktiv war er auf sie zugerannt, wobei er das Gemälde wie einen Schutzschild vor sich her trug, in der

Absicht, sie lediglich umzustoßen und ihr die Brille zu entreißen, damit er sich ungehindert davonmachen konnte. Er hatte sich auf der Party, die Peale anläßlich seines Wahlsieges gab, lange Zeit mit ihr unterhalten und wußte, daß sie ohne ihre Brille blind wie eine Fledermaus war.

Aber der schwere Profilrahmen hatte sie stärker, als es seine Absicht gewesen war, seitlich am Kopf getroffen, und sie war rückwärts die Treppe hinuntergepurzelt. Er erkannte an dem letzten gurgelnden Laut, den sie von sich gab, bevor es still wurde, daß sie tot war. Noch monatelang hatte er sich vorsichtig umgeschaut, weil er damit rechnete, gleich werde jemand mit Handschellen auf ihn zukommen.

Und jetzt – egal, wie sehr er versuchte, sich das Gegenteil einzureden – jagte ihm das FBI-Rundschreiben genau die gleiche heillose Angst ein.

Nach diesem schrecklichen Vorfall war es sein einziger Trost gewesen, sich am Meisterwerk *At Rest* von John White Alexander zu ergötzen, das er damals in der Nacht entwendet hatte. Er hatte es im großen Schlafzimmer seines Hauses in den Catskills aufgehängt, genauso wie Peale es zuvor in seinem großen Schlafzimmer plaziert hatte. Ihn amüsierte die Vorstellung, daß Heerscharen von Besuchern durch das Metropolitan Museum of Art strömten, um sich das Gegenstück *Repose* anzuschauen. Ihm war von den beiden *At Rest* lieber. Die ruhende Gestalt einer schönen Frau hatte die gleichen weichen, fließenden Formen wie das Gemälde *Repose*, aber die geschlossenen Augen, der Ausdruck des sinnlichen Gesichts erinnerte ihn jetzt an Suzanne.

Der Miniaturrahmen mit ihrem Porträt stand auf seinem Nachttisch, und es freute ihn, daß er beides in seinem Zimmer hatte, wenn auch der imitierte Fabergé-Rahmen seines glorreichen Nachbarn nicht würdig war. Der Nachttisch war vergoldet und mit Marmor versehen, ein erlesenes Exemplar neugotischen Stils und in seinem Besitz seit dem grandiosen Beutezug damals, als er einen Lieferwagen gemietet und das Haus der Merrimans praktisch leergeräumt hatte.

Er beschloß, vorher anzurufen. Es tat ihm gut, wenn er bei

der Ankunft dort ein warmes Haus und einen gut bestückten Kühlschrank vorfand. Anstatt jedoch seinen normalen Apparat zu benützen, würde er seine Haushälterin lieber von dem Mobiltelefon aus anrufen, das unter einem seiner Pseudonyme angemeldet war.

Im Inneren eines Lieferwagens, der nach einem Dienstfahrzeug der Gas- und Elektrizitätsgesellschaft aussah, verkündete ein Signal, daß Arnott einen Anruf machte. Während die Agenten lauschten, lächelten sie sich triumphierend an. »Ich glaube, wir stehen kurz davor, dem schlauen Mr. Arnott bis zu seinem Fuchsbau zu folgen«, stellt der Dienstälteste des Agententeams im Einsatz fest. Sie hörten, wie Jason das Gespräch mit den Worten schloß: »Vielen Dank, Maddie. Ich fahre hier in einer Stunde los und müßte bis um eins dasein.«

Maddies träge, eintönige Antwort lautete: »Ich hab' dann alles für Sie bereit. Sie können sich auf mich verlassen.«

87

Frank Green vertrat gerade die Anklage in einem Prozeß, und es war bereits mittags, als Kerry ihn von Smiths Ermordung und von dem Päckchen, das sie von ihm per Federal Express am Vormittag erhalten hatte, informieren konnte. Sie hatte sich jetzt völlig in der Gewalt und fragte sich, weshalb sie sich nur erlaubt hatte, die Nerven zu verlieren, als Geoff sie vorher anrief. Aber ihre Gefühle waren etwas, was sie später überdenken würde. Vorläufig genügte es ihr zur Linderung ihrer unmittelbaren Angst, zu wissen, daß Joe Palumbos Wagen vor Robins Schule geparkt war und er darauf wartete, sie sicher heimzubringen und anschließend das Haus bis zu Kerrys Rückkehr zu bewachen.

Green überprüfte sorgfältig den Inhalt des Schmuckkastens und verglich jedes einzelne Stück mit den Exemplaren, die Smith in dem Brief aufführte, den er in der

Sendung an Kerry beigefügt hatte. »Armband mit Tierkreiszeichen«, las er. »Das ist vorhanden. Uhr mit goldenen Ziffern, Zifferblatt aus Elfenbein, Goldarmband mit Diamanten. Okay. Da ist sie. Smaragdring mit Diamanten, in rötliches Altgold gefaßt. Ist vorhanden. Altes Diamantarmband. Drei Diamantbänder, verbunden durch ein Diamantschloß.« Er hielt es hoch. »Ein wirklich schönes Ding.«

»Ja. Sie wissen vielleicht noch, daß Suzanne dieses Armband trug, als sie ermordet wurde. Es gab noch ein weiteres Schmuckstück, eine kostbare alte Diamantbrosche oder Doppelbrosche, die Skip Reardon beschrieben hatte. Dr. Smith erwähnt sie nicht, und wie's scheint, hatte er sie auch nicht, aber Geoff hat mir gerade einen Ausschnitt aus einer Lokalzeitschrift rübergefaxt, auf dem Suzanne abgebildet ist, wie sie diese Anstecknadel nur wenige Wochen vor ihrem Tod trägt. Sie ist nie bei den andern Sachen, die man im Haus gefunden hat, aufgetaucht. Sie können sehen, daß sie sehr ähnlich wie das Armband aussieht und bestimmt ein altes Stück ist. Die anderen Schmuckstücke sind wunderschön, aber im Design sehr modern.«

Kerry inspizierte die verschwommene Wiedergabe des Zeitungsfotos aus der Nähe und begriff, weshalb Deidre Reardon das Schmuckstück als etwas beschrieben hatte, was ein Bildnis von Mutter und Kind heraufbeschwöre. Wie sie erläutert hatte, schien die Brosche aus zwei Teilen zu bestehen, wobei der größere eine Blume war, der kleinere eine Knospe. Sie waren mit einem Kettchen verbunden. Kerry betrachtete das Bild noch eine Weile und war verblüfft, weil ihr die Brosche merkwürdig bekannt vorkam.

»Wir halten nach diesem Stück Ausschau, ob es vielleicht in Haskells Unterlagen auftaucht«, versprach Green. »Also, noch mal im Klartext: Soweit Sie wissen, sind die Stücke, die der Arzt aufgeführt hat, mit Ausnahme dieser bestimmten Brosche, der gesamte Schmuck, von dem Dr. Smith auf Suzannes Wunsch Skip gegenüber behauptet hat, daß er von ihm selbst stammt?«

»Ja, nach dem, was Smith in seinem Brief geschrieben hat,

und es deckt sich auch mit dem, was Skip mir am Samstag berichtet hat.«

Green legte Smiths Brief wieder hin. »Kerry, glauben Sie, daß Ihnen vielleicht jemand gefolgt ist, als Sie Smith gestern aufgesucht haben?«

»Inzwischen glaube ich das. Deswegen mache ich mir ja solche Sorgen um Robins Sicherheit.«

»Wir stellen heute nacht einen Streifenwagen ab, der Ihr Haus überwacht, aber ich hätte nichts dagegen, Sie und Robin dort auszuquartieren und irgendwo unterzubringen, wo es sicherer ist, nachdem sich die ganze Sache so zuspitzt. Jimmy Weeks ist ein in die Enge getriebenes Tier. Royce kann ihn ja vielleicht der Steuerhinterziehung überführen, aber nach all dem, was Sie aufgedeckt haben, können wir ihn vielleicht des Mordes überführen.«

»Sie meinen wegen der Karte, die Jimmy mit den Sweetheart-Rosen geschickt hat?« Handschriftenexperten waren bereits dabei, die Karte zu analysieren, und Kerry hatte Green an den Zettel erinnert, den man nach der Ermordung der beiden Männer in der Brusttasche von Haskells Anwalt gefunden hatte.

»Genau. Diese Musiknoten hat keine Angestellte in einem Blumenladen zu Papier gebracht. Stellen Sie sich mal vor, so eine Zeichnung über Telefon durchzugeben. Soweit ich informiert bin, ist Weeks ein recht guter Amateurmusiker. Die Seele einer Party, wenn er sich ans Klavier setzt. So ein Typ. Mit dieser Karte – und falls der Schmuck zu diesen Belegen paßt – erscheint der Fall Reardon in einem völlig neuen Licht.«

»Und falls Skip ein neues Verfahren bewilligt bekommt, hat er das Recht, auf Kaution freizukommen, solange dieses Verfahren läuft – oder bis die Anklage fallengelassen wird«, erklärte Kerry sachlich.

»Wenn die Sache so wie erwartet abläuft, dann werde ich das vorschlagen«, stimmte Green zu.

»Frank, da ist noch ein anderer Punkt, den ich zur Sprache bringen muß«, sagte Kerry. »Wir wissen, daß Jimmy Weeks versucht, uns von diesen Ermittlungen abzuschrecken. Das hat aber vielleicht einen ganz anderen Grund, als wir glauben. Ich habe erfahren, daß Weeks Skip Reardon das Vorkaufsrecht auf wertvollen Grundbesitz in Pennsylvania abgekauft hat, als Skip damals alles flüssigmachen mußte. Weeks hatte offenbar Zugang zu vertraulichen Informationen, also besteht die gute Möglichkeit, daß die ganze Transaktion illegal war. Das ist zwar gewiß kein so schweres Verbrechen wie Mord – und natürlich wissen wir's noch nicht; *vielleicht* war er Suzannes Mörder –, aber wenn die Steuerfahndung diese Information hätte, zusammen mit den Vorwürfen der Steuerhinterziehung und was noch alles, dann könnte man Weeks bereits auf dieser Basis für lange Zeit hinter Gitter bringen.«

»Und Sie glauben, er macht sich Sorgen, daß Ihre Nachforschungen im Reardon-Mordfall diese früheren Geschichten zum Vorschein bringen könnten?« fragte Green.

»Ja, das ist gut möglich.«

»Aber glauben Sie wirklich, das könnte ihn dazu veranlassen, Sie über Robin einzuschüchtern? Das kommt mir ein bißchen extrem vor.« Green schüttelte den Kopf.

»Frank, nach allem, was ich von meinem Exmann erfahren habe, ist Weeks skrupellos und arrogant genug, um so gut wie alle Mittel einzusetzen, um sich selbst zu schützen, und es wäre völlig egal, um welche Anschuldigung es dabei geht – um Mord oder um eine geklaute Zeitung. Aber von all dem abgesehen, gibt es noch einen weiteren Grund, weshalb die Mordtheorie vielleicht nicht hinhaut, selbst wenn wir Jimmy Weeks eine Beziehung zu Suzanne nachweisen können«, sagte Kerry. Dann erzählte sie ihm von Jason Arnotts Verbindung zu Suzanne und von Grace Hoovers Theorie, daß Arnott ein professioneller Dieb sei.

»Selbst wenn das stimmt, bringen Sie ihn dann auch mit Suzanne Reardons Ermordung in Verbindung?« fragte Green.

»Ich weiß nicht recht«, erwiderte Kerry langsam. »Es kommt drauf an, ob er mit diesen Diebstahlfällen was zu tun hat oder nicht.«

»Warten Sie mal. Wir können uns dieses Flugblatt vom FBI sofort rüberfaxen lassen«, entschied er und drückte auf die Sprechanlage. »Wir finden gleich raus, wer dort die Ermittlungen leitet.«

Weniger als fünf Minuten waren vergangen, als seine Sekretärin das Rundschreiben hereinbrachte. Green zeigte auf die Telefonnummer für vertrauliche Anrufe. »Sagen Sie denen, sie sollen mich zu dem Obermacker in dieser Sache durchstellen.«

Sechzig Sekunden später war Green mit Si Morgan verbunden. Er stellte den Lautsprecher am Telefon an, damit Kerry mithören konnte.

»Wir stehen kurz vor einem Durchbruch«, berichtete ihm Morgan. »Arnott hat noch ein anderes Haus, in den Catskills. Wir haben entschieden, an der Haustür zu klingeln und festzustellen, ob die Haushälterin bereit ist, mit uns zu reden. Wir halten Sie auf dem laufenden.«

Kerry packte die Armlehnen ihres Stuhls und drehte den Kopf in Richtung der fernen Stimme, die aus der Telefonanlage drang. »Mr. Morgan, das ist schrecklich wichtig. Falls Sie mit Ihrem Agenten noch Kontakt aufnehmen können, sagen Sie ihm, er soll sich nach einem ovalen Miniaturbilderrahmen erkundigen. Er ist aus blauem Emaille mit winzigen echten Perlen um das Glas herum. Er enthält vielleicht das Porträt einer schönen dunkelhaarigen Frau. Falls der Bilderrahmen da ist, können wir Jason Arnott mit einem Mordfall in Verbindung bringen.«

»Ich kann ihn noch erreichen. Ich werde ihn nachforschen lassen, und dann hören Sie wieder von mir«, versprach er.

»Was war das nun wieder?« fragte Green, während er den Lautsprecher abstellte.

»Skip Reardon hat die ganze Zeit behauptet, daß am Tag von Suzannes Tod ein Miniaturrahmen, der eine Fabergé-Imitation war, aus dem großen Schlafzimmer verschwunden ist. Das und die alte Brosche sind die beiden Dinge, für die wir bisher keinen Nachweis haben.«

Kerry beugte sich vor und griff nach dem Diamantarmband. »Sehen Sie sich das mal an. Es stammt aus einer ganz andern Welt als der übrige Schmuck.« Sie hielt die Abbildung hoch, auf der Suzanne die kostbare Brosche trug. »Ist das nicht komisch? Ich hab' das Gefühl, als hätte ich so eine Anstecknadel schon mal gesehen, ich meine die kleine, die mit der großen verbunden ist. Es kommt vielleicht bloß daher, daß der Schmuck wiederholt in Aussagen von Skip und seiner Mutter zur Zeit der Ermittlungen damals aufgetaucht ist. Ich hab' so viel in der Akte gelesen, bis mir ganz schwindlig davon wurde.«

Sie legte das Armband in den Schmuckkasten zurück. »Jason Arnott verbrachte eine ganze Menge Zeit mit Suzanne. Vielleicht war er gar nicht so ein geschlechtsloses Neutrum, als das er sich gern hingestellt hat. Stellen Sie sich's mal so vor, Frank. Nehmen wir an, er verknallt sich ebenfalls in Suzanne. Er schenkt ihr die alte Brosche und das Armband. Es ist genau die Art von Schmuck, die er aussuchen würde. Dann wurde ihm klar, daß sie eine Affäre mit Jimmy Weeks hatte. Vielleicht kam er ja an dem Abend damals vorbei und entdeckte die Sweetheart-Rosen und die Karte, von der wir annehmen, daß sie von Jimmy stammt.«

»Sie meinen, er brachte sie um und holte sich die Brosche zurück?«

»Und ihr Bild. Laut Mrs. Reardon ist es ein wunderschöner Rahmen.«

»Warum dann nicht das Armband?«

»Während ich heute vormittag auf Sie gewartet habe, hab' ich mir die Fotos angesehen, die von der Leiche am Tatort gemacht wurden. Suzanne hatte ein goldnes Kettenarmband an ihrer linken Hand. Man kann es auf dem Foto sehen. Das Diamantarmband, das sie am anderen Arm trug, ist nicht sichtbar. Ich hab' im Bericht nachgeschaut. Es war nach oben unter ihren Blusenärmel geschoben worden, so daß es nicht zu sehen war. Dem Bericht des medizinischen Leichenbeschauers zufolge hatte es ein neues und sehr eng sitzendes Sicherheitsschloß. Vielleicht schob sie ja das Armband aus dem Blickfeld, weil sie ihre Meinung geändert hatte und es nicht anbehalten wollte, hatte dann aber Schwierigkeiten, es abzukriegen, oder sie begriff möglicherweise, daß der Kerl, der sie attackiert hat, gekommen war, um es zurückzuholen, vermutlich, weil es ein Geschenk von ihm war, und deshalb hat sie es versteckt. Was immer der Grund war, es hat funktioniert, denn er hat's nicht gefunden.«

Während sie auf Morgans Rückruf warteten, arbeiteten Green und Kerry gemeinsam daran, ein Rundschreiben mit Abbildungen der fraglichen Schmuckstücke vorzubereiten, das an Juweliere von New Jersey herausgeschickt werden sollte.

Irgendwann bemerkte Frank: »Kerry, Ihnen ist doch klar, falls Mrs. Hoovers Vermutung sich als richtig herausstellt, bedeutet das, daß auf einen Hinweis der Frau unseres Senators hin der Mörder der Mutter vom Kongreßabgeordneten Peale gefaßt wird. Wenn Arnott dann noch mit dem Reardon-Fall in Verbindung gebracht wird …«

Frank Green, der Kandidat für die Gouverneurswahl, dachte Kerry. Schon überlegt er sich, wie er die Tatsache, daß er einen Unschuldigen verurteilt hat, übertünchen kann! Na ja, das ist wohl hohe Politik, sagte sie sich.

88

Maddie Platt bemerkte nichts von dem Wagen, der ihr folgte, als sie am Markt anhielt und all die Sachen einkaufte, die sie besorgen sollte. Genausowenig nahm sie wahr, daß der Wagen ihr auch weiterhin folgte, als sie von Ellenville auf schmalen, kurvenreichen Straßen bis zu dem ausladenden Landhaus fuhr, das einem Mann gehörte, den sie als Nigel Grey kannte.

Sie schloß auf und betrat die Villa, doch zehn Minuten später klingelte es zu ihrer Bestürzung an der Haustür. Hier kam doch nie jemand überraschend vorbei. Darüber hinaus hatte Mr. Grey sie rigoros angewiesen, niemals irgend jemanden hereinzulassen. Keinesfalls würde sie die Tür öffnen, ohne vorher zu wissen, wer es war.

Als sie aus dem Seitenfenster hinausspähte, sah sie den ordentlich gekleideten Mann auf dem oberen Treppenabsatz stehen. Er entdeckte sie und hielt eine Plakette hoch, die ihn als FBI-Agenten auswies. »FBI, Ma'am. Würden Sie bitte die Tür aufmachen, damit ich mit Ihnen reden kann?«

Aufgeregt öffnete Maddie die Tür. Jetzt stand sie nur einige Zentimeter von der Dienstmarke entfernt, die den unverkennbaren FBI-Stempel und das Paßbild des Agenten zeigte.

»Guten Tag, Ma'am. Ich bin FBI-Agent Milton Rose. Ich will Sie nicht erschrecken oder ärgern, aber es ist ausgesprochen wichtig, daß ich mit Ihnen über Mr. Jason Arnott spreche. Sie sind doch seine Haushälterin, nicht?«

»Sir, ich kenne keinen Mr. Arnott. Dieses Haus gehört Mr. Nigel Grey, und ich arbeite schon seit vielen Jahren für ihn. Er kommt heute nachmittag her, das heißt, er muß eigentlich schon bald hier sein. Und ich kann Ihnen schon jetzt sagen – ich habe strikte Anweisung, nie ohne seine Erlaubnis irgendwen hier ins Haus zu lassen.«

»Ma'am, ich bitte Sie gar nicht, mich reinzulassen. Ich habe keinen Durchsuchungsbefehl. Aber ich muß trotzdem mit Ihnen reden. Ihr Mr. Grey ist in Wirklichkeit Jason Arnott, den wir im Verdacht haben, für Dutzende von Einbrüchen verantwortlich zu sein, wobei es um Kunst und andere kostbare Gegenstände geht. Er ist vielleicht sogar für die Ermordung einer älteren Dame, die Mutter eines Kongreßabgeordneten, verantwortlich, die ihn möglicherweise auf frischer Tat ertappt hat, als er in ihr Haus einbrach.«

»Oh, mein Gott«, rief Maddie und hielt erschrocken die Luft an. Sicherlich war Mr. Grey hier immer völlig alleine gewesen, aber sie war einfach davon ausgegangen, daß dieses Haus in den Bergen hier sein Zufluchtsort war, wohin er kam, um sich ungestört zu entspannen. Jetzt allerdings begriff sie, daß er aus ganz anderen Gründen hier »Zuflucht« gesucht hatte.

Agent Rose ging dann dazu über, ihr viele der gestohlenen

Kunstwerke und anderen Objekte zu beschreiben, die aus Häusern verschwunden waren, in denen Arnott zuvor an gesellschaftlichen Ereignissen teilgenommen hatte. Traurig bestätigte sie, daß praktisch all diese Gegenstände hier im Haus seien. Und, ja, der kleine ovale blaue, mit Perlen besetzte Rahmen mit dem Bild einer Frau drin, der stehe auf seinem Nachttisch.

»Ma'am, wir wissen, daß er schon bald hier eintrifft. Ich muß Sie bitten, mit uns zu kommen. Ich bin mir sicher, daß Sie nicht wußten, was da vor sich ging, und Sie haben keinerlei Ärger zu befürchten. Aber wir fordern jetzt telefonisch einen Haussuchungsbefehl an, damit wir Mr. Arnotts Haus durchsuchen und ihn festnehmen können.«

Sanft führte Agent Rose die verstörte Maddie zu dem wartenden Wagen. »Ich kann's einfach nicht glauben«, rief sie. »Ich hatte keine Ahnung davon.«

89

Um halb eins saß eine eingeschüchterte Martha Luce, die seit zwanzig Jahren die Buchhaltung für James Forrest Weeks machte, da und zupfte nervös an einem feuchten Taschentuch herum, während sie in der Amtsstube von Bundesstaatsanwalt Brandon Royce hockte.

Die eidesstattliche Erklärung, die sie Royce gegenüber Monate zuvor abgegeben hatte, war ihr soeben wieder vorgelesen worden.

»Stehen Sie noch zu dem, was Sie uns damals berichtet haben?« fragte Royce, während er auf die Papiere in seiner Hand klopfte.

»Ich hab' die Wahrheit gesagt, soweit ich wußte, daß es die Wahrheit war«, erwiderte Martha mit einer Stimme, die an Flüstern grenzte. Sie warf einen nervösen Seitenblick auf die Stenotypistin und dann auf ihren Neffen, einen jungen Anwalt, den sie in panischer Angst angerufen hatte, sobald sie von der erfolgreichen Durchsuchung von Haskells Haus in Kenntnis gesetzt wurde.

Royce beugte sich vor. »Miss Luce, ich kann gar nicht entschieden genug betonen, wie außerordentlich ernst Ihre Lage ist. Wenn Sie weiterhin unter Eid die Unwahrheit sagen, tun Sie das zu Ihrem eigenen Verderben. Wir haben genug Material, um Jimmy Weeks zu erledigen. Ich will mit offenen Karten spielen. Da uns Barney Haskell bedauerlicherweise so abrupt entrissen wurde, wird es hilfreich sein, wenn wir Sie als lebendige Zeugin haben« – er betonte das Wort »lebendig« –, »um die Korrektheit seiner Unterlagen zu erhärten. Falls Sie es nicht tun, werden wir Jimmy Weeks trotzdem überführen, bloß dann, Miss Luce, dann werden wir unsre volle Aufmerksamkeit Ihnen zuwenden. Meineid ist ein äußerst ernsthaftes Vergehen. Behinderung der Staatsgewalt ist ein äußerst ernsthaftes Vergehen. Beihilfe und Vorschub zur Hinterziehung von Einkommensteuer ist ein äußerst ernsthaftes Vergehen.«

Das ohnehin stets zaghafte Gesicht von Martha Luce sackte vollends zusammen. Sie begann zu schluchzen. Tränen, die ihre blaßblauen Augen sofort röteten, liefen ihr übers Gesicht. »Mr. Weeks hat jede einzelne Rechnung bezahlt, als Mama so schrecklich lange krank war.«

»Das ist reizend«, erklärte Royce. »Aber er hat's mit Steuergeldern getan.«

»Meine Klientin hat das Recht zu schweigen«, machte sich der Neffe und Anwalt bemerkbar.

Royce bedachte ihn mit einem vernichtenden Blick. »Das haben wir bereits festgestellt, Herr Rechtsanwalt. Sie könnten Ihre Mandantin vielleicht ebenfalls darauf hinweisen, daß wir nicht scharf darauf sind, Frauen mittleren Alters mit einem fehlgeleiteten Sinn für Loyalität ins Gefängnis zu stecken. Wir sind dazu bereit, Ihrer Mandantin dieses eine – und nur dieses eine – Mal, völlige Straffreiheit im Austausch gegen ihre volle Kooperation anzubieten. Danach ist sie auf sich selbst angewiesen. Sie aber erinnern Ihre Mandantin besser daran« – hier troff die Stimme von Royce vor Sarkasmus –, »daß Barney Haskell so lange damit gewartet hat, auf das Angebot einer Kronzeugenregelung einzugehen, daß er es nie annehmen konnte.«

»Völlige Straffreiheit?« fragte der Neffe und Anwalt.

»Völlig, und wir werden Ms. Luce unverzüglich in Schutzhaft nehmen. Wir wollen nicht, daß ihr irgend etwas zustößt.«

»Tante Martha ...«, begann der junge Mann, doch seine Stimme versagte.

Sie hörte auf zu schniefen. »Ich weiß, du Lieber. Mr. Royce, vielleicht hatte ich ja schon immer den Verdacht, daß Mr. Weeks ...«

90

Die Nachricht, daß man in einem versteckten Safe in Barney Haskells Sommerhaus ein Geheimarchiv gefunden hatte, war für Bob Kinellen Brief und Siegel, daß er alle Hoffnung fahren lassen mußte, für Jimmy Weeks einen Freispruch zu erwirken. Sogar Kinellens Schwiegervater, der gewöhnlich unerschütterliche Anthony Bartlett, fing eindeutig an, das Unvermeidliche ins Auge zu fassen.

An diesem Dienstag vormittag hatte Bundesstaatsanwalt Royce die Verlängerung der Mittagspause um eine Stunde erbeten und auch bewilligt bekommen. Bob vermutete schon, was dieses Manöver zu bedeuten hatte. Martha Luce, eine Zeugin für die Verteidigung und zudem eine ihrer besonders glaubhaften Zeugen wegen ihrer schüchternen, ernsthaften Art, wurde wohl unter Druck gesetzt.

Falls Haskell sich Kopien seiner Buchführung gemacht hatte, konfrontierte man Ms. Luce jetzt vermutlich mit ihrer eidesstattlichen Versicherung, Jimmys Abrechnungsbücher seien korrekt.

Sollte Martha Luce im Austausch gegen Straffreiheit als Belastungszeugin aussagen, dann war alles verloren.

Bob Kinellen saß schweigend da und ließ seine Augen zu

allem und jedem im Saal außer zu seinem Mandanten wandern. Er fühlte sich schrecklich müde, als erdrücke ihn eine schwere Last, und er überlegte, in welchem Augenblick genau er von diesem Gefühl ergriffen worden war. Als er die letzten Tage nochmals überdachte, wußte er es plötzlich: Es war der Moment, als ich eine Drohung weitergab, die mein eigenes Kind betraf, sagte er sich. Elf Jahre lang war es ihm gelungen, sich an den Buchstaben des Gesetzes zu halten. Jimmy Weeks hatte das Recht auf eine Verteidigung, und seine Aufgabe war es, Jimmy vor einem Anklagebeschluß zu bewahren. Das tat er mit legalen Mitteln. Falls andere Mittel eingesetzt wurden, wußte er es nicht und wollte es auch nicht wissen.

In diesem Prozeß jedoch war er Teil einer Entwicklung geworden, in der das Gesetz umgangen wurde. Weeks hatte ihm gerade den Grund offenbart, weshalb er darauf bestanden hatte, Mrs. Wagner in der Jury zu haben: Sie hatte einen Vater, der in Kalifornien im Gefängnis saß. Dreißig Jahre zuvor hatte er eine ganze Familie von Urlaubern im Yosemite National Park ermordet. Bob wußte, daß er vorhatte, die Information, daß die Geschworene Wagner einen Vater im Gefängnis hatte, zurückzuhalten und dann für einen Revisionsantrag zu verwenden. Er wußte ebenfalls, daß das moralisch anfechtbar war. Die Gratwanderung war jetzt vorbei. Er war bereits zu weit gegangen. Die heiße Scham, die er verspürt hatte, als er Robins entsetzten Aufschrei bei seinem Gerangel mit Kerry hörte, setzte ihm noch immer zu. Wie hatte Kerry diesen Vorfall Robin nur erklärt? *Dein Vater hat eine Drohung seines Mandanten weitergeleitet, die dich betraf? Der Mandant deines Vaters war der Mann, der letzte Woche irgendeinem Penner befohlen hat, dir Angst einzujagen?*

Jimmy Weeks hatte einen Horror vor dem Gefängnis. Die Vorstellung, eingesperrt zu sein, war ihm unerträglich. Er würde alles tun, um dem zu entgehen.

Es war unübersehbar, daß Jimmy völlig außer sich war. Sie aßen zusammen im Separee eines unweit vom Justizgebäude gelegenen Restaurants zu Mittag. Nachdem der Ober die Bestellung aufgenommen hatte, erklärte Jimmy unvermittelt: »Ich will nichts von irgendeinem Kuhhandel hören, den ihr beide mit dem Staatsanwalt machen wollt. Kapiert?«

Bartlett und Kinellen warteten ab, ohne zu reagieren.

»Was die Jury angeht, können wir uns, glaub ich, nicht drauf verlassen, daß diese Flasche mit der kranken Frau bei der Stange bleibt.«

Das hätte ich dir gleich sagen können, dachte Bob. Er wollte nichts von diesen ganzen Dingen hören. Wenn sein Mandant unzulässigen Einfluß auf diesen Geschworenen ausgeübt hatte, so ohne sein Mitwissen, redete er sich ein. *Und Haskell war das Opfer eines Raubüberfalls*, spottete eine innere Stimme.

»Bobby, von einer meiner Quellen weiß ich, daß der Gerichtsbeamte, der auf die Geschworenen aufpaßt, dir einen Gefallen schuldet«, sagte Weeks.

»Was meinst du damit, Jimmy?« Bob Kinellen spielte mit seiner Salatgabel.

»Du weißt schon, was ich meine. Du hast seinen Jungen aus 'ner bösen Situation rausgeholt, 'ner sehr bösen. Er ist dir dankbar.«

»Und?«

»Bobby, ich finde, der Gerichtsbeamte muß diese verklemmte Wagner-Madame mit ihrem Zwetschgengesicht mal wissen lassen, daß ihr Daddy, der Mörder, ganz groß in die Schlagzeilen kommt, falls sie nicht irgendwelche erheblichen Zweifel anmeldet, sobald dieser Fall vor die Geschworenen geht.«

Wer sich mit Hunden hinlegt, steht mit Flöhen auf. Das hatte Kerry zu ihm gesagt, bevor Robin geboren wurde.

»Jimmy, wir haben bereits eine Begründung für eine Revision, weil sie diesen Tatbestand nicht offenbart hat. Das ist unser Trumpf im Ärmel. Wir brauchen es nicht noch zu forcieren.« Bob warf einen kurzen Blick auf seinen Schwiegervater. »Anthony und ich riskieren ohnehin schon unsern

Hals damit, daß wir's dem Gericht vorenthalten. Wir können behaupten, daß wir erst etwas davon erfahren haben, als der Prozeß vorbei war. Selbst wenn du verurteilt wirst, kommst du doch auf Kaution frei, und dann spielen wir auf Zeit und wenden eine Verzögerungstaktik nach der andern an.«

»Das reicht nicht, Bobby. Diesmal mußt du aufs Ganze gehen. Leg doch ein nettes Schwätzchen mit dem Gerichtsbeamten ein. Der hört bestimmt zu. Dann redet er mit der Lady, die sowieso schon in der Tinte sitzt, weil sie bei ihrem Fragebogen gelogen hat. Und dann haben wir eine Jury, die sich nicht einigen kann, vielleicht sogar einen Freispruch. Und *dann* spielen wir auf Zeit und wenden eine Verzögerungstaktik nach der andern an, während ihr beide euch 'ne todsichere Methode ausdenkt, wie wir das nächstemal 'nen Freispruch kriegen.«

Der Ober kehrte mit den Vorspeisen zurück. Bob Kinellen hatte die Schnecken bestellt, eine Spezialität des Hauses, die er besonders gern hatte. Doch erst, als er aufgegessen hatte und der Ober den Teller abräumte, merkte er, daß er rein gar nichts geschmeckt hatte. Jimmy ist nicht der einzige, der nicht aus noch ein weiß, dachte er.

Ich sitze direkt mit ihm in der Klemme.

91

Kerry ging in ihr Büro zurück, nachdem der Anruf von Si Morgan erfolgt war. Sie war jetzt überzeugt, daß Arnott auf irgendeine Weise unwiderruflich in Suzanne Reardons Ermordung verwickelt war. Wie jedoch im einzelnen, diese Frage mußte noch warten, bis er im Gewahrsam des FBI war und sie und Frank Green die Gelegenheit hatten, ihn zu vernehmen.

Auf ihrem Schreibtisch wartete schon ein Stapel von Mitteilungen, darunter eine von Jonathan, die mit »Dringend«

gekennzeichnet war. Er hatte die Privatnummer seines Büros in Trenton hinterlassen. Sie rief ihn sofort an.

»Danke, daß du gleich zurückrufst, Kerry. Ich muß rüber nach Hackensack und möchte mit dir reden. Kann ich dich zum Mittagessen einladen?«

Vor ein paar Wochen hatte er das Gespräch noch mit »Kann ich dich zum Mittagessen einladen, Euer Ehren?« eröffnet.

Kerry wußte, daß die Unterlassung heute kein Zufall war. Jonathan spielte mit offenen Karten. Wenn die politischen Auswirkungen ihrer Ermittlungsarbeit Frank Green die Nominierung kosteten, konnte sie sich das Richteramt abschminken, ungeachtet der Berechtigung ihrer Untersuchung. So lief es nun mal in der Politik, und außerdem gab es genügend andere hochqualifizierte Leute, die hinter dem Job her waren.

»Natürlich, Jonathan.«

»Solari's um halb zwei.«

Sie glaubte zu wissen, was der Anlaß zu seinem Anruf war. Er hatte die Sache mit Dr. Smith erfahren und machte sich Sorgen um sie und Robin.

Sie rief Geoff in seiner Kanzlei an. Er aß gerade ein Sandwich an seinem Schreibtisch.

»Ich bin froh, daß ich schon sitze«, sagte er zu ihr, als sie ihm die Neuigkeiten über Arnott berichtete.

»Das FBI wird alles, was sie in dem Haus in den Catskills finden, fotografieren und katalogisieren. Morgan hat gesagt, es sei noch offen, ob alles in ein Lagerhaus geschafft werden soll oder ob man die Leute, die beraubt wurden, einfach herbittet, damit sie ihre Sachen direkt vor Ort identifizieren. Wie auch immer sie's machen, Green und ich wollen jedenfalls, wenn wir zu dem Gespräch mit Arnott fahren, Mrs. Reardon mitnehmen, damit sie den Bilderrahmen zweifelsfrei identifiziert.«

»Dann bitte ich sie, ob sie nicht ein paar Tage später für die Angioplastie ins Krankenhaus gehen kann. Kerry, einer von unsern Partnern war heute vormittag im Bundesgericht. Von ihm weiß ich, daß Royce eine Stunde zusätzlich für die

Mittagspause gefordert hat. Es heißt, daß er wahrscheinlich der Buchhalterin von Jimmy Weeks Straferlaß anbietet. Er geht bestimmt nicht das Risiko ein, durch zu hartes Auftreten noch einen wichtigen Belastungszeugen zu verlieren.«

»Dann kommt's also jetzt zum Showdown?«

»Genau.«

»Hast du Skip schon über Smiths Brief informiert?«

»Gleich, nachdem ich mit dir geredet habe.«

»Wie war seine Reaktion?«

»Er fing an zu weinen.« Geoffs Stimme wurde heiser. »Ich auch. Er kommt tatsächlich raus, Kerry, und du bist der Grund.«

»Nein, du täuschst dich. Das ist dein Verdienst und der von Robin. Ich war schon bereit, ihm die kalte Schulter zu zeigen.«

»Darüber können wir ein andermal streiten. Kerry, Deidre Reardon ist am anderen Apparat. Ich hatte versucht, sie zu erreichen. Ich meld mich später wieder. Ich will nicht, daß du und Robin heute abend allein zu Hause seid.«

Bevor Kerry zu ihrer Verabredung mit Jonathan das Büro verließ, wählte sie die Nummer von Joe Palumbos Handy an. Er war schon nach dem ersten Klingelzeichen am Apparat. »Palumbo.«

»Hier ist Kerry, Joe.«

»Die große Pause ist vorbei. Robin ist wieder im Gebäude drin. Ich steh mit dem Wagen direkt vor dem Haupteingang, der einzigen Tür, die nicht verschlossen ist. Ich fahr sie dann nach Hause und bleibe bei ihr und der Babysitterin.« Er hielt inne. »Keine Sorge, Momma. Ich paß schon gut auf dein Baby auf.«

»Das weiß ich. Dank dir, Joe.«

Es war Zeit für das Treffen mit Jonathan. Während sie auf den Flur hinaus lief und gerade noch durch die sich soeben schließende Aufzugstür schlüpfte, mußte Kerry ständig an die fehlende Anstecknadel denken. Irgend etwas an dem Schmuck kam ihr so vertraut vor. Die beiden Teile. Die Blume und die Knospe, wie eine Mutter mit Kind. Eine

Momma und ein Baby ... Warum nur schien sie das an etwas zu erinnern? grübelte sie.

Jonathan hatte bereits am Tisch Platz genommen und trank an einem Club Soda. Er stand auf, als er sie kommen sah. Seine kurze, vertraute Umarmung hatte etwas Beruhigendes. »Du siehst aber mächtig müde aus, junge Dame«, erklärte er. »Oder eher mächtig gestreßt?«

Immer wenn er so zu ihr sprach, empfand sie wieder das warme Gefühl aus alten Tagen, als ihr Vater noch lebte, und Dankbarkeit stieg in ihr hoch, daß Jonathan ihr in mehrfacher Hinsicht ein Ersatzvater war.

»Ein ganz schön aufregender Tag bisher«, sagte sie, während sie sich hinsetzte. »Hast du die Sache mit Smith gehört?«

»Grace rief mich an. Sie hat die Nachrichten gehört, als sie um zehn gefrühstückt hat. Klingt wieder ganz nach Weeks' Handschrift. Wir machen uns beide große Sorgen um Robin.«

»Ich auch. Aber Joe Palumbo, einer von unsern Ermittlern, ist draußen vor ihrer Schule. Er bleibt bei ihr, bis ich nach Hause komme.«

Der Kellner stand neben dem Tisch. »Laß uns bestellen«, schlug Kerry vor, »und dann erzähl ich dir, was alles los ist.«

Sie entschieden sich beide für Zwiebelsuppe, und sie wurde fast sofort serviert. Während des Essens berichtete Kerry Jonathan über das Päckchen von Federal Express mit dem ganzen Schmuck und dem Brief von Dr. Smith.

»Ich schäme mich richtig, daß ich versucht habe, dich von deinen Ermittlungen abzubringen, Kerry«, sagte Jonathan ruhig. »Ich will mein Bestes tun, aber wenn der Gouverneur der Ansicht ist, daß Greens Nominierung gefährdet ist, dann würde es ihm ähnlich sehen, es an dir auszulassen.«

»Nun, wenigstens gibt es Hoffnung«, sagte Kerry. »Und wir können Grace für den Hinweis danken, den sie dem FBI gegeben hat.« Sie erzählte ihm, was sie alles über Jason Arnott erfahren hatte. »Ich sehe schon, wie Frank Green negativen Schlagzeilen über die unfaire Strafverfolgung von Skip Reardon vorbeugen will. Er kann's gar nicht abwarten zu verkünden, daß der Einbrecher, der die Mutter des Kongreßabgeordneten Peale ermordet hat, auf Grund eines Tips der Frau von Senator Hoover geschnappt wurde. Du gehst aus der ganzen Sache als sein bester Freund hervor, und wer kann ihm das schon verübeln? Du genießt weiß Gott unter allen Politikern in New Jersey vermutlich am meisten Respekt.«

Jonathan lächelte. »Wir könnten der Wahrheit ein wenig nachhelfen und behaupten, daß Grace sich erst von Green beraten ließ und er ihr dringend empfahl, den Anruf zu machen.« Dann schwand sein Lächeln. »Kerry, was für eine Auswirkung hat Arnotts mögliche Verwicklung im Fall Reardon auf Robin? Besteht die Möglichkeit, daß es Arnott war, der dieses Foto von ihr gemacht und dir geschickt hat?«

»Auf keinen Fall. Robins eigener Vater hat die Warnung weitergegeben und im Prinzip eingeräumt, daß Jimmy Weeks diese Aufnahme machen ließ.«

»Wie ist der weitere Ablauf?«

»Vermutlich, daß Frank Green und ich gleich morgen früh Deidre Reardon in die Catskills mitnehmen, um diesen Miniaturrahmen zu identifizieren. Arnott dürfte ungefähr jetzt in Handschellen abgeführt werden. Sie stecken ihn dort ins Gefängnis, zumindest fürs erste. Sobald sie dann anfangen, das Diebesgut den speziellen Einbrüchen im einzelnen zuzuordnen, werden sie an verschiedenen Orten Anklage gegen ihn erheben. Ich nehme an, daß sie schon darauf brennen, ihm als erstes wegen dem Mord an der Mutter des Kongreßabgeordneten Peale den Prozeß zu machen. Und falls er für Suzanne Reardons Tod verantwortlich ist, dann wollen wir ihn selbstverständlich hier strafrechtlich verfolgen.«

»Was ist, wenn er nicht gesteht?«

»Wir schicken an alle Juweliere in New Jersey Flugblätter raus, wobei wir uns natürlich auf Bergen County konzentrieren, da sowohl Weeks wie Arnott hier leben. Ich schätze, daß einer dieser Juweliere die moderneren Schmuckstücke wiedererkennt und mit Weeks in Verbindung bringt und daß sich bei dem alten Armband herausstellen wird, daß es von Arnott stammt. Als man es an Suzannes Arm entdeckte, hatte es offensichtlich ein neues Schloß, und das Armband ist so ungewöhnlich, daß sich vielleicht irgendein Juwelier daran erinnert. Je mehr Dinge wir herausfinden, mit denen wir Arnott konfrontieren können, um so leichter sollte es sein, ihn dazu zu bringen, sich auf einen Handel einzulassen.«

»Dann hast du also vor, morgen früh zu den Catskills aufzubrechen?«

»Ja. Ich werde Robin ganz bestimmt nicht mehr morgens allein zu Hause lassen, doch wenn es sich herausstellt, daß Frank schon sehr früh aufbrechen will, dann sehe ich, ob Alison nicht übernachten kann.«

»Ich hab' eine bessere Idee. Laß doch Robin heute abend bei uns übernachten. Ich bringe sie dann morgens in die Schule, oder, wenn's dir lieber ist, kannst du auch diesen Palumbo schicken, um sie abzuholen. Unser Haus hat ein Überwachungssystem, das auf dem allerneuesten Stand ist. Das weißt du ja. Ich werde natürlich dasein, und ich weiß nicht, ob dir das klar ist, aber sogar Grace hat eine Pistole in ihrer Nachttischschublade. Ich hab' ihr schon vor Jahren beigebracht, wie man damit umgeht. Davon abgesehen, glaube ich, daß es Grace wirklich gut täte, wenn Robin zu Besuch kommt. In letzter Zeit war sie ziemlich deprimiert, und es ist so ein Vergnügen, Robin um sich zu haben.«

Kerry lächelte. »Ja, das stimmt.« Sie dachte eine Weile nach. »Jonathan, das könnte wirklich klappen. Ich sollte nämlich eigentlich noch etwas Arbeit in ein anderes Verfahren stecken, das ich demnächst vor Gericht bringe, und dann möchte ich die Reardon-Akte noch mal sorgfältig durchkämmen, ob ich nicht noch etwas finde, was ich bei der Vernehmung von Arnott gebrauchen kann. Ich rufe nachher Robin an, wenn ich weiß, daß sie von der Schule zurück ist, und erzähl ihr von dem Plan. Sie freut sich bestimmt riesig. Sie ist verrückt nach dir und Grace, und sie liebt das rosa Gästezimmer.«

»Das war früher mal deins, weißt du noch?«

»Natürlich. Wie könnte ich das vergessen? Das war damals, als ich dem Vetter von Grace, dem Gartenarchitekten, klarmachen wollte, daß er ein Ganove ist.«

92

Als die verlängerte Mittagspause vorüber war, kehrte Bundesstaatsanwalt Royce für die Nachmittagssitzung des Verfahrens der Vereinigten Staaten von Amerika gegen James Forrest Weeks ins Gericht zurück. Er trug den Kopf hoch, weil er festgestellt hatte, daß Martha Luce hinter ihrer zaghaften, anspruchslosen Fassade das Gedächtnis eines Heimcomputers verbarg. Die vernichtenden Beweise, die Jimmy Weeks endlich zur Strecke bringen würden, sprudelten nur so aus ihr heraus, während sie den beiden sanft sie anspornenden Assistenten von Royce Rede und Antwort stand.

Der Neffe und Anwalt von Ms. Luce, so gestand sich Royce ein, hatte immerhin ein gewisses Potential. Er bestand darauf, daß die Abmachung, auf die sie sich einließ, erst unterschrieben und gegengezeichnet vorliegen müsse, bevor sie auszupacken begann. Als Gegenleistung für ihre ehrliche und uneingeschränkte Kooperation, die sie später nicht widerrufen werde, gewährleiste man ihr, daß man weder jetzt noch in der Zukunft irgendwelche Anklagepunkte auf Bundesebene oder von anderer straf- oder zivilrechtlicher Natur gegen sie erheben werde.

Die Zeugenaussage von Martha Luce war jedoch erst später fällig. Die Abwicklung des Falls durch die Anklagevertretung ging Schritt für Schritt voran. Heute wurde als Zeuge ein Restaurator aufgeboten, der sich im Austausch für die Verlängerung seines Mietvertrags dazu bekannte, an Jimmys Geldeintreiber einen Bonus von fünftausend Dollar pro Monat in bar zu zahlen.

Als die Verteidigung zum Kreuzverhör antrat, sprang

Royce ständig auf die Füße und erhob Einspruch, während Bob Kinellen den Zeugen bearbeitete, ihn bei kleinen Widersprüchen ertappte und zu dem Geständnis zwang, er habe in Wahrheit Weeks nie dabei beobachtet, wie er mit dem Geld in Berührung kam, und er könne sich nicht wirklich sicher sein, ob der Geldeintreiber nicht in Eigenregie arbeite. Kinellen ist gut, dachte Royce, wirklich schade, daß er sein Talent an diesen Abschaum verschwendet.

Royce konnte nicht wissen, daß Robert Kinellen, während er vor einer Gruppe aufmerksamer Geschworener die große Show abzog, den gleichen Gedanken hegte.

93

Als Jason Arnott über die Schwelle seines Hauses in den Catskills trat und Maddies Abwesenheit bemerkte, wußte er im selben Moment, daß etwas Schlimmes passiert sein mußte.

Wenn Maddie nicht da ist und auch keine Nachricht hinterlassen hat, dann stimmt etwas nicht. Jetzt ist alles verloren, dachte er. Wie lange noch, bis sie von allen Seiten auf ihn vorrücken würden? Bald schon, da war er sich sicher.

Plötzlich bekam er Hunger. Er eilte zum Kühlschrank hinüber und zog einen geräucherten Lachs hervor, den zu besorgen er Maddie gebeten hatte. Dann griff er nach den Kapern und dem Weichkäse und dem Päckchen Toastschnitten. Eine Flasche Pouilly-Fuissé stand im Kühlfach bereit.

Er legte den Lachs auf einen Teller und schenkte sich ein Glas Wein ein. Mit beidem in den Händen begann er dann durch das Haus zu wandern. Eine Art letzter Rundgang, dachte er, während er die Reichtümer ringsum mit Kennerblick betrachtete. Der Wandteppich im Eßzimmer – einzigartig. Der Aubusson im Wohnzimmer – ein Privileg, auf einer solchen Schönheit dahinzuschreiten. Die Bronzeskulptur einer schlanken Gestalt mit einem kleinen Kind auf ihrer offenen Hand von Chaim Gross. Gross war in das Thema Mutter und Kind ganz vernarrt. Arnott dachte daran, daß Gross' Mutter und Schwester im Holocaust umgekommen waren.

Er würde natürlich einen Anwalt benötigen. Einen guten Anwalt. Doch wen? Ein Lächeln durchzuckte seine Lippen. Er wußte genau den richtigen: Geoffrey Dorso, der sich seit zehn Jahren so unermüdlich für Skip Reardon einsetzte. Dorso hatte ein beachtliches Renommee und war vielleicht bereit, einen neuen Klienten anzunehmen, insbesondere einen, der ihm Beweise liefern konnte, die ihm zur Befreiung des armen Reardon aus dem Knast von Nutzen waren.

Es klingelte an der Haustür. Er achtete nicht darauf. Es klingelte wiederum, klingelte schließlich permanent. Arnott kaute sein letztes Toast-Dreieck und genoß den delikaten Geschmack des Lachses, die pikante Würze der Kapern.

Jetzt läutete es am Hintereingang. Umstellt, dachte er. Ach, was soll's. Er hatte doch gewußt, daß es eines Tages soweit kommen würde. Hätte er vorige Woche nur seinem Instinkt gehorcht und das Land verlassen. Jason trank sein Glas leer, dachte sich, ein weiteres könne nicht schaden, und ging in die Küche zurück. Jetzt waren an allen Fenstern Gesichter zu sehen, Gesichter mit dem aggressiven, selbstzufriedenen Ausdruck derer, die das Recht haben, Macht auszuüben.

Arnott nickte ihnen zu und hielt sein Glas wie zu einem spöttischen Prosit hoch. Während er weiternippte, ging er zur Hintertür, öffnete sie und trat dann zur Seite, als die Männer hereinstürmten. »FBI, Mr. Arnott«, brüllten sie. »Wir haben einen Durchsuchungsbefehl für Ihr Haus.«

»Aber meine Herren, meine Herren«, murmelte er. »Ich bitte Sie, Vorsicht walten zu lassen. Hier gibt es viele wunderschöne, ja unbezahlbare Gegenstände. Sie mögen an derlei nicht gewöhnt sein, aber, bitte, erweisen Sie ihnen Respekt. Sind Ihre Schuhe sauber?«

94

Kerry rief Robin um halb vier an. Sie und Alison säßen am Computer, erzählte ihr Robin, und spielten eins der Spiele, die Onkel Jonathan und Tante Grace ihr geschenkt hätten. Kerry berichtete ihr von dem Plan: »Ich muß heute noch länger arbeiten und morgen früh spätestens um sieben losfahren. Jonathan und Grace hätten es wirklich gern, wenn du bei ihnen übernachtest, und ich hätte ein gutes Gefühl, wenn ich wüßte, daß du dort bist.«

»Warum hat Mr. Palumbo vor unsrer Schule geparkt, und warum hat er mich heimgefahren, und warum sitzt er jetzt draußen in seinem Wagen da? Heißt das, daß ich in echt großer Gefahr bin?«

Kerry bemühte sich um einen sachlichen Tonfall. »Tut mir leid, daß ich dich enttäuschen muß, aber es ist bloß eine Vorsichtsmaßnahme, Rob. Der Fall steht kurz vor der Aufklärung.«

»Stark. Ich mag Mr. Palumbo, und, okay, ich bleibe schon bei Tante Grace und Onkel Jonathan. Die beiden mag ich auch. Aber was ist mit dir? Bleibt Mr. Palumbo dann auch für dich vor dem Haus stehen?«

»Ich komme erst spät nach Hause, und wenn ich dann da bin, fahren die Polizisten vom nächsten Revier ungefähr jede Viertelstunde bei mir vorbei. Mehr brauch ich nicht.«

»Paß auf dich auf, Mom.« Für einen Augenblick schwand Robins demonstrative Tapferkeit, und sie klang wie ein verängstigtes kleines Mädchen.

»Paß du auf dich auf, mein Spatz. Mach deine Hausaufgaben.«

»Mach' ich. Und dann werde ich Tante Grace fragen, ob ich mir wieder ihre alten Fotoalben ansehen kann. Ich schau' mir wahnsinnig gern die alten Kleider und Frisuren an, und wenn ich mich noch richtig dran erinnere, sind die Fotos in derselben Reihenfolge angeordnet, wie sie entstanden sind. Ich hab' mir gedacht, vielleicht krieg' ich dadurch ein paar

Ideen, weil wir nämlich für unsere nächste Aufgabe in der Fotoklasse ein Familienfotoalbum so anlegen sollen, daß es eine richtige Geschichte erzählt.«

»Ja, natürlich, da gibt's ein paar phantastische Bilder drin. Ich habe mir diese Alben früher auch immer so gerne angeschaut, als ich auf ihr Haus aufgepaßt hab«, schwelgte Kerry in Erinnerungen. »Ich bin sie immer durchgegangen, um nachzuzählen, mit wieviel verschiedenen Hausangestellten Tante Grace und Onkel Jonathan aufgewachsen sind. Ich muß auch jetzt noch manchmal an sie denken, wenn ich den Staubsauger rumschiebe oder die Wäsche falte.«

Robin kicherte. »Also, bleib am Ball. Vielleicht gewinnst du ja doch irgendwann im Lotto. Ich hab' dich lieb, Mom.«

Um halb sechs rief Geoff von seinem Wagen aus an. »Du rätst niemals, wo ich gerade bin.« Er wartete nicht die Antwort ab. »Ich war heute nachmittag im Gericht. Jason Arnott hatte versucht mich zu erreichen. Er hat mir eine Nachricht hinterlassen.«

»Jason Arnott!« rief Kerry aus.

»Ja. Als ich ihn vor ein paar Minuten zurückrief, erklärte er, er müßte mich auf der Stelle sprechen. Er will, daß ich seinen Fall übernehme.«

»Würdest du ihn verteidigen?«

»Könnte ich gar nicht, weil er was mit dem Reardon-Fall zu tun hat, und ich würd's auch nicht wollen, selbst wenn ich könnte. Genau das hab' ich ihm gesagt, aber er besteht trotzdem drauf, mit mir zu reden.«

»Geoff! Laß bloß nicht zu, daß er dir irgendwas erzählt, was durch das Anwaltsgeheimnis geschützt wäre.«

Geoff lachte auf. »Danke, Kerry. Darauf wäre ich nie gekommen.«

Kerry stimmte in sein Lachen ein und erklärte ihm dann das Arrangement, das sie für Robins Übernachtung getroffen hatte. »Ich bleibe hier und arbeite noch ein paar Stunden. Wenn ich mich auf den Heimweg mache, gebe ich den Cops von Hohokus Bescheid, daß ich unterwegs bin. Ist alles in die Wege geleitet.«

»Also, tu's auch bestimmt.« Seine Stimme wurde energisch. »Je mehr ich darüber nachdenke, daß du gestern abend allein in Smiths Haus gegangen bist, um so klarer wird mir, was für eine miserable Idee das war. Du hättest dort sein können, als er erschossen wurde, genauso wie Mark Young zusammen mit Haskell niedergeknallt worden ist.«

Geoff verabschiedete sich, nachdem er versprochen hatte, Kerry nach seinem Treffen mit Arnott anzurufen und sie auf den neuesten Stand zu bringen.

Es war acht Uhr abends, als Kerry die notwendige Arbeit zur Vorbereitung auf einen bevorstehenden Prozeß beendet hatte. Dann griff sie wieder einmal nach der voluminösen Reardon-Akte.

Sie nahm sich die Fotos von der Toten am Tatort genauer vor. In seinem Brief hatte Dr. Smith beschrieben, wie er damals am Abend das Haus betreten hatte und auf Suzannes Leiche gestoßen war. Kerry schloß die Augen bei der grauenhaften Vorstellung, jemals Robin auf diese Weise vorzufinden. Smith sagte, er habe die Karte mit der Aufschrift *Let Me Call You Sweetheart* absichtlich entfernt, weil er davon überzeugt gewesen sei, Skip hätte Suzanne in einem Anfall rasender Eifersucht ermordet, und weil er unbedingt verhindern wollte, daß Skip der Höchststrafe entging und mit einem milden Urteil davonkam.

Sie glaubte Smith, was er geschrieben hatte – die meisten Menschen lügen nicht, wenn sie planen, sich umzubringen, überlegte sie. Und was Dr. Smith geschrieben hat, untermauert auch Skip Reardons Bericht. Das heißt also, dachte Kerry, der Mörder ist der Mann, der in diesem Haus in dem Zeitraum aufgetaucht ist, nachdem Skip gegen halb sieben gegangen war und bevor der Arzt so etwa um neun Uhr erschien.

Jason Arnott? Jimmy Weeks? Wer von beiden hatte Suzanne auf dem Gewissen? fragte sie sich.

Um halb zehn schlug Kerry den Aktendeckel zu. Sie war auf keine neuen Anhaltspunkte für ihre am nächsten Tag eingeplante Vernehmung von Arnott gestoßen. Wenn ich in seinen Schuhen stecken würde, dachte sie, dann würde ich behaupten, Suzanne hätte mir den Bilderrahmen an jenem letzten Tag gegeben, weil sie das Gefühl hatte, einige der Perlen seien dabei, sich zu lockern, und weil sie wollte, daß ich's in Ordnung bringe. Als man sie dann tot auffand, wollte ich nicht in eine Morduntersuchung verwickelt werden, und so habe ich den Rahmen behalten.

Eine solche Geschichte könnte vor Gericht leicht Bestand haben, weil sie völlig plausibel war. Mit dem Schmuck allerdings war es eine andere Sache. Es lief alles auf den Schmuck hinaus. Wenn sie beweisen konnte, daß Arnott Suzanne diese beiden kostbaren alten Stücke geschenkt hatte, dann war es unmöglich für ihn, sich mit der Behauptung herauszureden, das seien Geschenke aus reiner Freundschaft gewesen.

Um zehn Uhr verließ sie das Amtsgebäude, das jetzt still dalag, und ging zum Parkplatz. Da sie plötzlich merkte, daß sie fast umkam vor Hunger, fuhr sie zu dem Schnellrestaurant um die Ecke und nahm einen Hamburger mit Pommes frites und Kaffee zu sich.

Ersetze nur den Kaffee durch eine Cola, und du hast Robins Lieblingsmahlzeit, dachte sie mit einem symbolischen Seufzer. Ich muß schon sagen, mein Baby fehlt mir sehr.

Die Momma und das Baby ...

Die Momma und das Baby ...

Weshalb ging ihr dieser Singsangsatz nur immer wieder durch den Kopf? fragte sie sich erneut. Irgend etwas schien damit nicht zu stimmen, ganz und gar nicht zu stimmen. Aber was war es nur?

Sie hätte noch vom Büro aus anrufen und Robin gute Nacht sagen sollen, machte sie sich plötzlich klar. Weshalb hatte sie es nicht getan? Kerry aß rasch auf und stieg wieder ins Auto. Es war jetzt zwanzig vor elf, viel zu spät, um noch anzurufen. Sie fuhr gerade aus dem Parkplatz heraus, als ihr Mobiltelefon klingelte. Es war Jonathan.

»Kerry«, sagte er mit einer gedämpften, gepreßten Stimme,

»Robin ist gerade bei Grace drin. Sie weiß nicht, daß ich anrufe. Sie wollte nicht, daß ich dich aufrege. Aber nachdem sie eingeschlafen war, hatte sie einen schrecklichen Alptraum. Ich glaube wirklich, du solltest eben rüberkommen. Es ist so viel losgewesen. Sie braucht dich.«

»Bin sofort da.« Kerry schaltete den Blinker von rechts nach links, drückte das Gaspedal durch und brauste los, um zu ihrem Kind zu kommen.

95

Es war eine lange und denkbar unangenehme Fahrt von New Jersey über die ausgebaute Landstraße in die Catskills hinein. Um die Gegend von Middletown herum begann Eisregen einzusetzen, und der Verkehr schlich nur noch dahin. Ein umgestürzter Lastzug blockierte sämtliche Fahrspuren, was dazu führte, daß die ohnehin qualvolle Fahrt noch um eine Stunde verlängert wurde.

Es war Viertel vor zehn, als ein erschöpfter und hungriger Geoff Dorso im Polizeirevier von Ellenville eintraf, wo Jason Arnott in Haft saß. Ein Team von FBI-Agenten wartete darauf, Arnott zu verhören, sobald er die Gelegenheit zu einem Gespräch mit Geoff gehabt hatte.

»Sie verplempern Ihre Zeit, wenn Sie auf mich warten«, hatte Geoff ihnen gesagt. »Ich *kann nicht sein Anwalt sein*. Hat er Ihnen das nicht gesagt?«

Arnott wurde in Handschellen in das Besprechungszimmer eskortiert. Geoff hatte den Mann in den knapp elf Jahren seit Suzannes Tod nicht mehr gesehen. Damals war man davon ausgegangen, daß er zu Suzanne Reardon eine geschäftliche und freundschaftliche Beziehung zugleich unterhalten hatte. Niemand einschließlich Skip war je auf den Gedanken gekommen, er hätte darüber hinaus irgendwelches Interesse an ihr gehabt.

Jetzt betrachtete Geoff den Mann aus der Nähe. Arnott

war etwas voller im Gesicht als in Geoffs Erinnerung, aber er hatte noch immer den gleichen urbanen, der Welt etwas überdrüssigen Ausdruck. Die Falten um die Augen sprachen für eine tiefe Erschöpfung, aber das Rollkragenhemd aus Kaschmir sah unter Arnotts Tweed-Jackett frisch wie stets aus. Landedelmann, kultivierter Kunstkenner und Genießer, dachte Geoff. Selbst unter diesen Umständen entsprach er dieser Rolle.

»Es ist freundlich von Ihnen, daß Sie gekommen sind, Geoff«, erklärte Arnott liebenswürdig.

»Ich weiß wirklich nicht, weshalb ich hier bin«, erwiderte Geoff. »Wie ich Ihnen schon am Telefon gesagt habe, stehen Sie jetzt mit dem Fall Reardon in Verbindung. Mein Mandant ist Skip Reardon. Ich muß Ihnen sagen, daß nichts von dem, was Sie mir mitteilen, unter das Anwaltsgeheimnis fällt. Ihnen sind Ihre Rechte verlesen worden. Ich bin nicht Ihr Anwalt. Ich werde alles, was Sie sagen, an die Staatsanwaltschaft weiterleiten, weil ich die Absicht habe, den Beweis anzutreten, daß Sie am Abend von Suzannes Tod im Haus der Reardons waren.«

»Oh, ich war dort. Deshalb habe ich ja nach Ihnen geschickt. Keine Sorge. Das ist keine vertrauliche Information. Ich habe vor, das zuzugeben. Ich habe Sie hergebeten, weil ich für Skip als Zeuge auftreten kann. Sobald er aber freigesprochen ist, möchte ich als Gegenleistung, daß Sie meine Rechte wahrnehmen. Dann gibt es keinen Interessenkonflikt mehr.«

»Hören Sie, ich werde Sie nicht vertreten«, erklärte Geoff geradeheraus. »Ich habe zehn Jahre meines Lebens damit verbracht, einen unschuldigen Menschen zu vertreten, der ins Gefängnis gesteckt wurde. Falls Sie Suzanne getötet haben oder aber wissen, wer es getan hat, und in all dieser Zeit Skip in dieser Zelle haben schmoren lassen, dann würde ich eher zur Hölle fahren, als Ihnen auch nur einen Finger zu reichen, um Ihnen aus der Patsche zu helfen.«

»Sehen Sie, das ist genau die Art von Entschlossenheit, die ich an meinem Anwalt sehen will.« Arnott seufzte. »Nun, gut. Versuchen wir's mal so. Sie sind ein Strafverteidiger. Sie wissen, welche Leute auf Ihrem Gebiet gut sind, egal, ob sie aus New Jersey oder sonstwoher stammen. Sie versprechen mir, den besten Anwalt aufzutreiben, der für Geld zu haben ist, und ich erzähle Ihnen, was ich über Suzanne Reardons Tod weiß – für den ich im übrigen nicht verantwortlich bin.«

Geoff starrte den Mann eine Weile an und dachte über sein Angebot nach. »Okay, aber bevor wir ein weiteres Wort verlieren, möchte ich eine unterzeichnete und beglaubigte Erklärung, daß keine Information, die Sie mir geben, einer Einschränkung unterliegt und daß ich sie auf jede Weise, die mir geeignet erscheint, zur Unterstützung von Skip Reardon benützen kann.«

»Selbstverständlich.«

Die FBI-Agenten hatten eine Stenotypistin dabei. Sie setzte Arnotts kurze Erklärung auf. Nachdem er und ein paar Zeugen das Schreiben unterzeichnet hatten, sagte er: »Es ist spät, und es war ein langer Tag. Haben Sie darüber nachgedacht, was für einen Anwalt ich mir nehmen sollte?«

»Ja«, erwiderte Geoff. »George Symonds, aus Trenton. Er ist ein hervorragender Strafverteidiger und überragend im Verhandeln.«

»Sie werden versuchen, mich des Mordes an Mrs. Peale zu überführen. Ich schwöre, es war ein Unfall.«

»Falls es eine Möglichkeit gibt, das auf Totschlag runterzukriegen, wird er sie finden. Wenigstens müßten Sie dann nicht mit der Todesstrafe rechnen.«

»Rufen Sie ihn jetzt an.«

Geoff wußte, daß Symonds in Princeton wohnte, da er einmal bei ihm zum Abendessen eingeladen war. Er konnte sich auch noch daran erinnern, daß das Telefon der Symonds' unter dem Namen der Ehefrau registriert war. Mit seinem Mobiltelefon rief er jetzt in Arnotts Gegenwart an. Es war halb elf.

Zehn Minuten später steckte er den Apparat wieder ein. »In Ordnung, Sie haben Ihren erstklassigen Anwalt. Und jetzt reden Sie.«

»Ich hatte das Pech, daß ich zur Zeit von Suzannes Tod im Haus der Reardons war«, sagte Arnott, der nunmehr sehr ernst wirkte. »Suzanne ging so unglaublich leichtsinnig mit ihrem Schmuck um, zu dem ein paar wirklich schöne Stücke gehörten, daß die Versuchung sich als zu groß erwies. Ich wußte, daß Skip eigentlich geschäftlich in Pennsylvania sein sollte, und Suzanne hatte mir erzählt, daß sie an jenem Abend mit Jimmy Weeks verabredet war. Wissen Sie, auch wenn es merkwürdig klingt, aber sie war wirklich ziemlich verknallt in ihn.«

»War er im Haus, als Sie da waren?«

Arnott schüttelte den Kopf. »Nein, sie hatten ausgemacht, daß sie zu dem Einkaufszentrum in Pearl River fährt, ihren Wagen dort abstellt und zu ihm in seine Nobelkutsche steigt. Soweit ich wußte, hatte sie vor, Jimmy am frühen Abend zu treffen. Doch ich hatte mich offensichtlich getäuscht. Es waren ein paar Lichter an, als ich bei Suzannes Haus ankam, aber das war normal. Sie gingen automatisch an. Von hinten konnte ich sehen, daß die Fenster im großen Schlafzimmer weit offen standen. Es war ein Kinderspiel, hinaufzuklettern, da das Dach dieses hochmodernen Hauses vom ersten Stock bis fast auf den Boden reicht.«

»Um wieviel Uhr war das?«

»Genau um acht. Ich war zu einer Dinner Party in Cresskill unterwegs; einer der Gründe für meine lange und erfolgreiche Karriere ist die Tatsache, daß ich fast ohne Ausnahme mit einem unangreifbaren Satz Zeugen hinsichtlich meines Aufenthalts an bestimmten Abenden aufwarten konnte.«

»Sie betraten das Haus ...«, brachte Geoff ihn auf das Thema zurück.

»Ja. Es war kein Ton zu hören, also nahm ich an, daß alle wie geplant weg waren. Ich hatte keine Ahnung, daß Suzanne noch unten war. Ich ging durch den Salon der Suite, dann ins Schlafzimmer und zu dem Nachttisch hinüber. Ich hatte den Bilderrahmen vorher nur im Vorbeigehen gesehen und war mir nie sicher gewesen, ob es ein echter Fabergé war; begreiflicherweise wollte ich nicht zu interessiert daran erscheinen. Ich hob ihn hoch und musterte ihn gerade, als ich Suzannes Stimme hörte. Sie schrie irgendwen an. Es war ziemlich bestürzend.«

»Was sagte sie denn?«

»Etwas von der Art wie ›Du hast sie mir geschenkt, und sie gehören mir. Jetzt verschwinde. Du langweilst mich.‹«

Du hast sie mir geschenkt, und sie gehören mir. Der Schmuck, dachte Geoff. »Das heißt dann wohl, daß Jimmy Weeks es sich anders überlegt hatte und gekommen war, um Suzanne abzuholen«, folgerte er.

»O nein. Ich hörte einen Mann brüllen: ›Ich muß sie aber wiederhaben‹, doch es war eine Stimme, die für Jimmy Weeks viel zu kultiviert klang, und keinesfalls war es die vom armen Skip.« Arnott seufzte. »In diesem Moment ließ ich den Rahmen, fast ohne es zu merken, in meine Tasche fallen. Eine grauenhafte Kopie, wie sich herausgestellt hat, aber Suzannes Bild war eine Freude für mich, und deshalb habe ich es gern behalten. Sie war so unterhaltsam. Sie fehlt mir wirklich.«

»Sie ließen den Rahmen in Ihre Tasche fallen«, spornte Geoff ihn an.

»Und ich merkte plötzlich, daß jemand die Treppe raufkam. Ich war ja im Schlafzimmer, wie Sie wissen, also sprang ich in Suzannes Kleiderschrank und versuchte mich hinter ihren langen Gewändern zu verstecken. Ich hatte die Tür nicht vollständig zugemacht.«

»Haben Sie gesehen, wer da kam?«

»Nein, nicht das Gesicht.«

»Was hat diese Person gemacht?«

»Ging direkt zu dem Schmuckkasten hinüber, stocherte in Suzannes Klunkern herum und holte etwas heraus. Dann, weil er offensichtlich nicht alles fand, was er wollte, fing er an, die ganzen Schubladen zu durchwühlen. Er schien ziemlich in Panik zu sein. Nach nur ein paar Minuten fand er entweder das, wonach er suchte, oder gab's auf. Zum Glück hat er nicht den Schrank durchsucht. Ich wartete so lange ab, wie ich's fertigbrachte, und dann schlich ich nach unten, weil ich wußte, daß irgendwas Fürchterliches passiert sein mußte. Und da hab' ich sie dann liegen sehen.«

»Da war eine Menge Schmuck in diesem Kasten. Was hat Suzannes Mörder rausgenommen?«

»Soweit ich bei dem Prozeß erfahren habe, muß es die Blume mit der Knospe gewesen sein ... die alte Diamantbrosche, wissen Sie. Es war wirklich ein wunderbares Stück: absolut einzigartig.«

»Hat derselbe, der Suzanne diese Brosche geschenkt hat, ihr auch das alte Armband geschenkt?«

»O, ja. In der Tat glaube ich, daß er vermutlich versucht hat, auch das Armband zu finden.«

»Wissen Sie, wer Suzanne das Armband und die Brosche geschenkt hat?«

»Natürlich weiß ich das. Suzanne hatte kaum Geheimnisse vor mir. Also, bedenken Sie, ich kann nicht beschwören, daß er derjenige war, der damals abends im Haus war, aber es ergibt doch einen Sinn, oder? Verstehen Sie, was ich meine? Meine Zeugenaussage wird dazu beitragen, den wahren Mörder zu überführen. Deshalb sollte man mir auch etwas entgegenkommen, finden Sie nicht?«

»Mr. Arnott, wer hat Suzanne das Armband und die Brosche geschenkt?«

Arnotts Lächeln war belustigt. »Sie werden es mir nicht glauben, wenn ich's Ihnen sage.«

96

Kerry brauchte fünfundzwanzig Minuten, um nach Old Tappan zu kommen. Die Fahrt schien sich unendlich hinzuziehen. Robin, tapfere kleine Robin, die stets zu verbergen versuchte, wie enttäuscht sie war, wenn Bob sie versetzte, die heute so erfolgreich ihre große Angst überspielt hatte – es war endlich doch zu viel für sie geworden. Ich hätte sie niemals bei einem anderen lassen sollen, dachte Kerry.

Nicht einmal bei Jonathan und Grace.

Jonathan hatte so seltsam am Telefon geklungen, dachte Kerry.

Von jetzt ab kümmere *ich* mich um mein Baby, schwor sich Kerry.

Die Momma und das Baby – da war sie schon wieder, diese Wendung ließ sie einfach nicht los.

Sie fuhr jetzt nach Old Tappan hinein. Nun waren es nur noch wenige Minuten.

Robin hatte sich doch offensichtlich so darauf gefreut, bei Grace und Jonathan zu übernachten und sich wieder all die Fotoalben anzuschauen.

Die Fotoalben.

Kerry kam gerade am letzten Haus vorbei, bevor sie zu dem von Jonathan kam. Sie bog in die Auffahrt ein. Fast unbewußt nahm sie wahr, daß die automatische Beleuchtung nicht anging.

Die Fotoalben.

Die Blumenbrosche mit der Knospe.

Sie hatte sie schon mal gesehen.

An Grace.

Vor vielen Jahren, ganz am Anfang, als Kerry für Jonathan zu arbeiten anfing. Grace trug damals noch ihren Schmuck. Viele Bilder in den Alben zeigten sie damit. Grace machte damals eine scherzhafte Bemerkung, als Kerry die Diamantnadel bewunderte. Sie hatte es »die Momma und das Baby« genannt.

Suzanne Reardon trug also die Brosche von Grace auf dem Zeitungsfoto! Das mußte heißen ... Jonathan? Konnte er sie ihr gegeben haben?

Ihr fiel jetzt wieder ein, daß Grace ihr erzählt hatte, sie habe Jonathan gebeten, ihren gesamten Schmuck in das Bankschließfach zu tun. »Ich kann ihn nicht ohne Hilfe anlegen, und ich kann ihn nicht abnehmen ohne Hilfe, und ich würde mir nur Sorgen darum machen, wenn er noch im Haus wäre.«

Ich habe Jonathan erzählt, daß ich vorhabe, Dr. Smith zu

treffen, überlegte Kerry. Als ich gestern abend heimkam, habe ich Jonathan gesagt, daß ich den Eindruck hätte, Dr. Smith würde zusammenbrechen. Oh, mein Gott! Er muß Smith erschossen haben.

Kerry brachte den Wagen zum Stehen. Sie war am Haupteingang der ansehnlichen Kalksteinvilla angelangt. Sie schob die Fahrertür auf und hastete die Stufen empor.

Robin war bei einem Mörder.

Kerry hörte nicht das leise Läuten des Autotelefons, als sie mit dem Finger auf die Klingel drückte.

97

Geoff versuchte Kerry zu Hause telefonisch zu erreichen. Als sich niemand meldete, wählte er ihr Mobiltelefon an. Wo war sie nur? überlegte er voller Panik. Er rief die Nummer von Frank Greens Behörde an, während der Wachposten gerade Arnott abführte.

»Das Büro der Staatsanwaltschaft ist jetzt nicht besetzt. Falls es sich um einen Notfall handelt, wählen Sie ...«

Geoff fluchte, als er die Nummer für Notfälle wählte. »Ich muß unbedingt Frank Green erreichen. Es geht um einen Mordfall kurz vor der Aufklärung. Geben Sie mir seine Privatnummer.«

»Ich kann Ihnen sagen, daß er nicht da ist. Er wurde zu einem Mordfall in Oradell gerufen, Sir.«

»Können Sie ihn dort erreichen?«

»Ja. Einen Moment bitte.«

Es dauerte ganze drei Minuten, bis Green an der Leitung war. »Geoff, ich stecke gerade mittendrin in einer Sache. Ich kann nur hoffen, daß es was Wichtiges ist.«

»Ist es. Äußerst wichtig. Es hat mit dem Fall Reardon zu tun. Frank, Robin Kinellen übernachtet heute im Haus von Jonathan Hoover.«

»Das weiß ich schon von Kerry.«

»Frank, ich habe soeben erfahren, daß Jonathan Hoover diesen kostbaren alten Schmuck Suzanne Reardon geschenkt hat. Er hatte eine Affäre mit ihr. Ich glaube, er ist unser Mörder, und Robin ist bei ihm.«

Es blieb lange Zeit still. Dann erklärte Frank Green mit unbewegter Stimme: »Ich bin in dem Haus eines alten Mannes, der sich auf die Reparatur von altem Schmuck spezialisiert hatte. Er wurde heute am frühen Abend ermordet. Es gibt keine Hinweise auf einen Raubüberfall, aber sein Sohn hat mir gesagt, daß seine Rolodex-Kartei mit den Namen seiner Kunden fehlt. Ich schicke auf dem schnellsten Weg die Cops vor Ort zum Haus der Hoovers rüber.«

98

Jonathan öffnete Kerry die Tür. Das Haus war kaum beleuchtet und sehr still. »Sie hat sich wieder beruhigt«, erklärte er. »Ist schon in Ordnung.«

Kerry hielt ihre vor Angst und Zorn geballten Fäuste in ihren Manteltaschen versteckt. Trotzdem gelang es ihr zu lächeln. »Ach, Jonathan, das alles ist solch eine Zumutung für dich und Grace. Ich hätte wissen müssen, daß Robin Angst bekommen würde. Wo ist sie?«

»Jetzt wieder in ihrem Zimmer. Schläft ganz tief.«

Bin ich verrückt? überlegte Kerry, während sie Jonathan nach oben folgte. Hat meine Phantasie mir einen Streich gespielt? Er macht einen so normalen Eindruck.

Sie kamen zur Tür des Gästezimmers, zum rosa Zimmer, wie Robin es nannte, wegen der zartrosa Wände und Vorhänge und Steppdecke.

Kerry schubste die Tür auf. In dem Lichtschein, das ein kleines Nachtlämpchen verbreitete, konnte sie Robin in ihrer typischen Fötalposition auf der Seite liegen sehen, mit den langen braunen Haaren über das Kissen ausgebreitet. In zwei Sätzen war Kerry neben dem Bett.

Robins Wange ruhte auf ihrer Handfläche. Sie atmete regelmäßig.

Kerry blickte zu Jonathan auf. Er stand am Fußende des Bettes und starrte sie an. »Sie war so durcheinander. Nachdem du dann hier warst, hast du beschlossen, sie mit nach Hause zu nehmen«, sagte er. »Siehst du, ihre Tasche mit den frischen Anziehsachen und den Büchern für die Schule ist schon fertig gepackt. Ich trage sie für dich.«

»Jonathan, es gab gar keinen Alptraum. Sie ist gar nicht aufgewacht, oder?« sagte Kerry beherrscht.

»Nein«, erwiderte er gleichgültig. »Und es wäre einfacher für sie, wenn sie auch jetzt nicht aufwachen würde.«

In dem Dämmerlicht der Nachtleuchte sah Kerry, daß er einen Revolver in der Hand hielt.

»Jonathan, was machst du da? Wo ist Grace?«

»Grace schläft ganz fest, Kerry. Ich fand, daß es so besser ist. Manchmal merke ich, daß eines ihrer stärkeren Beruhigungsmittel nötig ist, damit ihre Schmerzen etwas gelindert werden. Ich löse es in dem warmen Kakao auf, den ich ihr jeden Abend ans Bett bringe.«

»Jonathan, was willst du?«

»Ich will genauso weiterleben, wie wir jetzt leben. Ich will der Präsident des Senats und Freund des Gouverneurs sein. Ich will meine restlichen Jahre mit meiner Frau verbringen, die ich wirklich immer noch liebe. Manchmal geraten Männer auf Abwege, Kerry. Sie tun völlig blödsinnige Dinge. Sie lassen sich von jungen, schönen Frauen schmeicheln. Vielleicht war ich wegen Grace' Problem anfällig dafür. Ich wußte, daß es blödsinnig von mir war; ich wußte, daß es ein Fehler war. Und alles, was ich dann tun wollte, war, mir den Schmuck zurückzuholen, den ich idiotischerweise diesem vulgären Reardon-Mädchen gegeben hatte, aber sie wollte sich absolut nicht davon trennen.«

Er wedelte mit dem Revolver. »Weck Robin jetzt auf, oder heb sie hoch. Es ist keine Zeit mehr zu verlieren.«

»Jonathan, was hast du vor?«

»Nur was ich tun muß, und auch nur mit großem Bedauern. Kerry, Kerry, warum hattest du bloß das Gefühl, du müßtest dich mit Windmühlen anlegen? Was spielte es schon für eine Rolle, daß Reardon im Gefängnis war? Was machte es schon aus, daß Suzannes Vater das Armband als sein Geschenk hingestellt hat, das mir so verheerend hätte schaden können? Diese Dinge entsprachen der Vorsehung. Es war so gedacht, daß ich weiterhin dem Staat zu Diensten bin, den ich liebe, und mit der Frau zusammenlebe, die ich liebe. Es war schon Strafe genug, daß Grace so leicht herausfand, daß ich sie betrogen habe.«

Jonathan lächelte. »Sie ist schon wunderbar. Sie hat mir dieses Bild gezeigt und erklärt: ›Erinnert dich das eigentlich nicht an meine Brosche mit der Blume und der Knospe? Ich bekomme dadurch Lust, sie mir wieder anzustecken. Hol sie mir doch bitte aus dem Safe heraus, mein Lieber.‹ Sie wußte Bescheid, und ich wußte, daß sie es wußte, Kerry. Und während ich mir eben noch wie ein romantischer Narr im mittleren Alter vorkam..., fühlte ich mich plötzlich besudelt.«

»Und da hast du Suzanne umgebracht.«

»Aber nur, weil sie sich nicht nur geweigert hat, die Juwelen meiner Frau rauszurücken, sondern auch noch die Frechheit besaß, mir zu erklären, sie hätte einen interessanten neuen Freund, Jimmy Weeks. Mein Gott, der Mann ist ein Schurke. Ein Gangster. Kerry, weck Robin entweder auf, oder trag sie, während sie weiterschläft.«

»Mom«, war von Robin zu hören, die sich zu regen begann. Ihre Augen öffneten sich. Sie setzte sich auf. »Mom.« Sie lächelte. »Wieso bist du hier?«

»Komm aus dem Bett, Rob. Wir gehen jetzt.« Er wird uns töten, dachte Kerry. Er wird behaupten, Robin hätte einen Alptraum gehabt, und ich wäre gekommen und mit ihr weggefahren.

Sie legte ihren Arm um Robin. Robin fühlte, daß etwas nicht stimmte, und lehnte sich eng gegen sie. »Mom?«

»Ist schon gut.«

»Onkel Jonathan?« Robin hatte den Revolver entdeckt.

»Sag jetzt nichts weiter, Robin«, sagte Kerry ruhig. Was

kann ich nur tun? überlegte sie. Er ist verrückt. Er hat sich nicht mehr in der Hand. Wenn doch nur Geoff nicht zu dem Gespräch mit Jason Arnott gefahren wäre. Geoff hätte geholfen. Irgendwie hätte Geoff geholfen.

Als sie die Treppe hinuntergingen, sagte Jonathan sachlich: »Gib mir deine Autoschlüssel, Kerry. Ich folge dir nach draußen, und dann gehst du mit Robin in den Kofferraum.«

O Gott, dachte Kerry. Er bringt uns um und fährt uns dann irgendwohin und läßt das Auto stehen, und dann sieht es nach der Tat eines Profigangsters aus. Das wird man dann Weeks anhängen.

Jonathan sprach erneut, als sie die Eingangshalle durchquerten. »Es tut mir ehrlich leid, Robin. So, jetzt mach langsam die Tür auf, Kerry.«

Kerry beugte sich runter, um Robin zu küssen. »Rob, wenn ich mich rumdreh, läufst du davon«, flüsterte sie. »Lauf zum Nachbarn, und schrei, ohne aufzuhören.«

»Die Tür, Kerry«, drängte er.

Langsam machte sie die Tür auf. Er hatte das Außenlicht am Eingang ausgeschaltet, so daß die einzige Beleuchtung von dem schwachen Schein der Laterne herrührte, die ganz am Ende der Auffahrt stand. »Mein Schlüssel ist in meiner Manteltasche«, sagte sie. Dann drehte sie sich langsam um und schrie: »Lauf, Robin!«

Zur gleichen Zeit warf sie sich auf Jonathan. Sie hörte, wie sich ein Schuß löste, während sie auf ihn zustürzte, und spürte einen brennenden Schmerz seitlich am Kopf, unmittelbar gefolgt von Wellen aufsteigenden Schwindelgefühls. Der Marmorboden des Foyers raste auf sie zu. Rings um sich herum vernahm sie einen Wirrwarr von Geräuschen: noch einen Schuß, Robin, die um Hilfe schrie, ihre Stimme, die sich immer mehr in der Ferne verlor. Polizeisirenen, die näher kamen.

Dann plötzlich nur noch die Sirenen, und Grace' gebrochener Aufschrei: »Es tut mir leid, Jonathan. Es tut mir leid. Ich konnte nicht zulassen, daß du das tust«, sagte sie. »Das nicht. Nicht mit Kerry und Robin.«

Kerry schaffte es, sich hochzuziehen und die Hand an die Seite ihres Kopfes zu drücken. Blut sickerte ihr übers Gesicht hinunter, aber das Schwindelgefühl ließ allmählich nach. Als sie aufblickte, sah sie Grace von ihrem Rollstuhl hinab auf den Boden gleiten, sah, wie sie die Pistole aus ihren geschwollenen Fingern fallen ließ und die Leiche ihres Mannes in die Arme nahm.

Dienstag, 6. Februar

99

Der Gerichtssaal war bis auf den letzten Platz besetzt, als die zeremonielle Vereidigung der Staatsanwältin Kerry McGrath zur Richterin vorgenommen werden sollte. Das festliche Stimmengesumme legte sich völlig, als die Tür des Richterzimmers aufging und eine würdevolle Prozession von Richtern in schwarzer Robe hereingeschritten kam, um eine neue Kollegin in ihrer Mitte zu begrüßen.

Kerry ging ruhig von der Seite des Richterzimmers zur Rechten der Richterbank und nahm ihren Platz ein, während die Richter zu den Sitzen gingen, die für sie vorne vor den Gästen reserviert waren.

Sie blickte auf die versammelten Menschen vor ihr. Ihre Mutter und Sam waren für die Feier mit dem Flugzeug hergekommen. Sie saßen neben Robin, die kerzengerade auf der Kante ihres Sitzes mit großen, aufgeregten Augen dasaß. Von den Schnittwunden, die sie beide zu jenem folgenschweren Treffen mit Dr. Smith geführt hatten, war kaum noch eine Spur zu sehen.

Geoff saß mit seinen Eltern in der nächsten Reihe. Kerry mußte daran denken, wie er in dem FBI-Hubschrauber zu ihr geeilt kam, als sie im Krankenhaus lag, wie er eine hysterische Robin getröstet und dann zu seiner Familie mitgenommen hatte, als der Arzt darauf bestand, Kerry über

Nacht dazubehalten. Jetzt blinzelte sie, um die Tränen zu unterdrücken, die angesichts dessen in ihr aufstiegen, was sie in seiner Miene sah, während er ihr zulächelte.

Margaret, ihre alte und beste Freundin, saß ebenfalls da und erfüllte damit ihren Schwur, daß sie an dieser Zeremonie teilnehmen werde. Kerry dachte an Jonathan und Grace. Sie wollten ursprünglich auch dabeisein.

Grace hatte geschrieben.

Ich gehe heim nach South Carolina und werde bei meiner Schwester wohnen. Ich gebe mir die Schuld an allem, was geschehen ist. Ich wußte, daß Jonathan etwas mit dieser Frau hatte. Ich wußte auch, daß es nicht andauern würde. Hätte ich doch bloß dieses Foto ignoriert, auf dem sie meine Brosche trug, dann wäre nichts von alldem passiert. Ich machte mir nichts aus dem Schmuck. Es war einfach meine Methode, Jonathan zu warnen, daß er sie aufgeben muß. Ich wollte nicht, daß seine Karriere durch einen Skandal ruiniert wird. Bitte vergib mir, und vergib Jonathan, wenn du kannst.

Kann ich das? fragte sich Kerry. Grace hat mir das Leben gerettet, aber Jonathan hätte Robin und mich getötet, um sich selbst zu retten. Grace wußte, daß Jonathan ein Verhältnis mit Suzanne hatte und vielleicht sogar zu ihrem Mörder wurde, und doch ließ sie Skip Reardon all die langen Jahre im Gefängnis schmoren.

Skip, seine Mutter und Beth waren irgendwo in der Menge. Skip und Beth würden nächste Woche Hochzeit feiern; Geoff würde als Trauzeuge fungieren.

Es war gebräuchlich, daß ein paar enge Freunde oder vertraute Kollegen vor der Vereidigung ein paar Worte sprachen. Frank Green machte den Anfang. »Wenn ich mein Gedächtnis erforsche, kann ich mir keine Person – Mann oder Frau – vorstellen, die besser dazu geeignet ist, diese hohe Position einzunehmen, als Kerry McGrath. Ihr Sinn für Gerechtigkeit brachte mich dazu, einen Mordfall neu aufzurollen. Gemeinsam stellten wir uns der erschreckenden Tatsache, daß ein rachsüchtiger Vater den Ehemann seiner Tochter ins Gefängnis verbannte, während der wahre Mörder seine Freiheit genoß. Wir ...«

Ganz der alte, dachte Kerry. Süße Limonade aus sauren Zitronen. Aber zum guten Schluß hatte Frank doch zu ihr gehalten. Er hatte persönlich den Gouverneur aufgesucht und ihm dringend angeraten, daß ihr Name dem Senat zur Bestätigung vorgelegt werde.

Frank war es auch gewesen, der die Verbindung von Jimmy Weeks mit Suzanne Reardon aufgeklärt hatte. Einer seiner Spitzel, ein kleiner Ganove, der Botendienste für Jimmy erledigte, steuerte die Antwort bei. Suzanne hatte sich tatsächlich mit Jimmy Weeks eingelassen, und er hatte ihr Schmuck geschenkt. Er hatte ihr auch an jenem Abend die Rosen geschickt und war mit ihr zum Abendessen verabredet. Als sie dann nicht erschien, geriet er in Rage und verkündete angetrunken in seinem Zorn, er werde sie umbringen. Da Weeks generell keine leeren Drohungen von sich gab, dachten einige Leute, er sei tatsächlich der Mörder gewesen. Er hatte die ganze Zeit befürchtet, man würde ihm ihren Tod anhängen, falls seine Beziehung zu ihr publik würde.

Jetzt ergriff der zur Durchführung der Vereidigung bestimmte Richter, Robert McDonough, das Wort und sprach von der Zeit vor elf Jahren, als Kerry als frischgebackene Staatsanwältin im Gerichtssaal erschienen sei und so jung ausgesehen habe, daß er sie für eine Collegestudentin in einem Aushilfsjob gehalten habe.

Damals war ich auch eine frischgebackene Braut, dachte Kerry mit leiser Ironie. Bob hatte sich zu der Zeit schon seine ersten Sporen bei der Staatsanwaltschaft verdient. Ich hoffe nur, daß er von nun an klug genug ist, sich von Jimmy Weeks und Konsorten fernzuhalten, überlegte sie. Weeks war in allen Anklagepunkten verurteilt worden. Jetzt erwartete ihn ein weiteres Verfahren wegen unzulässiger Beeinflussung eines Geschworenen. Er hatte versucht, Bob die Schuld daran zuzuschieben, hatte sich aber nicht damit durchsetzen können. Bob jedoch war selbst nur mit knapper Not einer Anklageerhebung entgangen. Und Weeks würde gar nichts damit erreichen, falls er sich über die Geschworene beklagte, deren Vater im Gefängnis saß. Er wußte das schon während seines Prozesses und hätte rechtzeitig beantragen können, daß sie durch eine andere Person ersetzt werde. Vielleicht jagte das alles Bob einen gehörigen Schrecken ein, bevor es zu spät war. Sie hoffte es zumindest.

Richter McDonough lächelte sie an. »Nun, Kerry, ich glaube, es ist soweit«, sagte er.

Robin kam nach vorne und trug die schwere Bibel, Margaret erhob sich und schritt mit der schwarzen Robe über dem Arm hinter ihr her, um sie Kerry nach dem Eid zu überreichen. Kerry erhob die rechte Hand, legte die linke auf die Bibel und begann Richter McDonough nachzusprechen: »Ich, Kerry McGrath, schwöre hiermit bei Gott dem Allmächtigen, daß ich …«

Danksagung

Kein Mensch ist eine Insel, und kein Schriftsteller, zumindest nicht diese Autorin, schreibt allein. Zutiefst empfundenen Dank an meine Lektoren, Michael v. Korda und Chuck Adams, ohne die meine Bücher vom ersten Konzept bis zur Veröffentlichung undenkbar sind – sine qua non wie stets. Insbesondere diesmal und bei diesem Buch waren sie einfach wundervoll.

Tausendfachen Dank wie immer an Eugene H. Winick, meinen Agenten, und Lisl Cade, meine Pressereferentin. Ihrer beider Hilfe ist unschätzbar.

Ein Autor benötigt den Rat von Experten. Das vorliegende Buch befaßt sich mit plastischer Chirurgie. Meinen Dank an Dr. Bennett C. Rothenberg vom Saint Barnabas Hospital, Livingston, New Jersey, für seine medizinische Fachberatung. Einen Dankessalut an Kim White vom New Jersey Department of Corrections für ihren Beistand. Und wieder einmal hat Ina Winick die psychologischen Aspekte der Geschichte überprüft.

Danke, Ina.

Meine Sprößlinge, alle fünf, haben das Manuskript während seiner Entstehung gelesen. Von ihnen erhalte ich viele überzeugende Tips – juristischer Natur: »Vergiß nicht, die Geschworenen in Klausur zu schicken …«; oder zum Dialog: »Niemand in unserem Alter würde das sagen. Drück es doch so aus …« – und stets Aufmunterung und Ermutigung. Danke, Kinder.

Schließlich ist da Liz, meine zehnjährige Enkelin, die in verschiedener Hinsicht als Modell für Robin gedient hat. Ich fragte sie gern: »Liz, was würdest du sagen, wenn folgendes passieren würde … ?« Ihre Vorschläge waren »stark«.

Ich liebe Euch alle, jeden von Euch.